有爱的青春陪伴者

西荞／著
江苏凤凰文艺出版社
JIANGSU PHOENIX LITERATURE AND ART PUBLISHING

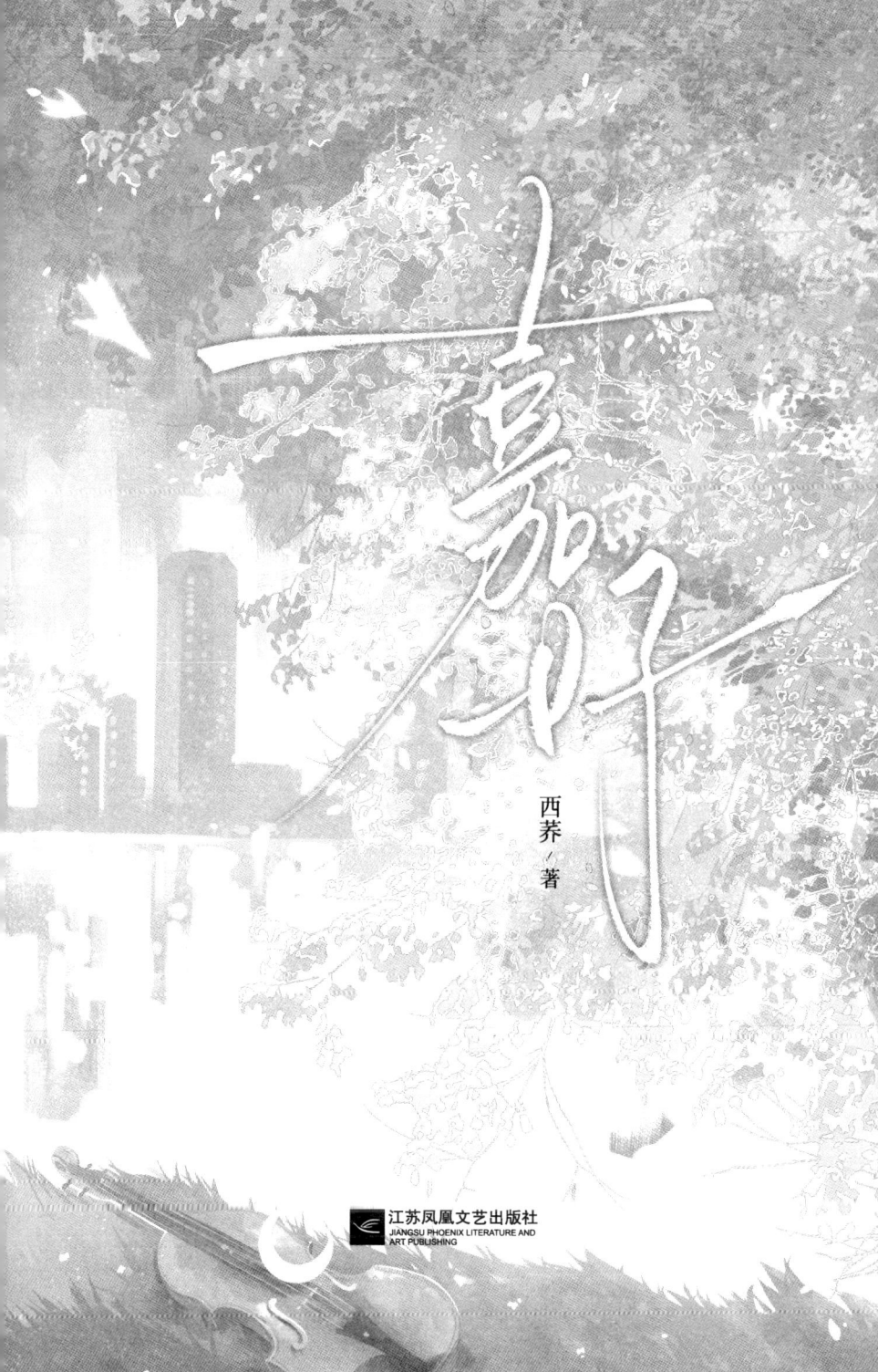

图书在版编目（CIP）数据

嘉好 / 西荞著. -- 南京 : 江苏凤凰文艺出版社,
2025. 7. -- ISBN 978-7-5594-9712-3
Ⅰ. I247.5
中国国家版本馆CIP数据核字第2025FZ1708号

嘉好

西荞 著

责任编辑	王昕宁
特约编辑	听 听 雪 人
责任校对	言 一
责任印制	杨 丹
出版发行	江苏凤凰文艺出版社
	南京市中央路165号，邮编：210009
网　　址	http://www.jswenyi.com
印　　刷	长沙鸿发印务实业有限公司
开　　本	880mm×1230mm 1/32
印　　张	10
字　　数	367千字
版　　次	2025年7月第1版
印　　次	2025年7月第1次印刷
书　　号	ISBN 978-7-5594-9712-3
定　　价	42.80元

江苏凤凰文艺版图书凡印刷、装订错误，可向出版社调换，联系电话025-83280257

目录 CONTENTS

○ **第一章**
　　西城景 ———— ✦ 001

○ **第二章**
　　逢夏至 ———— ✦ 007

○ **第三章**
　　少年游 ———— ✦ 040

○ **第四章**
　　旧手表 ———— ✦ 065

○ **第五章**
　　恋爱快乐 ———— ✦ 112

○ **第六章**
　　他属于她 ———— ✦ 141

目录 CONTENTS

○ **第七章**
　黄粱美梦 ——— ✦ 177

○ **第八章**
　特别鸣谢 ——— ✦ 230

○ **番外一**
　订婚快乐 ——— ✦ 268

○ **番外二**
　若是青梅竹马 ——— ✦ 282

○ **番外三**
　《致 Chen》 ——— ✦ 308

○ **后记** ——— ✦ 314

第一章
西城景

前不久刚落完几场绵绵瑟瑟的雨,气温随之下降,西城的秋天初露头角。

今晚西城剧院有一场交响乐演出,演出结束后乐手们陆续离场。

从后台到休息室,要经过一条长廊,长廊地上铺着厚实的地毯,脚步声完全隐没在其中。

姜好单手握着大提琴,身旁与她同行的是乐团里的小提琴手曲颂悦。

曲颂悦想起刚才演出时看见的领导团,和姜好讨论:"你看到观众席上的几个领导没?"

姜好摇摇头,她演出时的方位不方便看观众席,也没注意过。

"今晚有领导来吗?"她问。

说话间,两人已经走到休息室。推开休息室的门,里面有三三两两的乐手在闲聊,话题中心便是今晚来剧院的合作方。

曲颂悦正好奇着,立马加入同事们的对话中:"前阵子不是说安排的是戏曲表演吗?怎么临时改成交响乐了?"

有人半开玩笑道:"听说那边新上任的总裁在国外长大,可能欣赏不来戏曲文化吧。"

"还真有可能。我刚离场的时候瞄了一眼,中间有个人看着挺年轻,不知道是不是那位。"

曲颂悦深以为然，轻推一下姜好准备问是不是，旋即又想起她没看见，于是比画着给她形容："比旁边一群领导高挺多的，黑色短发，穿的是白衬衫。"

姜好顺着她的话联想，又倏地笑起来："这也太笼统了。"光是身边的同事，这样打扮的都不在少数。

剧院是西城的地标建筑之一，和名企合作是常事，前不久才和一家互联网公司联合推出智能场馆的建设项目，有合作方来看演出太正常不过。

曲颂悦平时都不关心，姜好不知道她今天为什么这么关注。

"是什么比较特别的公司吗？"姜好问出来。

"君懋，你应该听过。"曲颂悦提醒一句，"前几个月的事。"

闻言，姜好短暂失神。君懋啊，她确实听过。

前几个月的事她也清楚。

——君懋的前控股人兼总裁陈霁权意外身亡，登上各大财经新闻和平台热搜。

他的后事被密切关注，葬礼办得隆重，极少露面的陈家人携家眷出席，偌大家族，听闻无一缺席，在场的还有不少商界名人。

媒体记者无法进入墓园，蹲守在外面拍到了众人的入场画面。

铺天盖地的报道中，还有一个姜好熟悉的身影。

那天雾气重，下着小雨，天空乌沉沉的，拍出来的照片和视频都像蒙了一层稀薄的灰——陈嘉卓走在前来悼念的人群中，穿一身熨烫平整的挺括黑色西装，身形颀长，神色冷峻寡淡，身旁有黑衣黑裤的保镖替他撑伞。

也是那时姜好才知道，原来陈嘉卓的陈，是港城陈家的陈。

耳边曲颂悦的说话声又让姜好回过神。

"我之前听我叔叔说君懋新上任的总裁也是陈家人，就挺好奇是谁来着。"

姜好低头把自己的琴收进琴盒，听出曲颂悦应该比自己了解陈家，她想问些关于陈嘉卓的事情，开口却不知道该怎么说。

再细想，陈嘉卓既然是陈家人，想来过得很不错。

记得三年前听闻他家中出事，他在匆忙之中回了港城，以此为分界线，那之后姜好和他的联络便越来越少。

刚开始姜好曾经礼貌地关心过陈嘉卓，得到只言片语的答复都是不必担心，要她专心学业就好。

他好像很忙，或者是不愿多说私事，姜好假装识趣，打过几通越洋电话之后便不再主动问候。

于是就这样,他们不再联系了。

一旁的曲颂悦看出她的心不在焉,知道她应该是不关心这些无关之事,轻巧地换了话题。

"我待会儿直接回去了,你现在走吗?顺路载你一段。"

姜好犹豫:"我最近不在家里住,应该顺不了路了。"

"嗯?"曲颂悦奇怪,"你不是刚搬的新家,又回你父母那儿住了吗?"

"我最近陪我朋友住,她在君懋酒店。"

曲颂悦略微在脑海中规划了一下路线,摆摆手说:"简单,君懋酒店不就是在我家小区前面那条路上,油门一踩就到了,没事。"说罢,不容姜好多想,琴包一甩便拉着她出发。

电梯降至负一层停车场,姜好跟着曲颂悦在停车场走走停停,终于找到她的车位。

见到爱车,曲颂悦倏地长叹一口气,虚虚扶额:"老天,我停车的时候明明前后左右都空空荡荡的!"

她上个月提车,自认为开车技术不错,只是倒车不太熟练。

好在剧院的停车场空间足够,曲颂悦很会扬长避短,平日只往空旷的车位钻,哪知道今天被夹在中间,左右为难。

姜好看着曲颂悦绕着自己的车子研究了好几圈之后依旧苦大仇深的神情,好笑地问:"不然我来试试?"

曲颂悦后退让出位置:"您请。"

前后停放的都是连号豪车,曲颂悦把车钥匙递给姜好,仍旧有些不太放心地站在一旁帮忙盯车尾。

姜好很久没开车,还以为会手生,可肌肉是有记忆的,此刻便体现出来。

顺利将车子倒出来,她目光从后视镜移开落到车前窗,才发现前面不知道什么时候站了一行人,西装革履,身份很好认。

车外,曲颂悦正拘谨地同一众领导问好。

姜好的视线定在其中一人的身上。

那是一个看着年轻些的男人,穿着软质地的白衬衫,不是熨烫得周周正正的挺括布料,身形却依旧挺拔,被拥簇着走在稍稍靠前的位置。

他周身有种置身事外的松弛,或者说,是身居高位者的从容。

对姜好来说,熟悉也生疏。

几秒后,姜好开车门下车,站到曲颂悦身边陪她一同应付领导们反常的关注度。

一位领导向陈嘉卓介绍姜好:"这位也是刚刚交响乐团的一员,都很优秀。"

曲颂悦在她身后侧小声提醒:"这是陈总。"

陈嘉卓看向从下车之后就回避视线的姜好。

长发乌眸,穿的还是演出时的那条黑色无袖长裙,裙摆及脚踝,可能因为室外偏低一些的温度,单薄面料难抵寒意,于是多加了一件浅色的针织衫。

被专门点名,她没法再装隐形人,朝着陈嘉卓那个方向递一个恰到好处的微笑,很客套、很官方。

陈嘉卓静默两秒,而后略微点头致意:"演出很精彩。"

完全就是陌生人。

车子平稳驶出剧院停车场几百米,曲颂悦终于缓过神,嘀嘀咕咕地悟出真相:"原来是我把车子停到领导的车位了啊……"

难怪她来时周围空空荡荡,她还窃喜自己找到个风水宝地。可不就是嘛。

夜色昏茫,车窗外霓虹闪烁,一线城市,这个点路上依旧拥挤。

"今晚你看见那个穿白衬衫的人了吧?真没想到竟然那么年轻,长得也是没话说。"曲颂悦边看着前面的路况,边回忆那位君懋新任总裁的长相。

冷白皮,五官英气出挑。简而言之,这种级别的长相和身材,是足够让人一眼沦陷的程度。

姜好点头:"他就是君懋的新老板?"

"八九不离十啦。这位上任得超级低调,不过应该能从网上企业信息上查到。"

曲颂悦看着前路,又说:"想不到嘛,平时看你慢悠悠的,开车技术这么好。之前经常开吗?"

姜好:"还好,以前上学住在学校周边,用不上车,可能遇上了个好老师吧。"

曲颂悦表示不信,愤愤地道:"教练都凶死了,我学车的时候连着换了两个,我是来学车不是来挨骂的,又不是没交钱。"

"不是教练,是朋友。"姜好说。

她口中的"朋友"就是今晚在停车场遇见的那位陈总。

在国外学车的那段日子,姜好偶尔会在夜里找个人少的街道练车,陈嘉卓坐副驾,教她看后视镜找方位。

他很小就在国外读书,十六岁拿了驾照,驾龄有好几年了,开车总是不急不躁,指导她时也同样。

他那时不怎么穿衬衫,喜欢穿宽松的卫衣,话很少,过来陪练时习惯带两杯冰饮,让她别太紧张,把练车当消遣就好。

现在想想,好像也确实学得挺轻松。

回到酒店，朋友喻桃在客厅跟着视频做瑜伽。

姜好今天从早到晚都在工作，有些累，直接进了浴室洗漱，打算早点睡觉。

过来陪喻桃的这几天，两人睡在一张床上，今晚也不例外。

临睡前，姜好又想到今晚那个勉强算得上旧友重逢的见面，倏然出声问："你还记得陈嘉卓吗？"

"当然。"喻桃翻个身去看身旁的姜好，有些讶异，"怎么问这个？"

姜好说："这家酒店，是他的。"

短暂的缄默后，喻桃惊讶："那不就是整个君懋都是他的？"

她抓起姜好的手，煞有介事："小好，这不得好好联络一下感情，苟富贵勿相忘啊。"

姜好望着天花板，略带赌气意味地直言："他早就把我忘记了。"

"怎么可能？"喻桃半点都不信。

喻桃初中毕业后出国做了练习生，高中三年和姜好见面的次数十根指头都数得过来，但她对陈嘉卓的印象却极为深刻。

某年暑期，那边的娱乐公司给练习生放探亲假，她和家里人关系一向很差，本来没打算回国，可探亲假规定了不给攒，不用就浪费了，思来想去她决定回来见见姜好。

当时她还没出道，存款少得可怜，为了省点钱搭红眼航班回国，姜好来接机时，身边就有那位陈嘉卓陪同。

一张脸很经得起推敲，神色冷淡，但架不住长相出挑，仍旧吸引人。

飞机落地是早上五点，姜好凌晨起床困得站不直，他适时地伸手，稳住身边摇摇晃晃、还在犯晕的女孩子。

出了机场，喻桃才知道是陈嘉卓送姜好过来的。返程依旧是他开车，毕竟当时在场的三人中只有他年满十八周岁。

明明瞧着一副少爷的样子，当起司机来竟然游刃有余，做事也出奇周到。

回顾一遍，还是记忆犹新。

喻桃感慨："果然是大人物，我没看错人。"

姜好笑了笑，却也认同。

好像有些人就是这样耀眼，像镁光灯投下的光束，哪怕只在面前短暂停留过一瞬，但那光点却留在眼中久久无法消弭。

入夜之后，困意袭来。

厚重落地帘将窗外的光线阻隔得彻底，只能听见淅淅沥沥的雨声。

快睡着时，姜好听见喻桃问自己：

"话说回来,陈嘉卓当时怎么会去你外公外婆家?"

姜好睁开眼,想了想。

"他妈妈和我外公外婆认识,他来西城度假,我俩年纪相仿,家里人就叫我给他做导游,带他四处转转。"

那之后,她和陈嘉卓越来越熟悉。

"他连续来了两个夏天,后来我出国,他好像又来过一次。"说到这儿,姜好轻笑,"我都不知道西城有什么好玩的会这么吸引他。"

没想到重逢竟然还是在西城。

陈嘉卓曾经说过西城很漂亮。

再见面的话,如果有机会她可能会问他,西城让你留恋的风景,还在吗?

第二章 逢夏至

陈嘉卓第一次来西城那天恰逢夏至。

西城地居偏北部,春末夏初的温度宜人。

六月中旬临近期末考,姜好因为复习疏于练琴,昨晚被大提琴老师检查功课时犯了低级错误,新曲子拉错两个音。

私教课结束,家教老师会将她的表现如实汇报给她的妈妈姜漾之。

下午放学,姜好和同学一起走出校门,将手机开机,信号格刚出现,屏幕上便弹出来自妈妈的消息提醒。

她解锁手机查看,大致内容是叮嘱她不要懈怠,在家好好练琴,为明年的比赛做准备。

姜漾之是曾经红极一时的乐坛天才,她的歌首首经典,经久不衰,如今有一家自己的音乐公司,偶尔也会受邀作为评委嘉宾出席各大音乐节目。

可惜姜好不像她妈妈,她知道自己在音乐上没有太多过人天赋,那些著名演奏家在她这个年纪时大多已经开始了职业演出生涯,而她缺了不止一成火候。

好在姜漾之虽然免不了有些期望自家小孩更有出息的心理,但比起旁人已经算是位开明的家长。

每年寒暑假姜好都会去外公外婆家，父母工作忙，加之两人最近有矛盾，各自将重心移至公司，很少回家，姜好一个人在家也没意思，现下离放假不久，她索性提前收拾东西搬了过去。

接送她的车子停在老地方——路边的梧桐树下。

余晖还未散尽，西落的阳光从叶间罅隙柔和地洒下，落在漆黑车窗上。

姜好和同学挥手道别后走到车旁，车门一开，倏然发现后座和往常不同。

那里坐着一个男生。

她开车门的动静不小，车里的人偏头看过来，和她对上视线。

薄白眼皮微敛，鼻梁高挺，少了一扇车窗阻隔，灿灿斜晖落在他脸上。因他神色寡淡，这画面给人一种阳光落到冰面上的质感。

姜好愣在原地，和人直挺挺地对视几秒之后才牵动出其他反应。

姜好的第一想法是认错了车，飞快弯腰道歉后，她讪讪然关上车门。

主驾的车窗却在这时徐徐降下，露出司机李叔那张温厚的脸，他笑呵呵道："小好，怎么不上车呢？"

姜好立在原处，无意识地攥紧书包带子，还是一副状况外的表情，懵然地睁大眼睛。

随后，后座靠近她的那侧车门"咔嗒"一声被从内推开，那个男生下了车，他一身长裤搭白T恤，很简单的搭配。

眼前这人个子很高，肩宽背薄，姜好需要微微仰头才能和他对视。

李叔接着解释，说这位是她外公外婆家里来的客人，刚从机场接到人，没来得及将人送回家，就赶上她放学的时间，只能礼数不周一回，带着客人一起来校门口等她。

姜好点头，礼貌地补上一声初次见面的招呼："下午好。"

"你好。"他的声音并不清润，是低沉有磁性的音色，倒是很符合他冷淡的气质。

回应完，男生稍稍侧身，扶着车门，让她先上车。

李叔开车认真，从车子启动便一言不发，专注看路，徒留后座沉默的两人，一人守着一扇车窗。

姜好抱着书包，在想外公外婆怎么没提前告诉她。她一点准备也没有，再回想刚才的小乌龙，实在是有些尴尬。

既然是客人，把人晾在一旁也不太好，可别误会是她对他有意见。

内心经过一番挣扎，姜好转过头，再次主动开口："你是第一次来西城吗？"

陈嘉卓点头，说："第一次。"稍顿一下，又补充，"也是第一次来内地。"

说来也巧，前些年里每次准备过来，都会被大大小小的事情耽误，到今年才留出完整时间。

"一次没来过吗？"姜好诧异，"你是哪里的人？"说话间，她不自觉地朝他靠近。

女孩子穿着校服，梳一个松松的麻花辫，额前有毛茸茸的碎发，望向他时眼中的好奇藏不住。

"港城。"

"你还在读书吗？"姜好感觉到他应该不会比自己大多少岁。果不其然，这话问完便看见他再次点头。

"港城这么早就放暑假了？"她的语气中难掩艳羡。

六月中旬，有人还在吭哧吭哧地备考，有人已经开始度假，说不羡慕那都是假的。

陈嘉卓并不热衷和别人谈论过多关于自己的事情，尤其是刚见面的陌生人。

但可能因为姜好的目光太友善，叫人觉得冷待她会是一种失礼。

"我是港城人，不过一直在国外读书，放假时间有差别也正常。"他解释。

停顿一下，他又将能预想到的身边女孩子会问的问题提前解答出来："那儿的高中是四年制，我在读高三，大概相当于这边的高二。"

姜好了然，兀自安静几秒，在脑中估摸出他应该比自己大一岁。

和祝樾一个年纪。

没多久，车子驶入姜好外公外婆家的住宅区内。这一片都是中式别墅，粉墙黛瓦，飞檐戗角。

李叔将车停在大门处，姜好和陈嘉卓下车。

陈嘉卓绕去后备厢，在李叔下车前将自己的行李先一步拿下车。李叔见状便没有下车，直接将车开向车库。

他带的东西不多，一个行李箱就能全部容纳，看上去不像是准备在这久住的样子。

姜好自觉担起带路的职责，上前替客人将院子的大门推开。

入门后便能见到一方水系庭院，盆景松针，假山池塘，处处都透着古风古调的韵味，再穿过风雨连廊就到了正厅。

姜好的外公先听到声响，笑意盈盈地出来迎接两个小孩。

当然，这热情主要落到陈嘉卓身上。

外公名字里带个"山"字，全名姜文山，处事却不似名字那般儒雅稳重，年纪越长心态越年轻，身子骨也硬朗，脚下生风，几步便走到两人面前。

姜文山拍拍陈嘉卓的肩："几年没见，这孩子都长这么大了。"

这句话，姜好这些年跟在父母身边见长辈时，次次都能听见。

她暗忖，是不是家长们客套起来也有公式，见到小孩往上面直接套用就行。

她背着书包等在一旁，不好插话以防喧宾夺主，也不好不等客人先进屋，于是正好听到陈嘉卓的回话。

"您还是没变。"他倒是很会聊天。

姜好在心里记笔记，决定下次就这么用。

几句话说完，外婆从房里出来，招呼几人先进去坐坐。

室内风格和庭院丝毫不违和，大多家具都是实木，木制楼梯一侧的雕花护栏轻微褪色，被岁月打磨光滑，带着暗沉的光泽。

长辈的注意力都放在陈嘉卓身上，姜好想着自己应该能暂时隐身，趿着拖鞋往楼上跑，奈何踩在楼梯的声响根本没法消音，轻而易举就被盯上。

"小好，别上楼了，去厨房给嘉卓哥哥倒杯茶。"

被点到名，姜好背影一顿，只能原路返回，老老实实地取下书包搁在沙发一角。

嘉卓哥哥。他们在车上互相介绍过名字，她知道这两个字怎么写，在心里过了一遍，不免觉得有些怪。

从小到大，姜好身边的哥哥还挺多，因祝樾比她大一岁，他那一圈朋友都在她面前自称哥哥，只是每回都被祝樾笑骂回去，问他们算老几，也敢和他一个"档次"。

除了祝樾，她到现在还没正经叫过谁哥哥。

厨房里，做饭的阿姨正在忙着备菜，姜好蹭过去看两眼，猜不到要拿这些食材做什么。

"湘姨，今晚吃什么呀？"

湘姨笑一笑，拿筷子夹了块煮好的鸡肉蘸了蘸刚调好的酱汁，然后递到姜好嘴边："尝尝？"

姜好一口吞下，嘴里的肉还没咽，大拇指先竖起来："好吃。"

"那就好噢，我听说今天来的客人是港城人嘛，就想着做两道那边的地方菜，第一次做还怕味道不好。"

姜好让她放心，自己端着泡好的茶踩着小碎步出去了。

外面，陈嘉卓坐在二老中间，有问有答。

姜好过去，把玻璃杯放到他面前。他看向她，说了句"谢谢"。

她回以客套友好的笑容。

陈嘉卓猝不及防地发现，她弯唇时嘴角两边各有一个浅浅的梨涡。

晚饭时间，餐桌上，外婆问起陈嘉卓后面几天的安排。

陈嘉卓略微思考一会儿："准备先休息一两天调时差，之后想去附近的博物馆和宫殿遗址看看。"

外婆很赞同:"对对对。西城是历史名城呢,很多古迹还是值得一看的。"

外公插话:"还有啊,这边的小吃花样也多,就是难找。"

抬眼望见坐在桌对面低头喝汤的姜好,姜文山对着陈嘉卓隔空点点她:"这方面我家小好是行家,待会儿啊你和她加个微信,她过几天就放假了,带你去转转。"

就这么定了?

姜好捧着汤碗,一边咽最后一口汤一边抬眼偷偷打量陈嘉卓是什么态度。

却没想到,不偏不倚正好和他对上视线。

他眉眼很沉,对视时高下立见。

谈不上心虚,但难免慌神一瞬,姜好被留在嗓子眼的那点热汤呛到,猛地咳起来。

她别开脸,抬手虚虚掩着嘴,一下一下咳得脸热耳灼。

抽纸靠近陈嘉卓的手边,没等她起身去拿,对面的人便主动折好两张递过来。

那双手修长,手腕劲瘦有形,姜好伸手接过他手中的纸,目光从陈嘉卓的手挪向脸,看到了几分浅淡却明晰的笑意。

从见面到现在,难得见他真心实意地笑一回。

姜好在心中腹诽,这好笑吗?

翌日清晨,外面有淡淡雾气,天色灰扑扑的。

姜好早起上学,换好校服,洗漱,拎着书包下楼时,坐在客厅餐桌上的众人都齐齐看向她。

只差她一个了。

姜好匪夷所思,外公外婆早起习惯了,这位十七岁的客人是时差还没调过来吗?

陈嘉卓脸上丝毫看不到早起的倦态,一身清清爽爽的样子像是刚洗完澡,脸上有水珠,穿黑T恤,正在吃一个小烧卖。

果不其然,刚一落座,便听见外公慢慢悠悠调侃:"小好啊,全家只有你还要上学,你还起得最迟。"

说归说,面上却看不出一丝责怪的意思,眼里的宠溺连陈嘉卓这个外人都能看出来。

他想起来这边之前,他母亲曾和他提到过姜文山,说她的那位老师性子好,但任职教授时对学生要求严格,尤其不喜在学术上懒惰散漫的学生。

现在却一点也看不出严师的影子。

姜好还没有彻底从困意中脱离,说话软绵绵,一坐下就支着头,没精打采地吃早餐。

听到外公的话,她点点头:"对啊,全家只有我最累了。"

言下之意是多睡一会儿也正常。

外公被她的歪理逗笑:"嘉卓舟车劳顿的,比你累多了,今天早起晨跑,人家还帮我遛小狗了。"

平时只要她在外婆家,遛狗的活就是她来做。家里那只名为"卡卡"的雪纳瑞精力极为旺盛,遛它绝对是个体力活。

姜好打心底佩服陈嘉卓的适应能力,却仍记得昨晚在这人面前出的小意外,于是面上端庄,不轻易开口说好听话。

吃完早饭,姜好拎着书包出门。

路过前庭,看见趴在窝里蔫蔫的卡卡,姜好有点奇怪。这狗平时早上遛弯回来生龙活虎的,看到她就朝她身上扑,怎么今天这么呆。

姜好朝里面问:"外婆,你来看看卡卡是不是生病了,怎么不动啊?"

她蹲下来揉一揉狗头,卡卡依旧爱搭不理。

身前投下一片阴影,姜好以为是外婆,仰头望过去才发现是陈嘉卓。

他微微弯腰,把手中的墨绿丝带递到她面前。

是用来和校服配套的领结,细密的柔缎,在他掌心淌着光。

姜好看到才想起自己把它落在餐桌上了。

"谢谢。"她将丝带拿到手中握着。

他没有离开,和她解释:"卡卡应该没什么事,早上还是精神的,我带它多转了一圈,可能是累到了。"

姜好恍然大悟,再低头看看脚边的小狗,确实不像是生病,俨然一副生无可恋的状态。

她"扑哧"笑出声,笑完忽然想起昨晚外公让自己和他交换微信,但是晚饭后她爸爸正好打来电话,耽误一会儿,她完全忘记了这回事。

"你等我一下。"姜好起身拉开书包拉链翻找手机,解锁后点开微信二维码,举着手机给他看。

"昨晚……忘记加你好友了。"这还是她第一次主动要男生的微信。

陈嘉卓说"稍等",折返回客厅拿手机。

等交换完微信再看一眼时间,已经不早了,姜好道一声"再见"就背着书包小跑着踏出大门,李叔早就将车停在门外等候。

去学校的路上,姜好坐在后座,低头细看陈嘉卓的朋友圈。

他的头像是他本人和一只小狗的合照。

这张照片拍得好。

看背景应该是海上,海天相接,一片浓淡相宜的蓝中有碧绿远山做点缀,他戴鸭舌帽靠着护栏,没有看镜头,手里牵着狗绳,腿边趴着一只圆脑袋的狗。

姜好盯着看了一会儿,认不出这是什么品种的狗,毛发有黑、白、棕三种颜色,憨头憨脑的,很可爱。

再点进去朋友圈,界面空白一片。姜好不意外,他看着就不像是乐于分享生活的人。

学生时代,一天的时间被各种课程切割成一段一段,按部就班,转瞬即逝。

西高的高一学生没有晚自习,放学铃打响,姜好没有拖延,很快收拾好书包。

她今天要先回父母家,晚上有私教课,家教老师来家里,她上完课才能回外公外婆那儿。

因为前天练琴时表现不好,今晚家教老师离开之后,姜好留在琴房多练了一个小时。

给李叔发过消息后,她把大提琴收进琴盒,又去自己房间收拾了几件衣服放进帆布包里一并带走。

练琴练得脑袋发昏,姜好在客厅坐了一会儿索性起身,带着东西先去别墅外等着。

这一片住宅区的绿化做得好,空气中有绿植的清香,草木疏阔,沁人心脾。

姜好百无聊赖,手乏肩酸,连手机都不想看,放空地望着天空,以至于没有注意到身旁来了人。

"发什么呆呢?"

熟悉的声音在耳边响起,姜好一惊,转头便看见祝樾,她问:"你现在才回来吗?"

面前的男生瘦高,样貌是不用细看都能感觉到的精致。

祝樾轻勾唇角:"这才几点?"

他今晚还算是早的,以往到家都零点过后了,彻夜不归也是常事。不过这些姜好都不清楚,他知道她最近不在这边住。

见她大包小包提着,祝樾问:"怎么在门外站着?"

"等李叔来接我,今晚过去上课。"

他点点头,似乎也不太在意,但没离开,陪她站在一起等。

祝樾父母在他初中时离婚,当时还闹得沸沸扬扬,毕竟两人结婚时还是一对广为称颂的神仙眷侣。

年轻有才的名导和电视台美女主播,因为节目结缘,热恋几年,带着众人的祝福步入婚姻殿堂。

谁知道忽然毫无预兆地曝出离婚的消息。

祝樾的母亲在离婚之后出国，他便跟着父亲祝晟明生活。

祝晟明忙于工作，虽然在一个住宅区，这两年姜好见到他的次数也屈指可数。

姜漾之和祝樾的母亲林荟是朋友，林荟出国后，两家的联系也渐渐变少了。

姜好至今都不清楚他父母离婚的内情。

这种事也不好直接问祝樾，她曾经含糊地问过她妈妈，意料之中，没有得到姜漾之的正面回答。姜漾之提起来时也有些不知从何说起，最后只说大人的事情小孩不懂，让她有时间多关心关心祝樾。

姜好当时点头说好，后来才发现她做不到。他们都不是五六岁的小孩子了。

祝樾慢慢有了自己的圈子，他爱热闹，有一众她不熟悉的朋友。

而她要练琴、上课，两人的生活很难重合，祝樾也很少带她去玩。

姜好时常觉得祝樾变了许多，可当他站在她面前时，一切又好像还是从前的样子。

比如现在，祝樾语气寻常地问她最近在做什么。

姜好叹了一口气，用乏善可陈的语气道："白天学习，晚上练琴。"

看她愁眉不展的样子，祝樾又笑了，哄她："下个月我生日，你过来玩？"

姜好抬眼看他。他身量挺拔，背着路灯的光，轮廓分明，少年感中带着些痞气，低头看她时很专注。

她嘴角抿出一个笑："好啊。"

又聊了几句话，便看见李叔开车徐徐停在两人身前。

姜好先上车，祝樾帮她把琴盒递上去，单手关上车门，但没有立刻走，手还撑在车框上，等她把没说完的话说完。

她扒着车窗，想到什么，探出头问祝樾："你生日有什么想要的吗？"

这问题好傻气，他能缺什么。

可月光柔润，映在女孩乌瞳中央，亮盈盈的，他心里就很软，拍拍她的头："人来就行，你送什么我都喜欢。"

姜好想了想，一时也想不出合适的礼物问他是否合心意，只好先说再见。

她朝他挥挥手："那我先回家了，你也早点休息。"

祝樾慢慢地点了点头。

车子驶远，红色尾灯融进夜色，他站在原处看了一会儿才离开。

姜好回到家时已经将近十一点，以往这个点外公外婆已经回房准备休息，今晚不知道是不是为了等她，还未进去就看见前院灯火通明。

她开门进去，看见了站在连廊的陈嘉卓，他背对着她在打电话。

姜好本想悄无声息地经过，却没留神，拎在手里的琴盒轻轻地撞到石拱门柱，发出沉闷的响声。

那声音不大，姜好垂眸看了眼，微微调整了琴盒的角度，再抬头时陈嘉卓已经朝她走来，从她手里接过琴盒。

他掌握着恰到好处的分寸，既不过分亲昵也不会突兀，只是一个举手之劳。

姜好小声说了"谢谢"。

他没有回，只点头，因为电话还没挂，姜好听见他说英语，懒懒散散的语调，她猜对面可能是朋友。

两人走到客厅门外时陈嘉卓结束通话，和她一起进去。

进到客厅，姜好看见外公坐在沙发上，正戴着眼镜研究面前的棋盘。外婆歪坐在一旁看电视，昏昏欲睡。

见到姜好这么晚才回来，外婆又忍不住心疼小孩，问她晚上吃的什么。

姜好还在门口弯腰换鞋："我点了外卖，猪排饭，很好吃的。"

陈嘉卓把琴盒放到沙发旁。

姜文山见到他回来，招招手："嘉卓，再来一局。"

外婆不赞同，拍了一下姜文山的胳膊："这么晚了。"

"没事，外婆，我不困。"他放下手机，在姜文山对面坐下。

他跟着姜好一起叫"外公外婆"，这是二老多次嘱咐过的。在他们眼里，陈嘉卓和姜好一样，都是很听话很乖的小孩。

姜好很久没见过外公下棋，凑热闹地走过去，盘腿在地毯上坐下，撑着下巴，前排观棋。

陈嘉卓还在收拾棋面，黑白棋子剔透，他一粒一粒捻起放进盒子里，他的手指修长，看着赏心悦目。

姜好问外公："上一局是谁赢呀？"

姜文山轻哼一声："当然是你外公。"

他摘下眼镜，捏捏鼻根缓解疲劳，末了又说："不过嘉卓下棋这技术，不容小觑啊。"

外婆拆台："这是遇到对手咯，刚刚那盘棋下了快一个小时。"

姜好有些惊讶。她外公棋艺精湛，以往来家里做客的叔叔辈和他对弈，能坚持半个小时已经很厉害了。

姜文山只笑，陈嘉卓的棋法可以说是剑走偏锋，招数也新颖，他不是遇上对手，只是多拖延了一会儿，想看看这孩子还能怎么下。

再开一盘棋，姜文山落子，忽然明白棋局刚开始前，陈嘉卓说学围棋是为了静心的原因了。

"心浮气躁"这个词不适合他,他的问题出在野心太大,但说到底,这不是坏事。

观棋不语。姜好抱着膝盖安静地看了一会儿,被这沉寂的气氛感染得犯困。

这局姜文山没怎么收着,陈嘉卓下得有些吃力,执黑子的手悬空许久,还是落下。

他心里有数,知道这局快结束了。

稍稍坐直些吁一口气,陈嘉卓眼眸微侧,忽然发现坐在一旁的女孩子不知道什么时候睡着了。

灯光下,白净面庞藏进臂弯中,她睡得很沉,侧脸被压着,鼻尖小巧,显得有些孩子气。

"嘉卓。"外公提醒他。

陈嘉卓的视线回到棋盘,凝神看一眼便将手中棋子轻轻丢回棋盒。

他淡笑:"我输了。"

姜文山摇摇头:"你太冒险。"

陈嘉卓不否认:"因为知道赢不了,所以好奇拼尽全力一搏能走到什么程度。"

他很久没有下棋了,在国外读书,身边会下围棋的人不多,更别说遇到能切磋的对手。

"外公,还下吗?"

姜文山摆摆手,慢慢起身:"不玩咯,年纪大了,精力比不上从前了。"

经过姜好身边时,他拍拍她的头:"小好,去房间睡。"

姜文山想起什么,又停下给出一个建议:"你要是想静心,倒是可以找小好下棋。"

姜好刚醒,迷迷糊糊听到这句,不解地看向外公。

她对围棋不感兴趣,靠着从小趴在外公腿边围观他下棋才略懂点皮毛,远不能达到和人对弈的程度。

陈嘉卓在收棋,顺着话说:"师从外公的话,姜好应该也不会很差。"

姜文山笑笑:"想多了。她啊,五子棋最拿手了,你俩按照三局两胜制,估计能玩几个小时。"

陈嘉卓错愕一瞬,也跟着笑:"记住了。"

姜好顿觉有些跌面子,抿唇佯装生气,梨涡微陷,认真地道:"我很忙的。"

没想到的是,陈嘉卓听完后慢慢点头说:"我不忙,可以等你闲下来再约。"

玩笑话中约好的五子棋切磋局到最后都没有定下确切时间。

几天后紧接着的周末，姜好连着睡了两天上午的懒觉，每天起床时陈嘉卓都已经不在家里。

周六下午，陈嘉卓赶在晚饭前回来。

刚踏进客厅，卡卡就迎上去绕着他打转，就差跳到他身上。

他还戴着鸭舌帽，身后的背包也没来得及脱下，稍稍折身和它玩一会儿，结果被缠得更紧。

"卡卡！"姜好蹙眉，看不下去这只小狗厚脸皮的恶行，屈指敲玻璃，隔着落地窗唤它名字。

陈嘉卓和小狗一起看过去。

今天天气很不错，餐厅对着后花园，落日西沉，窗外金绿相错，姜好穿了条芽绿色的及膝背心裙，站在阳光里，露出的皮肤白得发光。

她手里拎着一根塑料软管，在给外面的草坪浇水。

卡卡"汪"了一声作为回应，却纹丝不动。

姜好又朝它招招手，结果这小狗竟然直接背过身。她要被气笑了，干脆不管，继续给草坪洒水，并在心里记下一笔

——绝对要扣掉卡卡每天下午的小饼干。

再过一会儿，姜好抬头，看见陈嘉卓带着小狗从客厅的侧门穿过来，一人一狗到她旁边。

水管年头久了有些漏水，姜好手上湿漉漉的，故意往卡卡身上掸了掸，见小狗傻傻地跳起来抓水珠，才得逞地笑出声。

她侧过脸时下颌流畅，未褪的婴儿肥，显出几分稚气。

陈嘉卓看完全程，唇边也露出笑意。

姜好仰头，本意是要和他说话，却不由自主地被吸引。

冷淡的人笑起来自带一种独特的魅力，像是在暗夜中发现一颗隐匿的星，让人忍不住驻足琢磨一会儿。

陈嘉卓当然注意到一旁的女孩投来的视线，被她打量着，却不觉得冒犯，他也只是回以询问的目光。

姜好想起要说的话，凑近些悄悄道："你待会儿趁它不注意就进去，不然它可烦人了。"

他笑容变深，说："好。"

这天晚饭后，照样还是陈嘉卓带卡卡出去遛弯。

这小狗机灵得很，陈嘉卓才带它出去过几次，它就已经记得家里谁最会带它玩，彻底赖上他。

姜好乐得轻松，溜上楼去做自己的事情。

周日傍晚陈嘉卓没有回来，下午提前给外婆发了消息，说是估计会回去晚一些，叫他们不用等他吃晚饭。

知道这个消息时,姜好刚练完琴下楼。

湘姨在客厅陪外婆,两人眼睛在看电视剧,嘴上聊的却是陈嘉卓。

诸如他没有一般富贵人家的小孩被惯出的坏脾气,行止有度,谦逊律己,这些都是她听到的。

他才过来一星期,家里上上下下几口人再加一只小狗都对他满意,光是外公就私底下夸过陈嘉卓不止一次,说他绝对能成大器。

姜好在心里感慨,优秀的人真是到哪儿都受欢迎。

傍晚下过一场小雨,地面湿漉漉的,酿出一洼盈盈月光。

陈嘉卓在晚上十点过后才进家门,出门前李叔嘱咐过他回来时记得提前发个消息,他会开车去接。

这边交通便利,他觉得没必要,也没有什么急事,便自己搭地铁回来。

周末过后有一场历史考试,姜好吃过饭就回了房间背书,手机静音放在一边。

背完计划的内容,她拿起搁在一旁的手机看时间,发现了陈嘉卓五分钟前发的微信消息:姜好,麻烦帮我开一下院门,从外面打不开。

院门用的是识别指纹的电子锁,过了很多年内部已经有些老化,最近经常接触不良,下午沾到雨水,可能彻底罢工了。

姜好想到这一点,猛地起身:不好意思我没看手机,你进来了吗?

那边很快回复:没事,我还在门口。

发完这条消息没多久,陈嘉卓便听见匆促的脚步声从门内传来,由远及近,然后声停,门从内拉开。

她应该是已经洗过澡,套着松垮的白色背心和运动短裤,长发半干搭在肩上,气喘吁吁。

姜好住二楼,跑过来没到一分钟。站在半开的院门内,她面带歉意:"抱歉抱歉,我晚上在背书。"

"我知道,你很忙的。"他淡淡地笑,"真的没关系。"

陈嘉卓移开话题,举一下手中拎着的餐袋:"买了点蚵仔煎,要不要尝尝?"

姜好才看过去,怪不得她闻到香味了。

她欣然答应,又回身看看,警惕地小声道:"但是外婆晚上不给吃油大的东西,我们去后院吃吧。"那儿正好有个简易凉亭。

陈嘉卓配合她放低声音:"好。"

有颗粒感的嗓音,压低时也好听。姜好练大提琴,对音质有自己的偏好,算半个声控,尤其喜欢陈嘉卓这种声线。

耳根麻麻的,姜好稳住心神,后退着让出路。

他们穿过客厅去后院,姜好顺带从厨房拿了橙汁和玻璃杯,她贪凉,又翻出冰箱里冻好的冰块一同带过去。俨然拿出了认真的态度对待这顿夜宵。

后院廊檐下面摆着一张圆木桌、两把躺椅。

陈嘉卓放下餐袋，从里面拿出餐盒打开，浓郁的香气瞬时融进鼻息。

姜好看到袋子上的字，惊讶地道："你去了文化街那边吗？我吃过这家，是整条街最正宗的。"

这家店开了快有十年，已经做出了自己的招牌，他们家的饼皮金黄焦脆，不油不腻，她吃过不止一次，没想到他头一回来就能找到。

陈嘉卓在她对面坐下："那我运气不错。"

姜好探身，拿起装冰的冰盒拆开。

她接着上一句的话题往下说："文化街那边还挺有意思的，我上次就想推荐给你。"

至于因为什么事耽搁，她也记不清了。

陈嘉卓坐在对面，躺椅被他调整了角度，姿态放松地微微朝后靠，进门前勾在手上的灰色鸭舌帽被放在木桌上。他低垂着眼，睫毛遮住一半眼瞳，没什么情绪的样子，浑身上下带点遗世绝俗的空寂感。

姜好忽然发觉自己有些失职，前几天外婆悄悄叮嘱过，叫她关照关照陈嘉卓，说他和大人相处太收敛，和她年纪相仿，应该能玩到一处。

她没有太放在心上，也觉得他看着那样独立，未必需要别人照顾。

可一个人形单影只走在陌生城市，会不会也有些孤单呢。

姜好是个会主动反省的小孩，外公曾经夸过这点。

她慢慢想、慢慢反思，手里的动作也没停，在给玻璃杯里分冰块，直到手腕被挡住，陈嘉卓声音带笑："会不会太多了点？"

姜好垂眼一看，桌上的玻璃杯快被冰块填满。

陈嘉卓看出她的走神，越身接过杯子，帮忙把多出来的冰块倒进另一个空杯子里，加满橙汁递给她。

"很无聊吗？"他问。

"不是。"姜好诚实地道，"我刚刚在反思。"

长发被夜风拨乱，她低头，扯出腕上挂着的黑色发圈，三两下绕圈扎好长发。

陈嘉卓坐直一些问："反思什么？"

"没有用心给你介绍好玩的地方。"姜好很快调整好心态，郑重其事，"但是我没多久就放假了，到时候我要给你规划一个很完美的假期游玩路线。"

他唇角车出点笑意，摇摇头："没事的。"

他指一下桌上的小吃："趁热吃吧。"

姜好点头，反思完后那点感到抱歉的情绪也就消解了。

夏夜阒静，灌木丛里不时响起几声蛐蛐叫，姜好吃完一块，找话聊："港城那边也有卖这个的吧？"

"嗯，那边一般叫蚝饼。"他接话，倏然想到一个问题，便问出来，"我今天看到那家店里有个红牌子，上面写着，"陈嘉卓停顿一下，依着回忆复述，"'转角遇到爱'？"

他微微皱眉，眼中有不解，像是遇到知识盲区。

姜好一下就明白了。她仰头笑，然后给他科普："零几年的时候有部名叫《转角遇到爱》的剧上映，那部剧很火，里面的男主角就是卖蚵仔煎的，所以后面就有一些店家为了蹭热度，在招牌上加上剧名。"

玻璃杯壁上凝出水珠，姜好停下来喝一口橙汁，冰块碰到玻璃内壁，当啷响，她咬到一块碎冰，被冰得皱眉。

"我小学的时候也是那部剧的忠实粉丝，就拉着住我家旁边的朋友出去满大街找哪里有卖蚵仔煎的，后来真的找到一家，结果那家做得超级难吃。"

当时祝樾和她年纪都小，好不容易找到，他也跟着吃了一块，而后一言难尽地看向她，不敢相信这就是她非要找的小吃，他还以为真是什么珍馐美馔，问她认真的吗。

她摊摊手，无奈地道："滤镜立马碎了。"

姜好的骨相清冷，皮相却青涩灵动，一双眼睛很澄净，做什么表情都生动，声音清脆，讲故事时像一只夜里喋喋不休的夜莺。

听她说话也不会觉得空乏，可能因为她会专注地看着对方，叫人轻易就被带入语境。

陈嘉卓静静地听。他本身是习惯独来独往的人，这次来这里借住只是顺应他母亲的意思，对他来说是可有可无的经历，现在却莫名陡生期待，觉得有她陪着的假期可能也会不错。

两人不知不觉就吃光了那盒大份的蚵仔煎。

时间不早，姜好自觉地收拾起桌上的餐袋，陈嘉卓则是拎着两只杯子到厨房洗干净，然后互道晚安，各自回了房间休息。

那家在文化街的小吃店，后来陈嘉卓又去过一次，味道没变，只是身边没有姜好，也再难找回这晚的心境。

隔一周，进入盛夏，姜好也结束了这一学期的学习，考完最后一场试。

西高的成绩单通过学校开发的教学APP（软件）上传，考完试不用返校领取。

因为要放暑假，学生们个个情绪高涨，教室里闹哄哄的。

有人在这一片喧闹声中抱怨冷气全给放跑了，让坐门边的同学把门关上，门口进进出出的学生络绎不绝，木质门被撞得"嘭嘭"响。

下学期开学升入高二，高二的全部班级都在B栋，学校要求清空桌肚。姜好前几天忙着考试没有整理，离校的最后一天收拾出高高的两摞课本。

前桌宋蓓蓓很有先见之明，已经分批次将书本搬回家，正一身轻松地和周围几个女生聊八卦。

姜好一边听，一边拿出手机给祝樾发消息：你今天在学校吗？

"你们看到这两天祝樾身边的女生了吗？"

"当然！她最近出现频率很高哦。"

姜好打字的动作不自觉地顿住。

"哪个班的？我好像没怎么见过。"

"说是学表演的，在外地集训，不经常来学校。"

"哎，姜好你认识吗？"有人问。

姜好把手机收进桌肚，摇头："不认识。"她甚至没发现祝樾身边换了人。

"怎么会？"那个女生不太相信，"你俩不是很熟嘛，你不管的吗？"

谁不知道他俩是青梅竹马。

往前数，两人四五岁时一起上过一档节目。

两小无猜，金童玉女，加上双方家长在娱乐圈里都有热度，当时他俩的关注度很高，观众嗑CP，还给起了个CP名——"花好樾圆"。

一直到姜好初中前，祝樾妈妈的社交平台都会时不时地晒出她和祝樾的合照。

私底下，周围同学有不同的想法也正常，但都是猜测，自己琢磨就算了，这样直白问出来就不对了。

宋蓓蓓和姜好关系好，率先不耐烦，眼睛一横，替朋友说话："我们小好没有自己的事吗？她大大那么忙，哪有时间关注祝樾身边站的是男是女？"

"问问咯。"女生讪讪道，有些不服气。

手机响动一声，姜好低头看。

祝樾：在呢，怎么了？

输入框里还有她没打完的字，姜好全部删掉，回复：没事，外婆叫你有空来家里吃饭。

发完消息，姜好把书包背上："蓓蓓，你帮我搬一点书可以吗？"

宋蓓蓓直接分走一半，抱在怀里起身。

"走吧走吧，你家的车估计已经到了。"

两人一起下楼，宋蓓蓓探头看看姜好："没生气吧？"

"没，不过我是真的不知道。"她抿抿唇，"我有段时间没见过祝樾了。"上次见还是家门口那回。

她也不愿主动去找他。

祝樆那一大堆朋友，姜好能记得住名字的没几个。

校门口，零零散散地站着几簇穿校服的学生。

西高的女生校服中规中矩，不算多好看，还被嘲过颜色土气，墨绿色校服裙长度及膝盖，衬衫没有腰身，还要求把扣子扣到最后一颗。

有的女生会裁短一点裙边显出比例，下面再搭一双长筒袜，配小皮鞋，精致好看。

祝樆身边站着的女生就是这样。

刚踏出校门，姜好一眼看到站在不远处的祝樆。

他站在人群中很扎眼，今天出奇规矩地穿着校服，深色西裤、白色衬衫，一双腿长而直。

宋蓓蓓小声提醒她："祝樆在那儿。"

姜好说："我看见了。"

过去也不知道说什么，他身边有女孩，她还不至于这么没有眼力见。

"那你怎么……"她完全是在朝远离祝樆的方向走。

宋蓓蓓意识到什么，瞬间消音，抱着书跟着姜好朝梧桐树那儿走。

只是才走两步，姜好便被祝樆叫住。

离得不远，祝樆几步走到她面前，皱皱眉头："没看见我？"

姜好停下来："我以为你有事。"

祝樆伸手要接过她手里的书，姜好躲了下："你帮蓓蓓拿吧，她送我一路了。"

他没说话，直接朝宋蓓蓓伸手，示意她把书给自己。

"谢谢。"他说。

宋蓓蓓摆摆手："没事，没事。"

祝樆在学校也算是风云人物了，著名导演的儿子，照片隔三岔五就会出现在网上。宋蓓蓓大多时候是通过传闻了解他，这样近距离接触还是第一次。

看到祝樆迟迟不回去，方才站在一旁等他的几人都走了过来。

"樆哥，你不去了？"说话的男生穿着潮牌短袖，和祝樆差不多高，圆寸头。

这是姜好为数不多认识的祝樆身边的人，叫董漠，初中时就和祝樆玩得好。

祝樆："不去，我去小好家吃饭。"

董漠一脸"什么情况"的表情："不是，今儿放假啊，回家多没意思啊。"

姜好也有些意外。她在这儿站着很不自在，有人在打量她，先前在祝樆身边站着的女孩就差把她从头到尾扫一遍了。

这个女孩一头棕褐色的法式长鬈发，打扮得精致，此时面露不满，跟着出声劝祝樾。

祝樾说:"本来就没打算去。"

姜好外婆前几天就给他发过消息,叫他放假过去吃饭,他答应了,一直在心上记着。

董漠看祝樾这边没戏了,开始迂回,自来熟地搭上姜好的肩:"小好妹妹,你劝劝祝樾,知道你俩好,也不差今天吧。"

姜好那对秀气的眉拧起,动了一下肩膀,没挪开。

祝樾手上拿着书,不方便去拦,但脸色冷了一点:"滚啊,董漠。"

董漠嬉皮笑脸:"别小气了。"

暑气难挨,姜好有些心烦,耐心耗尽前,胳膊忽然接触到温热掌心,她错愕地仰头,看到了陈嘉卓。

她被他拉到身后。

陈嘉卓平平扫了一眼面前的几个人:"在干什么?"

他一开始没有注意到姜好这边的情况,是李叔奇怪地问了句"小好为什么不过来"。

透过车窗,他才看到她好像被拦住,表情不好。

祝樾看着陈嘉卓,出声:"我们是认识的。"

姜好知道陈嘉卓误会她被欺负了,她腾不出手,只能在他身后低低喊了一声:"陈嘉卓。"

他侧身听她说话,也抬手抽走了她怀里抱着的书。

被他隔离开不喜欢的人群,以保护的姿态护在身后,即使两人还不算相熟,姜好还是因为他的出现感到心安。

姜好没有多解释什么,只仰头说:"我们回家吧。"

她望向他时眼中有委屈,陈嘉卓能察觉出她心情不好。

他心里莫名一软,点点头:"走吧。"

像是怕她真的难过,陈嘉卓又加了一句:"没事,李叔在等你。"

也不知道是不是安慰。

姜好没有看祝樾,转身和一直陪她的宋蓓蓓说再见。

几分钟后车子启动,离开校门口。车上很安静,只有路上不时的鸣笛声传来。

陈嘉卓坐在副驾,后座是姜好和祝樾,中间的两堆书像一堵矮墙,将两人隔开。

车里开了空调,冷气外送,姜好抱臂靠着,视线落到坐在副驾的人身上。

他今天不知道又去了哪里,应该是李叔去接他,顺路又将他载来了学校这边。

刚才上车前,可能因为知道了她和祝樾是认识的朋友,陈嘉卓主动去了副驾,把空间留给他们。

他身上有一种特质。

循序而动,分寸感很强,少有情绪外露,进退都得度,会让别人觉得自己和他没有多少距离感,但想再进一步,很难了。

明明前一分钟还在温声和她说话,现在就已经将自己抽离,置身事外。因为不在意,才能把控得很好。

能让他破例的会是什么事?估计不存在吧。

车子停在家门口,陈嘉卓率先下车。

之前车上有外人,祝樾没有开口,到现在才问:"那是谁啊?"

姜好在慢吞吞地背书包,瞥见车窗外,陈嘉卓的背影很快消失在院门里。

"是外公的客人,来家里住几天。"

两人是完全不同的性格,她觉得祝樾很难和他成为朋友,便没有多介绍。

祝樾见她对陈嘉卓的态度一般,很快打消了多问几句的心思。

他等她一起下车,并排朝里走时又提起董漠:"他这人就是咋咋呼呼,不用搭理。"

姜好点了点头。她对他那位朋友没什么好感,但她再不喜欢董漠,祝樾也不会因为她就这样疏远朋友,何必多说呢。

进了客厅,只看见外婆。祝樾过去和外婆问好。

外婆是个慈善的老太太,对晚辈一视同仁,亲昵地握住祝樾的手:"是不是又长高了?"

祝樾笑:"哪能天天长。"

这时外公从二楼书房出来,隔着很远就抬手点点他:"头发长了。"

姜文山严肃时很能唬人,毕竟教书育人几十年,自有一身震慑年轻小孩的气度。

祝樾在姜文山面前向来听话,摸一摸头发,老老实实地道:"过几天就去剪。"

姜好陪着聊一会儿,没多久便发现少了一个人,环视一圈,不见陈嘉卓的踪影。

"外婆,陈嘉卓呢?"她问。

"嘉卓上楼了,说是先去洗澡,晚饭前会下来。"

今天温度高,他在外面一整天,估计是受不了身上有汗。

姜好去楼上放书包。二楼带卫浴的房间她在住,所以陈嘉卓的房间被安排在三楼。

她在转角处朝上望了一下。

她不知道祝樾今天会来，楼下其乐融融，对比之下陈嘉卓才是真正的客人，不知道他会不会觉得无法自处。

进了自己的房间，姜好拿出手机回消息。

她的房间带着一个面朝后花园的露台，露台很大，延伸出去，夏天时阳光充沛，是这栋房子里最好的一间卧室。很多年前搬回西城定居时，外公外婆就商量好把这间房留给她，当时她才出生没多久。

房间长时间开空调，有点不通风，姜好打开落地门去露台透气。

刚刚在车上的时候，微信上来自宋蓓蓓的消息一条一条往外弹，校门口分开时她眼里就闪着精光，姜好早猜到她要盘问。

语音穿插文字，祝樾在旁边，姜好怕他看见，忍住没有回。

蓓蓓：你旁边那个人是谁？

蓓蓓：好帅，是哪个演员的儿子吗？

她这样猜测也有道理，毕竟姜好的妈妈在娱乐圈，认识不少演员，人脉很广，去年姜好还帮她要过一个选秀出道的男"爱豆"的签名。

然后是长达59秒的语音。

姜好将胳膊松松搭在木栏杆上，手机放在耳边，点开语音条。对面女生浮夸的声音乍响，她边听边笑。

大意就是先感叹一下帅哥很难遇，结果她身边却有两个，然后开始打探陈嘉卓的消息，最后问她妈妈还缺不缺干女儿。

蓓蓓：怎么不回我？／流泪

蓓蓓：哦，对你现在应该挺忙，晚上找你。／亲亲

姜好懒得打字了，拿起手机慢悠悠地回复："又不是遇上就是我的，那个男生是来家里做客的，我要是对他有非分之想，外公估计第一个饶不了我吧。"

蓓蓓发来长达十秒的笑声。

那边断断续续显示几下"对方正在讲话……"，然后姜好听见她问："那祝樾……"

听语气，宋蓓蓓问得小心翼翼，应该是想到下午祝樾身边的女孩，担心她会心情不好。

姜好忽然顿住，像是遇到一道模糊的判断题，很难给出一个确切答案。

她手指在屏幕上轻悬，最后打出几个字：我也不知道。

两家住得近，小时候，她练琴练得厌烦时，会偷偷给祝樾发消息，没过几分钟，他就寻了借口过来敲门，找她出去玩。

于是，姜好经常盼着他来。

太多年，青梅竹马的情分、少女心事，糅在一起，叫她很难抽丝剥茧，找出一个具体的词来形容这个阶段的心绪。

乱糟糟，干脆不想了。

恰好有人敲门，姜好出了露台。

三楼，陈嘉卓刚洗完澡，黑发还湿着，擦完头发的毛巾搭在肩上，靠着木栏杆，无意中听了半程。

他在宋蓓蓓问出那句话后毫不迟疑地转身离开阳台。

好似一道分镜头将二者切割，一边是难以决断，一边是无心探究。

晚餐前，陈嘉卓下楼。

姜好和祝樾并排坐在沙发上，都穿校服，画面看着眼熟。

他忽然想起前些天在书房借外公的棋谱时看见的照片。

照片框在相框里，摆在紫檀木书架的一角。里面的两个小孩，看着大概刚上小学的年纪，坐在草坪上。女孩子他认出来了，是姜好，白白净净的，扎两个羊角辫，朝镜头比一个歪歪斜斜的剪刀手，笑起来和现在很像。另一个男孩，应该就是这位。

此时，两人的面上都没有笑意。

陈嘉卓走近了，才听出他俩正在挨训。

几分钟前，姜文山心血来潮问起两人的学习情况，结果很不理想。

老人家是建筑师，名校任职教授十余年，结果自己手边长大的小孩，没一个在学业上达到他的期望。

外公训话，外婆不插嘴，教育小孩最怕一个打一个护，她不拦着，找个借口去了厨房。

姜好偷偷瞄了眼陈嘉卓，洗过澡，一副清清爽爽的样子，是在场的几个小辈中最自在的人了。

她先前担心他受冷落的想法，真是多虑了。

"姜好，你看嘉卓做什么？"

姜文山平时溺爱，但该严肃时还是严肃。他倒不是真的要强求小孩多出类拔萃，但该有的态度得有。

"嘉卓的成绩甩你俩一大截。"

话音落下，原本站在不远处倒水喝的陈嘉卓动作一顿，后背好似忽地一僵。

姜好有点想笑，硬生生忍下来了。

陈嘉卓还在岛台那边站着，丝毫没有要过来的意思。

好在快到晚饭时间，姜文山也不喜欢说些长篇大论，点到为止，要两人端正学习态度。

吃晚饭时，也许是餐桌上太安静，外婆主动打破僵局，问起陈嘉卓有没有看过姜好小时候参加的综艺。

陈嘉卓估计是没有想到她还上过节目，眸中有些惊讶，说没有。

没看过很正常，毕竟他只比姜好大一岁，那个年纪的小孩看综艺的少。

湘姨是和他们一起吃饭的，提到这个综艺，她很有话讲："小好当时人气可高了，我带她去小区楼下玩，遇到好多过来要合照的人。

"小时候可爱得很嘞，一点点大。"

湘姨说话带着乡音，陈嘉卓刚来的时候还有些听不明白，现在已经适应，半听半猜的，可以大致领会句意。

"当时是不是还有人问小好和祝樾要不要定娃娃亲来着？"

外婆点点头："小好怕生嘛，节目里几个小孩，她就认识祝樾一个，自然黏着他。都是瞎起哄，也不能作数的。"

祝樾也想起那个时候的姜好。

她小他一岁，不爱吃饭，当时看起来比他小很多，又漂亮，大眼睛白皮肤。她妈妈喜欢给她打扮，她每天都跟个洋娃娃一样跟在他身边，叫他"哥哥"。

现在长大了，倒是不爱叫"哥哥"了。

陈嘉卓牵唇，看了眼埋头吃饭的姜好，还真有些好奇她小时候是什么样。

姜好的暑假正式开始了。

高一学期的成绩在假期的第三天公布，名次比前两次的月考低几名，她心里没底气，又是在外公眼皮子底下，不敢大张旗鼓地玩。

安安静静地在家里休息几天，早起练琴，午睡，下午做功课。

风头避过去，她看出外公没有要计较的打算，又欢欢喜喜地应下朋友的邀约。

西城连着几天发布高温预警，可能是天气原因，陈嘉卓这些天也没怎么出门。

和宋蓓蓓有约的那天，姜好起得早，然而在房子里转了一圈，都没见到其他人。

她吃完早饭，上楼换衣服。

陈嘉卓晨跑回来恰好看见她从楼上下来。

应该是要出门，她特意打扮过，乌发散在背后，穿了一条黛紫色长裙，小飞袖，下楼时带褶的裙摆打着旋，步步生花。

抬眼看见他，她眼眸一亮，然后小跑着到他这边，像只被截停的小蝴蝶。

刚跑完步，陈嘉卓身上有汗，下意识地后退一些。

他给自己倒了一杯水，问："怎么了？"

"外公外婆出门了吗？"

"嗯,我起床的时候就出去了,湘姨这两天回老家。"

姜好点头,没有多问。外公外婆虽然都已经退休,但也不完全闲在家里,偶尔会有需要处理的工作。

至于湘姨回家,她昨晚就知道了。湘姨住在他们这儿,家在邻市乡下,每个月会回去两三天。

"那待会儿外婆他们回来,你帮我说一声,中午我就不回来吃了。"

"好。"

说完,姜好本来准备收拾东西出门,转身看见后院埋头喝水的卡卡,才想起来还有一件事忘记说。

没放假的这些天里,陈嘉卓基本接手了遛狗的活,甚至还把给草坪浇水的活也揽了,帮了她很大的忙,她前几天就打算好好和他道谢。

送礼物不知道合不合适,思来想去,姜好觉得请他吃顿饭最妥帖。

陈嘉卓已经放下水杯,准备上楼时被她出声叫住。

他偏了偏头,等她说话。

"你最近都有空吗?我想请你吃饭。"

陈嘉卓明显有些惊讶。可能没想到自己会忽然提到这个,姜好解释:"你第一次来这边,是客人嘛,还帮我遛了好多天卡卡,辛苦你了。"

"不用这么客气。"他这样回复,也不知道是不是婉拒。

"用的用的,要不然就今晚?正好今天湘姨不在家,晚饭估计是外公下厨。"担心他会拒绝,姜好又偷偷道,"外公做菜很难吃的。"

果然,这话说完,就见陈嘉卓笑了下,他松口:"那就今晚吧。"

他看出来了,她确实也不是和他客气,是真心想请客。

姜好忙不迭说:"我下午就回来了,大概五点多。"

姜好很守时,下午拎着一堆东西回来时,陈嘉卓在客厅,抬眼看了下挂钟,五点一刻。

她背着双肩带小包,可能因为热,出门前散落的长发松松地扎起来,右手上勾着的纸袋被她随手放在地板上,另一只手上的盒子却轻轻地摆在茶几上。

姜好跪在亚麻地毯上,小心翼翼地拆开盒子,在看见里面的东西完好无损时松了一口气——在小区门口下车时盒子掉到地上了,她还以为会坏。

陈嘉卓的视线从电视上移开,落在盒子里的陶瓷上。

那是一个——杯子?

未等他问,姜好便主动拿起来和他展示:"这是我准备送人的礼物,是不是很可爱?"

平底圆口的杯子,主体是极淡的黄色,用水蓝色勾边,杯外画了一只兔子，兔子脚边写着"Good luck"。

每个细节都能看出用心。

"很可爱，是自己做的吗？"

"对，我等了好多天才拿到。"

她垂颈细细打量，刚从外面回来，发丝上有汗，脸颊泛些微的粉。

被认真对待的，何止是一个小小的陶瓷。

这样的花色，总不能是送给其他长辈。

陈嘉卓想起前不久听见她在客厅与外婆聊天，提到那个叫祝樾的男生快过生日了。这样一想，这个礼物会送给谁，已经不言而喻了。

姜好展示完，把杯子小心地收回盒子里，再抬头，后知后觉地发现家里还是只有陈嘉卓一个人。

她仰头问他："外公外婆中午没有回来吗？"

"没有，外公没和你说？"

陈嘉卓中午时收到消息，外公说家里有个亲戚出事，应该是比较棘手，他们得很晚才回来。

他把自己知道的都转达给姜好。

"原来不是工作。"姜好不清楚。不过既然没有通知她，说明问题应该不大。

"你饿了吗？我上楼放一下东西，然后我们就出去吃饭。"姜好心情很不错，飞快拎着大包小包跑上楼。

一小时后，出租车停在某条夜市街的路口。

再往里就进不去了，长街窄巷弯弯绕绕，不好调头，姜好和陈嘉卓就在这边下车。

姜好还穿着白天那条裙子，她带路，一边给陈嘉卓做介绍。

"这边好多店都开了十几年了，稍微难吃点的都留不下来，竞争特别大，你下次如果还来西城，就来这儿吃饭，随便挑一家味道都不会差的。"

说话时，她习惯看他，没有注意到迎面跑来的小孩，陈嘉卓把她往自己身边带了带。

两人的距离一下拉近，姜好闻到了他身上淡淡的和自己一样的洗衣液味。

他很高，离得越近越能明显感受到，她穿平底帆布鞋，发顶还不及他下巴。

往里走，人流变多。

摊贩的叫卖声、路人的交谈嬉笑声，熙熙攘攘，高低腔调，糅进黄昏里，烟火气很浓。

姜好带着他一路走到最里面的一家特色菜餐馆。

店内装修独特，暗红木桌，沙发椅，餐座之间用复古的棕色玻璃珠帘做隔断。

店里生意火爆,服务员确定人数后安排好餐位便离开。

两人面对面坐着,姜好递一份菜单给他,自己也摊开一份。

灯光柔和,她低头研究菜品,抬眼问他口味:"你可以吃辣吗?"

"一点。"

"我也是,只能吃一点。"她像找到道友,"看来我们俩能吃到一起。"

服务员送来一份大麦茶,放到桌子中央。热气上升,白茫茫挡住视线,她看不清陈嘉卓的脸,也没看见他眼中浮出的笑。

她是很有亲和力的人。陈嘉卓想,如果她愿意,一定能轻易俘获人心。

陈嘉卓父母只有他一个孩子,两人有各自的事业,对家族生意没有很大兴趣,对养孩子也不上心。他小学毕业就出国读书,在国外长大、生活,大部分时间都是一个人吃饭。

偶尔回港城,倒是能遇上人多的家族聚餐,只是人心不齐,没有人是真正把心思放在吃饭上的。

点完餐,两人耐心等待。

姜好没有看手机,问起陈嘉卓后面的计划:"你准备什么时候回国外呢?"

问完姜好才想起这话会不会没有礼貌,像是在赶客一样,她补救一句:"我是想着,看看怎么安排比较好。"

"八月初。"陈嘉卓说。

他不是直接回去,在这之前要先去一趟港城,他祖父身边的秘书已经转告过不止一次,要他早些回去。

"这么早吗?"姜好皱皱眉,她觉得陈嘉卓才来没多久。

陈嘉卓说:"以后还有机会。"

姜好不置可否地点头。她没有太相信,"以后"这个词太缥缈了,人和人之间的缘分是很浅的,可能转个身挥别,就是最后一次见面了。

后来饭菜送上桌,吃到最后时,姜好给自己和陈嘉卓各自倒了一杯大麦茶。

以茶代酒,她朝他举杯,声音清脆:"那就,祝你有一个难忘的假期。"

陈嘉卓勾勾唇角,和她碰杯。

这些画面都是隐藏于记忆长河里的草蛇灰线,一切有迹可循,他也有预感隐现。

她会一语成谶,而他真的忘不了。

当晚回去,进了房子还未见到外公外婆,姜好才感觉到事情可能没有她想的那样轻松,拿出手机给外公打电话。

等待接通时,陈嘉卓陪在一旁。

手机搁在耳边,她不安地看向陈嘉卓:"我真粗心,一整天都没想起来打电话问一下。"

他安慰:"如果出事应该已经通知你了,可能是太忙了。别着急,先联系上外公他们。"

也有道理。但姜好仍旧控制不住自己乱想。

好在电话响了几声后被接通,外公他们没什么事,是姜好的表舅出事了。

姜好家亲戚不多,外公不是西城人,有一个同父异母的哥哥,早年间出国。当时交通不发达,通信也落后,联络大多靠信件,久而久之关系便淡了,这些年都来往甚少。

表舅是外婆那边的亲人,今早突发心梗入院了,他妻子在外地出差,赶不回来,只能外公外婆过去帮忙。

表舅比姜好妈妈还小几岁,算是远亲了。

陈嘉卓猜得没错,确实是因为事情太多,外公外婆忙昏了头,忘记给姜好留消息了。

况且家里不止她一个人,他们倒也没什么不放心的。

外公三言两语地解释完,告诉姜好他们今晚不回家了,之后外婆又接过手机,细细叮嘱她晚上不要出门,有急事就找陈嘉卓陪着。

姜好乖巧地应声:"知道了,那外婆你和外公注意休息。"

挂了电话,她肩膀塌下来,终于松一口气。

"没事了?"

姜好点头,但面上的神色并不轻松,眉梢带愁色。

陈嘉卓不清楚她在烦心什么,他不擅长安慰人,可能见多了她眉眼弯弯的样子,她不开心,他的情绪好似也受影响,蒙上一层灰。

他垂眼看她,尽可能给出让她心安的提议:"明天如果还是不放心,我陪你一起去找他们,今晚就早点休息?"

姜好应声:"好,那你也早点休息。"

次日一早,因为心里惦记着事情,姜好没有睡得很沉,闹钟还未响就迷迷糊糊地转醒。

还没到起床的时间,但再闭眼却睡不着了,翻来覆去,她索性起床洗漱。

洗漱完听到外面有动静,还有外婆的声音,姜好连忙出去。

楼下,外婆牵着一个很小的女孩在客厅,陈嘉卓站在一旁。

外婆和蔼地笑,弯腰和小女孩柔声介绍:"悠悠不认识是不是?这是嘉卓哥哥。"

悠悠好久没来这边了，怯生生的，还没陈嘉卓的腿高，不仰头连他的脸都看不到。

外婆教她："来，悠悠，咱们说'哥哥好'。"

陈嘉卓只能被动地等在原处，然而一片安静，悠悠死活不开口，搂住外婆的腿往后躲。

外婆也不强求，本来就是哄小孩而已，摸摸她的头，带她到餐厅那儿吃东西，陈嘉卓这才得以脱身。

姜好看着好笑，轻快地跑下楼："外婆，悠悠怎么过来了？"

悠悠是她表舅的孩子，表舅晚婚晚育，小孩才三岁多。

碍于身边还有悠悠在，外婆微不可闻地叹口气，拉着姜好走到一边。

"她爸爸情况不是很好，需要转院。你外公在帮忙联系专家，我待会儿还要回去，你帮外婆照顾一天悠悠？"

姜好当然愿意，亲人出事，她只能尽己所能出一点力。

"我妈妈她知道吗？"

外婆摇摇头："她工作忙，有我和你外公在就够了。"

外婆又说："我带了两件悠悠的衣服，和她平时喝的奶，都在沙发那边的包里，外婆先回医院了。"

临出门前，外婆又和陈嘉卓说了几句话，隔着距离，姜好也没听见说什么，只看到他低头听外婆说话，不时地点头。

餐厅里，悠悠很乖地捏着包子小口小口地咬，可能还不知道发生了什么。

姜好心一软，过去坐在一旁，给她剥鸡蛋吃。

悠悠穿着鹅黄色的棉质裙子，肉乎乎的很可爱，能看出来被照顾得很好。

她还记得姜好，睁着圆圆的大眼睛，软声叫她"姐姐"。

姜好心都要化了，揉揉头捏捏脸："悠悠好乖哦。"

那边陈嘉卓送了外婆出门，回来继续吃早饭。

他没有多少和小孩子相处的经验，拿出敬而远之的态度，坐到了姜好对面。

刚一坐下，悠悠就偷偷去看他。她不认识陈嘉卓，觉得他又高又冷漠，有点怕他，手里的鸡蛋都吃慢了。

姜好目睹一切，清清嗓子，朝陈嘉卓眨眨眼。

他眼皮微撑，无声问她。

姜好做了个"她怕你"的口型，本意是想让他说两句话缓和一下气氛，顺便补救补救他在悠悠那里有点冷冰冰的形象。

陈嘉卓微顿，思考过后，拿了两个烧卖和餐桌上他的那杯橙汁去了客厅。

姜好无言。回应真是简单。

他坐在沙发上，手肘撑着膝盖，宽背微弓，垂着眼，一个人吃早饭。

怪可怜的。

吃过早饭，姜好陪着悠悠在前院玩，小池子里有几条鲤鱼，悠悠蹲在旁边盯了一会儿，指着鱼对姜好说想要。

姜好哪敢给她抓，这几条都是外公精心养着的，每晚睡觉前得数一遍。

一大一小在外面蹲着僵持许久，陈嘉卓下楼拿冰水喝，很难不注意到。

室外温度高，姜好那么怕热，不知道她怎么忍下来的。

他走过去，拉开玻璃门。

姜好闻声看去，眼中溢出感激之情，好似看见救星。

她悄悄起身到他身旁："你快和悠悠说，那鲤鱼不能捞出来。"

陈嘉卓轻笑，有意为难她："坏人找来做？"

姜好双手合十对他拜了拜。

他没法拒绝，过去缓着声尝试和地上的小不点讲道理。

效果异常显著，都不用重复第二遍，悠悠立马就乖乖放弃了，站起来飞快地跑到姜好身边。

陈嘉卓略无奈地朝姜好递去一个眼神，好像在问"我很可怕吗"。

姜好捂着嘴笑得很不收敛。

好在小孩子注意力难集中，打个岔就忘了，被姜好带回客厅看动画片，老老实实地坐到中午。

午饭点的外卖。附近有家私房菜馆，点的几道菜，姜好和陈嘉卓坐在一起研究很久。

百度搜索框上的历史搜索记录有"三岁的孩子不可以吃什么""三岁可以吃带酱油的菜吗""三岁孩子的辅食"……

得出的结论是，三岁的孩子已经可以和正常人一样饮食了。

吃过饭，还在饭桌上，姜好就收到大提琴老师发来的消息，问为什么没有收到她上午的作业。

悠悠黏了姜好一上午，姜好没忍心放下她去练琴。

那条消息，陈嘉卓也看见了。他知道姜好每天需要练三个小时的琴，录一首曲子的视频作为作业发给家教老师。

昨天因为出门玩，她提前请过假，今天再请假有点说不过去了。

姜好在考虑带着悠悠一起练琴是否可行。

陈嘉卓开口问："要不我来试试？"

姜好犹豫了一会儿，和他确认："你不会要把那条鱼抓给她玩吧？"

他有些失语，最后还是回说："不会。"

可是有些人就是和小孩子很难相处,没法强求,姜好觉得这是自己家的事,不能把责任推给陈嘉卓。她知道他是出于好心,但也不想给他带来困扰。

她没有立即答应,犹豫着:"其实我今天再请一天假也没事。"

"没关系,我不行的话再换你来。"

可能因为共处了一上午,悠悠没有像刚开始那样害怕陈嘉卓了,但听见姜好要去楼上练琴时还是委屈巴巴,想跟过去。

姜好看看陈嘉卓。

陈嘉卓没说话,弯腰把悠悠抱起来。他个子高,力气也比姜好大很多,单手就能稳稳托住小孩子。

视线齐平,这可能是悠悠从早到现在第一次看清陈嘉卓的正脸。

同小孩说话,几乎每个人都会不自觉放柔声音,陈嘉卓也不能例外,温声问:"悠悠是不是喜欢看《汪汪队立大功》?"

这动画片她看了一上午。

悠悠在他怀里小声地说"喜欢"。

"你让小好姐姐练一会儿琴,我陪你找小狗玩,好不好?"

这诱惑太大了,可能还有陈嘉卓本人的颜值加持,悠悠没有犹豫多久就点头,眼里是藏不住的期待:"看小狗!"

陈嘉卓抱着悠悠直接去了后花园,卡卡的小屋在那儿。

外婆早上出门前,担心小狗会吓到小孩,交代过陈嘉卓,让他把卡卡拴好。

外面天热,陈嘉卓把狗屋挪到了廊檐下,午饭前去喂过几次水。

卡卡被冷落了一上午,此刻见到陈嘉卓,欢脱地在他腿边蹦起来。

悠悠眼睛一亮,指着卡卡奶声奶气地道:"狗狗!"

陈嘉卓应了一声,放下她,先去安抚狗。等卡卡听话地趴在地上后,他解了狗绳,一只手抱狗,一只手牵着悠悠回客厅。

客厅里已然空无一人,姜好趁着刚刚那会儿工夫上楼去了。

不过因为不太放心,姜好没有在房间待多久便悄悄出去看情况。

她没敢下楼,怕悠悠见到又黏过来,只往楼梯口挪了一点,露出半个脑袋。

她默默观察一会儿,才发现原来这个家牺牲最大的是卡卡。

这之前,卡卡算是宠儿了,家里没有其他猫狗,就它一只独苗,没人折腾它。

可小孩手脚没个轻重,因为太喜欢了,悠悠抓着它往自己怀里揽,把它拍得一愣一愣的。

卡卡胆子小得要命,臊眉耷眼地往陈嘉卓脚边钻。

陈嘉卓坐在沙发上,只能伸手把一崽一狗隔开。

悠悠跪坐在地毯上，眨巴着大眼睛望过去，就快要哭出来。

他有些伤脑筋，手指挠了挠眉骨，探身握着悠悠的手，轻轻地放到卡卡背上，教她控制力道。

"小狗会痛，你要轻轻的，不然它会生病。"

悠悠不是不听话的小孩，闻言便不动了，像做错事一样将手背到身后。

她还太小，对很多话都一知半解，仰头问陈嘉卓："生病？像爸爸吗？"

闻言，站在楼上的姜好和陈嘉卓皆是一滞。

小孩子稚嫩又认真的声音继续说："哥哥，我会轻的，小狗不要生病。"

陈嘉卓的目光倏然变得很温柔："嗯，不会的。"

三个小时很快过去，姜好下楼时，陈嘉卓和悠悠相处得不错。

好像只要他想，就没有做不到的事情。

悠悠坐在他身边，看见姜好时很兴奋地喊："小好姐姐！"

显然比起陈嘉卓，她还是更喜欢这位漂亮又温柔的姐姐。

姜好笑起来，忍不住过去亲亲她。

软软的脸，亲起来口感很好，姜好把她揽到怀里："悠悠有没有听嘉卓哥哥的话？"

悠悠脆生生地说"听话了"。

陈嘉卓本来起身准备离开的，听到这话有些想笑，回身垂眼望着沙发上的姜好。

悠悠亲昵地腻在她身上。她两条胳膊细窄，身上没多少肉，不知道怎么抱得动将近四十斤的小孩。

相处半个月，她自己有时还表现得像个小朋友，偶尔偷懒，偶尔和她外公耍小脾气，可当起姐姐来，倒也像模像样。

姜好抬头，正好撞进陈嘉卓那双浮着笑意的眼睛里。

他的五官长得很出挑，眼尾有个甚明显的重睑，平添了几分内敛含蓄，不笑时冷清疏离，笑起来是另一种好看。

短暂晃神后，姜好有些不好意思，不动声色地移开视线，让他帮忙拿些卡卡吃的冻干过来。

她说："卡卡今天辛苦了，是只好小狗，要犒劳一下。"

陈嘉卓去旁边的柜子里拿，很快折返。

宠物狗吃的生骨肉冻干，外观做得可爱，卡卡也很爱吃。

悠悠盯了一会儿，看卡卡吃得香，也伸手拿了一块往嘴里塞，被站在一旁的陈嘉卓及时制止了。

姜好哭笑不得，耐心地和悠悠说："悠悠，这个只有狗狗能吃。"

她把冻干盒盖好递给陈嘉卓，"要不你带卡卡去旁边吃吧？"

陈嘉卓点头，又低声问她："我去拿块巧克力给悠悠？"

姜好当然同意，又奇怪地问："你没给她拿零食吗？"

陈嘉卓说"没有"，他有自己的道理，挺认真地说："小朋友的零食不能随便动。"

姜好蒙了一下，继而才意识到他口中的小朋友是谁。

她脸颊微热，为自己正名："我又没有那么小气。"

他笑："我知道。"

即使悠悠很乖，但带孩子很累这件事是毋庸置疑的。

好不容易到了晚上，姜好接到悠悠妈妈的视频电话。

隔着屏幕，悠悠喊妈妈。

视频中的女人面容疲惫，但还是努力挤出笑容应了一声，没有提几点过来接孩子，而是柔声让悠悠听姐姐的话，不要闹人。

悠悠懵懵懂懂地记着。

不需要多说，姜好都能猜到表舅的情况不好。

视频挂断后，表舅妈又打来电话，拜托她再帮忙看顾一天悠悠，又承诺明天晚上一定能抽出时间过去接孩子。

姜好连应几声，让她放心。

这晚，姜好带着悠悠在自己房间睡觉。

可能因为白天精力耗得差不多，也可能是还没有反应过来，悠悠没有闹着找妈妈，洗完澡躺在床上玩着玩着就睡着了。

姜好提着的心放下，欣慰得很。

只是第二天，她才知道自己的心放下得太早了点。

陈嘉卓一如既往，在早晨六点半时出门晨跑，下到二楼却听见小孩子的哭声，从姜好的房间传出来。

是悠悠在哭，其中还伴随姜好细细碎碎的声音。

他迈步过去，轻叩几下房门。

几乎是同时，便听见姜好用略带崩溃的声音叫他："陈嘉卓，你快进来帮帮我！"

迟疑一下，陈嘉卓握住门把手，打开房门后走进去。

这是他第一次进姜好的房间，没有四处看，只上前问情况。

姜好坐在床上，穿一条珍珠灰的睡裙，松散的长发有些凌乱，焦头烂额地抱着悠悠在哄。

往常这个时间，她还没有睡醒。

悠悠一直在哭，埋在她肩窝里哭，什么都不看、什么都不听，时不时念叨一声要找妈妈。

姜好心疼又心累，仰头朝走过来的陈嘉卓露出一个无措的表情。

她束手无策，没有处理这种情况的育儿经验。

陈嘉卓俯身，将悠悠从姜好怀里抱走。

换了人抱，悠悠的哭声停住，但抬眼看清来人是陈嘉卓后，又继续呜呜咽咽。

"悠悠怎么了？"他低声问，一边说话分散她的注意力，一边朝外面走，出了房间，反手将门轻轻合上。

哭声渐远，姜好精疲力竭，脱力似的朝后躺下，然而也只休息了几分钟就认命地起床去洗漱。

洗漱完下楼，悠悠已经不哭了，但还是不开心，两只眼睛都红红的，在抽噎。

陈嘉卓站在岛台旁，单手抱她，另一只手在冲奶粉。

他的动作并不娴熟，但因为有条不紊，显得极其沉稳。

乍一看，很像回事。

姜好忽地猜想，陈嘉卓以后一定能当个好爸爸吧。

把悠悠放到餐椅上吃早饭，两人站在不远处低声交谈。

姜好小声问他："你怎么哄好的，太厉害了。"

"可能哭累了？"陈嘉卓也没什么值得参考的技巧，垂眸看她，她眼下有淡淡乌青，精神不济，显然没睡好。

他平着声问："你要不要上楼补觉？"

姜好摇摇头："不了，睡不着了。而且现在是不哭了，待会儿想起来估计还是要找妈妈。"

想到这儿，她眉头又微微蹙起，很是头疼。

陈嘉卓提议："不然带出去玩？附近有没有儿童乐园之类的地方？"

姜好思忖片刻，想起市中心商场里好像有一家。

这种燥热天气，在室外玩不舒服，在商场里正好。

她有些犹豫，期盼着看他："你也去吗？"

陈嘉卓笑："当然去。"

即使姜好不问，他也会跟着一同去。她年纪也没有多大，让她一个人带悠悠出门，他不放心。

姜好感激地看着他，表情肉眼可见地放松下来，和他说自己的安排："那我待会儿先带她上楼洗脸，再换件衣服。"

陈嘉卓不需要换，他今天穿了一件白色Polo衫，搭着宽松长裤。他没有带很多衣服过来，只有几件轮换，这件Polo衫出镜率很高。

之前，姜好一直觉得这个款式不适合年轻人，可他穿上就有种恰到好处的妥帖。

转念又想，他这样的身材，大概穿什么都不会难看。

等悠悠吃完早饭，姜好过去问她要不要去外面的儿童乐园玩。

悠悠父母平时工作很忙，加上两人也算是老来得子，精力跟不上年轻的宝爸宝妈，很少陪她去那种地方玩。

姜好刚问完，悠悠便抬头，小声地问有没有滑滑梯和小火车。

"应该有吧？"姜好不确定，下意识地去看陈嘉卓。

陈嘉卓点头："有。"

姜好微微睁大眼睛，没想到他还真的知道。

"买票的时候看了一眼。"陈嘉卓解释，把手机屏幕上列出的游乐项目递给她看。

他细心到让人忍不住感叹。

儿童乐园很大，有海洋球场地还有各种游乐设施。

悠悠完全忘记了伤心事，一进去就玩得忘我。

一整个下午，姜好不止一次地庆幸还好有陈嘉卓在身边。

要她陪着小孩子满场跑首先就是一个挑战，就算体力跟得上，也不一定能保证悠悠不磕磕碰碰。

三个人在外面吃过晚饭才回家。

将近七点，霞光下坠，天幕染上暗色，薄云里月亮隐现。

他们准备走到路口打车，这附近有个公园，路旁有不少商贩摆地摊卖小玩意。

姜好拉着悠悠过去玩，悠悠一眼看中一个兔耳朵的发光发箍。

"小好姐姐，你戴这个！"她蹲在小摊前，给姜好也挑了一个。

是个尖尖的耳朵，不知道是猫还是什么其他动物。

姜好低头，让她帮自己戴上。

悠悠不会，摆弄了好一会儿才戴好，歪歪斜斜的，压住了姜好脸侧的碎发。

陈嘉卓看不下去，抬手帮忙调整。

动作间，手指难免会碰上她的脸，温热的触感让他忽然滞住，他的手指微微蜷了一下，又自然地收回："有点戴偏了。"

姜好不疑有他，低头扶正发箍，又问他："好了吗？"

路灯下，金灿灿的灯光和清朗的月色落在她眼里，她望着他。

"好了。"陈嘉卓忍住一切不自然的神色，偏了偏脸，目光落向别处。

付款的二维码贴在纸板上，他拿出手机扫码付款。

姜好想说自己付就可以，陈嘉卓提前开口："就当是我送给悠悠的。"

十块钱的东西，都称不上破费。

悠悠靠在姜好腿边，看上去有些累了。也确实，玩了一天，她自己的脚都有些酸，更别说小孩子。

姜好把悠悠抱起来，悠悠心情很好，在她怀里扑腾。

她有些招架不住："悠悠，你再动姐姐就抱不动了。"

悠悠瞬间变乖，和姜好脸贴着脸："小好姐姐，我不动了。"

是这样一个夏天的晚上，热风徐徐，车水马龙，熙来攘往。

姜好扬声说："陈嘉卓，你帮我和悠悠拍张照片吧。"

陈嘉卓没有异议，退后一些找角度。

姜好出门穿得随意，纯白短袖和牛仔短裤，扎一个低丸子头，淡笑着看向他。

这一刻，某种他自己都感到错愕的私心冒出头，因为对眼前景致的莫名留恋，叫他迟迟不舍得按下拍照键。

镜头将画面定格。

拍完照，陈嘉卓把自己的手机递给姜好，让她看看照片是否过关，又从她手上接过悠悠。

"可以吗？"

姜好点点头。

回去的路上，悠悠歪在陈嘉卓身上睡着了。

姜好看到他很轻地伸手，慢慢摸到后面的开关，把一闪一闪的灯光关掉了。

"晃得眼晕。"他也有些累了，靠着车座，手背压压眼睛，声音懒倦。

姜好失笑，又觉得很抱歉。

人家明明是来度假的，结果硬是帮忙带了两天小孩，估计以后都不想再来了。

她窝在车门边，出神看着车窗外不断变换的夜景。

陈嘉卓注意到，问她是不是困了。

"你可以睡一会儿，到了我再叫你。"

"没事，我还好。"姜好和他开玩笑，"这算不算你比较奇特的度假经历？"

"算吧。"

但陈嘉卓不排斥这种经历，就像他平和地接受心底滋生的一些生僻又难以把控的情绪。

第三章 少年游

七月底，西城下了一场暴雨，暑气被冲散一些。

因为计划着要陪陈嘉卓去西城远郊的景区玩，姜好把练琴的时间调到了晚上。

九点多练完琴，姜好有些饿，下楼去找吃的。

湘姨在厨房腌明天中午做菜用的猪排，见到姜好过来，笑眯眯地问她要吃什么。

姜好开冰箱，探头看了一圈，没找到想吃的，倒是发现里面多出了两盒巧克力。

是常吃的牌子，但她记得自己最近没有买过。

姜好把巧克力拿出来："湘姨，这个是外婆买的吗？"

虽然这样问，但她也清楚可能性不大，外婆向来是直接给她塞零花钱的。

湘姨转头看一眼："不晓得。我记得嘉卓前两天拎了袋子进来，会不会是他哦？"

姜好心下了然，应该就是了。

所以是帮她把悠悠吃掉的巧克力补上吗？

她弯弯唇，觉得这样的陈嘉卓很像个大哥哥。

姜好拿着巧克力出神，湘姨以为她想吃："小好，晚上就不要吃那么甜的了，我洗点青提，你给嘉卓也送一点。"

"好啊，那我先去洗澡。"

巧克力她又放回冰箱里，准备待会儿送水果的时候再和陈嘉卓说声谢谢。

洗完澡下楼，湘姨也正好端着果盘从厨房出来。

把果盘放到餐桌上，湘姨回到厨房，走到一半想起什么，回头提醒姜好："刚刚你手机响了，你看看是不是有人打电话。"

姜好在揉脸上没抹匀的保湿乳，闻言过去拿起手机查看。

是祝樾打来的电话。

连着两个她都没接到，微信上有他发来的消息，告诉她后天生日聚会的时间和地点。

姜好坐在餐桌旁，捏起一颗青提吃，顺手将电话回拨过去。

刚接通，听筒里闹哄哄的背景音先传过来，鼓噪的金属音乐快要盖住祝樾的说话声。

祝樾可能在往外走，那边的嘈杂声越来越小。

姜好听到他问："后天要不要我去接你？"

他发来的地址，她看了一下，好像是个会所，她没去过，但那条路她认识，不算太远。

"不用了。"姜好替他考虑，"你是寿星嘛，留在那边招待朋友吧。"

祝樾没坚持，又问她喻桃回来没。

喻桃是姜好的发小，两人关系很好，所以祝樾和她也认识。她去年夏天出国，在国外一边读书一边当练习生。

"没有，我问过她了，她说今年年底会回来几天。"提到喻桃，姜好心情有些低落，"她已经一年没回来了。"

喻桃家里的情况比较复杂。她算是童星，进娱乐圈时年纪还小，人很漂亮，只是资源太差，一直不瘟不火。

随着年纪增加，戏路变窄，高中生之类适合她的角色，二十出头的演员也能胜任，人家还是科班生。这个圈子从不缺新人，小火靠捧，大火靠命，她的背景不够，很难出头。

接不到戏的日子不好过，她父亲再婚，只将她当作赚钱工具，经常冷眼相向。

碰巧去年国外有家娱乐公司联系她，承诺做三年练习生之后会给她一个出道名额。喻桃孤注一掷，为了这个机会，甚至和家里断绝了关系。

祝樾听出她话里的难受："你要是真想她，过几天我陪你去那边找她，怎么样？"

"真的吗？"姜好坐直，语气中难掩雀跃。

那边先是低低一声笑，继而问她："什么时候骗过你？"
祝樾又说："本来想让喻桃陪你过来的，她没回的话，你可以找其他朋友、同学之类的。"
他记得她身边有个关系还不错的女同学。
姜好也是这样想的。他的生日，一定有很多她不认识的人，到时候只有她孤身一个人，未免太不自在。
"谁都可以吗？"
他逗她笑："随你带，除了外公外婆。"
祝樾每次找姜好的时候，心情都特好。今晚被几个朋友拽去疯闹一晚上，他嫌没意思，坐在卡座一角时忽然想到她。
听她甜甜地和自己说话，被吵了一晚上的耳朵都好受些。
里间见祝樾很久没回，有个朋友顺着他离开的方向摸过来，咋咋呼呼来一句："樾哥，和哪个妹妹聊天呢，笑这么欢。"
这话姜好也听到了，她顿了顿，确定了他又是和别人在外面玩。
祝樾朝身后摆了个冷眼，再想开口时，姜好已经提出挂电话："那先不聊了，后天见吧。"
挂断电话，姜好瞥见桌上的另一盘青提，才想起还要给陈嘉卓送过去。
她起身端上果盘，三步并作两步跑上楼。
陈嘉卓在房间里，隔着很远便听见"咚咚"的上楼声。
这个家里，能造出这个动静的，也就一个人。
没过几秒，房门被轻轻叩响。
他起身去开门。
打开房门，不出意料，外面站着姜好。
她没说话，笑吟吟地朝他举一下手里的果盘，来意不言而喻。
陈嘉卓从她手上接过果盘："谢谢。"
本来以为姜好只是过来送水果，但给他递完果盘，她仍站在门口，眼里带着些踌躇。
陈嘉卓有些不解，试探地问一句："要进来吗？"
"方便吗？"姜好的乌瞳闪着光亮，灵动可爱，明显是正有此意。
他勾唇，无声侧了侧身，让出她进来的位置。
房间里只开了一盏壁灯，光线昏昧，壁灯旁有个低矮的软沙发，面前摆着一张玻璃小圆桌，上面放着还未息屏的电脑。
姜好能轻易想象她进门前的画面，陈嘉卓应该是坐在这个位置沉默地看着电脑。
陈嘉卓将果盘放在电脑旁，微微躬身，不动声色地切换了电脑页面。
姜好没有察觉到丝毫。

这里原本就是用作客房，没有多余的椅子。她很规矩，没有随处坐，陈嘉卓转身时看到的便是姜好站在一旁，一副乖巧的模样。
　　她穿着一条淡蓝色的棉布背心裙，看着亲肤的面料，软塌塌地垂落，暖白光下，她整个人都很柔和。
　　他不经意便想起前几天悠悠过来时，趴在她怀里，一直说姐姐身上香香的。
　　她看着确实香香软软的。
　　陈嘉卓及时止住不太合适的想法，让她随意坐。
　　姜好就近坐在了床边，视线无意中落到电脑屏幕上。
　　她认出那是基金页面，她在她爸爸的电脑上看过。她酝酿的话忘了说，好奇地问他："你买了基金吗？"
　　陈嘉卓"嗯"了一声，主动给她解释："这个要成年才能买，我用的不是自己的身份证。"
　　姜好慢慢点头："赚钱吗？"
　　"能赚，但是也有风险。"
　　"啊，那算了。"
　　一听有风险，姜好立马打消了自己也买点试试的念头。
　　言归正传，姜好先和陈嘉卓提起他买的巧克力。
　　她问得很真诚："不用给我买吃的，你的零花钱够用吗？"
　　姜好家里条件算是很好了，可她父母给零花钱也是有度的，因为不想叫她养成铺张浪费的习惯。
　　她先入为主，以为陈嘉卓和她一样，零花钱的来源还是只有父母那边。
　　"够用。"陈嘉卓指一下电脑，"而且基金偶尔也能赚一点。"
　　他说得很保守，但其实他现在已经完全不需要依靠父母了，这几年他靠自己投资基金和股票的收益都足够生活。
　　"在你家住了这么久，一点巧克力而已。"
　　姜好也不再多说，转而问起另一件事。
　　她斟酌着开口："我后天要去参加祝樾的生日聚会，可以带朋友，你要不要去？"
　　身边算得上好的朋友，除了喻桃就是宋蓓蓓，只是宋蓓蓓早几天就和父母出去旅游了，后天赶回来的可能性很小。
　　她不想一个人过去，便打算拉着陈嘉卓一起，即使知道他答应的可能性极低。
　　话问出来，面上已经做好被拒绝的准备。
　　谁知道下一秒，听到他应了一声"好"。
　　姜好不可思议，那副极力掩饰吃惊的表情又差点让陈嘉卓失笑。

他语气很淡地补充:"刚好也没什么事情,需要带点什么礼物吗?"

姜好忙说不用,怎么好让他破费。

这事敲定,她心情轻松许多,留下来继续和他聊天,偶尔吃一颗面前的青提。

"你生日是什么时候呢?"

他说:"1月17日。"

姜好"哦"了一声,低头解锁手机,打字搜索。

"哇,你是摩羯座。"

陈嘉卓不是很了解星座:"有什么讲究吗?"

"嗯……"姜好回想,继续道,"这个星座有可能是工作狂,很勤奋,但是也很孤单。"

这些形容词有些直白,他笑一笑:"还好吧。"

"星座嘛,只能随便看看,也不能太当真。"

姜好边说,边伸手继续拿青提,摸了个空,才发现果盘里已经没青提了。

这一盘子,陈嘉卓只吃了不到五颗。

姜好搓搓手指,不好意思地望着他。有些待不下去了,她起身,轻扯一下睡裙捋平压褶。

"那就不打扰你了。"她把空盘子拿起来,"这个我顺便带下去。"

于是又收到一声令她受之有愧的"谢谢"。

姜好摆摆手,和他说"晚安"。

"晚安。"陈嘉卓回道。

房间门开合,走廊的灯光泄进来重新被隔绝。

陈嘉卓依旧坐在软沙发上,面前电脑亮起,页面被切换回来,上面暂停播放的是姜好小时候参加的那档综艺节目。

祝楒生日,又是个阴雨天,雨落下之前,空气闷热稀薄。

聚会开始时间在下午,姜好不着急,早起练完琴,作业发给家教老师之后才开始为出门做准备。

换好衣服下楼,庭院外的石板地已经被雨染成深色,雨点有扩大之势。

外公在和陈嘉卓下棋,看到她过来,毫不客气地差遣她:"小好,把外面那几盆花拿进来,别给淋坏了。"

姜好慢吞吞地过去,图省事一口气抱了两盆进来。

外公瞥见,无奈地摇头,吓唬她:"待会儿弄碎了,你得赔给我。"

姜好不以为意:"谁叫外公找了个不靠谱的人帮忙呢。"

外公头也没抬,一边看棋盘,一边和对面的陈嘉卓讨个公平说法:

"你说说她是不是挺无赖的？"

陈嘉卓落一颗棋子，没有直接回答，只说："外公，您得注意风险评估。"

姜文山"嘿"一声："你小子……"

再看姜好，脸上扬着笑，似乎对陈嘉卓的回答很认可。

搬完花盆，她把落地门关上，防止雨丝溅进来，随后走到外公身边，俯身看了会儿棋。

坐着的两人不紧不慢地布着局，她有些失了耐心："你们这盘什么时候结束呀？"

外公优哉游哉："早呢。"

姜好小声撒娇："外公，你快一点嘛，待会儿陈嘉卓要和我出门的。"

"这么大雨，你俩出门什么事？"

她轻快答："祝樾生日啊。"

外公恍悟，点点头："那嘉卓，外公就给你杀个痛快点吧。"

陈嘉卓支着额，挂着无可奈何的笑容："行。"

外公杀伐果断，对面自然惨败。

姜好双手合十，轻拍一下手掌，很满意现在的情况："好了，陈嘉卓你要换衣服吗？"

他点头，看一眼棋盘，姜好立马会意："我来收！"

陈嘉卓换衣服很快，上楼不过五分钟就重新出现在楼梯口。

他穿的是第一次见面的那件白色短袖，宽绰有余。但他好像是天生的衣架子，该有的棱角被他撑起，纯白面料，只有袖口绣着小小的商标，除此之外没有任何图案。

姜好没有这个牌子的衣服，但她记得祝樾有几件。

正想着，他拎着手机，到她面前："走吗？"

姜好才刚刚收完棋，说："等一下。"她没想到会这么快，匆忙折回楼上。

轮到他来等，耐心明显给得更足。

外公端着茶杯进书房，开始做自己的工作，路过他身边时，顺嘴说一句："嘉卓啊，你也别太依着她。"

他的外孙女他自己最了解，大多时候都是听话明事理的，可当她温声细语求人时，谁都不忍心拒绝她。

陈嘉卓说："也没有其他的事。"

外公稍作估量，觉得也行："祝樾那小孩还没定性呢，爱玩，估计顾不上小好。要是闹得太晚，你就带她早点回来。"

"好，外公您放心。"

李叔将两人送到目的地，一处私人会所。

车刚停下，便有戴白手套的侍应生上前替他们开车门，接着询问是否有预约。

姜好报了祝樾的名字。

说完，后方又来一名侍应生，负责在前面引路。

大厅是偏中式的风格，无主灯设计，光线不晃眼，和姜好印象中的寻常会所相比，少了几分富丽堂皇的俗气。

不过对姜好来说，再怎么高级也只是个吃饭的地方罢了。

出了大厅，穿过好山好水的庭院，看见一处独立的院落，依旧是古建筑的外观，讲究到极致了。

祝樾倒是很会选地方。

在其中一间包厢门口停下，还未开门便听见里面隐隐约约的喧嚷声。姜好皱皱眉，对一直陪在她身旁的陈嘉卓小声吐槽："搞得神神秘秘的，这和轰趴馆有什么区别？"

替客人周到地推开门，侍应生便离开了。

姜好走进去，吸引了全部视线，有人号一嗓子，吆喝着说："樾哥，你青梅妹妹来了！"

陈嘉卓在她身后，垂着眼反手关门。门把手是半圆形，上面刻着繁复纹路，他多打量了一眼，落后一步，被入门处的酒柜挡了个全，其人在这句话落下后才现身。

满场霎时静了几分，因为这个生面孔。

祝樾在看到姜好身边的人时也愣了一下。

不过两人有过一面之交，不算全然陌生，他短暂错愕之后就回过神，抬一下手示意，算作打招呼了。

陈嘉卓小幅度颔首作为回应。

在场其他人能看得出来，祝樾和这位也没有多熟络，稍一想便能知道是姜好那边的朋友。

气质不俗，长相上乘，虽然不认识，但可以认识。

担心陈嘉卓不自在，姜好朝他身旁挪了一些，两人站得很近，几乎是并肩。

祝樾看在眼中，莫名觉得有些碍眼，走上前，姜好把手中的白色礼品袋递给他。

她软软地笑，唇角有梨涡，对他说"生日快乐"。

这声"生日快乐"，祝樾在听，陈嘉卓也听着。

离饭点还很远，大家自发地找乐子打发时间。

有几个人准备玩德州扑克，但并不是所有人都了解规则，所以最后还是返璞归真，玩大家都会的斗地主。

陈嘉卓和祝樾在牌桌上，旁边围了一圈人。

原本陈嘉卓没有去打牌的想法，其中一个叫施博易的男生不断邀请，因为不想大家扫兴，他答应了。

祝樾拆了一副新扑克，交给他来洗。

陈嘉卓不张扬，但是洗牌的动作一出，游刃有余的样子，谁都能看出他绝对不是新手。

姜好也在一旁。她有些惴然，担心陈嘉卓会吃亏。

这些玩乐项目对祝樾他们来说都是家常便饭，而且他们几个向来是真金白银的玩法。

发完牌，陈嘉卓朝后靠在椅背上，稍稍偏头看后面的姜好。

姜好有点紧张，凑近小声问："你会输吗？"

他问："你希望我输吗？"

这叫什么话？"当然不希望。"她乌瞳微瞪。

陈嘉卓点头，很有自信："那就不会。"

祝樾坐在对面，将两人窃窃私语的样子纳入眼底，不明显地皱了皱眉。他出声打断："开始吧。"

然而，第一局很快结束，陈嘉卓稳妥地成为赢家。

施博易有些惊讶，提出他来洗牌，紧接着又来了一局。

这局陈嘉卓做了地主。

施博易看了眼自己手中的牌面，似乎很有自信，问："确定吗？"

陈嘉卓不多言，点了点头。

一局结束，依旧是他赢。

施博易对自己牌技很有自信，见到陈嘉卓一身牌子货，瞧上去斯斯文文，不像是会玩牌的样子，所以一开始就抱着从陈嘉卓口袋里赢钱的念头。

结果没到一会儿的工夫，竟然连输两局。

他把手里剩的几张牌撂进牌堆里："再来！"显然有点赌上头的意思了。

陈嘉卓及时打住，起身，把赢来的一沓筹码推回盒子里，气定神闲地道："运气好而已，前面的不作数，第一次见面，怎么好收大家的钱。"

姜好也是这个意思。她怕施博易输不起，会闹得不开心。

她站在陈嘉卓斜后侧，这样看过去，他的侧脸棱角并不锋利，线条流畅分明。

姜好忽然知悉他给她的感觉是什么了——他身上有种蕴藉不卓异的内敛。

明明从各方面而言，他的条件都谈得上优越，却不会给人以咄咄逼人之感，相反，他是平和的，对自己拥有的一切都很平和。

陈嘉卓主动叫停，施博易在这空当里冷静下来，陡然醒悟，莫名松一口气。他好面子，容易和人较劲。

但他心里清楚，对方出牌的技巧肯定不是碰运气，一定是会算牌，而且不只是能算出个大概的段位。

陈嘉卓说不玩便真的不玩了，他走了之后，对面空出一个位置。

"谁来？"

有人跃跃欲试，但又怕输钱，不太敢上去。

祝樾叫住要跟着陈嘉卓到旁边的姜好："小好，你要玩一局吗？"

姜好讶然："我吗？"她嘟囔着，"我那牌技你又不是不知道，想赢我钱直说好吧。"

祝樾闷笑："不要你的钱，随便玩玩。"

"那行吧。"他这样说，姜好便没顾虑了，在刚刚陈嘉卓的位置上坐下。

这局是祝樾发牌。他发牌很快，姜好很少玩牌，连个半吊子都算不上，一把散牌抓在手里，根本来不及理。

刚刚离开的陈嘉卓不知道什么时候又回到她身边，站在她身后，很自然地接过她那一手乱糟糟的牌。

位置互换，她仰头去看身后的人。

陈嘉卓的手肘搭在她坐的椅背上，另一只手低低握着牌，垂眼挑出需要重新归位的牌。他手指白皙修长，抽牌时，手背有青筋隐动。

牌底是丹青花色，铺开后好似一把漂亮的水墨扇，他三两下理好，递给姜好。

"拿稳。"

姜好生怕弄散了，小心翼翼地接过，像是捧着什么稀世珍宝。

姜好在牌桌上的表现很温暾，丝毫没有赌徒气质。

当然，这也有她的牌撑不起豪赌一场的原因在。

有的牌面组合，她不确定是大还是小，不知道能不能压过对面，会悄悄看一眼陈嘉卓。

陈嘉卓点个头，表示能出，她才把牌丢出去。

拖拖拉拉结束一局，权当练手了。

祝樾问姜好要不要继续。

没等她说话，不远处站着的一个穿牛仔裙的女孩子娇娇出声，趴在祝樾身边说也想玩。

应该也是相熟的朋友，不然不会是这个语调。祝樾给的反应是轻轻挑眉，很有一套和女孩子相处的技巧，作势要起身给她让位。

那女孩又将他按回座位，说是想和他一起，不然没意思。

姜好看在眼里，适时开口："你来我这儿吧。"

这个女孩子和上次在校门口见到的不是同一人，不变的是也很漂亮，性格看着不错。听到姜好叫她过去，她笑着说"谢谢"。

走到姜好身边时，她也没有迤迤然直接坐下，和姜好聊起来，问怎么不玩了。

姜好实话实说："我不太会，拖得大家都玩不痛快。"

她去了一旁，想找比她早一点退出去的陈嘉卓，视线转了一圈，看见他站在包厢的窗户旁，身边有施博易，像是在找他讨经验。

姜好准备过去，却被不知道什么时候跟来的董漠拦住。

她看到他，立马警惕："有事吗？"

董漠看到她这样，露出坏笑："你怕我啊？"

姜好本来是不想多搭理他的，闻言多看他一眼，觉得他这人真奇怪，分不清别人对他的嫌弃吗？

她不说话，董漠也不恼，自顾自继续说："祝樾身边那么多女孩，你不生气？"

有点挑事的意味在里面，姜好听出来了，目露狐疑，眉心微微收拢，不知道他想说什么。

"那是他的事情。"她回得很生硬，板着一张略带稚气的脸。

董漠"嗤"一声，对她的回答不置一词，却忽地凑近："要不然这样，你跟我交个朋友呗，反正祝樾也……"

姜好后退半步，连带裙摆都跟着颤了颤。

她反应太大，董漠怕她引来别人，知道被祝樾看到会很难收场，举一下手做无辜状："开玩笑。"

没人想笑。姜好只觉得冒犯，转身就往陈嘉卓那儿跑去。

刚到那边，便听到施博易吊儿郎当地问着陈嘉卓："哎，你在赌场待过吧？"

姜好本来心情就挺糟了，又撞见这么一句不着四六的话，很不客气地替陈嘉卓出言回怼："你才在赌场待过呢，你以为都和你一样不正经吗？"

施博易被说得一愣，茫然地看向陈嘉卓，满脸"我怎么了"的表情。

陈嘉卓也察觉出她有些反常的脾气，没有理施博易的无声控诉，反过来安抚她："我没有事。"

是正好聊到，施博易追着讨牌桌小技巧，又得知他是港城人，联想到那边有合法赌场才这样问。他说话没个谱，但没什么恶意。

不过说施博易不正经倒是没有冤枉他，他和祝樾也是几年的朋友了，姜好知道他，十八岁左右的年纪，整天钻研如何靠赌收获人生第一桶金，本来就是不务正业。

身旁还有人，陈嘉卓低着声问她："过来找我吗？"

他的一侧脸对着窗户，外面阴雨天没有阳光，不刺眼的自然光将他的轮廓勾勒出，又虚化得很柔和。

姜好点头，却没说是什么事。

陈嘉卓朝她跑过来的方向瞥一眼，看到站在那边的董漠，猜出应该是打扰她了，只是具体原因不得而知。

施博易识趣地走开后，他们俩去沙发一角找了个位置坐下。

于秋婧过来时，看见姜好手里拿着一本薄薄的甜品小册子，在和她带来的男生小声交谈。

她穿娃娃领的碎花裙，裙摆宽宽地铺在沙发上，研究完小册子，朝后懒懒一靠，轻轻碰一下身旁的男生，给他指天花板上样式新奇的布艺灯。

有点不谙世事的娇憨感，也很像被保护着的公主。

于秋婧走过去，在她的另一侧坐下。

身边多了一个人，淡淡的香水味沁入鼻尖，姜好没法不注意，看过去时发现是之前过去找祝樾玩牌的女孩。

几句话聊完，姜好知道了她的名字，还关注了她的自媒体账号。

五万多粉丝的穿搭博主，主页有好物分享也有旅游Vlog（视频日志），数据还不错，看得出来是用心经营的。

姜好简单看完一个视频，夸她："你拍得好专业。"

于秋婧笑一笑，说自己做了一年才有起色，慢慢摸索过来的，刚开始的时候每个视频都要拍好几遍，白天上课晚上回家剪视频。

主动暴露自己的事情，是一种示好的信号。

姜好顺着她的话叹道："好辛苦。"

不过看她现在的简介上写着合作的联系方式，应该已经可以靠着账号赚钱，比施博易务实很多。

于秋婧说到这儿，没有多说了，又把目光移向陈嘉卓，用着和好友八卦闲聊的语气问姜好她身边的那个男生是不是哪个小演员。

倒是和之前宋蓓蓓猜得有些相似。

姜好摇头："他是我的朋友。"

她看一眼陈嘉卓，他从于秋婧坐下之后开始看手机，现在也没有加入聊天的打算。

所以否认完，她没有像之前和宋蓓蓓聊天一样详细解释。

因为祝樾的关系，即使姜好初中之后的照片很少在网上出现，也尽量避免和她妈妈一起出门，但身边的同学仍旧知道她的身份。

年初网上曝光了圈里一个男演员的各种黑料，姜好去学校，不少同学都旁敲侧击问是不是真的。

但姜漾之没有带姜好进娱乐圈的打算，也很少和她聊工作上的事。

姜好对圈子的了解渠道和周围同学大差不差,都是依靠网络,更别说认识演员了。

她说不是,于秋婧"哦"一声,又道那挺可惜的。

这张脸不出道,有点暴殄天物。

晚饭吃得很潦草,桌上年轻男孩太多,一个比一个会起哄。

八点一到,天花板上的顶灯关掉,只留几个氛围灯,一早订好的三层蛋糕被服务生送过来。

点蜡烛,唱《生日歌》,走完千篇一律的流程。

等寿星分好蛋糕,一群人张罗着又玩起了大富翁。

而姜好吃完蛋糕之后有点犯困,没有加入。

她怏怏地坐着,在想什么时候走比较合适,后来有人分酒,她来不及拒绝,手里就被塞了一瓶。

深粉色的果酒,装在玻璃瓶里清透好看,姜好没怎么喝过,正好也有些渴,拧开尝了一小口。

不是白酒那种辛辣的口感,酒味偏甜,还有淡淡的荔枝味。

陈嘉卓和她没有坐在一起,中间隔了几个人,等他看过去的时候,姜好手里的酒已经少了一半。

他皱皱眉,起身过去拿开她手里的酒。

"晕不晕?"

姜好慢半拍地摇头:"这个酒度数很低,我看过了。

"但是我有点困,我去一下洗手间,然后我们回去好不好?"

他站着,她需要仰着脸看他。不知道是不是因为喝过酒,她眼眸湿湿的,乌润透亮。

"好,"陈嘉卓说,"我等你。"

姜好扶着沙发一侧站起来,身形有些晃。

他及时伸手握住她的胳膊给她支撑:"真的不晕?"

她蒙蒙的,定神了会儿,脚尖也有点不确定了。

"没事,反正准备回了。"姜好稳了一会儿,朝四面看了看。

陈嘉卓抬手给她指方向:"那边是洗手间。"

姜好恍然地"哦"了一声,朝那边走过去。

他站在原处看她渐远的背影,有些不放心,还是迈步跟上去,却看到姜好在离洗手间还有几步的距离时停下,像是数到三的木偶人一样定住,视线也凝滞。

再靠近一点,顺着她的视线看过去。

洗手间的转角处,祝樾背对着外面,刚刚和姜好聊天的那个女孩也在那儿,两人亲密地聊着什么。

后退半步，姜好茫然地转过头，看到了站在自己身后的陈嘉卓。

出来得很急，来不及联系李叔。两人回去坐的是出租车。
外面在下小雨。
姜好没有说话，心情是肉眼可见的低落。她沉默地坐着，没一会儿就有了困意，闭上眼却又睡不着。
出租车师傅没开空调，门窗紧闭，车里很闷，她身上出了一层薄汗，微微蹙起眉。
陈嘉卓探身问能不能把冷气打开，那叔叔也有点无奈，说车子快没油了，这单跑完就得去加油站。
没办法，陈嘉卓降下车窗，晚风涌入，雨丝也飘进来，带着一丝凉气。
姜好慢慢睁开眼，望着路灯不断延伸的前路，没什么情绪地说："真难过。"
没头没尾的一句，但她知道陈嘉卓从刚刚到现在，应该已经看出来了。
她想起下午董漠问她生不生气时，她说那是祝樾的事情。
也确实是实话。
就比如，她和祝樾之间的事也是自己的事情。
起初发现他身边总是有不同女孩时，不开心是难免的，有些不安，会去想自己该做些什么呢，强势地融进他的新圈子里，不让祝樾和任何女孩近身相处？
可那就不是她了。
这样想是一回事，可看到他和别的女孩那样亲密时，难过也是真的。
"我有时候在想，如果我也试着和他待在一个环境里，试着陪他玩他喜欢的东西，和他的朋友打好交道，是不是……"
是不是就不会像现在这样渐行渐远呢。
后面的话，姜好没有说了。
她知道很傻气。
陈嘉卓看着她，语气很轻："小好，不要削足适履。"
那晚回到家，还不是很迟。
姜好一进门便直奔楼上，瞧着蔫蔫的。外公外婆来不及将人留住，齐齐把视线望向入门处收伞的陈嘉卓。
外公戴着老花镜，无声地用口型问"她怎么回事"。
陈嘉卓替她解释："她玩得有点累了，想早点休息。"
外公听完，点点头，也不知道有没有相信。但外婆仍是不太放心，拉着他想多问，被外公拦下了："嘉卓也要休息，你让他歇会儿吧。"
放在以往陈嘉卓会说没事，但今天直接应下："外公外婆，你们也早点休息,我先上去了。"

回到房间,陈嘉卓手机上进了一条消息。

姜好:谢谢你帮我解释。/哭

他径直走到阳台,花园的灯盏下细雨蒙蒙,楼下的露台亮着暖白灯光。

思绪被拖回几分钟前。

姜好下车,迎面有夜风,她闻到自己身上的酒味。

他在她身边撑伞,她忽地凑过来,淡淡酒气裹挟着甜香味混入鼻息。

他身体微不可察地僵住,问怎么了。

"这个距离能闻到我的酒味吗?"

"有一点。"

姜好轻轻"啊"了一声:"外公要叨叨我了。"

他帮她想了办法,叫她直接回房间,他来和外公外婆说就行。

他目光定定落在无人的露台上,好一会儿,又欲盖弥彰地挪开。

她还在难过吗?

陈嘉卓很想说,不要为那样的人伤心。

只是这话太自大也太唐突。

他用两个晚上,看完了那部姜好小时候参加的综艺。

她那个时候四岁多,头发不像现在这样乌黑,是细软的棕色,眼睛钝圆,怕生但是很有礼貌,跟在祝樾身后学着他的样子和大人问好。

那时姜好已经和祝樾很熟悉了。

他们认识十几年了。

十几年的关系,即使真要清算是与非,也不是他一个外人可以评判的。

姜好回房间之后便去浴室洗了澡,热气氤氲,醉意被冲下去。

出了浴室,看了一眼时间,还很早。

但她一点都不困了,趴在床上发一会儿呆,翻起身给喻桃发消息。

喻桃每天大都在公司练习室待到半夜,发完消息,姜好还以为要等一会儿才能收到回复,没想到对面秒回。

姜好提起八月可能会去那边找她。

喻桃:千万别!

姜好奇怪,问:为什么?

喻桃:你过来我可能就撑不住了。

没有多言,但姜好能懂。

异国他乡,语言不通,一个人咬牙赌着一口气,久而久之也能习惯,但是看到朋友,那口气泄了就很难攒起来了。

姜好:行,我不去了。

喻桃：等我做了大明星再来给我接机。
姜好：好啊，做你的头号粉丝。/亲亲
两人不愧是发小，乱七八糟闲扯几句，喻桃忽然问她今天是不是发生什么事了。
在朋友面前也没什么可瞒的，姜好把今晚的情形简单描述出来了。
喻桃立马给她回了电话。
电话接通，那边熟悉的少女声音噼里啪啦地砸过来。
"你说那个女生还主动去找你了？"
姜好望着天花板，眼里有点茫然："我也不知道为什么要找我，难道是……"
她想到某种可能，忽然有淡淡的难堪浮上心头。
可她明明没有做错什么，从没有不懂分寸地打扰过他。
"你管她知道什么。我跟你说，离祝樾远一点哦，他身边乱七八糟的，别到时候把你牵扯进去。"
毕竟是自小就在娱乐圈里摸爬滚打的人，喻桃比姜好想得更多。
"我知道了，祝樾他……应该只是把我当妹妹……我以后不会再想这些了。"
隔着一千多公里的距离，姜好的声音传过去，听起来有些沉闷："今天有人告诉我，不要削足适履，我觉得很对。"
"就是啊。"喻桃语重心长，"小好，会有不需要你踮脚就弯腰迁就你的人。"
电话这头，姜好笑眼弯弯："好，我听你的。"
"不说他了，你最近在做什么呢？"
姜好翻个身，换了姿势躺着，学她轻快上扬的语调回复："我最近在做导游呢。"
第二天早晨，雨后初霁，陈嘉卓没有跑步。
他昨晚睡得迟，早上醒来时以为外面还在下雨，干脆多睡了一会儿。
起床下楼后，看到蹲在客厅和卡卡玩的姜好。
他脚步轻，姜好没察觉身后有人，揉着卡卡的脑袋指指点点："是不是你太闹人了，不然陈嘉卓为什么不带你玩了？"
她今天很早就醒了，起来时在客厅只看见卡卡，还以为陈嘉卓出去晨跑，但是没带上它。
卡卡比姜好先看到陈嘉卓，兴奋得一跃而起，前脚打翻装水的小碗，水珠溅到姜好的脸上。
她下意识地退后去躲，但蹲久了脚跟发麻，没稳住，整个人朝后仰。
预期的痛感却没有出现，后背撞上陈嘉卓的腿，被他抵住。
"小心点。"他声音微沉，俯身扶住姜好的肩。

姜好一颗心还因为惊吓在"怦怦"跳，仰头便看见一双漆黑的瞳仁。

她借力站起来，有些诧异地道："你今天没有晨跑吗？"

陈嘉卓"嗯"了一声。

"不舒服吗？"姜好关心他。

连着一个多月的晨跑忽然中断，她担心也合理。

"不是，我以为还在下雨。"陈嘉卓边解释，边蹲下去把打翻的小碗扶正。

罪魁祸首没有一点该有的自觉，乐颠颠地朝他身上扑，最后被他拎到后花园关在门外了。

再转身回来，看到姜好往旁边挪了点。

他提醒："地上有水，当心滑。"

姜好低头擦一擦脸上的水："都怪卡卡，傻狗。"

她神色如常，看不出昨晚的难过，脸侧鬓发上坠一颗水珠。

陈嘉卓抬手指一下："这边还有水。"

姜好会错意，以为是脸上，用手背蹭几下，拿眼神问他擦干了没。

她穿平底拖鞋，面对面站着，比他矮很多，抬眼看他时像小朋友。

鬼使神差地，他抬手捻掉了那颗在发梢摇摇欲坠的水珠。

指腹微微发烫，那颗被戳破的水珠好似没有消失在指腹的纹路里，而是在沸腾。

姜好没有发觉什么不对，嘟嘟囔囔着告状："卡卡不听话，你也别理它了。"

两人难得一个时间吃早饭，姜好坐在对面，认真地和他探讨如何做到教狗有方。

"该严肃的时候要严肃点。"

姜好开始拉踩："我看你的头像，那只黑棕色的小狗，是你养的吗？比卡卡乖多了。"

"对。"说到自己的狗，陈嘉卓脸上有薄薄的笑意，"是我朋友买回来的，他搬家后没有时间养，送给我了。"

"不过那张照片是它四个月的时候拍的，现在已经很大了。"

"四个月就那么大了吗？"姜好拿手机又点开他的头像。照片上那只小狗脑袋圆圆的，她当时没看出是大型犬。

她问："是什么品种的？"

"伯恩山犬，叫Coki，因为毛色像曲奇。"

陈嘉卓打开手机相册，找了张照片给姜好看："它脾气好，胆子比卡卡还要小。"

照片上的狗已经很大一只，瞧着好像比她之前看过的金毛的体型还要大一些，但能看出性格很温顺。

姜好说："怪不得你这么会养狗，原来有经验，感觉你懂得好多啊。"
好像什么都会一点，会玩牌，会用基金赚钱，还会把小狗照顾得很好。
陈嘉卓缄默片刻，回道："不懂的也很多。"
她误以为是他不自信，用心鼓励道："别谦虚呀，你已经很好了。"
他看她，没有再说话，淡淡一笑，好像有很多情绪。
只是姜好还未看懂，陈嘉卓便垂下眼睛。

大雨之后，天气预报显示近一周最高温度都在三十摄氏度上下徘徊，早晨尤为清爽。
这样的天气，该是很适合运动，陈嘉卓却不在状态。
昨晚睡觉前，姜好给他发消息，邀他今天出去玩。
以往的两圈路线没跑完，陈嘉卓步子慢下来，到最后直接停了。
"回去了。"他拉一下手里的狗绳，牵制住要继续往前跑的卡卡。
卡卡没野够，不情不愿地在原地转悠了一会儿，然后被陈嘉卓圈着肚子抱起来折回头走："回家吧，带你找姐姐玩。"
卡卡：汪？
从外面回来时，姜好已经在客厅，斜坐在沙发上缠着外婆给她编头发。
她偶尔会睡懒觉，但有约的时候都起得很准时。
沙发上，外婆拿着姜好的手机，戴上好久没用的眼镜，在看她找的那个教程视频。
姜好叽叽咕咕地在旁边解说。
看完一遍，外婆面上了然："哦哦，我知道怎么来的了。"
姜好半信半疑，问要不要再看一遍，外婆摆手，说："不用，都记在心里了。"
听到外婆这样说，她也放心了，攥着手里的小皮筋坐得端端正正，朝陈嘉卓扬扬手："你先去洗澡吧，我一会儿就好了。"
陈嘉卓点头，给卡卡接完水便去楼上了。
过了大概二十分钟，洗了澡，换了件干净T恤，头发吹到半干，陈嘉卓拿上手机重新下去。
还没踏到最后一个台阶，便听到姜好郁闷又弱弱不太敢发问的声音："外婆，你不是记住了吗？"
客厅里，外婆半眯着眼在看自己的成果，语气也没了先前那股胸有成竹："你等外婆再琢磨一会儿。"
姜好摇摇头，善解人意地道："不用了外婆，马上出门要迟了，下次再编吧。"
可能是觉得没让外孙女满意，外婆有点过意不去，坚持要再试试。

瞥见在一旁站着的陈嘉卓，外婆找他帮忙："嘉卓，帮外婆举一会儿手机，我边看边给小好编。"

陈嘉卓从姜好的手上接过手机，点开视频，跟着一起看。

看完一遍，他先发现问题出在哪儿。

"外婆，这个要在编的过程中往里添头发。"

外婆一愣："不是四股辫吗？"

姜好听出陈嘉卓看懂了，忙说："陈嘉卓，你快给外婆示范一下。"

示范？怎么示范？

外婆说："对对，嘉卓你来给外婆打个样，那视频太快了，来不及看。"

姜好的发质细软，刚才编了又拆，拆了又编，弄得稍显凌乱。

陈嘉卓顿一下，按照刚刚记下的动作轻轻勾起她的一绺长发。

和女孩子这样的接触还是第一次，这个角度，他垂眼便能看到她的细白脖颈，鼻梁小巧秀挺，他心思不受控地发乱。

陈嘉卓的方法是对的，但技术不到位，加上他不敢用力，担心手重会弄疼她，只编了松松的几道，手上的头发就快散完了。

但好在外婆已经看明白。

姜好正襟危坐，僵住脖子不敢乱动脑袋，眼睛瞟过去，笑吟吟地夸陈嘉卓好厉害。

外婆也跟着夸："还是年轻小孩脑子灵光哦，一看就知道怎么回事了。"

外婆又问："你们俩一起出门？去哪里玩？"

陈嘉卓说："疏榆巷。"

姜好立马邀功："我想的地方，怎么样？"

外婆点点头，温和地笑着道："挺好的，那块商业化不严重，小吃也多，你们俩出门要注意安全。"

编好头发，姜好拿着小圆镜照一照，转转脑袋问外婆好不好看。

"好看。我们小好啊，一直漂亮。"外婆满意地望着她，眼里的宠爱藏不住。

姜好头骨饱满，平时随便扎个简单马尾就很耐看，外婆手巧，把头发编得齐整，更显得精致灵巧。

打扮好，姜好满意地轻快起身："陈嘉卓，我们出门吧。"

出发得还算早，到疏榆巷时这里的游客并不多，但热闹不减。

这边是西城留存得比较完整的历史街巷，里面有不少名人故居，位处市中心，与外面的繁荣大厦只有几步之遥，踏进来，入眼之处皆是旧砖旧瓦，有种时空错位的割裂感。

开发过后，这里多了些咖啡馆、酒吧之类的商铺，不过现代化痕迹不重,原有的古朴韵味仍保留着。

姜好几年前和喻桃一起来过这里,但只是随便逛了逛。

前两天在喻桃面前大言不惭以导游自称时,她就被喻桃拆过台,让她小心别被当成江湖骗子。

她当时嘴硬,说自己又不收钱,怎么就是骗子了。

理是这么个理,但姜好还是提前给陈嘉卓打预防针,面上微赧着说:"其实我也不是很熟悉路线。"

陈嘉卓戴顶白色鸭舌帽,低头在看路牌上的简化地图,闻言,弯弯唇:"那正好,今天你不会觉得没意思了。"

"是这样!"

他一向会说话,三言两语就能替别人挽尊,不浮夸又很熨帖。

姜好想到了学校里的一些讲话不过脑子的低情商男生,陈嘉卓和他们完全不同。

和他相处是松弛的,不用担心对方下一句语出惊人,将人置于一种难堪的境地,却毫无自知之明的洋洋自得。

姜好看到对面的茶铺,好像生意不错,她指给陈嘉卓看:"我请你喝饮料吧。"

两个人一起走到茶铺前。

店面很小,只有一个石砖垒起来的出餐口,左右两边挂着布帘。

点餐和等餐的人都围在一块儿,位置太挤,姜好让陈嘉卓在旁边的空地等她就好。

陈嘉卓没有勉强,点了头:"我和你喝一样的。"

姜好买了两杯冰的茉莉乌龙茶。

冰饮装在透明杯里,外面套着写了"疏榆巷"三个字的纸质杯套,是很经典的旅游景点打卡饮品。

员工做事麻利,出餐快,姜好很快拿到,转身去找陈嘉卓。

他就站在原处没动,身形颀长,只是在接电话,姜好走近些,听到他说的是粤语。

低沉的嗓音,讲粤语时意外好听。

只是陈嘉卓的表情看上有些严肃,没有皱眉,但明显兴致不高。

看到她过来,他语速放快,又回了几句话后便挂断。

姜好把手中的冰饮递给他,犹豫之后还是问出来:"是你家里人找你吗?"

陈嘉卓点头。

准确来说也不算是,方才接的电话来自他祖父的秘书。

那边询问他具体的返程时间,又小心提醒他尽早确定下来,如果暂时不回去,记得主动打电话告知。

他先前对那个秘书说的是八月初，而现在已经是八月，他不回，秘书没法和他祖父交差。

其实不怪对方三催四请，一开始来西城的时候，他也不知道会有变数。

姜好和陈嘉卓一直在疏榆巷玩到下午五点多。

他们挤在人堆里看完了在临时搭建的台子上唱完的戏曲，逛了文创书店。她挑挑拣拣，买了一个竹片书签送给他，还花了二十块钱一起拍了游客照。虽然姜好拿到照片后一直说拍得不好看，但陈嘉卓却很满意，一直捏在手里。

霞光弥漫，点缀在古巷某个不经意的角落。

打算折返时，两人有些找不准方向。

姜好朝四周看，视线却被倏然站到她面前的陈嘉卓挡住。

他说："先别往旁边看，好像有人在拍你。"

姜好立刻明白过来，低语："可能认出我了。"

姜漾之现在在娱乐圈的名气依旧不减当年，加上姜好不怎么出现在大众面前的原因，不管拍到她的什么照片晒到网上，话题里加上"姜漾之女"几个字，都能有很高的关注度。

"其实也没事啦，拍到就拍到了，我比较担心你会入镜。"

陈嘉卓说："我没关系。"

他又看一眼那边的人。那个人估计也只是个普通游客，见到自己被发现后，没有追着拍，讪讪收了手机去了另一个方向。

姜好不知道那个人已经离开，还有点紧绷，问他拎在手上的鸭舌帽还用不用。

陈嘉卓会意，调节了帽子后面的活扣，低头给她戴上。

帽檐压低，姜好仰面看他的视线被阻隔，从他的角度，只能看见她瓷白的面颊和粉粉的唇。

陈嘉卓浅笑，轻轻拍一下她戴了帽子的头顶："好了，那个人走了。"

两人找到方向，往回走。

路上的时候，姜好和他倾诉："其实我害怕被拍到，是因为我不喜欢自己的照片被放到网上，然后一大群不认识的人过来评头论足。"

年纪小的时候，夸可爱的多，后来长大一些，每次被抓拍的照片流传到网上后，评论区总是离不开关于样貌的点评。有的分析她的五官，猜测她以后一定不会多好看；有的好奇姜漾之为什么不培养自己女儿，叫她也走歌手这条路。还有许多更离谱的说法，姜好都不想再看。

久而久之，她只能选择尽量减少自己被拍到的可能，祝妈妈不再分享照片，姜漾之也很懂如何保护她，从不在网上谈及孩子。

"所以我注定做不了明星。"

她说话时，陈嘉卓听得很专注。等她说完，他说："做自己就很好了。"
　　姜好翘起唇角，认可他的这句话："我也觉得。"
　　走到巷口时，李叔已经将车停在路边等着他们。
　　坐上车，李叔和善地问他们玩得开不开心。
　　姜好说："开心！就是差点记错路了。"
　　"第一次嘛，你们下次去就记得喽。"李叔说。
　　姜好心虚，觉得下次来估计还是凭感觉。她又问陈嘉卓："你记住了吗？"
　　陈嘉卓的目光从手里捏着的那张薄薄照片上离开："记住了。"
　　和她在一起的日子，他会记得很清楚。

　　陈嘉卓买了十五号的机票，回港城。
　　那天晚上吃过饭，他坐在客厅订机票的时候，姜好就在旁边看着。
　　陈嘉卓盯着航班信息。
　　他去过不少地方，但还是头一回觉得一场旅途短暂得叫人遗憾。
　　姜好不会有和他相似的遗憾，陈嘉卓明白，不到两个月的相处，还不至于让他成为她生命中恋恋不舍的那部分。
　　但是那天之后，姜好很用心地策划后面的路线。
　　市中心的景点没有多玩，他们只去了水族馆。
　　之所以选这里，是因为姜好无意中看到陈嘉卓的电脑锁屏壁纸。
　　成百上千条银色小鱼汇聚在蓝色玻璃后面，静中有动，像一道有形的风掠过，水光激滟，鳞片反射出各种颜色，有种旖旎奇异的美。
　　"是凤尾鱼。"陈嘉卓在她看得出神时说，"也叫孔雀鱼，颜色很漂亮。"
　　姜好初中时，西城水族馆已经竣工好多年，后来陆陆续续推出各种水下表演，传单发到学校门口，她约祝樾一起去。
　　水族馆不比游乐园，如果不静下心欣赏，很快就能从头走到尾。祝樾没耐心，走马观花般看完全程，评价一个没意思，姜好不想和他走散，也只能囫囵逛一遍。
　　回家后，她爸爸问好不好玩，她摇摇头，回道不好玩。
　　当时她爸爸只温和地笑一笑，和她说你得认真看，然后可能会发现其实很美。
　　时隔几年，姜好想再去看看。
　　西城最大的水族馆里容纳了四百多种鱼类，还有很多珍稀品种。
　　他们去的那天，馆内安排了海狮表演和人鱼演出节目。这家水族馆的演出做得好，基本每场都座无虚席，后来观演票就不包括在门票里了，需要另外购买，价格不贵，主要是为了稳定秩序。

秉承着"来都来了"的理念，姜好干脆把那两场的票都买了。

但去的那天，她和陈嘉卓并没有看海狮表演。

因为进场前，姜好遇到两位老人，应该是一对老夫妻，不懂订票规则，在验票时被拦下。

排队的人很多，工作人员忙得顾不上解释，那对老人就站在一旁看着一个个游客过闸道，目露茫然。

姜好看着，心里有点难受。

她心肠软，共情能力强，看到他们总会想到自己的外公外婆。

于是她主动走上前和老人家解释，告知他们这个是需要买票的。

三言两语说不清楚，她干脆直接停下来，拿出自己的手机一步一步教他们如何在小程序上预订。她说话时用的是西城方言，陈嘉卓不太听得懂，在一旁帮姜好拎着她的背包，包里面装了不少东西，沉甸甸地坠在手上。

可惜的是，今天两个场次的海狮表演，票都售罄了。

姜好再三确认，页面仍旧弹出售罄的提示框。

她失望地抬头，看向身边的陈嘉卓，讪讪地开口："我之前看过海狮表演，其实都差不多吧。"

陈嘉卓笑："我也觉得。"

他从口袋里拿出几分钟前从取票机取出的两张入场票，递给姜好。

甚至她都没有多说其他的话，但他能懂她。

姜好欣然接过票，和还在小声商讨的老人说："我们都看过了，这票送给你们吧。"

不过到最后都没有送成，两位老人坚持付钱，那两张票是被买下的。

但不管怎样都是做了好事。

姜好飘飘然在前面走，心情相当不错。

她背一个小巧的拼色双肩包，穿薄荷绿的短T恤、半身裙，元气满满的样子，叫人看了都觉得开心的情绪。

这一次水族馆之游，姜好很认真地看完了所有的鱼，像个要回去写周记的小学生，将每种鱼的介绍一字不落地默读完。

再走到海底隧道，五光十色的鱼从头顶游过。那是本该陌生、相隔数万里的生物，她仰头注视很久，粼粼波光折射出斑斓的影，映在眼底。

陈嘉卓落后一些，走在她身后，目光几乎定住，却又在她转身时硬生生挪开，没有目标地看向玻璃后面成群结队的五彩热带鱼。

"陈嘉卓，你知道这个字读什么吗？"姜好指着讲解板上的一个字，神情带些狡黠。

他字正腔圆地给出答案："海蛞蝓。"

姜好讶异："你中文还……挺好的。"

陈嘉卓说:"我在国外,也会学语文。"

她拖着调说了一声"哦":"我发现我一点都不了解你。"

他想问她"那你想了解我吗",但最后却什么也没说。

他们之间也像隔着这层观赏玻璃,她路过他,俨乎其然地读完简介,再忘记他。

最后,两人去看了一场人鱼表演。这节目的名字起得有些意思,叫《海的女王》。

穿鱼尾装的漂亮姐姐先出场,化着精致的艺术妆,在水下摆动,姿态柔美,姜好看得目不转睛。

接着忽地出现一个头戴王冠的王子,从珊瑚旁一侧身,八块劲瘦的腹肌比脸先露出来,肌肉发达偾张。

她小小地"哇"了一声,是单纯的惊讶。

陈嘉卓偏头看她。她不知道怎么了,也转过脸看他,然后视线下移,不自觉地落到他的腰腹上。

过于赤裸裸的眼神,姜好很快反应过来这样不对。

她轻咳一声,她此地无银三百两:"我没有乱想。"

陈嘉卓低低说道:"我有。"说完便别过脸,盯着前面的人鱼表演,眼皮一眨不眨,像个抓镜头的导演,耳根却有点红。

哎?有什么?姜好一个人琢磨,他有乱想,还是有腹肌?

这场人鱼表演,她一开始看得云里雾里,进度到一半的时候,她才渐渐理解为什么要叫"海的女王"了。

简而言之,就是童话故事《海的女儿》的另一种设想的结局——小人鱼没有化成泡沫,而是将尖刀刺向忘记她的王子,回到海里,打败了海巫婆,在姐姐们的爱护下不断成长,成了海的女王。

演出结束,姜好跟着陈嘉卓一起离场,出口很窄,摩肩接踵,他不明显地将她护在内侧。

而她有些兴奋地向他感慨:"你知道吗?《海的女儿》是我读的第一个 BE 故事,没想到这么多年了,还能看到其他版本。"

陈嘉卓捕捉到一个陌生词汇:"BE?"

"Bad Ending(不好的结局)。"她解释。

他下颌微抬,了然,问她:"原本的结局不喜欢吗?"

"当然!"姜好显然很有话说,愤愤地为一个童话人物打抱不平,"那个王子怎么可以忘记自己的救命恩人呢?我觉得这样的他不值得得到小人鱼的爱。她有那么多亲人守护着,就该快快乐乐地生活在海底,为爱献祭生命,太吓人了。

"你觉得呢?"

陈嘉卓领首，为她有这样的想法感到高兴。他缓声说："对，公主应该永远快快乐乐，不要为别人流泪。"

所以，小好公主也是。

后面几天，姜好和陈嘉卓没有再留在市中心玩。她带他去远郊，看青山和瀑布，看西城山光水色的夏天。

陈嘉卓以前不习惯拿手机拍照，这几天下来相册却被照片填满。

最后一天，他们坐大巴从古镇回来，在站点下车时已经是深夜，李叔还在路上。

附近有个广场在放露天电影，姜好拉着陈嘉卓去空着的后排坐下，准备边坐边等。

姜好说，"明年这个时候，你已经在准备上大学了吧。"不等他回答，她又自顾自地补一句，"也成年了。"

他说"是"。

姜好又开始羡慕："我还要再读两年书。"

"两年很快的，到时，"他停一瞬，以一种很自然的语气说，"你可以来找我玩。"

很普通的一句话，礼尚往来而已，却因为揣着另一份心思而词钝意虚。

"好啊，那样就换你当导游喽。"她问他，"我是不是还挺敬业的？"

"是。"陈嘉卓忽然认真，"谢谢你。"

姜好怔愣须臾，而后乍然一笑："怎么这么客气啊？你是我外公的客人，我肯定要好好招待。"

他牵唇，笑意却无法触及眼底。因为是客人，所以才这样热切吧。

她对谁都友善。

简单的塑料椅，幕布上投影着十几年前的旧片子，走走停停一整天，姜好到底累到，头慢慢歪斜，最后轻轻搭在他肩上。

明灭不定的光影里，陈嘉卓微微僵住。

幕布上的电影也行至尾声。

——是我，如果有多一张船票，你会不会同我一起走？

横空插入的一句台词，但因为看得三心二意，他不懂是什么意思。

电影里的轻声对白，周围观众的闲谈声，全部变成消了音的默片。

只剩心动如鼓，沸反盈天。

陈嘉卓离开西城的这天，姜好没有去送。

她在前一天晚上因为急事回了父母家，为了瞒着外公外婆，没有叫李叔送，找了个借口出了门。

她出去时，陈嘉卓站在楼上看见了等在院门外的祝樾。

姜好被他接走，两人一起坐进出租车。

陈嘉卓赶早班机，出发得很早。

坐在车子去往机场的路上，天幕还未彻亮，车窗外是已经不再陌生的街景，他没有看，脑子里全是这些天他和姜好一起相处的片段，走马灯一样回现。

共同走过的长街窄巷，夏蝉狂躁。

夜雨朦胧抑或是浓郁绿意背景下的她，或笑或低落，听过她拉奏的许多首大提琴曲，或悠扬或悲恸，讲述我，讲述你。

初中时学诗文，老师是在国外留学的华人学生，曾教过他一首诗，里面有一句是"只消山水光中，无事过这一夏"。

下面的译文陈嘉卓记得很清楚，却在今天才切身体会。

几束晨光从云面穿透，照下来，一道一道打在车窗上，有点像倒计时的走针。

他知道，夏天结束了。

第四章
旧手表

姜好一直睡到中午才起床。

早晨被喻桃打电话的声音吵醒过一次,那时候好像还很早,她不知道在和谁吵架,语气挺凶。

姜好强压困意,撑开眼皮问她有什么事。喻桃随意摆摆手让她继续睡,一边出了房间。

回笼觉太好睡,躺着醒神一会儿,她掀起被子坐起身,去洗手间洗漱。还在对着镜子刷牙时,喻桃刷了房卡进门,从外面回来。

姜好从镜子里见她风风火火地进来。

"你看到我给你发的消息没?"喻桃把手里的打包餐袋放到桌上。

姜好嘴里有牙膏沫,说不清话,懵怔地摇摇头。

喻桃愤愤开口:"邵裴!早上不到七点给我打电话,叫我去公司。"她现在说起还是觉得不可思议,"怎么会有这么讨厌的男人,简直是万恶之首。"

姜好听她这样怒气冲冲的语气,有点担心,含含糊糊地问:"没吵架吧?"

毕竟,这个邵裴不只是喻桃的老板,还是她法律关系上的丈夫。

"没吵,还接了个工作。"喻桃叫她放心,"衣食父母,孰轻孰重,我还是分得清的。"

发泄完一通，喻桃心情好了不少，又换上笑嘻嘻的表情和姜好聊起昨晚的事。

"你不是奇怪陈嘉卓为什么会在西城嘛，我旁敲侧击问了下。"

喻桃想着邵裴也是商人，对这种消息知道得应该比她们清楚，于是听完工作安排后她没有立刻离开，特意在他的办公室里磨蹭了一会儿，见他面色稍霁便开始问东问西。

邵裴从陈家的内幕说起。

陈家是靠航运起家的，位处港城的航运公司规模庞大，行业龙头，在整个国际航运界都享有盛名。

然而，家族企业的弊端也很明显，制度陈陈相因，很难改革或者突破瓶颈，能共苦难同甘的例子不罕见。想走得长远，势必要一步步去家族化，不断优化核心层。

三年前，陈氏航运公司掌权人陈懋，也就是陈嘉卓的祖父，决定在正式退位前彻底整改管理层。一时间，内部动荡不安，其中有太多错综复杂的利益牵扯，一环扣着一环。

抽筋拔骨，稍有不慎，鱼死网破也有可能。

喻桃摸摸下巴，故作高深地总结："所以，有没有可能陈嘉卓斗不过别人，被赶出来了？

"当然啦，这只是我猜的。"她补充说，"你也知道邵裴那个人噢，一会儿阴一会儿晴的，我才刚开始问陈嘉卓呢，他又挂上那个死人脸。"

喻桃清清嗓子，开始模仿邵裴，眉头聚起，粗声粗气道："陈嘉卓？你问他做什么？

"我当时还好好和他解释来着，我说之前见过几面，有点好奇嘛，结果等了半天他都不张嘴，还反过来阴阳怪气我能耐挺大。"

姜好看完她分饰两角，好心劝她："再学你都要和他有夫妻相了。"

喻桃一脸惊恐："什么鬼故事，你别吓我。"

洗漱完，姜好去客厅吃今天的第一顿饭。

她吃饭时有些走神，脑子里还在回放刚才喻桃说的话。

往下深想，这样一个近百年的家族企业，能维持勃勃生机，必然有一套规则和残酷的筛选标准。

陈嘉卓回国那年也才刚刚结束学业，又那么年轻。

喻桃看出姜好的心不在焉。相处多年的发小，她自然了解姜好的软心肠，从小被家人保护得好，看不得身边的人受难。

她直言："你不是在同情他吧？瘦死的骆驼比马大，君懋总裁哎，换我来当我都笑醒了，立马去邵裴面前把他大骂一顿。"

姜好抬眼瞥她，嘀咕一句："说得好像你没骂过一样……"

"什么？"她说得小，喻桃没听清。

"没。"

就在前不久，喻桃在酒局上喝多，邵裴送她回家，姜好当时恰好给她打电话，是邵裴接的。听到喻桃醉了，身边还只有一个男人，加上平时听了太多喻桃对他的负面评价，姜好实在不太放心，找了借口过去。

赶到时，喻桃正从车后座摇摇晃晃地下来，指着在身旁扶着她的邵裴痛骂。

姜好拦不住，只能稍稍将朋友护到自己这边，警惕地盯着邵裴。结果从头到尾，那个男人的面色都没怎么波动，还抽空接了个电话，和喻桃形容的人出入很大。

她本来一直为喻桃这不着调的婚姻发愁，那天看到邵裴本人，心里才安定一点。

喻桃有上镜需求，得保持身材。她不吃米饭，捧着轻食餐挑挑拣拣，继续絮叨："反正，你也别多想啦，大不了下次我再刀尖舔血一下，帮你问问邵裴。"

"不用了。"

姜好觉得喻桃的话挺对，再不济人家也是大老板，看昨晚在剧院那些领导对他的态度，也知道不会差到哪儿去。

说归说，喻桃对陈嘉卓本人是没什么意见的，相反还很好奇。

昨晚姜好聊了几句就困到不行，只能放她睡觉。

"我回来那年夏天，是他第几次来西城？"

"第二次。"

喻桃挑眉："你就没问他怎么又来了？"

姜好说没有。实际上她那段时间过得浑浑噩噩，根本想不起来问。

"你也知道，我那段时间状态不好。"

"嗯。"喻桃想起来，她当时回国，一部分原因是有探亲假，一部分原因就是担心姜好。

那年夏天，应该是姜好迄今为止的人生中最难过的一段日子。

她在参加的弦乐大赛中失利，和冠军失之交臂，郁闷中偶然发现父母分居许久，紧接着，又无辜地被牵扯进祝樾的风波里，承担了一场无妄之灾。

好久没回想，时隔多年再谈及，姜好才发现当时压得她喘不过气的桩桩件件，全部过去了。

跳过祝樾，姜好只和喻桃谈她爸妈的事。

"其实，他们分居是有迹可循的。陈嘉卓第一年离开西城去机场，我没有送他，就是因为他俩冷战，我爸爸悄悄叫我回去，为了缓和关系。"

两人相爱吗？也是爱的，甚至可以说是轰轰烈烈、不顾一切的爱。

姜潆之年轻时颇为离经叛道，父母是高知，她偏不循规蹈矩，大学时去酒吧做驻唱，姜好的父亲李闻来是在酒吧兼职的斯文学生。

两人本该没有交集，他却在姜潆之被刺头欺负时第一个冲上去挥拳。

接着，两人相识、牵手、恋爱，不可思议又合情合理。

李闻来毕业后选择和朋友一起创业，优等生，脑子活络又很能吃苦，也做出了一点成绩。姜潆之则专心做音乐，她的名气越来越大，红极一时。

长相明艳的音乐才女，在事业正当红时被曝出恋情，哗然一片。她坦然承认，继续恋爱，也继续唱歌，最后选个喜欢的日子，宣布婚讯。

婚后一年，姜好出生，随母姓。

姜好喜欢听别人聊她父母的故事，他们俩曾是她眼里爱情最好的样子。

姜好笑自己："所以当时接受不了，几件糟糕的事叠到一起，感觉天塌了一样，还以为会痛苦一辈子。"

陈嘉卓第二次来西城也是那个时候。

有天晚上，姜好收到他的消息。

他问：最近还好吗？

为数不多的几次聊天开头，他都习惯问这句话，可那次姜好没有说好。

陈嘉卓很快拨来电话，低沉又温和地问她怎么了。

仗着和他相隔万里，姜好肆无忌惮地吐露在外公外婆面前藏下来的情绪，声音都发颤："陈嘉卓，我最近一点也不好……"

剩下的话被她忍住了，她只抱怨了那一句。

陈嘉卓问她在哪里时，她说不出话。他换了种问法，问她是不是在外公那边。

好半天，姜好才出声说是。

再回溯，有些细节记不太清了，只记得陈嘉卓来得很快。

在院门外看到本应该在国外的人站在自己面前时，姜好还反应不过来，错愕极了。

陈嘉卓弯腰和她平视，眼里有关切也有着急，问她发生了什么，方不方便告诉他。

那之前，姜好一直不想在家人面前哭。

她怕外公外婆担心，怕父母心烦。

于是陈嘉卓成了最合适的人选，她哽咽着和他一件一件倾诉，眼泪止不住，干脆不再忍，哭到脊背抽痛。

后来哭累了，她很没有分寸地将额头抵在陈嘉卓肩上。

晚风猎猎作响，他身上有股淡淡的植物香气。

那天晚上，他们并没有拥抱，他最后也只是轻轻拍了拍她的背。

可她还是得到了慰藉。

喻桃接了杂志拍摄,明天上午得先去北城试妆。

午饭后,她收拾行李。姜好今天没工作,靠在沙发上玩手机,陪着她。

得益于做练习生时的经历,十几岁时做事总爱磨磨蹭蹭的小女孩如今已然干练许多,两个行李箱很快被叠放整齐的衣物填满。

合上箱盖,喻桃把两个行李箱推到房门边摆好。

她买了今晚飞北城的机票,来不及和姜好吃晚饭了,两人靠在一起躺到下午,决定吃顿下午茶再分开。

君懋酒店的三楼有一家港式茶餐厅,是酒店衍生出的餐饮品牌,出门坐电梯可以直达。

餐厅内风格复古,仿红木桌椅,光线柔和舒缓。

喻桃在这里住了快有一个月,刚入住的时候来这边吃过一次,觉得味道还不错。

两人落座,姜好没来过这边,摊开餐单专注地挑选。

喻桃却敏锐地发现店里的气氛蛮凝重,她四处看一看,开玩笑说:"这家店快倒闭了吗?怎么都那么严肃?"

碰巧有位服务生过来送温水,闻言被逗乐:"这几天有位大老板住这儿,经理特地开会通知得好好表现。"

喻桃恍然,点点头:"哦,这样。"

姜好翻餐单的动作微顿,心头倏然浮现一个猜测,又觉得应该没那么巧,将那念头压下。

她们两个人胃口都小,加上喻桃不能吃太多甜食,所以点的餐不多。

餐品很快送上来,服务生撤盘时手滑了一下,白瓷盘一边磕在桌上,没有碎但也结结实实地发出一道不小的声响。他身后匆匆经过另一名服务生,见状赶忙上前致歉。

姜好说没事。两位服务生弯腰鞠躬后转身离开,其中一人对着另一人小声说了一句话。

那话,姜好听了个大概,说是大老板来了,叫他手脚稳当点。

点的东西吃了个七七八八,喻桃早就撂了筷子,大部分是姜好一个人解决的。

肚子填得很饱,姜好压一下发胀的胃:"我估计吃不下晚饭了。"

喻桃一面招手叫服务生结账,一面回她的话:"你现在是不想吃,晚上就饿了。"

喻桃又建议:"这家叉烧饭做得挺好的,要不给你打包一份,想吃的话直接加热一下。"

姜好想一想,觉得也行。于是,喻桃结账时多加了一份叉烧饭。

这家餐厅生意不错，不断有新客人进来，她们没有继续坐在餐座上，起身去了靠近前台的地方等餐。

喻桃被经纪人拉进了明天的工作群。群里在讨论明天的试妆造型，她翻看之前的聊天记录，一条一条地回消息。

姜好不打扰喻桃，目光落在角柜上摆着的一个古铜色放映机模型，造型独特，她盯着研究了一会儿。

余光隐约瞥见斜后侧的转角处出来几个人，朝门口的方向走来。

姜好提醒喻桃往旁边站，转过头时，却不经意地与身后的人对上视线。

熟悉的眉眼，卓尔不群的气质。

时隔不到一天，她竟然再次遇见了陈嘉卓。

在西城生活很多年，姜好从没有哪次觉得西城这样小过。

但可能有了迟早会再遇见的预感，她没有太惊讶，反倒是陈嘉卓眼中露出不加掩饰的诧异。

他身上已经有了做领导的架子，在看见姜好之前面色微微凛着。

矮他半个头有余的餐厅经理心底惶惶，不断暗自打腹稿，正想着如何接话时，身边的年轻大老板忽然止声。

经理还以为是又出了什么岔子，屏着一口气跟着朝前看。

前面是入口，进进出出好几个人。

他还没拿准意思时，陈嘉卓先几步走上前。

姜好握紧手机，没有开口。

陈嘉卓问："来这边吃饭？"

"已经吃完了。"姜好回完话，粉唇微抿。

一旁专心回复工作的喻桃抬头，一句"是谁"还没问出来，先看到那张脸，张张嘴，一着急竟然忘记了他的名字。

陈嘉卓记得喻桃，对她印象不错，也知道她是姜好的朋友，礼节性地颔首："你好。"

喻桃笑得粲然："你好你好。"

她瞄到身后安静恭候的几位："你是来这边？"

"随便看看。"陈嘉卓回。

知情者之一的经理汗颜，内心狂啸。

这叫随便看看？那几分钟前语气平淡又锐利地告知他，这块商铺租给任意一家门店，君懋只收租金都赚得比做茶餐厅多的是哪位？

姜好扯一下喻桃，对面前垂眸等她说话的陈嘉卓说："那你先忙工作吧。"

"已经结束了。"他这样说。

服务生姗姗来迟，拎着木色纸袋，将打包好的叉烧饭递到姜好手上。

她仍没有要叙旧的打算,拎着打包袋转身:"我们也要回去了,再见。"

气氛有些凝滞。

陈嘉卓长睫低垂,沉沉地看着她,到底没有再说其他话。

进了电梯,喻桃才敢吱声:"怎么了啊小好?你不想和他聊聊吗?好久不见了,怎么这么生疏了?"

姜好没说话,低头看一眼自己出门时图省事的穿搭,脚趾无声蜷了一下。

喻桃顺着她的目光也将她从头到脚打量一遍。

睡裤、长袖衫、酒店拖鞋,哦,还有素面朝天的脸。

"哎呀,这算什么,我还以为你在生他的气呢。"

电梯"叮"的一声,在她们住的楼层停下。

姜好出电梯,慢吞吞地和喻桃说:"我确实有点生陈嘉卓的气。"

"嗯?"

回到房间,还来不及细聊,喻桃接到工作变动的消息,改了航班,一个小时后就得出发。

她歇业一个月,重新谈好工作,肯定百分之百配合,急急忙忙地仓促离开。

喻桃的车停在酒店停车场,姜好开车送她去机场,之后顺便将车开回自己的住处那儿放着。

周一,姜好结束一场演出后,将近晚上九点。

刚回到后台,微信上弹出一条消息。

来自陈嘉卓:小好,方便见面吗?

这条消息上面,他们的对话停在三年前的除夕夜。

她祝他除夕快乐。

虽然几天前,姜好和喻桃说自己有点生他的气,可他们毕竟认识好多年了,她还是做不到对他的话视而不见。

姜好:什么时候?

陈嘉卓回复:我在剧院外面的停车场。

后面紧跟一条消息,是车子的型号和车牌号。

她看到这条消息,有点怔忡,没想到他就等在外面。

匆匆出了剧院,姜好很轻易便找到了那辆打着双闪的黑色宾利。

车内,陈嘉卓靠在后座,还在处理工作。

副驾的助理何原先发现来人,在姜好离停车的车位还有一段距离时便出声提醒。

"陈总……"话没说完,何原忽然想到不对,但收声已经晚了。

陈嘉卓看着车窗外朝自己一步步走近的姜好，问自己的助理："你见过她？"

何原讪笑，但他在老板面前从不搬弄是非，于是实话实说："有次无意中看到您的电脑屏保了。"

而且那次不止他一个人看到，还有另一个，是陈嘉卓的堂弟陈煜朗。

陈煜朗当时来办公室找他，他在开会，电脑熄屏，鼠标被碰到，屏幕亮起，是一张照片。

穿白T恤的年轻女孩头上戴着发光的圆耳朵，怀里抱着一个年纪很小的小孩，对着镜头笑得很甜。

过一会儿，陈嘉卓从会议室回来。陈煜朗不太正经地开他玩笑，抬手指一下再次熄屏的电脑，问："你老婆和孩子？"

陈嘉卓瞥了一眼，反应过来，皱了皱眉："那是她亲戚家的小孩。"

陈煜朗做恍悟状："哦，那就是你老婆咯。"

这次，陈嘉卓很久没说话，手上的合同纸翻两页，有那么一点漫无目的，末了还是出声解释："不是。"

简短的否认，有种克己守礼的克制。

陈煜朗胆子大，一点不懂见好就收的道理，继续问："喜欢人家啊？"

陈嘉卓没再理他。

何原当时站在一旁，没敢说自己也看到了，只在心里暗暗感慨。

他觉得他的这位老板应该是很喜欢照片里的女孩，所以给足了尊重。即使她不在，他也不会为一时的口头之快而去冒犯她。

也因此，何原印象颇深。

车窗被轻轻叩响，姜好先示意自己到了，再伸手打开车门。

车内很干净，闻不到皮革味，也没有车载熏香。

陈嘉卓看过来。他穿浅色的衬衫，比上回更正式，另一侧放着蓝壳文件夹。

姜好探身坐进去。

车门"嘭"的一声关上，隔绝了外面所有的声音后，车厢里安安静静，两人一左一右坐着，有点像他们第一次见面的样子。

前排坐着助理和司机，姜好瞥了一眼，偏头问陈嘉卓："你刚下班吗？"

他点头。

姜好淡淡地开口问："你找我，有什么事吗？"

陈嘉卓微微勾唇："想麻烦你帮我一个忙。"

她的眼瞳中映着车顶灯的暖光，语气里疑惑中带着讶异："我能帮你的忙吗？"

姜好想不到自己能帮上他什么，印象里，他一直很厉害，能解决很多事情。

但她没有直接拒绝。她刚出国那段时间,陈嘉卓帮过她许多,所以不管怎么样,她都会考虑一下。

"当然。"陈嘉卓没有绕弯子,"我来西城没多久,这段时间一直住在酒店,对这边的房子也不熟悉,所以想请你帮我物色一个合适的住处。"

姜好偏圆的杏眼微睁,说:"我可能找不到很合适的。"

不是不愿意,而是虽然她是本地人,但对这里房子的了解也甚少,她家境好,住宿上从没发过愁,更没有找房子的经验。

姜好是真的在为陈嘉卓着想,又看向副驾的人,她猜这位应该是陈嘉卓助理,试探性地问:"你的助理没有时间吗?"

何原眼观鼻鼻观心,立马操着一口带着浓浓粤腔的普通话回道:"我也不太懂,第一次来这边,人生地不熟。"

他说得实在,面上还带些无法为老板分忧的惭愧。

陈嘉卓适时让步:"算了,如果不方便的话,我再托其他人找一找。反正,也在酒店住很久了,不多这一两天。"

不甚明亮的车内,他似乎有些怅然,叫姜好一下就心软,总觉得自己好像有点冷漠。

她不该推辞的,帮不了是一回事,连试都不试又是一回事。

姜好下意识地拉住陈嘉卓的衬衣袖口:"等一下,我这几天帮你问一问,尽量找个离你公司近、环境好一点的房子可以吗?"

言语间,丝毫听不出她还生着他的气。

陈嘉卓说好,和她提前道谢。

好客气。像他们从来没有当过朋友一样。

姜好垂肩,听到陈嘉卓说:"我让司机送你回家?"

她点点头,告知了司机自己家的住址。

姜好住的小区离这边很近,不到十分钟的车程。

这是她妈妈的房产,因为在姜好工作的剧院附近,就转到她的名下了。

车子缓缓在小区门口停下,牌照没有登记过,开不进去,姜好就在这边下车。

陈嘉卓和她一起打开车门。

他看一圈小区周围的绿化:"这边环境很不错。"

姜好点头,而且里面是一梯一户的设计,隐私性也好。

想到这儿,她忽然发现这个小区好像离君恋也不算远,而且前不久交物业费时,她听说过这边有几户还在出售。

她心念一动,来不及深想,直接问陈嘉卓:"你觉得这里可以吗?"

但不等他评价,姜好又有点犹豫:"不行。"
陈嘉卓微愣,已经在嘴边的话收回去:"怎么了?"
姜好想起他的家世,联想到他对房子的要求估计会很高,对比之下,她住的小区比西城最贵的几处要普通多了。
"我担心你住不惯。"
"为什么这么想?"陈嘉卓不太懂,"之前在国外,你也去过我住的公寓,觉得和你住的差别很大吗?"
"那倒没有。"姜好扭扭捏捏地说,"可能是我刻板印象吧,自从知道你家是港城的那个陈家之后,总感觉你忽然飞黄腾达了。"
他失笑,觉得她很可爱。

那晚答应陈嘉卓给他留意房子的事,不单是说说而已,姜好很上心。
自己住的小区没有作为首选项,她还是想找个综合条件更好些的。
担心看得不够全,又问了几个熟人。
姜好的微信号从中学时期开始用,加过很多人,祝樾和她一个学校,两人列表里的好友有一部分重合。
没过两天,姜好在找房子的事情传到祝樾那边。
接到祝樾电话时,她还在剧院的排练厅合曲。
曲颂悦先看到,无意间瞥见备注,八卦心暗暗升起,但有分寸地没打听,只提醒姜好有电话。
姜好拿起手机,没有走多远,就在旁边站着接通了。
"在忙?"祝樾问得有些小心翼翼。
姜好随手翻着乐谱:"嗯,在排练。"
祝樾:"我听说你在找房子,现在的住处不满意吗?需不需要我帮你看看?"
她婉拒:"不用了。不是我住,是帮朋友找的,已经解决了。"
两人说话声音都不大,曲颂悦没听到什么名堂,但看出姜好的态度不太亲近。
作为了解几年前那场风波的人,曲颂悦能猜出些内情,虽然有点作为 CP 粉的淡淡惆怅,但更多的还是觉得没什么好可惜的。
毕竟,不安分的男人要不得。
这通电话的时长不到三分钟。挂断后,姜好顺手点开微信。
她昨天晚上把几处房子的地址都发给了陈嘉卓,让他有空可以选一选。
陈嘉卓这几天发来几条消息,她都看见了,但抬眼看到挂在上面的那条孤零零的除夕快乐,又有些赌气,只回了寥寥几个字,语气也冷冰冰。
昨晚的消息发过之后,陈嘉卓很快回复谢谢,说明天回西城,到时再看。

听说他人在外地，姜好很诧异。

因为他前一天还在西城，而且还和剧院签署了合作协议。

之所以知道这一点，是因为剧院主厅的大屏幕上轮播了一整天他和剧院几位重要领导的合影，背景布上印着"合作签约仪式"几个大字。

陈嘉卓穿深灰色西装，站在其中格外醒目。

清俊英气的面容上带着几分疏淡的笑，年轻又高踞要位，谁见到都要多聊两句。

中午从剧院里的餐厅回排练室时，乐团几个阿姨和姐姐站在二楼看着大堂那几张滚动的照片，讨论许久。

姜好被拉着一起聊，只能装不认识，偶尔被点到名问，才硬着头皮回两句。

今天没有演出，下午不到六点排练完就结束工作了。

姜好跟着两个同事姐姐往外走，曲颂悦今天没开车，和她们一起。

路上，有同事夸姜好认真，把排练当正式演出一样对待。

姜好也不自得，说这是应该的。

她才进乐团不久，和前辈们的默契度不够，很多地方都需要精进。毕竟不是独奏，一个人出错拖慢的是所有人的节奏，曲子顺不下来，大家都得跟着反复排练。

从剧院走到外面，不短的一段路。

到地面停车场时，姜好想起自己的手机充电线忘了带下来，一个人折返回去拿。

到底还不到十月，前几日降温，这两天又升回去，来回折腾一趟，姜好出了些汗。

她和同事们说过不用等她，心里没有负担，拿完充电线再往剧院外走时放慢了脚步。

经过停车场，姜好忽然看到一辆有些熟悉的黑色宾利，静静地停在众多汽车之间。

没等姜好看完车牌号，一侧车门便被打开。

陈嘉卓从车上下来，还是一身正式的工作装，缓步走到她面前。

她愣愣地问出声："你来工作吗？"

"在等你。"是不加任何矫饰虚词的直白。

因为她昨晚说过今天有排练任务，所以才来碰碰运气。

"你怎么……没给我发消息啊？"

陈嘉卓低声："怕你不理我。"

不知道为什么，姜好有点想笑，唇角翘了翘，又压住。

想到那个大屏幕上还在轮播着他的多角度照片，她下意识朝周围看了看，结果正好和不远处呆立的曲颂悦等人的视线对上。

彼此都从对方眼中看到了惊愕。

几个同事姐姐人很亲和，入职以来对她照顾有加，姜好缓过神，立即上前解释，陈嘉卓没有留在原地，和她一起过去。

没等姜好说话，曲颂悦连忙抬手，善解人意地道："没事没事，我们理解。"

旁边的两位也跟着点头。

陈嘉卓以姜好的朋友身份和她们问好，态度谦逊地主动做了自我介绍。

谁不知道你是谁啊。曲颂悦暗道。

其他两位同事也没有多停，一边念叨着还有事要忙一边转身就走。

周到得很，生怕姜好尴尬。

坐上陈嘉卓的车后，姜好正色，认真地道："你下次不要来这边了。"

何原依旧在副驾上坐着，听到这话，他莫名有点紧张。

还是第一次有人敢这么和他老板说话。

但片刻后，何原听陈嘉卓脾气很好地问为什么。

姜好有正当理由："我们剧院大堂挂着你的照片，很大还特别显眼，同事们都知道你的身份，我不好解释。"

陈嘉卓答应下来："那下次微信联系？"

有点以退为进的意思。姜好没察觉到，垂眼看看手机，点了点头。

"你什么时候回这边的？"

"上午。"

她关心他的住处问题，主动问道："我找的那几个小区，你都看过了吗？"

他说看过了，又很有诚意地说道："你帮了我很大的忙，我想请你吃顿饭。"

姜好没有答应也没有回绝，矜持着："只是小忙而已。"

"我知道。"陈嘉卓拿她那天晚上的话做托词，用玩笑的语气说，"只是觉得得展现一下飞黄腾达后的财力，不能太小气。"

姜好收不住笑，弯弯唇："那，好吧。"

他们去了一家餐厅。

中式风格，环境幽谧，包厢一侧是落地窗，正对着庭院，有点曲水流觞的意境。

点完餐，服务生退出去，宽敞的包厢里，只剩他们两人。

姜好有些渴，很快喝完白瓷杯里的清茶。

陈嘉卓拿茶壶给她添满，他伸手时，衬衫袖口上移，露出一块腕表。

姜好定睛，认出那是她送他的礼物："这块……"

陈嘉卓看一眼："是你送的。"

是她送给他的十八岁生日礼物。

他第二次来西城时刚好满十八岁，姜好后知后觉才想起，有点自责自己忘记了他的生日，于是第二天就拿自己攒的零花钱去商场专柜给他选了一块男士腕表。

没过五位数的价格，在那时还算拿得出手，但放到现在来看，实在和他的身份不太相配。

她的唇微微动一下："你怎么不换其他的啊？"

他收回手："戴习惯了。"

也确实是个理由，姜好没有多想，她知道陈嘉卓对饰品向来没什么追求。

陈嘉卓像是忽然记起，开口问："我记得你当时说等你有钱了，送我一块更好的？"

姜好掀睫看他，一时没说话，眉眼中有淡淡的埋怨："谁叫你不理我了。"

姜好翻起旧账，有种要和他清算的架势。

她握着瓷杯，茶水灼热的温度渐渐传到掌心，有些痛也有些痒。

坐在软座里，姜好望着比少年时期多了几分成熟感的男人，有点委屈地低语："陈嘉卓，我还没原谅你呢。"

说完这句话，姜好觉得难为情，低下头小口呷茶。

餐桌上悬挂的竹筒吊灯从缝隙中透出暖光，斜照在窗上。

她今天穿了一条白色挂脖长裙，肩头莹白，纤巧圆润，系带用的是粉绸缎，松松打个蝴蝶结，垂落在锁骨一侧。

出落得越发漂亮。

姜好捧着茶，去看外面的院景。

暮色渐深，落地窗上已然能映出人影轮廓，她从窗中看到自己，也看到对面的陈嘉卓。

然后，她听到了他的一声抱歉。

姜好倏地偏回头，从陈嘉卓的眼中望到一些可能他自己都没发觉的情绪。

歉疚、懊悔……

她微微晃神，怔愣着听他承诺："以后不会了。"

他们之间有几个三年呢，他不想再和她分开了，哪怕只是以朋友的身份相处。

姜好说得生气，那里面更多的是一种担心。

现在把话说开了，她还是想知道陈嘉卓当时是不是出什么事了。

语气缓和一些，姜好轻轻问他："你当时怎么了？"

陈嘉卓坦白："我生了场病，状态不好，病愈之后工作堆积太多，一直在忙。"

他一笔带过，都是实话，但也有所隐瞒。

姜好没有追问，重点全放在他生病的那句话上。

"病得严重吗？"她那双秀眉蹙起，眼里都是关切。

陈嘉卓摇头，因为她的关心感到熨帖："我身体好，你知道的。"

他经常锻炼，他们一起爬过山，后半段全靠他带着姜好才走完。

"我当然知道啊，"姜好还是嗔怪的语调，"又不是身体好生病就不难受了。"

她一副"你看吧"的表情："早就说过要你好好休息了。"

确实，她之前和他说过很多次，苦口婆心，像个装大人的小孩。

陈嘉卓敛眸，又露出点笑。

姜好一直知道陈嘉卓很累，他在国外时很少能闲下来。

他们不在一个城市读书，他偶尔去找她也只能留几个小时，勉强可以一起吃顿饭，或者陪她去一趟商超采买零食和日用品，这期间还要抽空查阅冗长的邮件，看一大堆她看不明白的数据图。

姜好那时不了解他的家庭，现在才懂得，那也许是为了不被蚕食必须付出的代价。

从初见的夏天到现在，她认识陈嘉卓也有好多年，他陪她度过了几个人生的转折点。

不联系的这几年，她依旧按部就班地读书，生活上没有很大的变动，但他一定很辛苦。想到这些，她便不忍心再和他赌气。

他真心道歉，她也就不想再计较了。

重逢后的第一顿饭，吃得相当不错。

即使已经成年，但还是像从前一样，他们以茶代酒，轻轻碰杯。

姜好真心实意地说："陈嘉卓，其实能再和你见面，我很开心。"

她浅笑着，梨涡陷下去。

陈嘉卓有一瞬的失神。

去年年底准备来西城时，曾经有不明内情的朋友问过他为了什么要这样大动干戈，是否值得。

他当时给不出一个答案，但不是在衡量利弊得失，而是犹疑重新进入她的生活，于她而言会不会是一种打扰。

可是今晚她说很开心，那就值得。

一切都值得。

陈嘉卓咽一口茶，喉结滚动，看着姜好说谢谢。

她细长手指撑开筷子，已经开始专注剔鱼刺，长睫半掀，不喜欢他的客套："不是已经说过谢谢了嘛。"

他勾起唇角："这句是谢谢你原谅我。"

姜好"哦"一声，也认可自己的大度，收下这句谢谢，再回他一句："不用谢。"

娇娇的。她在他面前，总有几分自己都感知不到的任性。

也是很久之后姜好才品出，这是他纵容出来的，她身上独属于他的样子。

吃过饭，陈嘉卓送她回小区。

方才吃饭时，车上的司机和助理都已经离开，下班回家了。

司机走了，车自然换陈嘉卓来开。

他的衬衫袖子折到肘部，手臂线条清晰，因为比司机高一些，正抬手调整后视镜的角度，直到确保能看清后方。

姜好系上安全带："还好晚上没有喝酒，不然还要找代驾。"

陈嘉卓点头。他不太记得姜好住的小区的确切地址，准备问时，姜好的手机进了电话。

她看到备注，"咦"了一声，接通后，陈嘉卓听到隐约的男人声音。

他握着方向盘的手不由自主地收紧。

电话是邵裴来的，说是联系不上喻桃。

姜好听完告诉他别担心，因为喻桃在她家。

虽然退团回国后静滞将近一年，但喻桃每次露面的反响都不错，姜好下午在手机上看到了她的机场生图。

落地后，喻桃直接去了她那儿。

邵裴听完，没说其他话，道了谢便挂断电话。

姜好看着手机，莫名觉得自己有点像学生时期帮闹别扭的小情侣传话的中间人。

"小好，"陈嘉卓打断她的出神，指指导航，"帮忙输一下地址。"

姜好探身去设置，一边和他聊天："你知道吗？喻桃结婚了。刚刚给我打电话的就是她的……嗯，丈夫。"姜好还不太清楚如何称呼，选了个很保守的词。

陈嘉卓有些惊讶："她不是在国外做艺人？"

他对喻桃的了解不多，对她的全部印象是那年夏天她回西城找姜好，还有一次是她出道后的演出，姜好一个人搭飞机过去看，他不太放心，陪着一起去了。

不过那次演出结束，因为她后面还有行程，姜好没能和她见上面。

"去年就解约了。她在那边的待遇太差，合同不对等，工作强度还很大，回国后重新签了公司，之后没多久就结婚了。"

不过是协议结婚，姜好没有说得很详细。

路灯绵延不尽，车窗外是高低错落的大厦，姜好朝后一靠，低低感慨："没有爱情的婚姻，好像也能维持。"

陈嘉卓看着前路，忽而出声："你能接受吗？"

他反问得突然，姜好顿一下，遵从本心地回答："可以的话，还是和喜欢的人最好吧。"

人一定能够和喜欢的人走到最后吗？

这是个很深刻的问题，像个引子，将她此前没有设想过的事情摆在眼前。姜好代入进去，顺着往下想。

也许会共处一生的人，如果彼此不契合，她能忍受和他朝夕相伴吗？

她又会和谁结婚呢？

姜好有来有往地问陈嘉卓："你呢？"

"我也是。"回答这句话时，本来目视前方的人偏头看向她。

她的心好像轻轻颤了一下。

回到家，喻桃坐在沙发上刷手机动态。

姜好放下包，走过去问她："你没有和邵裴说你在我这儿吗？"

"没有把他拉黑是我最后的温柔。"

喻桃解释说是怕他叫她回家吃饭，但说完又纠正："那不是家，是龙潭虎穴。要不是有钱拿，我才不忍呢。

"他们家没有一个看得上我的，每次过去都是一种精神摧残，我拿的不是工资，是精神损失费吧。还好我不喜欢邵裴，不然我每天都可以原地出演家庭苦情伦理剧，要多惨有多惨。

"这样想想，怎么感觉邵裴也挺可怜。"喻桃碎碎念，在朋友面前口无遮拦。

"也不对，我最可怜了。"

姜好不知道他们之间是怎么回事，给她倒一杯水，在她身旁坐下："我怎么觉得他还挺关心你的？"

喻桃冷冷一笑，明艳冷感的长相配上那副表情，显得很厌世。

"确实关心，毕竟是老板嘛，别人都关心我飞得累不累，只有他关心我飞得高不高。"

说话时，她手指一直在划拉屏幕，在微博上翻看自己的机场生图。

首页动态刷新，弹出一条新推送。标题是——"祝樾小号点赞青梅合照"。

喻桃皱眉："搞什么？"

她戳一下从到家开始就时不时发呆的姜好："你看一下我发给你的微博。"

姜好拿出手机点进她分享的链接。

有个博主考古综艺，截图整理了一些她和祝樾小时候的同框照，还有之前祝樾妈妈发出来的合照。

这条发出来有一段时间了，本来没有引起多大的关注，但因为祝樾的点赞词条上了热搜，评论区新涌进一批人留言讨论。

△花好樾圆！我嗑过的CP复兴了？？

△是不是在一起了？是不是在一起了？

△嗯……大家都忘记男方的事了？

△说实话要是zy老老实实的，现在估计能和好好上恋综了。

△别乱猜了吧，人家女方没回应呢。

△突然发现已经很久没听到过姜潆之女儿的消息了。

△青梅竹马就是最纯爱的！

…………

"他什么意思啊？"喻桃愤愤不平，"之前因为他的那些破事，给你招那么多骂名还不够吗？你都多久没在网上出现过了，他倒好，动动手指又把你拉出来给人当话题。"

现在被盯上，不知道还要做什么文章。

也许是"天后女儿"这个名号自带热度，这几年，有几个节目组联系姜潆之，通过她询问姜好愿不愿意参加，因为他们找不到姜好的联系方式。

姜好只有一个社交账号，很早以前偶尔会发点练琴视频，但在高二时就停在了最后一条。

没有注销，也再没有发过任何日常。

评论区已经有个明真相的人在问当年发生过什么事，有网友指路，告知哪里有详情汇总。

那条指路留言下面有人回复：

△还以为互联网没记忆了，当时闹得挺大。

△真的，还有反转，简直了。

姜好看得差不多，关掉手机，先安慰喻桃："没事，我现在不会被这些影响了。"

她枕着喻桃的腿躺下，望着天花板，像在思考。

喻桃狐疑地盯了一会儿："真没事？"

她答非所问，呢喃道："我今天，和陈嘉卓一起吃的晚饭。"

"哦？不是还在生气？"喻桃阴阳怪调。

"我带他找房子嘛，他回请吃饭感谢找。"

姜好和喻桃倾诉："可能因为太久没见了？感触还挺多的。"

喻桃睨她："说来听听。"

想了一会儿,姜好低声道:"我说不清楚。"那种感触,好像无法用确切的语言去剖白。

入睡前,姜好收到了祝樾发来的消息。

他为网上的事给她道歉,也让她放心,说自己已经在处理。

又过两天,祝樾给她打电话,和她说已经处理好了。

姜好不怀疑他有这个能力。

祝樾在国外读的商科,回来后接手他父亲很多年前成立的一家娱乐公司。

祝晟明有做导演的天赋,但是做生意的能力实在堪忧。那家公司规模很小,如果不刻意提都不会有人知道,全靠早些年祝晟明投资或者参与制作的一些电影和电视剧的版权费撑着,岌岌可危,好在他们家也不靠这个公司谋生。

祝樾接手后,问他爸要了资金,招了不少新员工,做了新规划,让那家公司死灰复燃,这两年倒也捧红了几个艺人,越做越好。

他很熟悉娱乐圈的条条道道,撤个词条而已,于他而言是轻而易举的事。

那个话题从开始到消失,姜好都没有给出过任何回应,平静得像激不起一丝涟漪的冰河。

电话里,祝樾几次欲言又止。

那个"赞"是他故意留下的,他不知道姜好有没有猜到。

听筒那边是她清亮的声音,只说知道了,却并不关心他为什么要点那个赞。

她一点都不在乎了。

这通电话又是没说几句便草草结束。

办公室的门被敲响。手机放到一旁,祝樾让人进来。

来的是一位制片人,他前段时间看过一个剧本,还挺喜欢的,约了人过来谈电影投资的事情。

今天不签合同,只是简单聊一下预算,会面很快便结束了。

制片人起身准备离开时,眼尖地瞧见一旁的收藏架上,放着一个格格不入的彩色杯子。

他用手掌示意那个方向,问是不是什么艺术品。

祝樾也起身,垂眼打量一会儿,勾勾唇角,说:"确实和艺术品差不多了,仅此一件,纯手工做的,是认识很久的……一个妹妹送的生日礼物。"

制片人套近乎地赞道:"这做得真用心。"

祝樾缄默,望着那几个歪歪斜斜的字母出神,半晌才回道:"是啊。"

制作人离开后,祝樾一个人在收藏架前站了良久。

想起方才那通不知滋味的电话，他有点烦躁，抬手想扯松领带又顿住。

曾经恣意却不太懂世故的少年开始独当一面，往前走着，却不时地被几个瞬间拖住手脚。

他没有想过有一天会和姜好这样无话可说，就像他没有想到那年生日收下的手工品，会是她送的最后一个礼物。

那次生日的第二天，他给姜好打过电话，问她为什么提前走了。

她情绪有点低落，解释说困了。他当了真，又问起那个杯子是不是她送的。

礼物放到一起，堆堆叠叠的，分不清。

她沉默一会儿，吸一口气，似乎酝酿了一些话，但最后只说了"是的"。

年少时贪玩，懂真心却不懂珍惜。

祝槐想，人应该是迟钝的动物。

猛然想起才会意识到曾经忘记过，感到遗憾才会发现早已失去，而在这些知觉浮现前，他的世界是纷杂的万花筒。

他不想承认自己愚钝地将珍宝丢失在无法折返的道路上，不断回头，也只是刻舟求剑罢了。

姜好不知道陈嘉卓有没有确定好搬去哪个小区，还没来得及问，她先接到工作安排，跟着乐团去了外省演出。

演出前需要排练、走台，又因为负责重要声部的乐手忽然缺席，乐务会调了临时替补过去，一切都有些仓促，工作量也随之变多。

姜好的父母都还年轻，外公外婆这几年身体也还算硬朗，她习惯了说走就走，忘记通知陈嘉卓。

而陈嘉卓搬去了她住的那所小区。不是同一栋楼，但已经很近。

他的行李不多，很快就从酒店搬过去。

搬去新家的第一天，陈嘉卓从公司出来得早，路过甜品店时叫司机停车，下去挑了个小蛋糕。

何原看到，一点不惊讶，不用猜就知道是要送给那位大提琴小姐。

点缀着车厘子的奶油方块，放在透明盒子里，稳稳安置在后座。

理由陈嘉卓也想好，就当是庆祝他乔迁之喜。

不过，最后那块蛋糕还是没送出去，给了何原带回家。

陈嘉卓给姜好发完消息，才知道她人在外省演出，还有两天才能回来。

姜好问，你搬家了吗，选的哪里的房子？

看了会儿手机屏幕，不好意思回复，陈嘉卓撒了谎：还没有。

应该怎么解释，他舍弃了她给他挑的更近更好的住处，选了她在的小区呢。

排练结束,姜好背着琴盒和曲颂悦回下榻的酒店。

两人并排坐在大巴车上,她低头在回陈嘉卓的消息。

曲颂悦忍了几天,决定当回八卦精。

她轻咳两声:"小好,你那个……就是,怎么会和陈总认识的?"

"我之前不是有意瞒着你的。"姜好卖乖完说,"我们高中就认识,那次在停车场见到的时候,有点矛盾没解开,所以就没怎么说话。"

而且重逢得太突然,她没什么准备,在场的还有其他领导,不是适合叙旧的地点。

曲颂悦惊得嘴巴微张:"高中?那你们都认识多久了?"

经她一提,姜好也想知道,于是掰着手指数了数。

"八年多了。"包括中间没联系的那三年。

曲颂悦属实是没想到,说:"你俩这颜值,架起摄像机都能出个五十集起步的青春偶像剧,纯看脸不看剧情那种。"她好奇,"八年,没点感情线?"

姜好一愣,磕磕巴巴:"什么,感情线啊?"

她莫名慌张起来,手指抠抠手机壳后面凸起的花纹:"我那个时候也不是很好看吧。"

她认为自己从来不是惹眼的长相。

曲颂悦脱口而出:"怎么会,你当我没见过啊?"

最后一个字蹦完,曲颂悦恨不能穿回几分钟前给自己灌一瓶哑药。

她倏地竖起三根手指,发誓:"我不是故意去扒的。"

她比姜好大几岁,祝樾的事情出来时,她正好在读大学,那个瓜吃得很全。

——祝樾毫无预兆地被爆出数张照片。

有和不同女孩的亲密照,也有窝在酒吧卡座里喝酒的照片。狐朋狗友一大圈,少年混杂其中,深刻眉眼在烟雾缭绕和夜店的霓虹射灯里若隐若现,有点醉生梦死的样子。

彼时祝晟明正好有部电影刚上映,题材励志,大致讲的是底层家庭的孩子靠奋斗闯出一片天地的故事。

照片一出,舆论立马煽风点火似的愈演愈烈。

祝樾被推上风口浪尖,被批判也被分析。当时父子俩在吵架,祝晟明又远在外地,没有立刻出来为他儿子发声。

只是没有想到的是,这事发展没多久,姜好被牵扯了进去。

她当时刚刚结束一场大提琴比赛,谢幕时被拍下一张照片。

曲颂悦被那张照片惊艳到,至今仍能回忆出细节。

那时的姜好比现在要稚嫩一些，穿一条精致的小黑裙，站在偌大的演奏厅中央。灯影灼灼，她周身像蒙了一层雾，恍若从中世纪名画中走出来。

鹅蛋脸，杏圆眼，笑起来很清灵。

她的照片和祝樾的拼到一起对比：一个乖巧，走正途；另一个乖张，流连万花丛。

对比之下，很有反差感。

但这还只是开始而已，这件事情刚压下去，又紧接着掀起一浪。

之后出来一个自称是祝樾那个圈子里的人，发了一大段话，控诉姜好仗着自己和祝樾是青梅竹马，几次三番干涉他社交，本人不像照片上看着那样单纯，私底下很刻薄。

内容发在了外网的社交平台，想找到背后的人有一定难度，但那个匿名人士的主页还分享过不少有祝樾在场的照片。

捕风捉影，似是而非的话一下子有了真实度。

这个社会对女孩的要求向来比男孩苛刻，得与世无争，得善良纯洁，得优秀但又不能太出风头。

落在祝樾身上的骂声忽然小了，不少人自发开始为他开解。

姜好却被骂表里不一，小小年纪心机重，仿佛罪不可赦。

很离谱的泼脏水方式，每一个字都在造谣，但就是有人不加求证地信以为真了。

一直没吭声的祝樾出来替姜好澄清，结果评论区一水儿问他是不是被家长威胁了，他压不住性子，在下面逐条回怼。

之后祝樾有一个做小网红的朋友于秋婧也出来替姜好说话了，还专门录了视频出镜，说自己和姜好在现实中相处过，她不是匿名人说的那样。

底下立刻有人鸣不平，说于秋婧太好心了。

借着那波热度，于秋婧涨了很多粉。

虽然最后被证实都是编造杜撰的，但那对姜好来说无异于一场网暴。

曲颂悦不知道姜好怎么挨过去的，她旧事重提，分明是揭人家旧伤疤。

曲颂悦道歉："对不起啊，我下次不多嘴了。"

"没关系。"姜好知道她是无心的。

"你后来追究那些人的责任了吗？"

姜好说："后面都交给我爸爸去处理了。"

那件事发展到最后被人查出是自导自演，始作俑者是董漠和丁秋婧。

他们俩目的不同，一是看祝樾不爽，单纯报复；一个是为名利，想给自己的账号打出知名度。于是两人不谋而合，找了狗仔爆照片，又匿名去外网编造谣言。

姜好父母当时护女心切，注意力放在舆论上，加上董漠用的是国外账号，查起来很麻烦，能那么快解决是有人找了渠道查出了他的IP，以恶惩恶地把他从背后揪出来，将他的账户信息公之于众。

证据链很全。

躲在阴暗中洋洋自得的人，一暴露在阳光下便方寸大乱，董漠承认了一切，还把共谋于秋婧供出。

真相大白时，姜好早已经回归正常生活了。

她感谢那个帮她查明事实的人，也感谢在那段时间陪她散心的陈嘉卓。

他带她打游戏，也教她玩纸牌，但好像很少和她说大道理，更不会轻飘飘地让她看开点。

思绪回笼，姜好望着外面陌生的路段，小声说道："我有点想回西城了。"

演出的城市在南方，温度和夏天无差，再回到西城时已经到了十月初。

落地时是傍晚，从机舱出来便能感觉到明显的温差。

大家穿得都少，姜好更是冷得汗毛立起。

曲颂悦抱臂，吐槽天气："都说西城没有春秋，只有两个季节，我现在是信了。"

因为有个例行会议要开，姜好先跟着乐团一起回剧院。

折腾一通，皮肤都快适应微冷的温度了。

姜好在会上开小差，偷偷摸摸给陈嘉卓发消息，告诉他自己回来了。

发完，忽有一种微妙的感觉浮现。

怎么有点像报备呢。

前几天，她给陈嘉卓订了一个咖啡机做乔迁礼。

他不嗜酒，也不抽烟，只偶尔喝咖啡解解乏。

咖啡机已经送到，物业签收完放到她家门口了，她准备明天找个时间送给他。

陈嘉卓那边回了消息。

陈嘉卓：你现在在剧院？

陈嘉卓：什么时候下班，顺路接你。

姜好瞄一眼手机，回得很简短：开会呢，估计不到半个小时？

本来还想接着打字和他说不用接，但前头的领导稍稍抬高声音，她惊了一下，将手机屏幕下扣，假装专心在听。

是个短会，很快结束，大家各回各家。

姜好从会议厅出来，解锁手机就看到陈嘉卓的留言。

他已经到了，而且也记得她上次说的话，没有把车开进来，只停在路边。

这下没法再拒绝,姜好收拾好东西,背着琴盒下楼。

第三回坐这辆黑色宾利,她已经变得轻车熟路了。

何原很有眼力见,在姜好还没走到车前时便下车替她接过琴盒放进后备厢中,让她安心上车。

吹了一路冷风,坐进车里她才好受些。

姜好问:"你等很久了吗?"

陈嘉卓抬手看表:"不到十分钟。"

这回离得比上次在餐桌上更近,姜好将那块旧表看得更清楚。

棕褐色表带,表盘的设计中规中矩,但被他戴着,好像凭空抬了身价。

她好奇:"没人奇怪你为什么戴这么便宜的表吗?"

"我和他们说,这表开过光的。"

他说得挺正经,姜好一下子笑了。

确实是开过光。

他来西城的第二个夏天,她替外婆去寺庙祈过一次愿,那晚庙外有很多卖手串的小摊,有佛珠也有菩提核。

因为陈嘉卓不习惯在手上戴珠串首饰,她就想着既然放个果盘都能变成开过光的水果,那她放手表应该也行。

所以拜菩萨时,她将这块表从他手上要走,放到了菩萨金身下面。

姜好没想到他真的信了很久。

一份心意被珍视着,是能让送礼物的人感受到的。

姜好声音低,有点像喃喃自语:"你不是不信这些嘛……"

他回:"现在偶尔也会信。"

怎么办呢,有时候不是真的变成信徒,只是知道很多事情不是希求就能得到的。

但人总得有一个念想吧。

陈嘉卓看一眼自己腕上的表,用得再爱惜,表带的边缘也有了些磨损。

这表坏过一次。

当时临近毕业,有天早上戴它出门时忽然发现走针不动了。

那一瞬间,心上涌现些无奈。

明明已经很珍惜了,为什么还是会毫无征兆地坏掉呢?他甚至胡思乱想,这是否是一种预示。

将表送去修表店时,修表匠打量一眼并不精良的做工便清楚人致价位,问他为什么不重新买一块。

他给的解释是,"Lucky Charm"——幸运物。

她专门拿去开光叩拜过,怎么能随便换掉。

之后回到港城也有人问过，不过很少，大多是比较亲近的人，他用的都是同一个理由。

姜好的住处离剧院不远，很快便到了。

她和前面的司机说："停在上次的位置就好了。"

司机放慢车速，有些摸不着头脑，犹豫地回头看一眼老板。

姜好还不知道陈嘉卓已经住过来了，觉得气氛古怪，不明所以地望向他。

陈嘉卓终于开口："我也搬到这边了。"

何原听惯老板平时淡然沉着的语调，乍一听这话，总觉得底气不足，还有点大事化小的意思。

但姜好惊喜出声："怎么不早说呀？"她以为陈嘉卓还在酒店住着，只是——"我记得上品湾那边不是更方便吗？"

问者无心，有意者自乱阵脚。

陈嘉卓偏开脸："是何助选的。"

要不怎么说何原是经过层层选拔的精英特助呢，关键时刻很能挑大梁，接过话就往下说："对对，陈总这段时间比较忙，我就帮着看了看，主要是因为……这个方位的风水好一些。"

姜好点了点头："你们那边好像是比较看重风水。"

于是车子驶进小区里面，最后停在姜好住的楼栋下。

侧身开车门时，姜好想到自己买的咖啡机。

"我给你准备了一个乔迁礼物，你明晚也是这个时候下班吗？"

"会晚一些，到家之后给你发消息？"

"好。"

姜好下车，冷空气吸进鼻腔，她轻轻打了个喷嚏。

陈嘉卓早就注意到她穿得单薄，一路上没找到机会问她，还以为她不冷。

他跟着下车，帮她从后备厢里拿琴盒："怎么穿这么少？"

姜好皱皱鼻头："下午还没回来，没想到温度降了这么多。"

嗓子有点难受，估计这次要感冒。

从陈嘉卓手里接过琴盒，她说："明晚送咖啡机的时候，正好可以去看看你的新家，方便吗？"

陈嘉卓点头："方便。"

"那明天见。"

他笑了一下："明天见。"

翌日上午，姜好还有工作，但早起时有些难受，身子很沉，喉咙也干涩钝痛。

她不出所料地感冒了,起床后喝了一杯热水,缓解一点后便出门了。

今天的工作还是排练,一直到下午两点才结束,中间不休息,不过好在两点之后就没有任务了。

病气来势汹汹,姜好撑不住,工作完之后连中午饭都没胃口吃就回家躺下了。

人一生病就没劲,她昏昏沉沉睡了一整个下午。

醒来已经是傍晚,她透过没有关紧的窗帘缝隙朝外看,天幕蒙上一层低郁的蓝。

躺在床上缓一会儿,今晚要做什么来着,她断断续续地想,终于记起还和陈嘉卓有约。

她费劲地摸到床边的手机,拿起来看时间,已经快到昨晚约好的点了。

姜好单手打字,磕磕绊绊的,打了几个字差点睡着,她干脆放弃了,发了一段语音过去,和他说自己感冒了,有点困,今晚就不去了。

她胃里空荡荡,但也想不到要吃什么,想着想着,眼皮变沉,又不自觉睡着。

再睁开眼,是被饿醒的。

睡了很长的一觉,连带着出差几天消磨的精力都补回来,只是依旧没劲。

姜好习惯性拿起手机,才看见陈嘉卓在她发过消息没多久后拨来的未接来电,还有他的回复,问她有没有吃感冒药。

姜好猛地坐直,回拨过去。

那边很快接通:"小好?"

"对不起啊,我睡了好久,没看到你的消息。"她刚醒,声音里还带着软声软气的倦意。

"没事,猜到了。我买了些感冒药,你现在下来拿?"

姜好愣愣地问:"你在楼下吗?"

他说:"是。"

姜好掀开被子:"我去接你,等我一会儿。"

她住的是一梯一户,要刷住户卡才能进电梯。

飞快洗了脸,精神一点,她在睡衣外加了件薄毛衣就下楼了。

小跑出单元楼,姜好一眼便看见了陈嘉卓。

月光清明。

他穿着灰蓝色衬衫、黑色西装裤,侧脸的轮廓在夜色中很清晰,不急于跺的模样。

是有些熟悉的场景。

姜好记起自己在国外读书时,被同学邀请参加派对。她不太喜欢那样吵闹、人群混杂的环境，但已经婉拒过几次，再拒绝总有些不合群。

去之前，她在电话中和陈嘉卓抱怨过，咕咕哝哝讲了许多烦心事。

比如派对上会遇到的没礼貌的陌生人，可能要尝一点难喝的饮料，派对结束后也会很晚，不知道有没有同路回家的同学。

异国他乡，面对不定的情况，她先入为主地抵触，但那晚的派对意外很开心，来的人大多是一个音乐学院的同学，大家各自分享喜欢的曲目，聊些演出时的趣事，一整晚很快就过去。

那晚到最后，她从办派对的地方出来，看到了站在街对面的陈嘉卓。

也是这样的夜色，也是这样沉默地等待她。

姜好脚步放缓，轻声叫他名字："陈嘉卓。"

陈嘉卓回过身，细细看她，见到人没有太大的事，心才放下。

"走吧。"姜好说。

本来想把手里的药袋和餐盒递过去的陈嘉卓微微顿住，他没想过上去的。

他走在姜好身边，两人一起进了她家。

这房子在姜好住进来前重新简装过一回，添了一些家具，淡淡的法式风，一进门便知道房子的主人是个女孩子。

之前刚入住的时候，物业送过新房礼，姜好记得有一盒一次性拖鞋，从鞋柜里翻出来递给陈嘉卓，又去给他倒水。

她一个病患反过来忙前忙后，这不是陈嘉卓的本意。

换了鞋，他把手里的几个袋子放到餐桌上。接过姜好递来的温水，他说："不用和我客气。"

"一杯水啦。你给我带了什么吃的？"

"豆皮馄饨，还有一份汤。"陈嘉卓伸手把保温餐袋解开，拿出里面的餐盒。

馄饨没有冷掉，温度刚好，而且很合姜好的口味。

豆皮做得薄薄一层，能看见里面的虾仁肉馅，汤底很鲜，漂着紫菜和小虾米，不油不腻。

她一整天都没吃多少东西，闻到香味，忽然有了久违的饥饿感，一点热汤喝下肚，很熨帖。

热气在眼前缭绕，姜好抬眼，认真地和陈嘉卓说谢谢。

她的长发低低缩着，眼里有笑，但能看出脸上淡淡的病容，叫人心软。

陈嘉卓问："身体还难受吗？"

她不逞强，点头说："难受。睡完觉好一些，但嗓子还是好痛。

"不过感冒嘛，就是一个过程，过几天就好了。这两天降温，你注意也不要着凉了。"

还知道反过来关心他了。

陈嘉卓眼梢有笑:"好。"

姜好吃得很慢,偶尔还会拿手机回两条消息。

他不管也不催,坐在对面做自己的事,垂眼研究那一堆感冒药的说明书。

铝箔纸窸窸窣窣,他看好用法剂量,把药抠出来放到纸巾上。

不知何时,姜好的视线不由自主地放在了他身上,凝望他的专注神态。

备好药,陈嘉卓抬头和姜好说话,还未开口,忽地和她欲言又止的目光隔空撞上。

"怎么了?"

姜好方才还白皙的面庞此时有些红,不知道是被馄饨汤的热气熏的还是其他原因。

陈嘉卓眉头轻皱,担心地问:"是不是有点发烧了?"

姜好还没有否认,额头被他的手背轻轻贴上,只一瞬便移开。

她的视线跟着他的手在动,看到他手背上微微凸起的青色筋络。

"我没有发烧。"姜好说。

只是脑袋乱乱的,可能真是生病了。

晚上陈嘉卓离开之后,姜好接到她妈妈的语音电话,问她过中秋的事情。

"今年还是和你外公外婆一起过?"

姜好"嗯"了一声,鼻音挺重。

姜漾之听出来了,问:"感冒了?"

姜好不想说话,又"嗯"了一声。

"听着怪严重的,吃药了没?"

"今天刚开始呢,没到严重的时候,药吃过了。"

"真吃了?"姜漾之不是很相信。她自己的小孩她清楚,从小到大都是吃药困难户。

为了证明,姜好反于给姜漾之发了一张照片。

她懒得再看说明书,吃药之前把陈嘉卓分好的拍下来,准备下一次吃药时直接复刻。

纸巾上,几粒大大小小的白色药丸和胶囊,放得很整齐,站军姿一样,等着检阅。

"信了吧。"她语调有点占上风的得意。

那边姜漾之却沉默一会儿。

姜好疑惑:"怎么了?"

姜漾之直接问了:"你家里还有别人?"

"没啊。"

"那照片里的那个穿衬衫的是谁？"

姜好一愣，点开照片才发现自己拍照时没注意，拍到了陈嘉卓的袖口。

"……是朋友，现在已经走了。"她有些支支吾吾，好在姜漾之没有再追问。

电话结束前，姜漾之似是忽然想起般随口一提："对了，这次中秋，你爸爸也会来。"

姜好甚至来不及惊讶，对面已经挂断了。

她高三那年，父母正式离婚。

可能因为有了分居作为缓冲，姜好知道的时候没有很伤心。

他们一家三口有种诡异的平静，就好像都预料到这天一定会到来。

姜好跟着姜漾之出国那天，她爸爸也过来送机。

他和姜好道别时，姜漾之回避了。

姜好记得当时她爸爸对她说，希望她不要难过，以后只要她需要爸爸的时候，他一定会第一时间赶到，但如果现在他和她妈妈不暂时分开的话，他们俩可能真的会老死不相往来，那不是他希望的结局。

她当时在想，所以最好的关系就是不远不近吗？

踏出一段关系，意味着势必会面临未知。

成年人的世界不再是沙滩城堡，倒塌后很难重建，有了无法逾越的矛盾后也不可能再像小孩子那样，吃个饭的工夫便握手言和。

有多珍惜就要有多谨慎。

中秋这天，姜好很早便去了外公外婆家。

两位老人之前还会时不时去大学开讲座授课，这两年已经正式退休，过上颐养天年的生活。

一进院门，卡卡便朝姜好奔过去。

卡卡年纪也大了，没有之前那样活泼，不过一直挺健康，没有生过大病。

姜好陪它玩了一会儿，有点好奇地想，不知道它现在再看见陈嘉卓，还能不能认得出来。

心念微动，她拿出手机对着卡卡拍了照，发给陈嘉卓。

外公恰好瞧见："给谁发照片呢？"

姜好立刻说："陈嘉卓。"

她起身，像是分享小秘密，轻快地道："外公，陈嘉卓来西城了。"

"嘉卓？他来这边玩啊？"

"不是的，他来工作的。"姜好有意打听，"外公，你是不是一直知道陈嘉卓的家世？"

"我当然知道。"外公也有些不解,"他怎么会来这边工作?"

姜好将自己了解到的事都说给外公听,连同之前喻桃那些不靠谱的推理猜测。

说着说着,她又是一脸愁色,恢恢地道:"外公,你说陈嘉卓会不会被欺负?"

姜好不清楚内情,姜文山却知道她的那些猜测大概率是不可能的,但也一时摸不着头绪。

陈懋亲自培养的继承人,怎么会允许他来西城接手君懋。

姜文山拍拍姜好的头,安慰她:"不会的,你觉得嘉卓是会被欺负的人吗?"

姜好摇头。

"那不就得了,其他的不用担心。"

姜文山略一思索,说:"很久没听你说起嘉卓了,你们最近联系得多吗?"

"还好。"

姜文山佯装生气:"这小子,来西城了也不知道来见见我。"

姜好帮他说好话:"他工作很忙的,可能没找到合适的机会。而且他刚来不久,前段时间才找到房子住下来。"

"哟,你这不是知道得挺清楚?"

姜好声音低了,有点像在解释给自己听:"我看他一个人在这边,没个亲人,就帮了点忙嘛,怎么说也是朋友。"

外婆在一旁听着,有些感触道:"确实,那孩子也怪孤单的,你多帮衬着些也好。"

姜好有了底气,飞快地点了点头。

姜好的父母晚饭前一前一后到了这边。

李闻来给外公外婆带了很多补品。这些年,他虽然和姜潆之离了婚,但仍常来看望前岳父岳母。

也因此一家人再相聚,坐在一张桌子上,彼此没有生疏和尴尬。外公外婆和她爸爸的相处也自然,只是他和姜潆之的气氛仍旧有些古怪。

姜好已经长大,对父母之间的分分合合看得很淡。其中也有不管他们两人之间有再大的矛盾,都不会波及她身上的原因。

她在一旁观察着,不太懂这对差点老死不相往来又慢慢重归于好的夫妻。

感情可能就是复杂的吧。

吃过团圆饭,姜好在后院的躺椅上休息,一边和陈嘉卓在手机上聊天。

之前拍了卡卡的照片发给他，隔了一会儿，他也发来好几张。

都是卡卡年轻时的照片。

陈嘉卓喜欢狗，她是知道的，但没想到他竟然也给卡卡拍了照，还保留了这么多年。

姜好忽然想起他养的那只伯恩山犬。

她问：Coki现在怎么样了？

陈嘉卓：去年生病去世了。

姜好心口一滞，只看这句话都有些难受。陈嘉卓精心养了Coki那么久，它去世时，他应该很难过吧。

姜好见过Coki，体型很大，但很温顺也很亲人，陈嘉卓在它身边时，它很黏他。

她当时对陈嘉卓说，Coki很喜欢你陪着它。他笑一笑，说其实也算是它陪着他。

认识他这么久，他好像总是一个人生活着。

姜好望了一会儿墨蓝的夜空，而后坐起身，拉开落地门回了客厅。

和外公外婆打过招呼后，姜好拎上包回去了，走之前还顺走了家里的两盒月饼。

一路畅通，姜好很快回到自己住的小区，只是没有回家。

陈嘉卓的住处是她找的，她也自然知道他家在哪一栋楼。

拎着月饼盒，姜好给他发语音，叫他下来接她。

陈嘉卓将那条语音听了两遍。

女孩子清甜的声音响起："陈嘉卓，我在你家楼下，来给你送月饼，你有空下来接我吗？"

岑寂的夜，沉闷无趣，因为她的话起了一丝波澜。

那语音发出去没过两分钟，陈嘉卓便出现在姜好面前。

姜好有些不好意思，因为借花献佛的月饼，也因为她知道他根本不缺月饼。

他今天应该是没有去公司，或者是洗漱过，只穿了黑色圆领衫、宽松长裤，除却更沉稳的气质，和学生时代几乎无差。

陈嘉卓接过月饼，道完谢，又问她："要不要上去看看？"

"好啊。"她答应下来。

之前因为感冒，姜好没有去送咖啡机，那天他给她送感冒药，她直接叫他将咖啡机带回去了。

陈嘉卓家里很新，刚搬来，没有几件家具，空空荡荡。

姜好转一圈，和他说："好空哦，有种你随时会离开的感觉。"

"我能去哪儿？"陈嘉卓站在她身前一些的位置，眸中一直有笑，像是心情很好。

这些年，他一直往前走，脚底却好像悬空，总不踏实，看不到自己的终点。

他一直记得姜好被诬陷的那一年，她见到他，哭着给他看那些加诸于她身上的恶言，划拉着手机屏幕的手都在抖。

她当时瘦了很多，脸颊上的那点婴儿肥都没有了，笑容也变少，和他待在一起时经常发呆，状态不好。

去年一整年是最忙的时候，他睡眠很少，也开始频繁做梦，梦到那个夏天，梦到她受欺负，梦到她在流泪，而他无能为力。

回西城的打算在那时就定下来了，本来还要晚一些才能处理好那边的事情过来，没想到年初时他叔父意外去世。

于是来西城便有了足够正当的理由。

好像一切都在不断提前，连和她重逢都是预料之外。

他还没有想好该怎么重新联系她，原本只想先远远看一场她的演出，却以一种猝不及防的方式再次见到她。

那晚在停车场，她很冷淡，他心里不好受，还以为她不会再理他。

毕竟，是他先断联。

可陈嘉卓忘记了，他喜欢了很多年的女孩心有多软，似乎只要他示弱，她便不忍心再为难他。

再到现在，她出现在他的家里。

心里那股萦绕多年的悬空感消失了。

姜好到沙发上坐下。她穿着杏色的薄毛衣、牛仔裤，明媚又柔和。

想到自己送的乔迁礼，她问陈嘉卓："咖啡机好用吗？"

他说："好用。你感冒好些了吗？"

"好啦。多谢你的药，很及时，上次那家的馄饨也很好吃，不过他们家是不是只做熟客生意？"

姜好记得自己看过那个餐饮品牌，是家私房，不是连锁店，像是不缺钱，消费制度有点类似于会员制，一般人有钱都进不去。

"嗯，那家店的老板是我认识的朋友。你喜欢的话，下次我叫他把你的名字填进去。"陈嘉卓说。

姜好微微睁大眼睛："会不会需要充很多钱？"

她没有那么多钱。她父母有钱，但给她的大部分是不动产，她也不打算为了吃一顿饭那样挥霍。

"不用，熟人介绍，会卖一个面子。"

"哦哦。"姜好听懂了，但还是婉拒，"那你不就欠他一个面子了？还是算了。"

陈嘉卓笑，也不强求："那你下次想吃，直接和我说吧。"

姜好没有在陈嘉卓住处待很久。

他家真的什么都没有,她坐在沙发上拿着遥控器研究一会儿,帮他把电视连上网,不过他估计应该也不怎么爱看电视。

陈嘉卓去厨房转了一圈,没有找到可以做零食的东西。

他有些惭愧,像是小朋友来家里玩,翻遍口袋都找不到一颗糖果招待她。

他又回到客厅,沉默一会儿,问她要不要喝咖啡。

姜好摇头:"太晚了,我喝了咖啡会失眠的。"说完后也起身,"我要先回去了。"

时间不早了,即使有些不舍,也找不到理由再留她。

陈嘉卓送她下楼。

分开时,姜好想到外公的话,和他说:"我今天去外公外婆家过的节,和他们说你来西城了,外公还问你怎么不去看他。"

他只是笑:"你帮我和外公说好话了吗?"

"我说了呀,你工作忙嘛。"她鼓鼓腮,"你也别太辛苦了。"

"好,我过段时间找机会去看望他。"

对于姜文山,陈嘉卓是有些心虚的,毕竟去他家做客,却对他的外孙女有了觊觎之心。

姜文山阅历深,有时面上不显,却能将人看得透彻。

他担心自己的心思在姜文山面前无处遁形。

中秋过后,陈嘉卓回了趟港城。

他父母都不从商,父亲研究生态学,过去几十年的时间常奔波在外,有时进热带雨林,有时去极地做考察;母亲学建筑,读博时师从姜好外公,也同样专注自己的事业。

两人是联姻,虽然感情不深,但在学术上是有共鸣的,因此这么多年里相敬如宾,过得也算和和睦睦。

这两年,他们俩有在港城定下来的打算。

年岁渐长,再热爱的东西追逐几十年也变得不再有那么大的吸引力,安稳更适合他们。也因为陈嘉卓那次生病,叫他们不愿再将剩下的时间用在别处。

原本以为回了港城,一家人相处的时间会比之前多一些,但陈嘉卓比他们要忙,早出晚归,在家的时间很少。

公司在内部大洗牌后重整,动荡一段时间后才慢慢稳定下来,好不容易忙完那阵,他却去了西城,没有和他们任何人商量。

这次回来还是因为陈嘉卓母亲朱毓的生日。

朱毓一早便发消息问陈嘉卓什么时候到,他回复说能赶上午饭。

收到回复,朱毓便吩咐家里的用人准备,陈嘉卓的房间需要打扫,午餐也早早开始备。

丈夫陈绍晖在一旁,面上忡忡地开口:"你说,嘉卓为什么非得去西城?"

因为这件事,陈嘉卓与他祖父在家宴上头一回起争执,他不同长辈吵架,但有自己的立场,也不轻易让步。

朱毓当然也不清楚原因,但显然没有丈夫那般忧心:"他有他的想法,我们操心也没用。"

她拎得清,说难听些,前二十年都没干涉过孩子的生活,现在再管不是有些多余嘛。

想完这些事,朱毓又出声提醒陈绍晖也不要插手。陈绍晖连连点头。

将近中午十二点时,陈嘉卓到家。

他进门,用人上前替他接过外套,周到地收好。

自年初去西城,这还是他第一次回家,前几次返港都是处理完事务便匆匆离开。

父母都在客厅等着,陈嘉卓过去,将手中的礼袋递给朱毓。

"妈,生日快乐。"

朱毓笑着接过,直接拆开来看。锦盒里面是一副耳坠,国风设计,做工精良考究。

朱毓不免惊讶。她骨子里有学术者的简练直接,心思不藏着,想到便问了:"这是你秘书帮忙挑的?"

陈嘉卓刚从用人手里接过水,闻言对她的敏锐感到意外:"我之前的眼光不好?"

那倒也算不上,朱毓说:"不是一个风格。"

他勾下唇:"有人帮忙参考过,你喜欢就好。"至于是谁,他不再细说。

朱毓眉梢微扬,心下有了微末的考量。

一家人一起吃了顿饭。

朱毓的生日向来不大办,一切从简,连蛋糕都没有买,因为家里没人吃。

饭后,陈绍晖找他问了些关于君懋的事情。

陈嘉卓简单和陈绍晖谈了一些进展,没有深聊。

"这次回来,得去看看你爷爷吧。"陈绍晖提醒他。

他点头,面上没什么多余情绪:"明天会去。"

两人站在别墅外的侧边廊里,陈嘉卓的手机留在客厅的桌上。

屏幕忽地亮起,接着弹出两条消息。

朱毓认出来,是港城这边并不算很普及的聊天软件,陈嘉卓之前很少用。

她有分寸，没有仔细窥探内容，粗略扫一眼，只瞥见来信人的昵称。

不是名字，是个天鹅的表情。

应该是个女孩。

过一会儿，陈嘉卓从外面进来，从桌上拿起手机，只一眼，他脸上的神情便柔和下来。

本来不应该这样偷偷摸摸的，但朱毓想到他很少和家里人讲私事，她想多了解了解他的近况都没有任何办法，于是又忍不住地悄悄观察。

他回消息时很专心，倚靠在桌边，斟酌着打字，举手投足间有一些在他身上很难看到的踌躇。

大概和对面的人聊了几分钟，陈嘉卓接到一个电话。

朱毓几乎笃定，电话那头是那个和他发消息的人，因为他眼中立时有笑意显现。

陈嘉卓走到无人处接通姜好的电话。

刚刚在手机上，她说外公让她从家里拿了几盆绿植，还有两盆是给他的。

耳边，姜好语调松快："你猜我在哪里？"

她那边的背景音嘈杂，偶尔能听见乐器声。

他想一会儿，毫无新意地猜："在后台准备演出吗？"

姜好说："不是，我在给学生上课。"

乐团里的一个前辈在西城音乐学院授课，今天有急事，找了她去帮忙代课。

她迫不及待地同他分享："我本来还挺紧张的，担心会教不好。"

"但很顺利是吗？"陈嘉卓接上她的话。

"对！"

他话里带笑音："你一直很优秀。"

不带恭维的、瓷实的夸赞，加上他沉缓好听的声线，姜好听着，耳根忽然微微发烫。

她站在教室外的走廊里，来往有学生，窗外是珠帘雨幕。

"我这边下了好大的雨，港城呢？"

"晴天，温度也高。"

"哦。"姜好心不在焉地点头，问出想问的话，"你这次回去，要待多久啊？"

陈嘉卓没想到她会关心这个，但也如实说："三天。"

他问："你有事找我？"

"没什么事啊。"姜好瞎诌了个理由，想到一句说一句，"我就是在想那些外公给的盆栽，你不回来，那先放我这儿吧。"

他也顺着她的话："那麻烦你帮我照顾两天？"

她"嗯"一声,上课铃打响,正好截断这场漫无边际的聊天。
"我要先去上课了。"
陈嘉卓应声"好",语气正经:"再见,小好老师。"
小好老师。
姜好在心底默念一遍,唇角微扬。
他怎么会那么清楚让她开心的方法呢?

下午的三节课结束后,时间近五点。
姜好和学生们挥手作别,得空看手机,不期然地看到陈嘉卓十分钟前给她发的消息。
外面大雨,打车也许不方便,他想到这一点,提前联系了留在西城的助理等在校外。
姜好看着手机里的消息发怔。
"无功不受禄"这句话在她和他之间是句悖论。即使三年不见,他仍旧处处为她考虑,对她好仿佛已成习惯。
姜好坐上车,旁边有叠放整齐的毯子。
何原在副驾,笑容亲和,贴心地告诉她如果冷的话可以搭在身上。
姜好向他道谢。
"是陈总叫我备着的,估计是担心您着凉。"何原说。
她伸手拿起毛毯,厚实的棉绒握在手中,掌心很快发热。
一场秋雨一场寒,估计这场雨下完,西城就彻底入秋了。
路上,何原健谈地同姜好聊天,说起这里和港城的气候差别挺大的。
姜好问他:"会不会很难适应这边的生活?"
"那倒还好。西城地大物博,我觉得比港城那边更适合居住,就是这边的冬天实在是太冷了。"
港城是南部地区,亚热带气候,即使是在冬天也有十几度。
何原继续说:"几年前,陈总冬天过来这边,第二天回去就病倒了,好久才恢复。"
姜好眼中泛起茫然:"他……是哪一年的冬天来的?"
何原一愣,同样惊讶:"姜小姐,你们那次没有见面吗?"
聪明人见微知著,何原回完便反应过来,陈总应当是没有和这位姜小姐提过,于是他也有分寸地不再多言。
但姜好却难得固执地问下去。
细想之下,其实没什么不能说的,毕竟在何原看来,那可能只是一次无关紧要的错过。
他看得出自己老板对面前这位姜小姐的感情,只是不太会表达。
动辄上九位数的项目,处理起来也云淡风轻,偏偏一到姜好面前就

099

举棋不定。

但也能理解,旁观者总是无法设身处地地代入,不去假设不好的后果,自然就不会瞻前顾后。

是三年前的冬天。

陈嘉卓从国外回来的那个当口,港城的航运公司内部风雨飘摇,动荡纷乱丝毫不亚于改朝换代。

陈家做继承人培养的同龄人不止陈嘉卓一个,但他无疑是资质最好的那个,陈懋予以厚望,亲自教导。陈嘉卓从高中开始接触家里生意,对公司情况了解得深透,算不上手足无措,只是要处理的事务繁重。

能者多劳,回港没多久便至年末,春节临近,但陈嘉卓没有假期。

何原那个时候已经在他身边任职,很清楚当时的工作强度有多高。

"连轴转了几天,好不容易空出一点时间,陈总叫我订了去西城的机票。"何原边回忆,边和姜好慢慢陈述,"这边温度低嘛,又来得匆忙,陈总那几天的作息乱得不分白天黑夜,原本就不太舒服,可能身体撑不住,只待了一晚就回去了。"

这就是他知晓的一切了。

他也并不清楚,那回陈嘉卓来西城到底是见谁。

姜好怔怔地听着。

她想不通为什么陈嘉卓明明来过,却没有联系她,为什么偏偏是三年前,那个他们开始断联的时间点。

但她隐隐有感知,像潮起潮落中淹没的一些东西,蒙上时间的质地,被她忽视,又再次呈现在眼前。

陈嘉卓在第三天傍晚回的西城。

离开之前,朱毓找过他,说了些心里话,最后直白地问他是不是在拍拖。

陈嘉卓愣一下,很快否认。

朱毓不大相信:"真的没有?其实要是合适,带来给我们见见也好,如果你真的满意,还能趁早定下。"

这次回来,她能看出陈嘉卓的状态好了很多,不知道是不是归功于恋爱。

他摇头,再次开口时自己都有些无奈:"确实没有。"

朱毓不知道他这回去西城,下次再返港是什么时候,干脆问个明白:"嘉卓,你能和我说说一定要去西城的理由吗?"

她和声细语:"你知道,我和你爸爸不会阻拦你的决定,但也希望你理解一下我们想关心你的心情。"

陈嘉卓和父母之间没有大矛盾,他没有刻意去隐瞒过,只是和父母长期分居，培养不出多深厚的感情，终归做不到其乐融融，相处中带些生疏，忽然交心反倒不适应，便觉得没什么说明的必要。

但既然朱毓主动问出来，他也能坦然告知。

"那边有喜欢的人。"

朱毓眼底有一瞬的错愕划过。她先前只猜测陈嘉卓在那边可能有正在交往的女孩，但没有想到他就是为了那个女孩才去的西城。

甚至于，他似乎还只是停留在喜欢，并未有更进一步的发展。

她以为足够了解自己的孩子。

陈嘉卓向来理性，为一件可能没有意义的事抛下港城的一切离开，实在是在她的意料之外。

"所以是还在追求？"

陈嘉卓没有说话。

朱毓露出一个故作轻松的笑来粉饰复杂的心绪："好吧，我大概明白了。"

陈嘉卓看出母亲的不理解，同她解释道："我暂时只是想离她近一些。"

哪怕没有结果也好。

暗恋从来只是一张单程票，拿着它就没有想过回头了，就好像落子无悔，愿赌服输。

回西城那天，陈嘉卓去接姜好下班，再顺便去她家拿盆栽。

如今住在一个小区，一句"顺路"省去很多借口。

他私底下用的车不是平时坐的那辆宾利，是一辆梅赛德斯，不张扬的 SUV 车型。

姜好过去时没有认出来，侧前方主驾的车窗降下一半，露出好看的眉宇，无言朝她这边望着。

她面上讶然，小跑着过去，拉开副驾的车门坐进去。

"今天你自己开车？何助理呢？"

陈嘉卓说："他留在公司加班。"

姜好笑起来："不愧是大老板。"

他说："偶尔也得享受一下。"

姜好经常对陈嘉卓现在的身份没有什么实感。

她爸爸开公司做生意，所以小时候她经常能见到李闻来身边的一些商人。那些人应该能称得上成功，但人多喜欢高谈阔论，即使靠着积攒的财富掩盖俗气，装作谦和淡泊，眼中也总流露出功利。

陈嘉卓不是，他身上有举重若轻的稳妥，也仍有少年时的濯濯之感。

车座中间放着两杯饮料，姜好认出外面的杯套，是附近的一家咖啡店。

陈嘉卓侧身，撕开吸管外包装插进其中一杯，递给她："是柠檬茶，不是咖啡。"

"你的也是吗？"姜好接过来，发现是热饮。

他点头："我的加了冰。"

姜好记得他喜欢喝冰饮，冬天也喝。

"我也有点想喝冰的。"她开口提出小要求。

陈嘉卓已经在系安全带，闻言偏头看她："肚子受得了？"

他问得很含蓄，估计是担心她在生理期。

姜好点了点头，陈嘉卓就没有再问，拿回她手上那杯，重新给另一杯插上吸管递给她。

杯子拿到手上，里头的冰块晃晃荡荡，几乎占了一半的位置。姜好看一眼杯子上的标签，上面写着"标准冰"，她嘀咕一句："这家'标准冰'的冰好多。"

陈嘉卓在看她，唇角勾出微不可察的弧度。

一时间，又像回到她在国外读书时，他有空便会接她下课，等待时顺便从周边的咖啡店买饮品。

她从学校出来找他，上车后低着头从两杯中选一个自己喜欢喝的口味，然后有点纠结地说："怎么办陈嘉卓，我都想喝。你以后还是买一样的口味吧，对选择困难症会很友好。"

和她待在一起时很放松，再寻常的场景也像电影中的镜头，在他脑海中一帧一帧不断回放。

人真是不知足的，远远看着不够，要靠近，还要千方百计地再近一些。

等姜好也系上安全带，陈嘉卓问："先去吃饭，有没有什么想吃的？"

"让我想想。"

他给她时间慢慢想，先启动车子开出这个路段，直到在第二个红灯前停下。

陈嘉卓出声，半开玩笑地说："再不做决定，可能要开到隔壁市了。"

姜好这才回神。

其实刚刚她是在想，要怎么开口问前几天得知的那件事才比较合适。

"我想不到，要不你定吧。"

陈嘉卓做决定很快："去初苑阁？"是上次他给她带豆皮馄饨的那家私房。

姜好点点头："好，就去那儿吧。"

初苑阁是这两年才开起来的，没有做任何推广，好像笃定不会倒闭一般，很佛系，之前曲颂悦猜这家店背后应该是有大资本在支持。

姜好也挺奇怪，问："你之前说和这家餐厅的老板认识，他真的能盈利吗?"

陈嘉卓说:"不是为了盈利才开的。

"准确来说,那个朋友不算是老板,这家店在他妻子名下。他妻子身体不好,忌口比较多,他就找了些手艺好的厨师,全雇进家里做后厨不方便,所以直接开了一家餐厅。"

商人思维,当然不会叫自己亏本,盈利肯定是有的,不过不算很多罢了。

他和姜好解释得很细,权当满足她的好奇心。

姜好恍然,难怪这家店的名字起得这么雅致,第一次听到的时候,她还以为是什么旗袍店。

"那他和他妻子感情还挺好的。"

陈嘉卓笑了笑,不置可否:"也许。"

下车前,陈嘉卓接到一个电话。

原本姜好并没有注意,可他声音还蛮温和,嘱咐那边的人好好休息,自己有空会去看她。

而那边是温柔的女声。

后面的话她没听清,因为陈嘉卓先下车了,尾音消失在晚风中,三三两两模糊的字眼,纠缠成线。

可能是和他相处得太自然了,她总忘记他们有三年没见了。

这三年里,他谈过恋爱吗?身边有其他人吗?

姜好慢半拍地低头去解自己的安全带,手边的车门"咔嗒"一声,被从外打开。

夜色中,陈嘉卓站在车外朝她伸手。他的掌纹很浅,有种看不透命运的扑朔。

姜好抿唇,脑中在想别的事情,行动上的反应就迟钝一些。

她下意识地递出手,指尖搭到他手上。

陈嘉卓摊开的掌心微微绷直,垂眼去看她,才发现她的心不在焉。

加快的心跳又渐渐平息,他面上波澜不惊,心中有些自嘲地发笑。

不再多想,陈嘉卓收拢掌心牵着她的手下车。

交握的手,一时分不清是谁的手心更热。

姜好的包平时要装曲谱,大大的,她拎着包,手里还有杯喝了一半的冰饮。

"还喝吗?"陈嘉卓示意一下。

她摇摇头:"不要了。"

冰块化了之后茶味被稀释,也不甜,只剩淡淡的酸,不好喝了。

陈嘉卓接过来,几步走到前面的垃圾桶旁帮她丢掉。

望着他的背影,姜好忽然后知后觉。

他刚刚伸手,好像只是要帮她拿东西的意思。

冷风扑面,拂不去那层因为羞赧蕴出的热。

姜好抬手扇风,手动降温。

怪不得方才她好像感觉到陈嘉卓的手僵了一下。

她在做什么,好尴尬。

跟在陈嘉卓身边进到餐厅内部。这里安静得不像是吃饭的地方,连服务员的脚步声都轻轻的。

在包厢里坐下,姜好找话题随便闲聊:"你平时的晚饭是在公司吃吗?"

"大部分是,秘书会安排。"

"哦,对,你还有秘书。"

他面色如常,应该是没有把刚才的牵手当回事。

对他来说,也就是举手之劳而已吧。

思及此,姜好甩掉脑袋里所有的胡思乱想,就地封心,全身心投入到这顿晚餐中。

她沉默得不太寻常,陈嘉卓好几次借着说话的机会看她,却猜不出她的心情好坏。

吃完饭准备离开时,陈嘉卓问她是否合胃口。

姜好点头:"我不怎么挑食,尤其是读完大学之后。"

她是实打实的中国胃,吃不惯"白人饭",刚去国外的时候没有找到合适的做饭阿姨,她也不会动手,只能中西餐混着吃,不像陈嘉卓,还会自己做一点。

"我记得你做的牛排很好吃。"姜好不知道别人有没有尝过,但对她来说是刚刚好的。

"熟能生巧吧。"在外生活那么多年,他也只会做那么一道需要开火的荤食。

两人一边朝停车场走,一边一人一句地聊天。

"你现在是不是没时间下厨了?"

"也没有那么忙。"他问,"你想吃吗?"

姜好愣住,又立刻反应过来,回了一句"想吃"。

陈嘉卓被她斩钉截铁的语气逗笑,好像自己的厨艺真的很好似的。

"周末哪天晚上有空?"

这话的意思不言而喻,下顿由他掌勺的晚饭已经在安排了。

姜好很快答:"周日!"

快进小区时,入口处有外来车辆在办临时停放登记,陈嘉卓的车停在后面等待。

吃饭的地点离这边有一段距离,姜好在车上坐久,有些犯困,于是想吹吹风。

她抬手降下了车窗,却不期然看见了不远处站在车边的人。

"祝樾?"

而祝樾也在这时直直地朝她这边看过来。他没动,拿出手机按了两下,随后举到耳边。

姜好的手机屏幕应时而亮,上面显示的备注是祝樾的名字。

她没有接,挂断后偏头看向陈嘉卓。

"我得下去一趟。"她没有解释,因为她知道他也看到了祝樾。

陈嘉卓没有说话。

好半晌,在姜好有些疑惑地歪头,想问他怎么了的时候,他抬手关了车门上的落锁。

闷闷的开关声在封闭沉寂的车厢内响起,他也撇开视线。

他不想看她朝祝樾走过去的背影。

姜好推开车门,又想到什么似的回头:"你能在车上等我一会儿吗?"

陈嘉卓低垂的眼睫忽地抬起,情绪明显还未涨回来,语调也不高:"等你?"

她拿手指比了一个"一",像是和他承诺:"就一会儿,我很快就回。"

祝樾靠在他的轿跑旁,看着姜好往自己这边走来,手上却连一个手机都没有拿,而她下来的那辆车仍旧停在原地。

车窗半降,他认出了坐在主驾上的人——陈嘉卓。

两人的视线遥遥相接,隔空无声交锋。

姜好没有察觉,走到祝樾身边:"你怎么来了?"

祝樾将目光收回,没有先回答她的问题,反而问她:"你和那个人还有联系?"

有点质问的语气,姜好听不惯,也不舒服,微微皱眉:"你在管我?"

祝樾有些着急,否认说自己没有那个意思,又口快道:"你离他远点,他不是什么好人。"

姜好匪夷所思,不明白他对陈嘉卓莫名其妙的偏见:"祝樾你在说什么啊,他和你都没有见过几面!"

"他……"祝樾要说的话到了嘴边,又打住。

他心中冷笑,有些事不能和姜好明说,只能生生忍下这个闷亏。

陈嘉卓没见过几面,但陈嘉卓暗中使的绊子可不少。

去年他和公司女艺人被狗仔拍到,本来已经拿钱压下去,结果没过多久却被翻出来挂上热搜,闹得尽人皆知。今年年初开始,几个谈妥的影视项目投资，一个两个都在签合同前找了各种各样的借口爽约。前段时间因为他点赞发酵出来的词条，在他撤掉的第二天就被删干净，包括那条放了他和姜好合照的微博也销声匿迹。

他不傻，找人查过，虽然拿不到明确的证据，但这些事或多或少和陈嘉卓有关联。

祝樾眸光一暗，忍不住嗤笑。

这人表面一副正人君子的做派，心里估计早就嫉妒疯了吧。

现在又追到西城来，还真是步步为营。

姜好见他久久说不出一个理由，当他是在无理取闹，跳过那个话题，也失了耐心。

"你找我有什么事情？"

祝樾笑了笑："很久没见，来看看你都不行吗？"

什么时候，连听她一句好言好语都变得奢侈了。

他放低姿态，姜好却没有陪着迁就。

安静一会儿，祝樾从车里拿出一个印着 logo 的纸袋递给她，语气缓和些："前几天去了趟国外，听说这是新出的限量款，买来送你。"

姜好知道这个牌子，随便一个手包都要六位数，别说这种限量的了。

她没有收，偏头看向别处："你送给你的女朋友吧。"

"我没有女朋友。"祝樾以为她在赌气，低头同她解释，又有些像是在恳求她理解，"小好，我单身很久了，我已经改了。"

从小到大，他一向桀骜不驯，这样的状态很少见。

可姜好忽然发现她很难再对他心软了。

这个陪她长大的人，她叫过他"哥哥"，为他心动过也为他失望过，再到后来彻底将他从心中挪走，他却开始像弄丢玩具一样回头弥补，几次三番越界。

姜好看着他的眼睛，猜不透他如今是真心喜欢她还是因为其他感情。

祝樾长着一双桃花眼，看谁都深情，脂粉堆里长大，不爱也能演三分。

她不想探究。

"去年那件事，你以为我真的不知道吗？"她开口，语调平平，没有伤心也没有失意。

他和新签的女艺人同进同出酒店，被拍到后却否认只是有相同的工作行程，澄清自己是单身，重心在事业上。

那则声明发得很快，还赚了不少好感。

周围的人都说他收敛了很多，开始专注于事业，说他流连金粉丛，最后放在心底的还是她这位白月光青梅。

她听过许许多多这样的说法，但因为清楚真相到底是什么，只觉得很讽刺。

她没有回应过任何一个人。

姜好原本不想旧事重提，因为太像是吃醋了，但她根本就已经不在意那些。

祝樾心慌，下意识地说："我和她什么都没有。"

他仍不承认，姜好也没有揪着不放。她很短暂地笑了一下，梨涡出现又消失。

那是告诉自己算了的意思。

要让多少人的心碎成一地，才能拼出你的一颗真心呢。

祝樾送的包，姜好最后还是没有收，领了心意，和他说再见。

"你回家吧，早点休息。"

祝樾站在原地看她往回走，细瘦的背影离他越来越远，越来越远。

他记得，少年时期，他在外面玩到很晚，她也常说类似的话。

可他哪有家。

再回到车上，姜好的情绪还是受到了一些影响。

她不喜欢和人起争执，不论是谁，输赢都叫她难受，就像鼓起来又瘪掉的气球，心上皱巴巴的，很不舒服。

两手空空地下去，再两手空空地回来。

陈嘉卓没有问她缘由，开车进到小区里。

他和她一起下车时，姜好有点犯怔。

陈嘉卓提醒："盆栽还没拿。"

她一下子想起来："我差点忘记了。"

"外公给的什么品种？"

"绿箩和南天竹。南天竹要人一点，不过都长得很茂盛。我本来想要一盆月季的，淡淡的粉，好漂亮，但外婆和我说养不好会生小虫子，我有点怕把它养毁了，就没带过来。"

进电梯，上楼。一路上，姜好都在和陈嘉卓转述外公告诉她的注意事项，他安静地听，一一记下。

到了家门口，姜好开门，请他进来。

上回的拖鞋是一次性的，用过就扔了，家庭装，那个尺码只有一双。

姜好说："不用换鞋。"

陈嘉卓没有照做，止步在门前："你把盆栽拿给我吧，我不进了。"

"那也行。"她自己进去，像个辛勤园丁，来回两趟把盆栽搬到门外。

之后，两人一人抱一盆，慢慢从这栋朝陈嘉卓住的那栋走去。

任他家楼下等电梯时，陈嘉卓微微侧眸看她。

女孩子捧着一盆绿油油的绿萝，低垂着脑袋，脖颈细白一片。

"还难过吗？"

姜好仰头，与他对视上："不难过了。"

陈嘉卓不知道这话是真是假，但无论她是什么心情，他都接受，只是替她感到不值。

祝樾配不上她。

陈嘉卓眉心微拧，问出来："你们分手之后，他还像今晚这样经常缠着你吗？"

"分手？"姜好眼皮微撑，诧异难掩，"我没有和他在一起过。"

敞亮的电梯间，姜好眸中的错愕毫不遮掩地暴露在陈嘉卓面前。

她在状况之外，一时不知道是该问还是该解释。

他从哪儿听来的？

姜好乍然想起，她曾让陈嘉卓陪她去过祝樾的生日聚会，他见过她因为祝樾而难过的样子。

所以，他一直以为自己还喜欢祝樾吗？

误会太大了。

又联想到一些事情，姜好问他："你是看到了他和女艺人的绯闻，才以为我和他分手了吗？"

陈嘉卓无言，点了点头。他知道这里面也许有太多的阴错阳差。

祝樾和那个女艺人住的酒店在港城，被拍也不是意外。娱记是女方专门安排的，可能为了热度也可能为了上位。

陈嘉卓没有出很多力，他是偶然得知，也只是安排人将祝樾压下去的照片重新抬出来曝光，而后没多久就看到祝樾的声明。

内容他没仔细看，只注意到"单身"二字。

不可否认的是，他愤怒于祝樾的不珍惜，也有一丝卑劣的庆幸。

庆幸他仍有机会。

姜好声音小小的，不太好意思和陈嘉卓聊这些，但还是继续说清楚："我还没有谈过恋爱……"

说完，她又觉得自己有点傻，他都没问，她就什么都全盘托出，他那通意味不明的电话，她还记着呢。

"你呢？"姜好找准机会，你来我往地问出来。

陈嘉卓摇头，回答她："我也没有。"

他一直喜欢她，没变过。

如果不是她，也不会有别人了。

那晚送完盆栽，陈嘉卓似乎还有话要说，但姜好找了借口匆匆离开。

她得理一理头绪。

回到自己家，姜好蹲在阳台给一排花花草草浇水，兀自想着心事。

她感觉自己是有些喜欢陈嘉卓的。

在和他重逢前，姜好一次都没思考过这些，再见他，心中却好像有一颗埋藏许久的种子蠢蠢欲动，冒出嫩芽。

仔细回想两人的相处过程，姜好能感受到，陈嘉卓对她是不一样的。

可他向来周到，对谁都有礼数，加之在她身上的那些好也许只是承了外公的面子。

一时间，姜好脑中冒出许多乱七八糟的念头。

或许，可以尝试着更进一步，勇敢些和他说明自己的心意，她知道即使不成功，陈嘉卓也不会叫她难堪。

他一定会悉心照顾好她的面子，让她安然无恙地回到她该在的位置。

可他还会在她身边留下吗？

应该不会了。从某个方面来说，陈嘉卓是恪守己见的人，姜好见过他如何拒绝女孩子。

那次是还在读书的时候，她刚适应了国外的生活，一切都走上正轨，便有了四处玩玩的心思。

第一站，不用多想便定在陈嘉卓读书的城市。

他带她逛了逛自己的学校。百年名校，和她读的音乐学院是不一样的氛围，姜好第一次来，他们多待了一会儿，中午时就近在校内的一处学生餐厅吃饭。

饭中，来了一个女生。

她也是华人，打扮干练但不失靓丽，站在一旁高挑又吸睛。

陈嘉卓看见她，礼貌地打了招呼。姜好还以为他会给自己介绍，结果他不同以往的冷淡，问过好便将人晾在一旁，也没有作出邀请。

那个女生过来也不是为了和他们坐下来一起吃饭，她目的明确，很直接地问陈嘉卓，为什么要转组。

陈嘉卓给的解释是阶段性作业全部结束，换组很正常。

但那个女生不接受他的说法，目光有些凄凄然，说如果是自己的追求给他带来困扰，她会保证不再打扰他。

陈嘉卓没有再否认，他说转组是更好的解决办法，你我都不会为难。

话是温和的，但他太冷静了，不给别人留有一丝一毫幻想的余地。

姜好担心他也会那样和自己划清界限，即使念及旧情不做得那么绝，结局也不会变。

然后，他们会接着渐行渐远。

感情上，因为父母的分分合合和祝橄的事情，姜好的态度是警惕大于憧憬。

有些关系就像一杯水，不管是往里添还是倒出去一些，想再回到和原来一模一样的水位都不可能了。

次日有演出，姜好早早过去剧院。

因为前一晚有些失眠，她买了一杯咖啡拿在手上。

进到排练厅，姜好插上吸管喝一口，苦得眉眼都发皱。

曲颂悦拎着同款冰美式进来，同样困得睁不开眼。

看到姜好手上的那杯，她惊奇地道："你不是受不了这个味吗？"

姜好把咖啡放到一旁："今天想试试来着，果然，我还是不适合喝这种。"

曲颂悦笑得不行："你昨天熬夜了？"

姜好抿唇，摇摇头："也不算，就是躺床上一直睡不着。你呢？"

"昨天我姐家的小孩来了，臭小孩晚上不睡觉，一直闹人。对了，这边有没有小孩子玩的地方，不要那种游乐场之类的啊，我实在玩不动那些。"

曲颂悦不是西城人，对这边不是很熟悉。

"小孩子玩的？多大了？"

"五岁。"

"五岁也不是很小了，你可以带他去儿童美术馆看看，或者……"姜好想了想，"水族馆去过吗？"

曲颂悦说："没有，还是第一次来这边呢。"

"那可以带他去那边转转，我感觉还挺有意思的。那边特别大，有一些表演项目，还能长长知识。"

姜好想起高中看过的人鱼表演，本来想提一句，又觉得这么多年了，也许早就换成其他故事了。

毕竟那么大一个水族馆，也不可能一点不创新。

晚上回到家，姜好给喻桃打电话。

她俩有一段时间没见面了，喻桃一直不在西城，邵裴公司的法务挺厉害，将她和前公司的合同纠纷谈妥。她在女团时人气就很旺，成功解约之后，经纪人给她接了很多工作，忙得不停。

接通电话一问，她还在录播厅后场的化妆间，等着化妆师上妆，刚好有点时间。

姜好磨磨蹭蹭和她说了一大堆，喻桃只捕捉到一个信息点。

"你说，他和你住一个小区？"

"对啊，他助理选的，说是风水好。"讲到这个，姜好还有些得意。

喻桃暗道，这风水不会是近水楼台的风水吧。

姜好和她透露了心意，又找她给自己出点主意："你说我该怎么旁敲侧击地试探一下呢？"

"试探？你确定人家看不出来？"

喻桃想得全面，她能看出陈嘉卓绝对不是好糊弄的人，姜好那点单纯的手段在他面前可能很难称得上旁敲侧击。

姜好被问住，思索一会儿，有点破罐子破摔地说："看出来就看出来吧，正好不用我费劲了。"

她的语调慢慢抬高，像是在给自己找气势："谁叫他对我那样好，这下好了，叫人误会了吧。"

喻桃大笑："你这不是有主意了吗？你就直接问好了。"

"要是那么简单，我都不用找你了。"

"那这样，不是说如果一个人喜欢你，你去牵他的手，他是不会抗拒的，你试试？"

姜好拒绝尝试："太莫名其妙了。"

果然不该问另一个爱情白痴。

这样想着，姜好却忽然回想起那天晚上下车时的牵手。

但是，那次应该不算吧。

第五章 恋爱快乐

好不容易等到周末，本来约好的牛排晚餐却取消了。

姜好被放了鸽子。

陈嘉卓有临时工作，要出差，这次要去国外。

姜好接到电话前还在认真地试口红色号，第一次挑的颜色太艳了，卸掉重新选了一支淡淡的粉。

对着镜子小心涂匀，她与自己对视，越发能感受到自己对他的心意。像见风的小火苗，越燃越旺。

姜好已经好久好久没有这样的心情了，也忐忑，也期待。

可能是心境不同了，接通电话时，她忽而觉得陈嘉卓说话时那种低低的调，比之前的任何时候都撩拨人。

然而下一刻，却似被浇了一瓢冷水，小火苗灭得彻底。

电话那头，陈嘉卓在道歉。

姜好装大方："没关系啊，工作要紧。"

这话说完她自己都要想开了，一顿牛排而已，当然不算什么正事。

"回来给你带礼物？"陈嘉卓想弥补。

她下意识地拒绝，嘀咕着说："不要礼物。"她可没那么好打发。

他好像在笑，问她那有什么其他想要的。

姜好的脑中忽然冒出一句话——"想要你喜欢我。"

只是想着，镜中的脸就不争气地一点点变红。

好烦，她就知道不该动心，像喻桃那样一门心思拼事业才最好了。

姜好恢复自然："我没有什么缺的。你要去多久呢？"

"两周。"

两周，那不就是半个月？等他回来时都已经是十一月多了。

大忙人，哪有空恋爱啊。

姜好预想出的自己被拒绝的理由又多了一个。

她喃喃一句："这么久啊……"

姜好的语气明显没有刚开始时的轻快，陈嘉卓不知道是不是自己多想了，竟然听出一些不舍。

他试探地问，"我尽量早些回？"

"啊，不用，我也没有什么事。你注意身体，多休息。"

上班时间，姜好不再打扰他，快快地说再见。

不知道是不是喜欢就是这样，还未离开便已经开始想念。

两个星期，说长不长，说短也不算短。

接下来的一周，姜好都在按部就班地过和之前一样的生活。

西城电视台很早便开始准备跨年晚会的相关事宜，通知发下来，他们剧院受邀其中，要出一个节目。

上周开会，集思广益，商议后定下节目，但演奏人员还没有选好。

名额有限，想参加需要先报名，最后内部再进行一轮选拔。

对于这个机会，曲颂悦跃跃欲试，并且势在必得。

她想参加的原因很朴实无华，从前学音乐时不被亲戚们看好，现在学成归来，自然要狠狠为自己争光。

姜好起初是不打算报名的，她对此兴致缺缺，没有很强烈的、想要出镜的念头，而且是新人，被选中的概率不大。

跨年晚会向来是实时直播，面向全国的，不容许出差错，定下名单之后就要开始排练，先是内部经过很多次协调，再就是去正式场地过几次大规模的彩排。

出场薪酬不高倒不算什么，主要是费时费力，姜好不确定自己后面有没有时间参加那么多次的排练。

剧院员工餐厅内，曲颂悦晃晃姜好的胳膊，缠着姜好陪她一起报名。

"你陪我一起嘛，不然到时候排练什么的，我身边也没个说话的。"

姜好被她磨得不行："我报名也不一定能选上，这种机会一般都会优先考虑资质深的前辈。"

"万一呢，试试嘛。会上电视呢，被人认出来不觉得很厉害吗？正好让别人看看，你根本没有进娱乐圈的心思。"

"没有必要。"姜好无奈一笑，对这些看得很淡。

曲颂悦不知道是不是因为姜好家世比较好，物欲被满足之后，就少了很多有点俗气但合乎人之常情的愿望。

到现在还有人时不时猜测她会进娱乐圈，毕竟她妈妈曾是天后级人物，一起长大的竹马也算是半个圈内人，光是身上的那层厚厚滤镜就够炒作无数条热点了。

她只要出道，不管是做什么，一定会顺风顺水。

谁能想到，人家根本就没有这个打算。

不过这样也挺好的，做一朵夜晚暗自盛开的绣球花，她的生长只按照自己的节律和方向去发展，不受外人所支配。

"真的不考虑了？"曲颂悦最后问一遍，又苦兮兮地卖惨，"没有你在，我一定会是跨年夜全场最孤单的演奏家。"

姜好不忍心："好吧，我只能填个表，但选不上就不能怪我了。"

曲颂悦欢呼："我回去就给你拿新表。"

吃过午饭，还没到下午上班的时间，两人继续在餐厅里待着。

曲颂悦捧着手机专心修图，是她上周去水族馆玩时拍的照片。

"小好，帮我选下哪张好看。"

姜好凑过去和她一起看，看着看着，忽然瞥到一个熟悉的场景。

"上一张是……"

"上一张？"曲颂悦翻到前面，"这个吗？"

是人鱼表演时的留影。

"这个啊，听说是水族馆的保留节目，本来都换掉了，前两年有企业赞助，有个要求就是把这个节目留下来，是不是还挺奇怪的？现在每周演一次，我上周去的时候正好赶上了。"

姜好望着照片出神。

玻璃墙内鱼尾粼粼发光的小人鱼，拿着宝剑，头戴皇冠，在落幕时笑容洋溢地对着大家挥手。

思忖片刻，她问："是哪家企业？"

曲颂悦回忆："好像是港城的一家……轮船公司，你说又不是港城没有水族馆。"

姜好心头忽然浮现一个猜想："是航运公司吧？"

"哦，对对，是做航运的来着，我就说轮船怎么怪怪的。"

"怎么了？"曲颂悦打量着问。

"没事，只是觉得，有些巧。"

"你也看过？"

"嗯，好多年前了。"

港城的航运公司，为什么会专门来这边赞助？

那场表演，她只和陈嘉卓看过。

会是他吗？因为她说过喜欢这个节目，所以他帮她保留下来。

想到这种可能，心尖蓦地微微一震。

她的心意，会不会早就被无声回应过了……

到了下一周，十一月初，宋蓓蓓邀请姜好参加高中同学聚会。

姜好欣然答应。高中时同学之间相处得都挺好，她被诬陷的那次，还有几个同学发声为她正名，虽然寡不敌众，但她一直都记得他们的帮忙。

之前的几次聚会都因为姜好还在国外读书而缺席，这次刚好赶上。

聚会时间定在周六，姜好看了眼日期，想到陈嘉卓应该刚好是那天回来。

他出差的这些天，给她发过几次消息。

有时是一张落日风景照，有时是问她有没有吃饭。

那样一个少言寡语的人，主动和她分享自己的生活，默默关心她的三餐。展露出周到礼节之外的在意，这本身就是一种偏袒吧。

周六晚上，姜好准时赴约。

在确定她也去之后，宋蓓蓓便将她拉进一个聊天群里，群里都是聚会当天会过去的同学。

姜好高中读的是私立学校，周边同学大多非富即贵，有些人如今直接留在国外工作，有的去了更大的城市，也因此这次聚会，从前班级的同学不是很多。

来之前，班长说过会有一些其他班的人，因为场地大，人太少了不热闹。

聚会的地点也是班长安排的。高级会所，处处透着豪奢，姜好和宋蓓蓓先在附近会合。

宋蓓蓓如今在传媒公司做运营，和过去没有太大差别，依旧娇俏活泼，见面便挽上姜好的胳膊。

她伤心地感慨："好久不见了，还以为以后我们就没有联系了。"

"怎么会。"姜好安慰，"你一个电话，我不就过来了？"

宋蓓蓓嘿嘿两声："明年我估计要结婚了，到时候你也来哦。"

"你都要结婚了？"姜好难免吃惊。

平时偶尔也能看到宋蓓蓓在朋友圈晒恋爱日常，但她没想到会这么早。

"喜欢嘛，就早点走一起。"

姜好笑了笑，也认可这句话："我一定到场。"

两人一起走进订好的包厢里。她们来得比较早，包厢里的人不多，许久不见倒也不陌生,见到她们都熟络地打着招呼。

有个男人衣着休闲,上前打趣着问姜好还能不能认出自己。

"当然啊,当时你坐我后面,坐了两年呢。"

她脸上有笑,不显生疏地很快融入。

接下来一段时间,陆陆续续有人到场。有几个隔壁班的,姜好能认得出来,再远一些她就没有印象了。

人到得差不多,宋蓓蓓环视一圈,和班长确认:"都到齐了吧?"

班长看了眼手机:"嗯……估计还有个人。"

"你朋友?"

"算是吧。"

宋蓓蓓在和别人聊天,没注意到他话里的模棱两可,直到有个人姗姗来迟,推开包厢的门。

她看过去才发现班长说的朋友是谁。

有人低声私语:"祝樾怎么来了?"

"谁知道。他和我们又不是同级,谁叫来的,姜好?"

"不是吧,我怎么感觉姜好也挺意外。"

"有点好嗑啊,是不是已经在谈了?"

"好像没有,但我估计有戏,那张脸看了不迷糊啊。"

班长起身去接,又转身给众人介绍:"我多找了一个朋友带来,没事吧?"

另一人站起来暖场:"没事没事,我记得我之前还和祝樾学长一起打过球。"

大家都客气地表示欢迎。

祝樾今天穿得也不是很正式,黑色短夹克,一双长腿笔挺,头发没有高中时那样长,露出出众的眉眼。和他们打过招呼,他的目光便落在姜好身上。

他迈步,在姜好身边坐下。

姜好朝他笑了一下:"今天不忙吗?"

"还好,听到姚叡说起你也在,碰巧我有空,就过来了。"

祝樾声音不小,周围的人本就都有意无意地扫过这边,听到他说的话,调侃声应时而出,许多道视线望过来,以他和姜好为中心。

姜好排斥这样模模糊糊的暧昧感。因为没法找到明确的话来反驳,她低下头,收起了笑,没有回应。

一起吃饭时,她和宋蓓蓓坐在一块儿,身侧是另一个女同学。祝樾找不到机会和她搭话,也就作罢。

饭后,大家商量着一起玩牌。

宋蓓蓓父母都喜欢打牌,她从小耳濡目染,牌技不错,第一个上了牌桌。

姜好有自知之明,没有跟着玩,和剩下的几个同学在一旁随意闲聊。

几局下来,宋蓓蓓去洗手间,叫了姜好帮她顶一局。

大家都是玩个开心,不赌钱,姜好便没有推辞。

这局轮到姜好这边洗牌,她洗牌手法娴熟,牌桌上其余几人看出点名堂,嚷嚷着笃定她一定是高手。

牌桌上闹哄哄一片,班长姚叡看过去一眼,和身边的祝樾说:"怪热闹的。"

可能是练大提琴许多年的缘故,她坐着时体态极好,肩直背挺,拿牌的样子也不似十几岁时那样蹩脚,在牌桌前与大家说着话。

祝樾迟迟没说话,望着姜好的侧颜,他的脸色却渐渐变冷。

他和陈嘉卓一起打过牌,他记得那个人洗牌有个特点,就是一开始习惯将牌分成三开。

而姜好的手法和那个人如出一辙。

她是什么时候和陈嘉卓学的?

祝樾一直都知道她在有意避开自己,可他也觉得这些能慢慢改变,他和姜好有这么多年的情分,她之前对自己那么好,怎么可能说散就散。

但这些都是在没有第三者插入的前提下。

现在看来,显然不是了。

陈嘉卓在他缺席的那些年里,到底和姜好有过什么,他一概不知。

姜好那处一片欢声笑语,她那点技术也就只够在牌局开始前唬一唬别人,真枪实战依旧不够看。

对面一位男同学开玩笑:"姜好,你这从哪儿学来的技术啊?那人是不是藏私了,只教洗牌,不教打牌?"

姜好也不恼,笑得开心。她就从陈嘉卓那儿学了这么点花架子。

当时施博易问陈嘉卓是不是在赌场待过的时候,她还不高兴,结果后来才知道他真的接触过。

陈嘉卓家里有长辈经营赌场,他去过几次,学到些花样。

他和她聊这些的时候,不忘告诉她最好不要一个人去那里,如果真的想看看,他下次回港城可以带她去里面转一转。

"那里很乱吗?"她当时好奇地问。

"不乱。市面上的都是合法经营,管理也严格,但赌徒很危险。"

可惜那年夏天姜好没有成年,进不去赌场。

她才从他那儿学会洗牌,他就要回学校读书了。

陈嘉卓第二次离开H城,她去机场送他。

他大方地陪了她一整个夏天,她不舍得却羞于表达,只问他:"陈嘉卓,我还没学会玩牌怎么办?"

他说:"那分分工,在你学会之前,我负责替你赢。"

那时好像很迟钝,明明该"怦怦"跳动的心,推迟许多年,在今夜悄然延续。

玩了一局,姜好过够手瘾,把位置还给宋蓓蓓。

她拿着手机,避开喧嚷的人堆,去了包厢的一角。

祝樾注意到,跟了过去。但姜好的注意力全放在手机上,一时没察觉,被他吓了一跳。

她转身,手机屏幕上是聊天框,不知道是在回复谁的消息。

祝樾说:"待会儿回去,我送你?"

姜好摇头拒绝:"又不顺路,我自己回。"

他不满:"非得顺路吗?那上次为什么要那个人送你?"

那个人?姜好愣了一下才反应过来,他指的是陈嘉卓。

她还是耐心解释:"我和他住一个小区。"

闻言,祝樾原本还算平静的神色陡然一凛:"他怎么会和你住一个小区?"

"巧合。"姜好不愿多说,开始敷衍。

"真的是巧合吗?"祝樾眼中有怀疑,目视姜好,很想立刻将陈嘉卓伪善的面具揭下。

可他不能,毕竟,陈嘉卓那些手段没有用在姜好身上。

姜好不喜欢他这种追根究底的问法,忍不住要冷脸,脑中却突然间灵光一现。

对啊,真的是巧合吗?

虽然说是何助理来安排的,但也不会越过陈嘉卓的意愿去做决定。

他不信神佛,又怎么可能信风水。

姜好迟迟没说话,祝樾也不想和她聊别的男人,绕开陈嘉卓,望着她,眸中落寞难藏,语气也低落:"我们有必要这样生疏吗?"

话说开了,总比一直绕弯强。

姜好抿唇,目光很淡地回视:"我没有疏远你,是你在越界。"

"越界"二字,将她的态度表达得很清楚。

她其实不太懂,为什么祝樾要越过他自己定义的那条线,要暗示他对她超出朋友的喜欢,将两人的关系推至一个不平衡的点上。

祝樾故作轻松地笑了一声,那笑泛着酸楚。他静了一会儿,又道:"你不要我了吗?"

他沉默地看着姜好,从她脸上找不到一丝动摇。

在姜好这里,确实没有任何回转的余地了。

"唔,你俩躲这儿来约会了,聊什么呢?"姚叡找地方抽烟,绕过来看到祝樾和姜好，挑挑眉，怪声怪气地打趣。

谈话被打断，姜好无奈，也没了再继续的心思，握着手机率先从这个小角落出去。

祝樾紧随其后。

独留姚叡一个人，后知后觉地察觉气氛不太对，手上的烟也不知道要不要点。

两人一前一后从角落过来，很难不被注意到。

眼神一个接一个递，大家虽然都是同学，但对他们两人的事也都是道听途说。

祝樾在网上会时不时提到姜好，加上此景，众人不由得猜测好事将近。

碰巧两人都在场，有人直接八卦道："姜好，你和祝樾学长是不是在一起了啊？大家都是自己人，别藏着掖着咯。"

"没谈估计也快了吧哈哈，青梅竹马，多浪漫啊。"

"对啊，好般配哦。"

…………

这一刻，姜好有些心累。

陈嘉卓和祝樾的区别就是，陈嘉卓永远不会将她置于这样的境地。

如果她的态度是不愿意，他便不会强求，更不会模棱两可，任由旁人误会。

姜好没生气，她知道大家没有恶意，只是单纯地顺势起哄。

她调整好自己，大大方方地笑了："我和祝樾，一直是要好的朋友，大家别误会。"

众人笑容一顿，有些反应不过来。

再看祝樾，他站在姜好身后侧，从始至终没有说话，不附和也不反驳。

直到姜好很认真地说："我有一个很喜欢的人，祝樾呢，也有他自己的感情生活。"

她在体面地和他划分界限。

祝樾猛地抬眼看向她。

宋蓓蓓干咳一声，出来圆场："早说嘛。哎呀，我就说你俩那么熟，做朋友也很好啊。"

她上前拉着姜好到旁边的沙发上坐下。其他人也打着哈哈，当作无事发生一样将方才的话题翻过去。

姜好没有探究别人在想什么，主动将淤积许久的陈年往事清理干净，心里有些说不来的松快之感。

她低头回复一直没来得及回的消息，也借着看手机回避他人八卦的视线。

陈嘉卓和她说自己回来了。

她删掉对话框里原本的话，重新输入：你有时间的话，可以来接我吗？

陈嘉卓的回复一如既往的快：地址给我，我刚好在路上。

姜好将地址发了过去，继而无所事事地盯着手机看。

又坐了一会儿，牌桌上换过一批人。玩到差不多的时候，姚叡作为组局的，先站起来问要不今晚就先到这儿。

大家基本都有工作，周末时间宝贵，也不准备再去别处续场，都聚过来收拾各自的东西，准备离开。

趁乱，宋蓓蓓悄悄凑到姜好耳边："真有喜欢的人啊？"

"真的啊，这有什么好骗人的。"

"谁？我认识吗？"宋蓓蓓好奇得不行。

姜好刚要说"你不认识"，又想想不对："我不知道你还记不记得。高一放暑假前，他来过学校门口。"

宋蓓蓓沉思两秒，然后压着声惊呼："我记得！帮你抱书的那个男生对吗？"

姜好点头，暗道陈嘉卓真的有让人过目不忘的本事。

手边的手机屏幕亮起，陈嘉卓发来一条简单的消息告知她，他已经到会所门口了。

姜好站起来，和大家挥手告别。

姚叡说："这么急啊？我们也准备出去了，一起走路上还能搭个顺风车。"

姜好说："不用，外面有人等我。"

她拎起风衣外套，没有穿，只搭在手上，推开包厢的门朝外走。

祝樾坐在沙发一角，没有动，却在姜好的身影消失在门后时忽然起身，拎起手机也出去了。

他步子很大，几步追上去，在姜好踏出会所大门前伸手拉住她。

然而只搭上指尖，就被姜好极快地躲开。

她又惊又恼："祝樾，你做什么？"

祝樾满眼都是不甘："是因为陈嘉卓吗？你才这样冷落我？"

姜好不骗他，摇头说不是。

"和陈嘉卓没有关系，这是我和你之间的事情。"

不管有没有陈嘉卓，她和祝樾都很难再回到从前。

"好。"祝樾缓缓点头，也不知道是相信还是不相信这话。

他眼眸低垂，心有戚戚，却不知道该从哪句说起。

她一直这样，小时候就是，扔了不要的东西，大人捡起来塞回手里，她也不要，把手背到身后，一点也不留恋。

姜好看向别处,想了想,还是把话说完:"你还记得我升到高一后,有次放学时在校门口等你吗?我们约好了的,但你那次忘记了,和朋友先走了。

"你现在想想,我们之间其实从很久之前就有很大的距离了,我当时不愿意承认,也努力修补过,但……有时候聚散离合都不是一个人能决定的。"

她自认为自己向来不是个在感情里迎难而上的人。

刚开始决定不再喜欢祝樾时,更多的原因也许是出于一种对未知纷扰的畏惧,但后来,那些积攒的好感慢慢被消磨殆尽了。

"祝樾,就像之前那样吧,我们之间没有可能更进一步了。"

这话是什么意思,祝樾能听懂。

他们只能是朋友,不可能成为恋人了。

因为在门口僵持了一会儿,方才没出来的同学陆陆续续出来,看见祝樾站在门口出神。

姜好不去看身后,走出去,一眼便看到转角处的陈嘉卓。

挺括的黑色风衣搭着衬衫,他站在车门旁,没有看手机,目光沉静地落在另一个方向。

像是心有所感,在姜好走近前,陈嘉卓偏过脸,和她对视上。

不知道是不是看出她不算高涨的情绪,他怔一瞬才对她露出笑。

姜好堆积的烦心事就那么纾解了一半,眼眶有点酸,晚风一吹,又好了很多。

她快步走过去,心跳还没平息,便借着那股劲问他:"你能不能借我一只手?"

陈嘉卓不明白,却还是将手伸向她。

手心朝上,像个等待公主的骑士。

姜好抬手牵住了,因为着急和害羞,与其说是牵,不如说是攥。

她紧紧攥着他的手。

陈嘉卓愣住,抬眼却看到姜好身后不远处,站着的祝樾。

顷刻间,他明白过来,反握住她,动动手指和她十指交扣。

姜好不好意思地望着他,唇角却偷偷翘起。

祝樾出来后,便看到几分钟前推开自己的手,此时和另一个男人的手交握。

顷刻间,难言的情绪上涌,将他吞噬。

姜好方才说她在校门口等他的那回,他有印象。

她当时刚开学没多久,约好和他一起去学校附近吃晚饭,他忘得干净,手机也没看,害她一个人等了好久好久。

晚饭时喝下肚的两杯酒,后劲像是现在才上头,他突然有些眩晕,无意识地捻了捻指尖，微微的麻让落空的感官越发明显。

祝樾攥紧拳头，想过去，却被赶来的宋蓓蓓带着姚叡拦下。

"哎，你喝了酒，要不要坐班长的车回去？还是叫代驾？"

祝樾没说话，姚叡揽着他的肩将人带到一边，小声劝说不至于。

那边，姜好很快坐上车，陈嘉卓在转过身前朝祝樾所在的方向瞥了一眼。

两方情形对比，未免太过惨烈。

众人恍然，唯独祝樾面色难看。

回去的路上，两人都没有提起刚才的牵手。

手心仿佛还有余热，姜好抱着搭在腿上的风衣，余光去看在开车的陈嘉卓。

他有点太平静了，甚至没有问过一句为什么。

方才上车前，他替她开车门，温声问了句："先松开？"

就好像只是一次礼貌的握手，而悸动属于她，是不互通的。

没过多久，车子在红灯前慢慢减速停下。

一直目视前方的陈嘉卓看向身旁，却连姜好的侧脸都见不到。她面朝旁边的车窗，目光落不到实处，明显在发呆。

一时无法判断她的心情，陈嘉卓想到后座放的东西，开口打破寂静："给你带了礼物，就在车上放着，要不要看看？"

姜好回头，没想到他还是买了礼物，有些惊喜："好啊。"

陈嘉卓解开安全带，向后探身去拿后面的礼盒。

姿势的原因，他的脊背微微绷紧，手臂和肩膀的线条流畅，带着明显的经过锻炼的力量感。

拿到礼盒后，陈嘉卓坐回原处，将它递给姜好。

礼盒上面是暗色花纹，没有用丝带固定，而是一个小小的铜制锁扣。包装得复古又独特，体积也不小，大概能装下一个六寸的蛋糕。姜好从陈嘉卓手里接过来，沉甸甸的。

她在心里排除了是首饰的可能。

几十秒的红灯即将结束，陈嘉卓重新扣上安全带。他继续开车，姜好坐在一旁专心拆礼物。

打开礼盒，里面是一个古董八音盒。

"好漂亮！"

不需要陈嘉卓问，她的反应足够告诉他，这个礼物她很满意。

实木的八音盒，仿的是小型的中世纪剧院，像微缩模型，精致到每个边角。姜好小心翼翼将它从礼盒里取出来，捧在手上打量。

陈嘉卓分出一些目光，和她说："开关好像在底座，你可以找一下。"

姜好用手摸到，是一个很小的金属棒，她轻轻拨到另一边，清脆如泉水叮咚般的音乐应时响起。

红棕色帷幕慢慢拉开,露出剧场的木质地板,背景是一排排座椅,盒顶有几个小小的暖光灯打出几束柔和的光。

剧场中央立着好几只各司其职的小动物,穿背带裤的松鼠、穿花裙子的浣熊、穿西装的狐狸……

还有一只兔子,它身上是一条裙摆蓬蓬的粉色礼裙,旁边还靠着一个大提琴。

背景乐下,它们缓缓转圈,美好又灵动,像一个小小的童话世界。

"这是什么音乐?"陈嘉卓问。

"是《胡桃夹子》,我最喜欢的一首!"

他点点头,做恍然状:"哦,想起来了。"

"骗子。"姜好用很小但足以叫他听见的声音回道。

陈嘉卓微微错愕,无辜地问:"我吗?"

"就是你,你明明记得。"

姜好望向他。她笃定他记得这首曲子,她以前坐他的车时,连着车载蓝牙放过很多很多次。

陈嘉卓牵唇,笑一笑,没有辩解任何。

姜好不懂他,当下也不想计较这些,心情很好地指着那只小小的兔子,幼稚地说:"这是我。"

陈嘉卓极快地看一眼,又将视线放回路段上。

他附和她的幼稚:"你好,拉大提琴的兔子小姐。"

"你是谁呢,陈嘉卓?"

"我?我应该是你的观众。"

"观众啊……"

姜好点头,语气中有点郑重:"演奏家需要观众,观众很重要。"

陈嘉卓愣神,又笑一笑。

他抱着能被看见的心愿,湮没在万千观众里,将所有的用心都以不经意掩饰,能陪她走完一程又一程,很好了,就算无关紧要也没关系。

再听一遍后,姜好爱惜地关上开关。

她抱着这个心爱的玩具,不忘和送礼物的人道谢:"陈嘉卓,谢谢你的礼物,我超级超级喜欢。"

"喜欢就好。"他随意答道,不去邀功。

"这是在你出差的地方买的吗?"姜好问。

陈嘉卓点头:"一家卖古玩的实体店,里面都是小物件。"

认识她以前,他是没有这个习惯的,现在去到哪儿,碰到这种店铺,都会带着目的进去逛逛。

望一望外面的路景,已经快到家门口,姜好把八音盒小心地收回到礼盒中。

很快,又到要说再见的时候,可其实心中还有许多话要说。

八音盒留在车上,姜好先下车。

十一月的西城夜晚已经有南部城市初冬的质感,车上感觉不到冷意,穿一件毛衣正合适,室外却没有那么舒逸了。

陈嘉卓绕到她这边,叮嘱:"外套先穿上。"

"只有几步路了。"姜好本来觉得没必要,又想到待会儿可能要在外面多留一会儿,老实地将有厚度的风衣穿上。

她低头扣纽扣,衣领压住长发。陈嘉卓在她身侧,极自然地帮她把头发挑出来。

手上的动作一顿,姜好抬头,他却先一步松手,看向别处。

他们今天的穿搭撞得很巧,站在无人的空地,远远看去像是一对即将分别的情侣。

下一刻,陈嘉卓的袖口被轻轻扯了一下。

他垂眸,定定看着她,眼神中带着问询。

姜好把时间线扯回十几分钟前:"我刚刚在那边牵你的手,你……"说到一半,有点卡住,不知道是该问他为什么不假思索地反握,还是该问他有什么想法。

这么一停顿,话便被陈嘉卓接过,他说:"我知道,你不用为难。"

"啊?"姜好的表情空白了一瞬,他知道什么?

"祝樾在那边,你拿我做幌子,没关系的。"

姜好听他说完后一句才明白过来,一时有些气又有些庆幸。

还好他说出来了,不然不知道还得鸡同鸭讲到什么时候。

真善解人意。姜好胸口发闷地想。

"我牵你的手,关祝樾什么事?"她仰头望他,因为负气,表情都带着控诉。

陈嘉卓怔住。这回轮到他脱口而出地问:"那你……"

"想牵就牵咯。"若无其事说完这句有些有恃无恐的话,姜好趁陈嘉卓还在反应时跑开。

离开前,她不忘拿上自己的礼物。

小跑着消失在入户门后的背影,像个中学时期刚给学长塞完情书后的女孩子。

而陈嘉卓顿在原地,心跳后知后觉地加速。

有种感觉,好似镜头拉远后失焦的夏天,又回到眼前。

姜好一夜好眠。

觉睡得满,精神就很足。次日,她在中午时出门赴约,她和妈妈约好一起在外吃午饭。

她拎着包踏进餐厅,远远便看见坐在角落靠窗位置的姜潆之。

这么多年过去,姜潆之依旧精致,身材匀称健康,穿一条简约大方的长袖裙,举手投足间多了些岁月的沉淀,少了点年轻时偶尔会遭人诟病的凌人气质。

一见面,姜潆之便看出姜好心情不错。

"最近有什么喜事吗?这么开心的?"

午餐提前就订好了,姜好在给自己选饮品,闻言努努嘴,绕了个弯子:"嗯,是有那么一两件,但有的事太早说出来可能就成不了了,等有结果了我再说吧。"

姜潆之挑眉:"这么重视?"

"是呀。"姜好笑嘻嘻,"不过其中一件事现在可以说。"

姜潆之点头,示意她说。

"我之前报名参加跨年晚会,前两天出结果了,有我的名额。"

"那很不错,怎么会想到报名?"

姜潆之了解她,知道这种活动姜好一般不会往上凑。

"一开始是陪朋友的,没想到能选上。"

而且本来定下的也不是她,是团里的另一个前辈姐姐,但那个姐姐年底临时有另外的安排,要去国外陪男友过圣诞。名额顺延下来,就给了满足条件的她。

"既然选上,就要认真做。"

姜好说:"肯定呀,我也是这样想。而且想想跨年时,外公外婆能在电视上看到我,是不是也挺好的?"

姜潆之莞尔一笑:"他俩那天晚上估计要守在电视面前了。"

"对了,这种晚会是不是可以买票去现场看?"

"可以是可以,但你外公外婆年纪大了,受不了那种热闹场合。"

姜好点点头。她也考虑到了这一点,只是她方才问的时候,心里想的是另一个人。

但他应该也来不了,跨年第二天就是元旦,他总归要回港城陪家人。

和妈妈聊完一段,姜好托着腮,按亮手机看有没有未读消息。

昨晚回到家,洗过热水澡后,她便给陈嘉卓发了晚安。

意思是,我要睡觉了,什么事都得留着明天再说。

发完后,那边删删减减,屏幕上方的"对方正在输入"出现又消失,最后化作一句"晚安"。

姜潆之看着对面的女儿,又联想到上次那张照片里露出的衬衫袖口,心中有了猜测。

"你说的另一件事,是不是关于感情方面的?"

姜好一愣,没想到妈妈猜得这么准。

不过这事也没什么好隐瞒的,她只犹豫一下便承认。

"但是,"姜好咬咬唇,"只能算刚刚有一点苗头。"

"我看不像。"姜漾之慢慢摇头,显然不相信她透露的进度。

"真的!"她实话实说,"反正,我把我的心意差不多表示出来了。"

姜漾之这下真笑了,有点没想到是这样的:"你还挺大胆的。"虽然是笑着,但想一想,还是有些放心不下,"妈妈不多打听了,只问一个问题,那个人不是祝樾吧?"

姜好立刻否认:"当然不是。"

"那就好。"养女儿呢,最怕她天真了。

之前,姜漾之隐约能看出女儿对祝樾的好感。

她不是个迂腐的家长,当时没有干预,也没有找姜好讨论过这件事。

再者,祝樾也算是她看着长大的孩子,知道他不是个多坏的人。

只是后来姜好成长中仅有的几个坎,几乎都与祝樾有关,她不可能不迁怒于他。而且从一个母亲的角度来说,祝樾也不是个适合做伴侣的人。

这几年,逢年过节时祝樾都会来家中拜访,也开始做事业,仿佛改过自新,所以姜漾之担心的是姜好会被蒙蔽。

她不愿意自己的女儿过战战兢兢、鸡飞狗跳的生活。

姜好不知道妈妈在想什么,但大概能明白一点,就是妈妈对祝樾是不满意的。

姜好同妈妈保证:"我说的那个人,他是很好的人,我和他也认识很长一段时间了。你放心吧,妈妈。"

姜漾之弯弯唇:"好。"

演出的曲目已经定下,下周就要先和古典乐团的同事们排练合曲,姜好这两天都在熟悉乐谱,吃过午饭便回到自己的住处。

午休过后,下午的时间都拿来练琴,转瞬即逝。

放下琴后,姜好站起身松松筋骨,呼一口气,走到阳台。

天边即将褪去的晚霞与夜幕交织,空旷辽远,一弯淡黄月牙藏在薄纱似的层云后面,影影绰绰映着冷光。

闲下来后,她便开始想,陈嘉卓在做什么呢?

寂静的房间,手机倏然发出一声清亮的消息提示音,像在回应她心中所想。

陈嘉卓:想起来还欠你一顿牛排,今晚有空吗?

隔着屏幕都能想象出他淡淡的语调,姜好屈指抵唇,兀自笑起来。

她没有下楼,在楼上帮他按了电梯。几分钟后,陈嘉卓出现在姜好家门口。

他手里拎着新鲜食材,还有一小束花。

——红茶色玫瑰,牛皮纸的包装,用黑色丝带扎成一束。

姜好背着手:"怎么还有花呀?"

玫瑰花寥寥几朵却开得很好,并不浓艳的颜色,不张扬不浮夸,一如他。

陈嘉卓把花递给姜好:"路过花店,就买了一点,好看吗?"

她欣然接过,唇角朝上:"挺好看的。"

陈嘉卓起初是计划在自己那儿做好再叫她过去,但因为搬过去之后还未开过火,那边的厨具不全,加上私心作祟,便直接过来找她了。

他穿得极其简单,站在门口低头换鞋。

姜好捧着花看他:"好久没看到你这样穿了。"

陈嘉卓垂眼打量了自己这一套,黑色圆领卫衣、宽松长裤,确实是还在读书时常穿的风格。

"嗯,在公司要正式一点。"

换好鞋后,他往厨房走。姜好跟在他身后,看他已经卷起袖子,轻车熟路地开始备菜。

她把花放到客厅,觉得自己不能太无所事事,于是也走进厨房:"有没有什么需要我帮忙的?"

他的手随意搭在料理台上,状似认真地想了一下,然后说:"待会儿做好,帮忙试吃?看看我的手艺有没有退步。"

那就是没有她的用武之地了。

"好吧。"姜好也不勉强自己,看到他面前空荡荡,"那我给你找一件围裙。"

陈嘉卓说"好",往旁边让了些位置。

姜好记得当时买过,因为一直用不到就塞进了顶柜,她抬手打开头顶的柜子。

柜门一开,却没想到里面会有一个没放稳的保鲜盒,盒子失去阻挡,霎时砸下来。

她下意识地朝后躲,蓦地撞进陈嘉卓怀中。

他反应极快,护住她的同时也挡掉那个掉落的盒子。

塑料盒落到台面,滚动一圈后掉到地上。

噼里啪啦的一阵动静结束,厨房静得只剩下彼此的呼吸。

他们贴得很近。片刻后,姜好头顶传来一声低笑,陈嘉卓轻拍一下她的头:"吓到了?"

她仰头,望进他的眼睛。

陈嘉卓的瞳色很深,黑郁郁的有种疏离感,又是薄唇,看起来一副薄情寡义的样子。可他专心看她的时候，又让她感觉他爱人的时候会很认真。

从他一进门开始，气氛就和往常相处时大不相同，此时，空气是胶着的。

可他仍守着那根线，后退一点，拉开呼之欲出的暧昧。

"去客厅等我吧。"

姜好"哦"了一声，慢吞吞地挪步出去了。

她去客厅找了个小花瓶，接了一点水，把玫瑰花插进去，然后放在了餐厅的桌子上。

厨房是半开放式的，她站在外面，能看到陈嘉卓在那边忙碌的身影。

料理台的高度对他来说好像有点过低，切菜时需要微微躬背，身形却依旧自然好看。

姜好正好拿起手机，鬼使神差地，调到拍照模式，对着陈嘉卓的背影拍了一张。

手机刚放下，陈嘉卓似乎察觉到了什么，转过身朝她这边看了一眼。

姜好心虚，没好意思回视，低着头假装认真地看自己的手机。直到余光里陈嘉卓回过身，她才小小松了一口气。

为了转移注意力，她玩起手机，玩着玩着，便入了迷，甚至没有发现陈嘉卓什么时候又朝她这边看过来。

这是他年初来西城时从没想到过的画面。

等在客厅的女孩懒洋洋地靠在沙发上，像是有些无聊地刷着手机，极具生活化的场景。

她离自己很近很近，她对自己应该是有那么一点喜欢的。

昨晚不知道到什么时候才睡着，早晨昏昏沉沉醒来，恍惚间，还以为昨晚她说的话是在梦里发生的。

可能人离幸福越近时，越担心会失之交臂。

这么多年也等了，陈嘉卓不想太冒失。

西餐做起来很方便，没有多久姜好便吃上晚饭。

牛排切成条，熟度刚刚好，配菜用的串枝小番茄带点微微酸，还是熟悉的味道。

陈嘉卓问："还可以吗？"

姜好点头，不吝啬夸奖："特别好吃，和你以前做的一个味道。"

吃到一半，她问："陈嘉卓，有没有别人吃过你做的饭？"

"只给你一个人做过。"陈嘉卓笑一笑，"没有别人了。"

这话一语双关，姜好能听出来。

以前有人问她理想型是什么样的，她那时给不出一个具象化的形容，但她知道自己想要的爱是什么——那种爱是只为她存在的。

慢慢长大的过程中,姜好看过许多分裂的爱情,也开始怀疑这样的标准会不会太理想化了。

而现在,她发觉自己好像是可以找到的。

下周三傍晚,陈嘉卓去看望外公外婆。

去之前,他问过姜好时间,约了她陪他一起过去。

周三整个下午姜好都在家休息,定好时间后,便早早等着陈嘉卓从公司回来接她。

大概五点多,陈嘉卓和她通电话,说可以下来了。

偏北的城市,深秋时空气干冷,姜好没有化妆。她去外公外婆那儿也向来随意,可临出门前,犹豫一下还是涂了层薄薄的口红。

她下来很快,坐上车后看到主驾的陈嘉卓,微微顿住。

他今天穿了件极有质感的灰色大衣,剪裁得体,设计和颜色都不抢眼,和平时的穿衣风格没有太大出入,但给人一种认真打扮过的感觉。

注意到她目光在自己身上多停了一会儿,陈嘉卓无声地滚动了一下喉结:"怎么了?"

"哦……没事。"姜好坐直。

陈嘉卓原先是想提前一天和外公外婆说一声自己要过去,被姜好拦下,说要给他们一个惊喜。

他依着她的想法。

"外公外婆身体都还好吗?"

姜好点头,说:"最近都挺好的,他们自己也注重健康,体检每年都在做。"

但老人年纪毕竟也大了,多少会有一些不舒服。

"去年外公体检状况不太好,血压很高,我没敢在他面前表现得太难过,但外公看出来了,说会好好照顾自己,争取多陪我几年。"

陈嘉卓说,"外公和外婆都很爱你。"

他第一次来西城的时候就看出来,两位老人看着姜好时,眼中的宠爱根本藏不住,是他没感受过的成长环境。

不知道是不是因为这个原因,她比他更会表达喜欢。

快到目的地时,姜好忽然发现,陈嘉卓没有开导航。

她有点惊讶于他的记忆力:"你还记得路线?"

他笑一下:"走过很多遍,都记在心里了。"

刚末叫自己一个人出去转,后来又跟着她四处玩,这附近的几条路都熟悉了。

姜好也回忆起他第一次来这边的那天。

129

"我当时看到你时还以为自己坐错车了。"

陈嘉卓记得,他的航班有些晚点,坐上车时李叔抱歉地和他说,得绕一段路先去接小好放学,不然要来不及了。

他第一次听到她的小名,一时想不到是哪个字。

路上一直听李叔介绍她,大概知道这个人是他母亲老师的外孙女,和他年纪相仿,性格很不错。

后来见面便知道李叔没说谎,她的性格确实很好。

车门开得急,他没有准备,和她刚对视上,还未来得及开口打招呼,她便猛地退出去。

站在车门边,穿校服裙,呆呆的。

然后是晚上一起吃饭,外公外婆都很和善,是没有任何压力的氛围,桌上甚至有一两道给他准备的很久没尝到的家乡菜。

她坐在他对面,偷偷望他时被他无意中看到了,汤呛得她脸颊红红的,像一只观察他却被惊动的小兔子。

他有点抱歉,不应该看过去的。

那时候只觉得她好可爱,还不知道会喜欢她好久好久。

在家门前停下车,姜好先下去开门。陈嘉卓把车停好,去后座拿给外公外婆带的补品和礼物。

姜好只和外公外婆说过自己今晚要来吃晚饭,没有说还有陈嘉卓。

陈嘉卓拎着东西,落后她几步。

前院的格局没有太大的变化,小池子里还有水流,但是没有鲤鱼了。

姜好在前面,推开客厅的玻璃门走进去。外公外婆已经等在客厅里,看到她的同时也看到她身后,站在门边的陈嘉卓。

姜好俏生生道:"看看谁来了!"

外婆惊讶:"嘉卓?"她站起来走上前。老太太比陈嘉卓矮很多,但看他还像看小孩,轻拍一下他的胳膊,"真是好久没来了。怎么又带这么多东西?"

外公笑呵呵地起身:"去年叫人送过来的那些茶叶,都还没喝完。"

姜好一愣,才明白过来他一直和外公他们有联系。

陈嘉卓把东西放下,换了鞋之后也进来。

外婆好久没见他,不断感叹他真是长大了好多,拉着他过去沙发上坐下,问问近况。

长辈关心孩子都是老一套,那些话都是姜好听过许多次的。

譬如工作累不累、上班的时候和同事相处得怎么样、会不会有人为难你之类的话。

但姜好又想到,会有人这样关心他吗?

她好像很少听他提父母，以前读书时倒是偶尔会说起那边的祖父。只言片语中，姜好知道那是位很严厉的长辈，对他要求严格，假期时会给一个固定的时间叫他回港城，甚至不允许有任何的推迟。

陈嘉卓坐在外公外婆中间，她挑了个旁边的小沙发坐，插不进去话，便拿出手机玩。

她翻了翻朋友圈，看到喻桃下午晒了一组对镜自拍，估计是拍杂志的间隙，身上穿着一套很不日常的衣服。

刚点完赞，喻桃发来消息，说晚上要过去。

姜好回她：你直接过去，我晚上估计要晚一点才能回。

因为喻桃常来，姜好给了她自己家的门卡。

喻桃：你晚上不是没演出？

姜好：来我外婆这边了，和陈嘉卓一起的。

喻桃发来一个震惊的表情包：见家长啊，这么快？

姜好无语。

不过，他今晚穿得好正经，联想一下还真的有些像。

那边，外公开始问起陈嘉卓以后的规划。

"他难得严肃："怎么会忽然来这里了？那边不是好好的，还是说出什么问题了？"

姜好在手机上打字的动作慢下来，悄悄竖起耳朵听。

陈嘉卓知道外公在关心什么："没有出事。那边公司稳定下来，不需要我时时刻刻盯着，这边我三叔去世得突然，公司也没有合适的人选顶上去。"

"你祖父安排的？"外公虽然不从商，但多少知道一些他家那边的事情，还是不太相信陈懋会叫他离开港城来这边。

"是我申请的。"

外公不理解，当是陈嘉卓什么都想顾全，摇摇头，不是很认可他的做法："来这边对你的事业能有多少提升？嘉卓，不是外公说你，你不要什么都想揽下来，顾此失彼就不好了。"

容易树敌是其一，另一个便是精力分散，得不偿失。

这么简单的道理，他不信陈嘉卓会不懂。

外婆不让他说教："行了，我倒是觉得嘉卓能处理好就可以了啊，好不容易来一次还要听你唠唠叨叨。"

外婆问："嘉卓，那你什么时候结束这边的工作回港城呢？"

姜好捏紧手机，这也是她想问的。

她上次开玩笑，说他家看起来空空的，像是住的人会随时离开，他当时只是笑着反问他能去哪儿，没有明确说过要在西城留多久。

姜好朝陈嘉卓那边看了过去，而他也刚好在看她。

陈嘉卓说:"我以后会留在这边。"

他用平平的语气说出来,仿佛这是一件轻易便能定夺下来的事情。

不止姜好一个人讶然,她以为他最多会留在这边一两年便离开,毕竟港城才是他的事业重心。

外婆倒是先反应过来:"哦,留在这边也不错啊,来这儿发展也好,以后有空常来家里吃饭。"

外公没有说话,却注意到一旁怔怔看着陈嘉卓的姜好。顷刻间,他好像隐隐明白了什么。

晚饭时间,湘姨忙活了一晚,准备了一桌子丰盛的菜。

湘姨和他们一起吃饭,不住地感慨:"真是没想到还能见到嘉卓。"

姜好还是坐在陈嘉卓对面,和以前他来家里住时一样的位置。

缘分很神奇,原本以为会是萍水相逢的人,却兜兜转转认识了好多年。

以为两人之间系着的是蛛丝,能轻而易举斩断,但其实是千丝万缕的红线。

吃过晚饭,姜好先去了后花园。

没过多久,陈嘉卓也过去。

她坐在躺椅上,怀里抱着卡卡。他出现在玻璃门边,卡卡一下子从她怀里窜出去。

姜好吓了一跳,转头看到陈嘉卓,惊叹道:"它还认识你。"

陈嘉卓也觉得出乎意料,蹲下去要抱蹲在腿边的狗,被姜好拦住。

"你别抱它。它换季掉毛,会弄到你毛衣上。"

温度低了,卡卡身上套了个印着卡通图案的棕色毛线马甲,一看就是出自姜好之手。

陈嘉卓说"好",只是揉了揉它。

姜好手肘搭在躺椅的扶手上,撑着下巴,看着他和卡卡玩了一会儿。

客厅里外公和外婆在说话,没有注意到这边,她另一只手垂下,戳了一下陈嘉卓的肩。

"你为什么要留在这边?"

他一顿,仍低着头,竟然学她说话:"想留下就留下了。"

姜好不留情面地评价:"没有创意!"

陈嘉卓笑了一下,抬头看她。他说:"我不想离你太远。"

他眼中有很难见到的缱绻,不灼人,反倒叫她心里湿漉漉的。

姜好瓮声瓮气地问一句:"有必要吗?"

"对我来说,很有必要。"

姜好脸上热热的,还想再说话,余光却看到客厅里外公端着茶杯看过来。

她忽地有些不知所措,转过头不再看陈嘉卓。

陈嘉卓起身,提议:"出去散步吗?"

"好啊。"

两人穿上外套。姜好和外公外婆说了一声要和陈嘉卓出去走走,便头也不回地先出了客厅。

外婆嘱咐要注意保暖,外公则意味深长地看了一眼陈嘉卓。

陈嘉卓不卑不亢,朝他点了一下头。

散步的路线也是走过许多次的。

月明星稀,路灯下,两人慢慢朝前走。

姜好要问的可多了,第一个便是为什么这几年,明明和外公外婆还有联系,就是不找她。

"我还从何助理那边听说,你三年前的冬天来过一次,你那次也没有找我。"

那语气,像是埋怨,又像是告状。

和陈嘉卓告他本人的状。

他很好脾气:"是我不对。

"我冬天过来那次,看到你和祝樾,我以为你们在一起了,是我误会了。"

她和祝樾?她心里想着不会这么巧吧,但还是问出来:"你看到他抱我了对吗?"

陈嘉卓没说话,点了点头。

姜好那年冬天确实和祝樾见了很多次面。

他妈妈离婚后一直生活在国外,很少回来,像是铁了心要斩断和这边的所有联系,其中当然也包括祝樾。

结果那年的年底,他妈妈查出癌症,好在是早期。祝樾得知后,让她回来,说自己可以照顾她,可他妈妈不愿意。

祝樾无计可施,又来找当时放寒假回来的姜好帮忙劝。

当然,姜好劝过之后结果也是一样的。

她每次回国都是住在外公外婆这儿的,祝樾来找她,自然也是来这边。

有一回是在晚上,他妈妈把话说得很绝,告诉他自己有了新生活,叫他不要再打扰。

祝樾问为什么,她给的理由是很厌恶祝晟明,也觉得祝樾并没有按照她的希冀长大,她现在过得不错,病死在国外也不会再回来。

那通电话,姜好也在一旁听着。

祝樾的情绪差到极点,她送他出门时,他问可不可以抱抱她,却没有等她同意便伸手将她紧紧拥进怀中。

　　那时和祝樾之间没有像现在这样生疏见外，姜好没有推开，念着一起长大的情分，犹豫之后还是回抱他。

　　安慰的话也有说，她只是将那次拥抱看作是朋友之间的慰藉。

　　姜好嘴唇嗫嚅，说："我不知道你在……"

　　"我没有怪你。"其实就算真的和祝樾在一起，他又能说什么呢。

　　他不是一直知道她喜欢祝樾嘛，也知道他们是青梅竹马，有感情走到一起，其实没什么意外的。

　　爱而不得的落空他深有同感，能和喜欢的人在一起，他该祝她得偿所愿的。

　　陈嘉卓解释："我回去后没有不打算再和你联系，我想等过段时间再想想该怎么和你找话说，只是生病很突然。"

　　高烧不退，一开始查不出问题，靠着输液压下去，后面又断断续续低烧很久。

　　当时医院有个病例，也是类似的症状，后来查出病因是癌症晚期，没有多久人就走了。

　　所有工作暂时放下，他父母都回国，陪在他身边。

　　一家人很久没团聚，有点生疏，又因为找不到病因，气氛很不好。

　　他在病床上时，一直在想她。

　　想起有一回，她朋友喻桃假期结束，离开后不久，他陪她去了趟寺庙。

　　是在农历六月十九，菩萨成道日。

　　他们在前一天晚上十一点出门，因为要在零点时祈愿，听外婆说那时的香火最旺。

　　夏天的晚上，即使将至零点，依然很燥热。

　　邻近市区的寺庙只有一家，庙小香客多，他陪她往里走。闷热的风将焚香的烟吹得四处散，熏得她眼眶都红了。

　　姜好受外婆影响，信一些菩萨神佛，过来是为了给喻桃许愿。

　　她来时直奔大殿，进去前不忘叫他摘下手表，说是要给这表开光。

　　他虽然不信这些，但也取下表递给她，而后站在殿外等。

　　零点一到，大殿中的香客全部跪于菩萨像下。

　　他离她有一段距离，远远地看着她跪在蒲垫上，人群之中，背影纤瘦，手掌合十，虔诚闭目，良久才躬身三叩。

　　他不知道拜菩萨到底灵不灵，满脑子都在想，能被她放在心里的人是有多幸运。

　　一百零八道钟声停歇后，姜好起身。

　　其他人都绕着大殿往里走，只有她转身朝外，像是逆流而上的一叶小舟，穿过人群出来找他。

那里面很热,她穿长裤,额头上都是汗,白色短袖上不知道什么时候被人蹭上了红烛滴蜡,他抬手帮她弄掉,然后两人一起往空旷的地方走。

姜好把开过光的手表递还给他,他低头戴回手腕上,听她细数自己祈了什么愿。

很多很多。

求喻桃大红大紫,顺利出道,给家人求了平安,给自己求了学业顺利。

他没想到还有他的份。

她说:"陈嘉卓,我也给你祈福了。我祝你平安顺遂,前程似锦。"

他也真的平安了。

那次生病没多久,他退烧,体格检查全部健康,医生给出的解释大概就是过度劳累,免疫系统受损,休养后康复,很正常。

病好后,他才看到她很多天之前发来的除夕快乐,却在想这可能是天意,告诉他不要再继续了。

怕自己放不下,他想着算了吧。

爱不是索取,不是强求。爱要留余地,不是给自己,是给对方。

于是,一切回归正轨。

他继续在公司工作,决策理念都好,祖父也终于认可,放心将产业交由他接管。

算是前程似锦了。

但这前程里,有她吗?

在港城的三年,每时每刻都不开心,他最后还是决定来这里。他过去找祖父说自己的打算时,当然没有被准许。

甚至祖父震怒地问他,整个公司都是你的了,只要好好做,没有人能撼动任何,到底还有什么不满意的。

有什么不满意的吗?

那大概就是这前程里没有她,他不满意。

他不要这样的前程。

陈嘉卓接着上一句话说:"不见面的时间里,我一直很想你。"

他垂眸,看她时很珍惜,解释时也诚恳至极。

姜好偏过头,压下眼角的余热。

她想说,她怎么会不懂他的退缩呢。

陈嘉卓把话说完:"小好,和我在一起试试?

"我希望,我能出现在你的未来里。"

姜好没有说话,只上前抱住他,将脸埋在他温热的怀中。

陈嘉卓身子一僵,听到她说"谢谢"。

他以前就怕,怕他和她表明心意后会换来她一句小心翼翼的感谢。

他求的从来不是她的谢谢。

姜好又道:"陈嘉卓,谢谢你喜欢我。"

谢谢你在漫长的岁月里喜欢我很多年,谢谢你没有放弃。

"陈嘉卓,我也喜欢你,很喜欢。"

陈嘉卓俯身,抬手回抱她时,手臂不受控地轻微颤动。

他低下头,如获至宝一样,收紧臂弯将姜好搂到身前,他从来没有离她这样近过。

曾经以为自己会是永远的局外人,想到也许要旁观她的一生时,便会感受到隐隐痛感。

如今真的听到她亲口说喜欢,那微弱的痛感却又浮现。

也许暗恋是这样的,像是身体里多出一根深埋皮下内里的神经,它不受自己支配,以她命名,也因她惊痛。

姜好和陈嘉卓之间相隔的最后一寸距离消失,体温上升,不知道是不是因为这个历时许久、严丝合缝的拥抱。

她能感受到陈嘉卓身上的灼热温度,以及他的呼吸。

良久,陈嘉卓松开力度,稍稍退开。

姜好忽地屏息,目光落在他低头时近在咫尺的薄唇上。

她仍旧放在他后腰处的手指微微蜷起,期待和紧张并存。

会接吻吗?她偷偷想,却很快知道答案。

陈嘉卓抬手帮她扣紧羊羔毛外套的最后一粒圆扣子:"冷不冷?先回去?"

"哦……好。"

姜好放下手,脸颊埋在他身前太久,冷风一吹,温差下能感觉到很明显的热度。

她猜肯定红了,拿凉凉的手背贴上去降温。

陈嘉卓见状,也用指背轻轻蹭一下她的脸:"脸怎么了?"

姜好说:"好热,被你闷的。"

陈嘉卓笑起来:"我的错,下次再抱……我注意姿势。"

他牵起姜好的另一只手:"走吧。"

原路返回,周边是和来时一样的街景,心境全然不同。

"你之前住这边的时候晨跑,是不是就在这条道上?"姜好问。

陈嘉卓说是:"遛卡卡也是这边。"

"难怪,你回去之后,我每次遛卡卡,它都把我往这边带。"

姜好捏一下他的手。陈嘉卓偏头看她,等她说话。

她声音低了:"我们现在,是开始恋爱了吗?"

陈嘉卓微愣,而后认真地说:"当然是。

"小好,我们认识很久,即使你今天没有接受我,我也会一直将你看作妹妹一样保护。

"我知道你不喜欢男女感情中的暧昧,我不会那样。"

太重的承诺,陈嘉卓很少会口头陈述,因为珍重,所以只靠说出来会觉得悬浮,他会用心对待这段关系。

他说话时,姜好一直浅浅地笑,梨涡也浅浅。

她晃一晃他的手,"我也会很认真的。"

慢悠悠回到家门口之前,姜好顿住步子:"怎么办,我暂时还没想好怎么和外公外婆说。"

而且也觉得现在还不到时机,毕竟才刚刚在一起。

她已经松开手,陈嘉卓没有异议,尊重她的想法:"那就先不说。"

两人依旧是一前一后走到客厅里。

"怎么出去这么久哦,天黑风又大的,别又感冒了。"外婆边说边上前摸摸姜好的手,"还好,手心挺热了的。"

这只手刚从陈嘉卓的掌心中抽出来,当然还热着。

"我穿得比较多嘛,而且动起来就不冷了。"姜好说着,陡然生出点在长辈面前偷偷恋爱的心虚。

再悄悄瞥一眼在旁边站着的陈嘉卓,他面上极其自然,眼梢带一点笑地在看她。

姜好也做无事状,看看客厅:"外公呢?"

外婆指一下书房。

姜好点点头:"那我先上楼去了。"

她往楼梯那儿走,上去前回头礼貌地问陈嘉卓:"我要拿点书去我那边,你来帮我搬一下可以吗?"

外婆在后面问书重不重:"小好,嘉卓是客人,你可别什么事都麻烦人家。"

姜好软声对外婆说:"很重的。"

"没事,外婆,不麻烦。"陈嘉卓跟上前。

他挡在她身后,遮住其他视线。姜好放心地回过头,对他得逞地一笑,又灵又俏。

他无奈一笑,提醒她:"看路。"

她唇线拉平,故意冷淡:"哦。"

进了房间,姜好转身关上门,坏坏地道:"嘻嘻,把你拐进来咯。"

陈嘉卓忍不住,虚虚握拳抵唇,他今晚笑的次数太多,唇角都要发僵。

他蛮正经的:"拐我进来,然后呢?做什么?"

这话问住姜好。但不妨碍她在沉默中胡思乱想,脑海里霎时呈现出从未体验过的亲密画面。

"然后……骗你做苦力。"说完,她几步越过陈嘉卓,走到自己的书架旁,纤纤长指划过书脊,像是真的开始认真选书,耳根却红红的。

137

姜好没有骗外婆,她确实要找几本乐理书带过去。

之前去学校帮忙代课,她才发现自己忘记了一些基础知识,所以想找些乐理书看看。这事记在心里很久,却总因为各种原因耽搁。

姜好的目光停到立在书架某个格子里的相框上。

是她和陈嘉卓去水族馆时,在海底隧道中拍下的照片。

但照片上只有她一个人。

那次去时只有他们两个人,不方便拍合照,她也没有要拍合照的概念。

她踮脚取下那个高高放置的相框,有点可惜地说:"当时都没有和你一起拍张照片。"

陈嘉卓走到她身旁,看照片里笑得粲然的女孩子。

"我在这儿。"他抬手指指她身后玻璃墙上的倒影。

姜好顺着他手指的位置仔细看。

倒影没有很清晰,但能看出他举着手机的瘦高轮廓。

她却因为这个发现更难过。

应该多拍几张照片的,但当时谁知道那样的日子只有一回呢。

即使再怎么复刻,也不会有第二个那样的夏天了。

陈嘉卓不知道姜好为什么忽然低落,用指腹将相框玻璃上的薄灰拂去:"这不是挺好的,构图很独特。"

她被逗笑,嘟嘟囔囔着说:"这算是什么构图,不好看。"

"好看。"

照片里,她编着侧边麻花辫,这是她那时常梳的一个发型。

陈嘉卓和她聊天,把话题转移:"我记得你那个时候喜欢编头发,怎么现在很少看到?"

姜好说:"长大了嘛。"

很多场合都不适合花里胡哨的编发,她也没那么多心思去打理。

他手掌撑平,在她发顶上比画一下,平移到自己下颌。

"还好吧。"

姜好鼓腮,知道他在开玩笑,却还是没忍住笑出声,拽下他比身高的手。

他问:"你那个时候是什么样的,我记得很清楚,你呢?"

"我也是。"

他十七八岁时,光是他的一张脸,就够让人印象深刻了,更别说其他的事了。

"这样已经足够了,留在照片上也不代表会被永远记住。"

姜好的目光软软,勉强被安慰。

她整理好心情,想到之前听来的事,一并问了。

"你是不是给这个水族馆赞助过，还让他们把那个《海的女王》的节目留下来？"

陈嘉卓抬眉。这是他刚回公司不久时做的一次赞助活动，已经是几年前的事情了，没想到过了这么久，她还会知道。

"是你吗？"

他没有否认："是我。"

他解释说："那是很普通的一个活动，我想到你喜欢那个节目，问了一下能不能留下来，一周演一次就可以，没有为难。"

专门挑了西城的水族馆赞助，私心肯定是有的，因为那是他们曾经同游过的一处地点。但没有强求什么，好在他提了那个请求后，水族馆的负责人答应得很干脆。

"我当然知道你没有为难啊。"

赞助嘛，肯定要拿钱的。钱给得多，一点小小要求当然会被接受。

姜好刚刚拽住他的手还没有松开，此时无意识地摆弄他那几根修长的手指，眼睛望着他："我只是觉得你好像为我做了很多事，但我都不知道。你下次一定要告诉我，你不说会亏得很大知道吗？"

他只笑，捉住她作乱的手，拿到唇边亲一下。

"没有亏，一点也不亏。"

真的喜欢哪会计较盈亏，他只怕给得不够多。

他们没有在房间里待很久，姜好找了一个帆布包，把挑出来的需要的书都装进去。陈嘉卓把包接到手上，拎着下了楼。

时间不早，再晚一点就要到外公外婆平时的休息时间了，姜好和他们告别，准备回去。

外公和外婆一起送他们出去。

姜好和外公外婆说完话，先打开副驾的车门坐进去，陈嘉卓把书放到后座，和两位老人说了再见。

外婆心疼他在这边没有亲人长辈，嘱咐他有空常来吃饭。外公今晚话少一点，但临走前也叮嘱了他一两句，到底还是关心他的，叫他不要过劳，年纪轻轻还是要把身体放在第一位。

陈嘉卓全部点头应好。

姜好趴在车窗边看他有礼有度地和外公外婆说话，相处也融洽，心里不自觉轻松起来，甚至开始想象日后将他介绍给家人时的画面。

住在一个小区的方便之处在恋爱时体现得最明显。

约会后回家，能省去不少时间。

陈嘉卓将车停在姜好家的楼下，待在一起一整晚，分开时还是有点舍不得。

"我帮你把书送上去？"

姜好说不用了:"喻桃今晚来我这儿了。"
"好。"她朋友在,他不方便去,陈嘉卓能理解。
姜好解开安全带:"那我先下去了,后座的书我自己拿就行。"
他点头。
姜好比个电话在耳边:"晚上手机联系?"
"好。"
说完再见,姜好开门下车。
像是一晚上的童话落幕了。
他看着她的背影,心里告诉自己不能黏得太紧。
余光看到她打开后座的车门,探身进去拿了装书的帆布包。
车门关上,陈嘉卓从副驾的车窗往外看,却迟迟没有见到她的身影。
正疑惑着,主驾这边的车窗被叩响。
他偏过头,看到站在外面笑嘻嘻的姜好。
陈嘉卓降下车窗,正要问还有什么事,开口前,她忽地凑近,身上淡淡的香味随晚风卷进来。
姜好身子朝前,稍稍探进车窗。
猝不及防地,他的脸侧被她软软的唇印上一个吻。
"陈嘉卓,恋爱快乐哦。"

第六章 他属于她

第一个知道姜好恋爱的是喻桃。

当晚回到家,姜好立马把这个消息分享给了好朋友。

喻桃刚结束一大堆工作回来,本来死气沉沉地躺在沙发上玩手机,闻言立刻惊坐起。

"我的天!这么神速!"

"有吗?"姜好觉得还挺久的,"其实是水到渠成。"

"OK!OK!"喻桃用"你开心就好"的语气说。

"你俩到哪一步了?"

姜好一下子没明白:"就刚开始啊。"

"今天确定的?"

她点点头:"今晚,你是一手消息。"

"哦,那没什么事。"

姜好后知后觉,抬高语调:"哪有那么快!"甚至还没有接过吻。

"也是,我看着陈嘉卓也不像太冒进的。"

姜好同意这点,她想起刚刚亲他,他足足愣了好几秒。

至于之后是什么反应,她不知道,因为亲完她就溜了。

"他是不是比你先动心?"喻桃摸摸下巴,换上洞察一切的表情。

姜好坐在她旁边，有一下没一下地翻着带回来的乐理书，听到她这样问，有些诧异："你怎么看出来的？"

"就我回国找你那次，他送你到机场接我，回去的路上还记得你没吃东西，下去给你买早餐。我当时就觉得他有点太贴心了，想和你八卦来着，但你那段时间心情不好，我就没提。"

姜好听着喻桃说的话，心里生出一种带着遗憾的怅然："我好像发现得有点晚，错过很多。

"但是桃桃你知道吗？他本来就是很好的人，他只是看着冷冰冰，但对别人也很好。我们出去玩，遇到过不会扫码的老人家，他会跑到很远的便利店帮忙换零钱回来。"

对外公外婆足够尊重，和湘姨说话时，明明听不太懂她夹杂着乡音的普通话，仍会耐心回话。

这样好的人，叫她起初没法生出异样的心思。

而且她在感情上一向慢热。

她是在陈嘉卓离开很久又回来后，才在跌宕的心情和隐藏的思念里察觉到自己的心动。

姜好不确定地喃喃一句："他那时喜欢我吗？"

喻桃举手发言："我觉得是喜欢的。"

但姜好下意识地觉得是在国外的时候。

异国他乡，两个人虽然见面并不频繁，但联系却密切，一直没断过。

仔细想想，她又摇了头："我不知道。"

"没关系呀，不要想太多了，被爱的小孩对爱总是迟钝的。"

喻桃其实不奇怪。

姜好从小到大身边都不缺爱她的人，可能被爱包围的人对爱的感知就会弱一些，阈值被拔高后，小恩小惠很难真正打动她，顶多是出于礼貌的感谢，想要拔得头筹，必须长久地付出真心。

只是除了家人，能做到这些的太少了，更别说那些朝三暮四的男人。

但是现在，陈嘉卓算一个。

"前尘往事，随它去啦，反正他人都是你的了。"喻桃洒脱得很，站起来伸伸懒腰，趿拉着拖鞋去厨房倒了两杯果汁。

再走回来，递给姜好一杯。

"还记得我之前说的话吗？会有不需要你踮脚就弯腰迁就你的人来爱你。"

"来，碰一个，庆祝你恋爱！"

姜好笑一笑，和她碰杯。

十一月还剩下的几天眨眼便过去。

这几天，姜好忙乐团的工作，和陈嘉卓约会、吃饭，然后他偶尔会到她家待一会儿。

两人腻在一起，却什么都没有发生过。

进度几乎停在原地，陈嘉卓连拥抱都会注意时长，更别说接吻。

不过，姜好没谈过恋爱，也不清楚流程该是什么样。

这种事，总不能直接问"你为什么不亲我"吧。那也太需要勇气了。

刚结束一场小会议，姜好没走，在会议室的椅子上坐着，无聊地点开手机，问陈嘉卓什么时候下班回家。

她担心会打扰他工作，很少直接给他打电话。

曲颂悦推开会议室的门："你在这儿啊，我找你一圈了。"

"找我什么事？"姜好问她。

"你有没有签公司的打算？"

他们乐团一直有专门的公司做录制，有时是演出现场采样，有时要去音乐棚。

乐团里不少小有名气的乐手会单签一家唱片公司，做自己独奏曲的唱片发行。

过两天有一场演出，一直合作的音乐公司会过来录音，听说到时还有经纪人一同过来签乐手。

姜好说她暂时没有这个打算。

"我现在独奏的场合不多。进乐团还没多久，不想把精力分散，要签的话估计也是下个音乐季的事了。"

乐团每年九月开始实行新的音乐季，下个音乐季要到明年才公布。

"那还早呢。不过话说回来，其实签不签都行，又不是做歌手，还得时不时出个新歌。"

姜好点头认可，一边拿起手机看陈嘉卓回的消息。

他说已经出公司了，待会儿要去医院，问她去不去。

她皱皱眉：你不舒服吗？

陈嘉卓：不是，去探病，你去吗？

陈嘉卓：或者你在车上等我一会儿，然后我们一起去吃饭。

看到他的回复，姜好放下心，也应了"好"。

他是从公司直接过来的，车上和以前一样，副驾坐着何助理。

姜好在陈嘉卓身边坐下，他拿起放在一边的白色餐盒，打开递给她："洗过的，要不要吃一点先垫垫肚子？"

餐盒里有蓝莓和车厘子，姜好拿了一颗车厘子。

"饿不饿？要不我们先去吃饭，之后再去医院。"

"不用的，我不饿，午饭吃得晚。"

"工作很忙吗？"陈嘉卓关心地问。

"还好啦。我们的工作时间和你不一样,没有公司上班那样规律。"姜好吃完车厘子,含着核不知道扔在哪儿。

陈嘉卓抽两张纸巾叠好递给她。

她接过来,吐掉核。

"不过明年三月,乐团要开始海外巡演了,我还是第一次跟巡演呢。"

"那很好。巡演多久结束?"她语气中不难听出兴奋,陈嘉卓尽量不表现出其他情绪。

"沿线有六个国家,最快的话,也要半个多月吧。"

说完,姜好也意识到这就代表两人要有一段异地时间。

车上还有其他人,她悄悄去找到陈嘉卓的手攥住,很小声地问他:"到时候我会想你怎么办?"

她在他面前撒娇几乎是无师自通,让他常常很难招架,却又心甘情愿想各种办法哄她。

姜好贴得更近一点,没有低头,盲选了一颗蓝莓递到他唇边。

陈嘉卓要说的话被堵住,她看他很快咽下,也注意到他吞咽时明显滚动的喉结。

他皮肤白,喉结旁边一点的位置有一颗很小的黑痣,姜好早就注意过,默默想着下次亲在那处会怎样。

她发现自己多少有点叛逆,他越是禁欲,她越想试探着越过他的防线。

陈嘉卓丝毫不知道她在想什么,凑近低声在她耳边说:"我有空就去看你。"

"那说好了哦。"姜好又想起一件事,"你跨年那天有空吗?"

"十二月底?"

姜好点点头,期待地看着他。

这个问题,坐在副驾的何原能回答。

年底的几天,陈嘉卓不出意外会回港城。那边的航运公司要开年会,还有各部门的年终总结汇报会议,都需要他露面。

陈嘉卓却说:"暂时还不清楚,等我确定再告诉你可以吗?"

何原暗自咋舌。

放在去年,要是有人同他说,你们老板是个要美人不要江山的"昏君",他一定会义正词严地斥责对方危言耸听。

如今也是大开眼界了。

不过这样也不错,毕竟老板心情好,他们做员工的才轻松。

"你如果有工作的话,不要勉强哦。"姜好叮嘱他。

陈嘉卓答应她:"那天是有什么事?"

"西城电视台的跨年晚会,有个音乐节目里会有我。这个是实时直播的,不过也会有重播,所以你来不了也没有关系。"

这也算是人生新体验,所以姜好私心是希望他能来。但如果他真的有事,她也不会多难过。

"你这次去探病的是长辈吗?"

陈嘉卓点头:"是我三叔的妻子。"

姜好在脑子中过了一遍关系:"你三叔,就是年初去世的那位吗?"

"对。严格来说不算是妻子,他们没有领证。"

充其量,算是未婚妻吧。所以陈霁权过世后,因为财产分配的事发生了许多纠纷。

他只来得及在抢救时留下一句仓促的口头遗嘱,让身边的人帮忙转告,他名下所有资产都留给他的未婚妻叶仪庭。

但叶仪庭是一名普通的中学老师,完全不懂经商,更别说与一群豺狼虎豹争抢遗产。

直到陈嘉卓带着律师出面,替他三叔处理遗嘱安排,这件事才告一段落。

"三叔去世后,她受打击很大,身体状态不好,前段时间早晨晕倒在家里,被人发现后才送到医院,一直在调养。"

姜好听完,不禁唏嘘世事无常。

陈嘉卓说起这件事,也有些头疼。他和叶仪庭并不熟悉,陈霁权出事前,他和这位三婶甚至没有见过几次面。

现在她入院,出于人道主义是该过来探望的,但他不擅长处理这类人情世故。

"要不然,我和你一起去看看那位阿姨?"

她会改主意,陈嘉卓有点意外。他淡淡笑一下:"好,你帮我开导开导她。"

姜好知道自己没有那么大本事去开导别人,何况那还是一位阅历比她深厚的长辈,但同理心她有,力所能及的安慰是能做到的。

车子开到住院楼下面,姜好和陈嘉卓一起上去,何原便没有跟着。

见到叶仪庭,姜好才想起自己好像是见过她的。

那次被拍到的葬礼上,她和陈嘉卓从同一辆车上下来,黑衣黑裙,戴着口罩,看着憔悴又苍白。陈嘉卓对她很照顾,下车后还替她扶着车门。

叶仪庭看着很温婉,是病容遮不住的美。

见到病房来人,她坐在病床上撑出一个浅笑同他们打招呼。

姜好放下手中的营养品,主动开口介绍自己的名字:"我陪陈嘉卓来看看您,您叫我'小好'就行。"

面前的长辈比她想象的要年轻,她一时不知道该如何称呼。

叶仪庭笑了笑:"这名字起得好,可爱又大方。你跟着嘉卓,叫我'庭姨'就好。"

姜好乖巧地应下来。

她坐在一旁，听陈嘉卓问叶仪庭的身体状况，建议对方多休息，不要思虑过重。

听着听着，姜好忽然觉得很熟悉，想起上次和他出去吃饭时他接到的电话。

那通电话对面的人好像就是庭姨。

聊了一会儿，有护士过来找叶仪庭去护士站那边称体重。

"庭姨，我陪您去吧。"护工暂时不在，姜好自觉地站起来。

叶仪庭温柔地应声："那麻烦你了。"

陈嘉卓安排的是VIP病房，这一层都很安静，姜好陪着叶仪庭走到护士站。

住院以来，每周需要记录一次体重，叶仪庭一直不达标。

姜好看着她清瘦的样子，关心地问："庭姨，这边的饭菜不合您胃口吗？"

叶仪庭面上露出笑："不是的，是我没胃口。"

从陈霁权出事到现在，她从未走出来过。她心里难受，但没处说。

身边的女孩乖乖的，眼中的关切丝毫不作假。

她开口："你陪我在外边走走吧。"

姜好挽着她的胳膊，为难地道："外面很冷的，要不我们回去添一件衣服？"

"确实，"叶仪庭像是刚刚想起来，"都入冬了。

"西城有一点不好，就是入冬早，比我家那边冷太多了。"

她起了个话头，两人便自然地聊起来。

姜好问叶仪庭是哪里的人，叶仪庭说了个南方城市的名字。

"港城和我家乡一江之隔，我年少时很憧憬，后来去外面读书，便选在了那里。"

也是在那儿，她认识了陈霁权。

叶仪庭很简单地叙述完自己的故事。

她读书时和陈霁权恋爱，又因为家境悬殊分手。陈霁权那时年纪轻，高高在上不愿低头，她也有自己的傲气，于是开始争吵，也被中伤过，最后潦草收场。

其间复合过一次，但那些横亘在两人之间的问题从未消失，于是又惨淡结束。

那之后，两人分开了很久，各自过自己的人生。

几年前，陈霁权甚至已经松口，答应家里的安排，决定结婚，但到最后不知道什么原因，还是没有成。

"然后没过多久,我们就在这儿重逢了。一见到他,我知道我这辈子都没法忘记他了。"

也许陈霁权也有同样的感触,所以时隔多年,他们心照不宣地复合了。

"我做好了和他纠缠到死的准备,可他却弃权了。"

说到最后一句,叶仪庭语气哽咽,苍白的脸上只有眼角有一抹胭脂红:"留我一个人。"

姜好讷讷:"庭姨……"

"我懂您难过,但您也要照顾好自己的身体,叔叔那么爱您,他不舍得您生病的。"

叶仪庭缓缓点头:"我就是太遗憾了,应该早些见面的。"

姜好眼眶都要红了,第一次感受到安慰的话是多么无力。

叶仪庭瞧她这样,反倒轻轻笑了。

"好了,不说这些了,再听下去你估计要哭鼻子,待会儿回去嘉卓见到要怪我了,人好好地出去,怎么哭着回来了。"

方才姜好介绍自己时,没有提到她和陈嘉卓的关系,但叶仪庭能看出来。

叶仪庭不知道自己一股脑倾诉的话会不会叫面前的女孩多心,于是多说一句:"嘉卓和他叔叔很不一样,他很温良,肯定不会让喜欢的女孩受伤。"

有的人,连生气时的刺都是朝向自己的。

姜好点头:"我知道的。庭姨您不要担心这些,如果说出来好受,您可以多和我聊聊天,今天来不及的话,以后我常来看您。"

再回到病房,也到了叶仪庭的晚饭时间。两人没有多留,道别完便离开了。

姜好收好情绪,但陈嘉卓还是轻易看出她的低落。快到停车场前,陈嘉卓问:"怎么了,有不开心的事吗?和我说说看?"

她摇头:"只是心里有点闷。"

"陈嘉卓,我们会不会分开呢?"

听到她这样说,陈嘉卓大概明白了她在难过什么。

他侧过身,摸摸她的头。

姜好顺势将额头抵在他肩上,听到他说:"我保证,不会的。"

共情能力太强也是件让人头疼的事,情绪太容易被不好的事情影响,尽管姜好克制自己不去想,却还是有些难过。

和陈嘉卓在餐厅吃过晚饭出来,何助理和司机都已经提前离开,车子留下,换他来开。

车上,陈嘉卓想起她一晚上的低情绪,有些后悔道:"应该让你留下来等我的。"

诸如此类世事无常的事情，他看过很多，不是不惋惜，只是已经见怪不怪。

"是我太多愁善感啦，我也很苦恼。"

"小音乐家，总是会和别人有点不同的。"他笑着，倒是没有否认。

姜好唇角翘一翘："陈嘉卓，你好会哄人。"

"是吗？可能是我想让你开心一些。"他其实不太会安慰别人，哄她的话也都是出自心里话。

姜好叹气："我看着庭姨，感觉她好可怜。她好像还不是这儿的人，举目无亲。"

"嗯，我听她提过，等养好身体后可能要离开这边。到时我会安排人去送，如果你愿意，也可以一起去。"

"离开也挺好的。"这里对她来说是个伤心之地。

姜好扯扯针织半裙上的细带，心中庆幸那位叔叔离开前给庭姨留下很多遗产。

他给不出爱了，好在还有钱能够保证她余生衣食无忧。

也是一种慰藉。

回家的路上有一条常走的道路被封住修路，他们换了条路线，被堵了很长一段时间。

陈嘉卓的车开得稳，姜好吃过晚饭有点犯困，靠在车上睡了一会儿。

她睡得很浅，不是完全没有意识，车子到目的地，刚一停下，她便徐徐睁开眼。

陈嘉卓注意到姜好转醒，抬手轻碰一下她的脸："回去再睡，今晚早点休息吧。"

姜好却没有很快下车，靠坐了一会儿醒神后，她朝他勾勾手："你过来一些。"

陈嘉卓没问她要做什么，解开安全带倾身靠近。

姜好环腰抱住他。

他虽然隐约猜到她要抱自己，却还是因为她的亲昵轻笑一声："心情好点了？"

她作势想了想，说还差一点点。

陈嘉卓知道她有后话，顺着问下去："还差什么？"

姜好的手搭上他的后颈，稍稍用力把他压向自己："A kiss！"

还差一个吻。

距离拉近，陈嘉卓呼吸稍稍一滞，认真地将吻落在她额间。

"这样？"他对她向来有求必应，吻也不例外，他不止给出一个吻。

陈嘉卓身上好闻的气息逼近时,姜好分出点神思去分辨这是什么香。

极淡的裹着甜香气的薄荷味，可能是他常用的爽肤水，和从她身上沾染到的香水味，混杂在一起。

再之后就没有心思胡思乱想了。

温热的薄唇，轻噙浅吮，从额前移到脸颊，再停在唇角边。

情难自控，陈嘉卓仍旧不忘问询她的意愿："可以吗？"

问这话时，他没有退开分毫，唇几乎贴着她的唇角，声线含糊低抑，不至于失态，但绝对比不上平时那般冷静。

姜好不答，迎上去。

几乎是在相贴时，缠绵的吻一触即发。

她能感觉到自己掌心下，陈嘉卓后颈的皮肤在升温，以及他落在她后腰处不断收紧的手。

他的吻力度逐渐加重，却没有继续深入。

姜好甚至更生涩，完全靠本能回应着，下意识地舔咬，让他的气息一下比一下急促。两人只是唇贴着唇厮磨，但结束时，仍叫她晕乎乎。

堪堪拉开距离，姜好将脸贴到他脖颈一侧，闭目平息。

陈嘉卓看起来比她要自若些。他搂着她，慢慢地轻拍她的背，但只有姜好知道，他脖颈那侧的脉搏跳动得有多快。

好半晌，姜好抒顺呼吸，抬睫一瞥，又撞见那颗小黑痣。

她心念一动，微微偏过脸，像盖了个落款章，大着胆子吻在那处。

姜好原先乖乖偎在他怀里，陈嘉卓没有任何防备，他低低"嘶"一声，仰起下颌躲开。

因为这动作，喉结更突出。

姜好睁大眼睛，故作不满："你在躲我？"

陈嘉卓捏捏她的脸，凑近又亲了一口她的唇，这次用了力，像是在惩罚她先前的不安分。

再退开，他指腹摩挲几下自己脖颈上被她亲过的那处，嗓音有点哑："现在不能往这儿亲。"

他对待自己没个轻重，那颗痣附近很快氲出一片绯色。

"那什么时候……"姜好问到一半，忽然琢磨出模糊的含义。

"哦，那我不亲了。"她又埋进他怀里，装乖道，"我等你同意那天。"

陈嘉卓笑容加深，到底是谁同意谁？

他笑完，假意同她谈条件："那你得对我好点。"

这话也只是随口一说，陪着她玩而已，但姜好却听得一怔。

因为她本来是想顺着说"我对你很好呀"，但还没说出去便倏地有种底气不足的亏欠感。

对比他，她好像确实做得不够多。

她忽然沉默，半晌都没回话，陈嘉卓拍拍她："困了吗？"

149

姜好摇头："时间还早呢，你再陪陪我吧。"
陈嘉卓想到她傍晚时情绪不高，也想和她再多待一会儿。
他跟在她身后回了她家。
姜好顺便给陈嘉卓录了指纹，还把自己的门卡也给他了。
进住户楼可以用门卡，也可以用人脸识别，但录人像的话需要去物业那边。这个点物业早就下班，不然她就让陈嘉卓去录一个了。
陈嘉卓站在玄关处，看她像是要将自己的身家全交给他的架势，好笑又不解。
他换上拖鞋进去，姜好打开暖气，让他先在沙发上坐一会儿，又问他要喝什么。
陈嘉卓脱下大衣搭在沙发背上，却没有听从她的安排心安理得地等在客厅。
他去了餐厅："我喝热水就可以。"
这个时间点，也不适合再喝其他的了，茶和咖啡喝完都影响睡眠。
姜好给他倒了一杯热水。
他们坐在岛台边，陈嘉卓接过水杯，喝了一大口。
姜好和他并排坐着，支着脸偏头看他。
岛台上的吊灯是她搬进来前亲自挑选的，光线恰如其分，不刺眼不昏昧，在这样的夜晚中正正好。
正正好让她看清陈嘉卓脸上的每一处。
她看了他太久，久到陈嘉卓无奈一笑，有些招架不住，偏头和她对视。
"我脸上有花？"
姜好说："我在想，这杯水喝完，你是不是就要回去了？"
陈嘉卓握着杯子的手一顿，随后将它搁在桌上，还要推远。
"那我喝慢些。"
姜好"扑哧"一笑："我又想起来，可以续杯的。"
时间还早，总不能就这样坐着喝水，姜好找了一部电影，叫陈嘉卓陪她一起看。
客厅中，姜好关掉主灯，只留一盏落地灯。
"我好久没有完整地看完一部电影了。"
陈嘉卓也是，工作之后不会再有闲情逸致地拿出几个小时用在电影上。
姜好过去，自然地靠在他身边，找了个舒服的姿势。
这部电影时长不到两小时，但是放到一半时，原先提议看电影的人却昏昏沉沉地睡着。
清浅均匀的呼吸声传来时，屏幕里放的什么，他完全没有心思去在意了。陈嘉卓侧目，看着静静睡在一旁的姜好。

他弯腰低头，在她睡得红红的脸上亲了一口。

担心她着凉，他想去房间里给她找条毯子盖上，但起身才发现，她睡着时无意识地攥住了他的衣角。

再一回身，姜好已经睁开眼睛，眸子亮着，狡黠地看他。

这眼神，显然是已经知道他偷亲了她。

陈嘉卓用指骨刮一下眉梢，面上丝毫没有被抓包的心虚，只淡笑着说："看来童话故事没有骗人。"

让公主醒来，需要一个吻。

客厅只留一盏灯，姜好从沙发上跪坐起身，仰头看他，屏幕上的电影画面不断跳动，光影在她眼中明明灭灭。

她确实是睡着了，只比陈嘉卓亲她时早一点醒来。但姿势选得太舒服，她懒得动，也不是真的想看电影，只是想和他多腻一会儿。

然后感觉到眼皮上一片阴影压近，接着脸上轻轻落下一个吻。

他怎么能这么小心翼翼呢，像是护着一簇小火苗。

姜好扑上前，刚好搂住他的腰："不行，我要亲回来。"

陈嘉卓低头，脊背伏得很低，迁就她的姿势，纵容她："亲吧。"

他随她闹，姜好却盯着他的眉眼，微微出神。

好半天，她没有亲，只是紧抱着他，感受他的心跳和体温。

深浓的夜里，陈嘉卓听到面前这个他记挂了许久的女孩对他说："陈嘉卓，我会对你好的。"

心脏似有一瞬间颤动，他怔忡几秒才反应过来，这应该是在回答之前在车上他说的那句话。

陈嘉卓失笑，以为她还惦记着要亲那处。

他手掌搓儿卜脖侧，也有个解："这儿怎么吸引你了？"

"啊？"姜好顺着看过去，被他带偏，凑上前认真地给他解释，"你这儿有颗小痣你知道吗？"

她还作势指给他看，手指举起来又想起来他看不见，于是满沙发开始找手机，要拍照给他看。

手机找到，拍照模式也调出来，姜好后知后觉发现不对劲。

这是她的情话！

姜好对着电话那头重述完全程，喻桃听得很想笑。

她安慰姜好："哎，调情也是情。"

姜好要哭了："我刚睡醒人晕了，没有立刻反应过来。"

到最后，情话被听出来，可能陈嘉卓也会觉得她其实述心切」。

但要再说一遍，就好像很刻意，也没有那个氛围了。

喻桃没想到自己有一天会比姜好先当上感情顾问，更没想到她还乐在其中。电话那边的姜好呜呜出声,独自懊恼。

"好是体现在行动中的,说比做实际多了,你行动起来,他能感受不到嘛。"

说完,那边安静一会儿,似乎是在给自己做心理建设,而后再说话,语气显然已经重整旗鼓:"桃桃,你说得对。"

十二月开始后的一周,姜好在下班前拿到了跨年晚会的内部票。

两张票连座,在靠前居中的位置。

姜好拿在手中,盘算着怎么安排。

外公外婆肯定是来不了的,但除非是她父母双方都不来,不然总不能让陈嘉卓和她爸爸或者妈妈一起坐着吧。

太为难他了。

姜好拿手机登上官网看了看余票。

还好,还有余座,只是位置不太好,有些靠后。

她怕再犹豫就售罄了,当机立断买下一张,打算后面再找表演团的其他同事问问有没有多出来的好位置。

今天工作结束得早,姜好拎包走人。

前段时间一直忙排练,现在的走台和曲目基本练得差不多,难得清闲,她一个人在外面逛了一下午的商场。

她什么都不缺,在商场转了两圈,只给自己买了一条围巾,剩下的是给父母和外公外婆的礼物。

当然,也有陈嘉卓的。是一枚小小的领带夹。

但礼物暂时送不出去,今天陈嘉卓上午就和她说过,他要晚一点出公司。

姜好知道他最近工作多,她爸爸也是这样,临近年底会忙一些。

可她昨天一整天都没和他见上面,只在晚上睡觉前接到一个他的电话,她想叫他过来的,又担心会打扰他休息。

穿过商场的某个出口走到室外,姜好来到另一条新开发的美食街。

她原本是想抄近道去路口打车,却被满街的香味留住。

姜好放慢步伐,边走边看,最后停在一家卖汤包的小吃店铺门前。

叠在一起的木质蒸笼往上冒着白花花的热气,不大的店面内挤满了人,生意火爆。

店门前招待顾客的老板热情地问姜好要点什么、几人份。

姜好本想说一人份,话说出来之前忽然改了想法:"两人份的,打包。"

店内有不少点过餐的顾客在等,她付过钱,老板说她的那份要等第二笼。

姜好点点头，站到旁边慢慢等。

大概十分钟后，她拿到了自己的那份，之后直接打车去了君懋。

还在路上时，姜好给陈嘉卓发消息，说自己给他带了份汤包，让他过一会儿找秘书或助理下来帮忙拿一下。

他回的消息里只说了"好"。

但当姜好从车上下来时却发现，等在门口的是陈嘉卓本人。

入冬后的西城格外冷，他不知道在外面等了多久，姜好小跑过去握住他的手。

"你怎么自己下来了，我还担心会耽误你的工作呢。"

"这点时间还是有的。"陈嘉卓勾勾唇，从她手上接过大包小包的东西，牵着她要往公司里面走。

姜好踌躇一下："我也上去吗？"

她来时是准备送完汤包就回家的。

陈嘉卓说："还剩一点工作，很快就结束了。你陪我一会儿，然后我们一起回去可以吗？"

公司一楼的大厅空荡荡的，人并不多，从正门到电梯也只遇上两个人。

穿正装的一男一女，步履匆匆，瞧着都很干练，看到他们时皆是一愣，但很快便自然地招呼了一句"陈总"。陈嘉卓小幅度颔首示意，从头到尾没松开过姜好的手。

搭乘电梯到了陈嘉卓办公的那个楼层，出去之后，旁边就是他的办公室。

不远处有一片办公区，能见到一些走动的人。

姜好跟着他进去，看他反手关上办公室的门，肉眼可见地松懈下来。

她呼一口气："好紧张。"

"紧张什么？"陈嘉卓问。

她很认真："上班时间谈恋爱，你不紧张？"

陈嘉卓笑一声，因为被她说的"谈恋爱"几个字愉悦到，也笑她可爱。

他带她进休息室，把手里的东西放在椅子上，单分出来两盒汤包，放到面前的大理石茶几上。

"这家的汤包很好吃？"

"我没吃过，是在一条新建的美食街买的，打算买一份尝尝的时候就想起你了。"

姜好在脱外套，拉链拉到底后发现围巾忘记摘，于是又抬回手去解围巾。

她低头，错过陈嘉卓眸中的触动。

他从前就羡慕姜好喜欢的人，因为她会将那个人时时刻刻记在心上。

而现在，他成了那个人。

姜好在他身边坐下，拆开筷子嘀咕："不知道还热不热了。不热的话，你这边是不是可以加热一下？"

她拿筷子夹了个小汤包先尝了第一口："没有冷，但要趁热吃。"

"好。"

汤包不算多，陈嘉卓比她先吃完，问她想喝什么。

"茶吧，我感觉这个汤包的馅有点腻。"姜好点评完又看了眼包装袋上的店名，决定下次不买了。

很快，秘书敲门进来，送来一壶泡好的茶。

配套的有茶碟和茶杯，陈嘉卓坐在一旁，单手给姜好倒了一杯。

那边秘书刚出去，还没在工位上坐稳便收到信息轰炸。

点开，是秘书办私底下建的群聊，里面有男有女，平时会有闲聊。

同事A：是不是个年轻女人？

同事B：我也看到了。

同事C：你们从哪儿看到的？我都没发现陈总出办公室了。

同事D：是女朋友吧？

同事E：八成，楼下财务部有我朋友，说在一楼见到两人牵着手。

同事B：小琳不是刚去送茶了吗？怎么样？

秘书：确实是女孩子，挺漂亮的，感觉好像还有点眼熟。

同事A：问何助啊，他肯定清楚。

秘书：那个笑面虎，转头就告状了，要问你问。

…………

休息室内，姜好解决完最后一只汤包，简单收拾了一下。

喝一口茶解腻，她过去从一堆购物袋里找自己给陈嘉卓买的领带夹。

她在一旁翻找时，陈嘉卓说："小好，我跨年那天可能没法过去看你演出了。"

"没事啊。"姜好回得极快又自然。

失望肯定有，毕竟下午还花了心思买完票，但她分得清什么时候该撒娇，他有工作，总不能缠着要他一定过来。她说："以后还有机会的。"

反正也不是什么多重要的场合。

陈嘉卓觉得很抱歉，在想该如何安慰她时，忽地听到她说："找到了！"

姜好提出一个小小的购物袋，去掉外包装，拿出一个小巧的绒面方盒。

"猜猜这是什么？"她放到掌心，递到陈嘉卓面前。

陈嘉卓抬眉，思考一会儿，试着问："领带夹？"

"你怎么会一下就猜到了？"姜好吃惊，"好没意思。"

他说:"很好猜。"

他不戴首饰,这个大小的盒子里能放的东西很少,姜好总不可能会送他戒指,那就只剩两个大概率结果,袖扣或者领带夹。

任选其一,不过陈嘉卓没想到第一个就猜中,可能某种程度上也是一种心有灵犀。

姜好打开盒子给他展示。

她第一眼看到的时候就觉得很适合他。

没有任何花纹的一枚银色领带夹,靠近顶部有颗嵌进去的墨蓝小钻,在展柜里淌着暗沉的光。

陈嘉卓抬手取出来递给她:"帮我戴上?"

姜好爽快地答应,起身坐回他身旁。

"我记得,领带夹在领带上的位置要在衬衫的第三颗和第四颗纽扣之间最合适。"

她从上往下,专心数纽扣:"一、二、三……好,那就夹在这儿。"

姜好低头,贴心地为他佩戴好。

陈嘉卓看着她,心软得要化掉。

他垂眸打量那枚安置在她精心选定的位置上的领带夹,和她说谢谢。

姜好抱臂皱眉:"好见外哦。"

"我很喜欢。"

陈嘉卓一直在笑。他笑起来是另一种好看,姜好看得莫名口干,舔舔唇,她又喝了一口茶。

放下茶杯,她煞有介事道:"你去工作吧,不打扰你了,陈总。"

办公室里,不能乱来。

"你一个人在这儿,会不会无聊?"

姜好指指手机:"我看会儿综艺。"

陈嘉卓点头,起身去外面的办公室,帮她把休息室的门关上。

再坐回办公桌前,心慢慢平息下来。

良久,他抬手摸了摸那颗被她圈点过的小痣。

跨年晚会当天,陈嘉卓还在港城。

姜好换上演出服,在后台由工作人员化好淡妆,对镜拍了一张自拍发给他。

团里很多乐手的年龄段不同,演出服是协商后统一定制的,中规中矩的暗红色长裙,款式普通,但衬得人很白。

曲颂说在一旁,看到她专门拍照片给人发,主动问要不要帮忙。

姜好说行,把手机递给她,让她帮忙拍一张整体的。

简单拍完两张,姜好没再发给陈嘉卓,转手分享给了外公外婆。

155

旁边几位同行的乐手看到她们在拍照，提议道："对啊，要不我们在这儿拍一张吧，正好都化好妆换好服装了。"

候场时间还很长，足够甄选着拍出几张满意的合照了。

化妆间不够大，他们在群里和其他化妆间的乐手商量好，往外走，在一处宽阔的长廊聚齐。

虽然从始至终都是在室内，但走廊的暖气没有化妆间足，曲颂悦打冷战："咱们速战速决吧，太冷了。"

有人应和，说今天好像有大雪，不知道现在外面有没有开始下。

曲颂悦朝窗口外瞥了一眼："没呢，要下估计也是半夜了。"

大家站成两排，找了一个路过的工作人员帮忙拍照。

工作人员很热情，一边帮忙拍一边说待会儿应该会有专业的摄影师过来，可以再请他们用专业设备拍几张高清的留影。

照片是用曲颂悦的手机拍的，拍完后大家往各自原先的化妆间回，姜好和曲颂悦凑在一起看成片，一边慢慢往回走。

身后有高跟鞋的声音渐渐靠近，姜好往旁边避开，却正好听到那人嘀咕了句"有什么好拍的"，语气嫌弃地抱怨他们将路挡住。

曲颂悦不高兴地一瞥，姜好也朝身后看了一眼。

是个穿礼裙的女艺人，排场很大，身后跟着好几个助理给她递羽绒服和水杯。

女艺人本来不悦地皱着眉，却在看见姜好后猛然一愣，气焰瞬间熄灭，又很快找补似的故作镇定，冷冷扫了她一眼后走过去。

曲颂悦目睹全程，简直瞠目结舌："不是，这人在做什么？看着挺单纯的，怎么脾气这么差？她刚刚是不是对你翻白眼了？你认识？"

姜好摇头，没有多说，但她确实认识那个人。

是之前和祝樾传出过绯闻的那位。

她没有很在意，回到化妆间静静候场。过了一会儿，陈嘉卓的回复发过来。

他说很漂亮。

姜好无声笑了一下，想问问他在做什么，又忍住。

不用想都知道他很忙，而他的工作她一点也不懂，都是没有涉及过的领域。

算上今天，又快将近一周没见了。

她妈妈来之前和她说过，演出后叫她跟他们一起回家，明天刚好开始休假，要她在家里多待几天。

这样安排的话，见面的日子还要往后推几天。

曲颂悦留在化妆间外晃了一圈，进来后兴奋道："我刚见到了一个女演员。我的天，真人真的很美！"

"叫什么名字？"

曲颂悦报出名字，姜好回想了一会儿："是不是今年夏天演过一个仙侠剧的女二？"

"对！我感觉比女主还要漂亮。而且态度很随和，竟然还随身带签名照，小明星就是没架子。"

曲颂悦拿出签名照甩一甩，忽然压低声音："你说，我挂到网上能卖到钱吗？"

姜好笑起来："你不是喜欢吗，干吗卖掉？不过要卖也得再等等，她夏天才火起来，应该还有很多上升空间吧。"

"你还怪懂的。"曲颂悦收起照片，"开玩笑啦，我留着了。不过，我在外面好像听到有人说看到你妈妈了，不是吧？"

姜好点头："应该是，我爸妈今晚都会过来。"她抬手看看表，"现在估计已经入场了。"

"哦哦，我知道，来看你演出对吧。"

姜好本来以为她妈妈不会到场，因为她这场表演全程的时长只有不到十分钟，她也并不是唯一的主角。

其实大学之前学琴，她一直是得过且过的状态，谈不上非常热爱，甚至偶尔会有些排斥，因为练琴时总会认识到自己是个天赋不足的人，另一个顾虑就是担心她妈妈会因为女儿没有像她一样的音乐天赋而失望。

但后面继续深造，遇到了几位好老师，她渐渐感受到了大提琴的独特魅力，开始庆幸自己坚持了很多年。而她妈妈也并没有她想象中的失望，即便她在同龄乐手中不算佼佼者。

临近十二点时，才轮到他们的节目上场。

准备就绪前，偌大的舞台上是昏暗的，他们在各自的位置上调试乐器。先前彩排过很多次，姜好的心态很稳。

接着，灯光大亮，她的位置朝向观众席，在场的观众比她预估的要多。虽然给票时大概知道她父母在哪个方位，但一眼粗略地扫过去完全看不到。

收回目光前，姜好却好像看见了一个熟悉的身影。

再抬眼，眸光一亮，在看清前排坐着的男人后，她竭力压住眼中的惊诧。

明明说过不会出现的陈嘉卓，此时穿着一身正式的银灰色西装，坐在靠前的角落位置。他独身一人依旧引人注目，与她对视上时，配合她故作严肃，嘴角却有很难压下的一抹笑。

姜好的心跳得很快，没有分神，低下头找回状态，等待演出开始。

一曲终，乐手们一同在掌声中鞠躬离场。

姜好几乎是小跑着来到后台找到手机，给陈嘉卓拨过去电话。

电话接通，陈嘉卓说他已经离席，先去外面等她。
"你慢慢来，我不着急。"
姜好挂断电话，和曲颂悦说了一声，待会儿如果有人找她，帮她解释一下她有急事先出去一趟。
"怎么了？"曲颂悦看她急匆匆的，有些不明所以。
"外面有人在等我，我回来再和你说。"说完，姜好捞上羽绒服，一边穿一边往外走。

陈嘉卓来得急，车子就停在地面停车场。他走到车旁站定，低头回何原发来的消息。
港城直达这边的飞机要三个半小时，他提前从年会离场，后续需要他出面的流程全部由何原接手。
何原小心翼翼地告知他，陈董很生气。
陈嘉卓面上无波无澜，回复何原："我回去后会当面和他说。"
没有等多久，再一抬眼时，他从后视镜看到悄悄朝这边走近的姜好。
心中的阴霾一扫而尽。
他在她离自己只有一步之遥时转身，将张开双臂准备偷袭的女孩抱个满怀。
姜好惊呼一声，抬头看他。
陈嘉卓今晚不知道是从哪儿赶来，好像专门做过造型，黑发朝后梳，出挑五官尽显，是姜好见过的，将英气和内敛结合得最好的长相。
她嘟起嘴："你是不是骗我，害我偷偷失望好久。"
他歉意一笑："没有故意骗你，一开始确实不确定能不能赶过来，怕提前说了，做不到你会更失望。"
月色皎皎，路灯凛白，他细心将她一路跑来被风吹乱的长发理好。
姜好点点头，软下目光，也能理解他的用意。
"你怎么进来的，没有票怎么还坐得那么靠前？"
"电视台会给一些企业邀请函。"陈嘉卓解释得简短，但显然他的公司位列受邀企业之中。
姜好的演出服都来不及换下，只在外面套了一件长款的黑色羽绒服。
陈嘉卓视线下移，目光触及她裸露在外的小腿，她穿一双平底浅口鞋，细瘦脚背也露在外，冻得泛紫。
"怎么穿这么少就出来？"语气中没有责备，只是带些无奈。
他打开车后座的门，让她先上去。
拥抱没有因为短暂的分离而失温，姜好坐进车里，陈嘉卓也侧身一起进去。
车门关上，他担心她着凉，探身将空调打开。
分别几天的思念，和今晚他忽然出现的惊喜一同发酵，姜好主动攀上陈嘉卓的肩，用尽这段时间积攒的经验吻他。

陈嘉卓起先还收敛着力度回应，直到感受到她温软的舌抵在牙关前，趁他不备，灵活又毫无章法地探入。

唇舌纠缠，他掌心扣着她的后颈，施了力不让她后退分毫。

姜好方才在外冻得发颤的小腿在极短的时间内回温，单鞋轻易掉落。

不出意外，她先撑不住，舌尖发麻。她掌心抵在陈嘉卓的肩上用了点力，他感受到她的推拒后便退开，片刻后又凑近，轻碰她的唇以作安抚。

姜好吞咽一下，搂着他微微喘气。

静静相拥许久，塞在羽绒服口袋里的手机忽地开始响动，有电话进来。姜好不想动，倚在陈嘉卓身上，让他帮她拿出来。

陈嘉卓摸到手机，也看到上面的来电备注。

姜好随口问句："谁啊？"

陈嘉卓没有说话，只是将手机递给她。

是祝樾。

看到他的名字时，姜好忽然一顿，又去看陈嘉卓，他没有很明显的情绪，只是问："不接吗？"

姜好"哦"一声，一时不知道怎么办。

想了想，她还是按了拒接。

电话被拒接后，连绵急促的嗡声消失，车厢恢复一片阒静。姜好看到曲颂悦的消息，说待会儿有采访，记者要拍集体照，问她什么时候回去。

这条消息陈嘉卓也看到了。

他低头，从车座下找到姜好掉落的平底鞋，一只手握着她的脚踝，帮她穿上。

姜好有些无措，手放在膝上，垂眼看他。他今天戴了她送的领带夹，见面前平整的衬衫领口在接吻时被她扯得有些乱，他没有顾得上去整理，在认真给她穿鞋。

穿好鞋，陈嘉卓又帮她把羽绒服的拉链拉到顶，遮住她领口的纤细锁骨。

"去吧，我在车上等你。待会儿出来要穿多点了，外面很冷，不要着凉。"

姜好的手搭在车门上，临开门前又转过身："那我先下去了，我很快回来。"

陈嘉卓点头，眼底沉静。

往回走时，姜好心里空落落的。

回到电视台的大楼里，她从侧门重新进去，径直往里走，还没到化妆间时，便远远看到站在后场的曲颂悦朝自己招手。

姜好快步走过去，看到记者时脚步微顿。

曲颂悦拉她到自己身边，在她耳边悄声问："你去哪儿了？刚刚有人来找你。"

姜好疑惑地看她意味不明的样子："谁来找我，有什么事吗？"

"祝樾。"曲颂悦指了一下身后的化妆间，"里面还有一束花，他送的。"

这还是她第一次见到祝樾真人，比之前在网上见到的照片都要好看，带些精致的俊逸，来时穿一件挺阔的格伦格大衣，公子哥儿气质很足。

姜好没去拿花："他人呢？"

曲颂悦朝四周看了看："他没找到你，就把花放下先出去了，叫我们帮忙转交给你。"

姜好抿唇，注意到记者看过来，她不太想近距离上镜，将头偏过去。"采访结束了吗？"

"结束了，副团长做代表去发的言。还没有拍大合照，你再等一下。"

曲颂悦说着，像是发现什么："哎？你口红怎么花了，喝水了吗？"

姜好拿手指碰一下唇："没事，反正要卸了。"

一进化妆间，角落的椅子上果然放着一大捧玫瑰，娇艳欲滴。

化妆品都是化妆师统一带来的，不知道是刚刚在外面吹了冷风还是她用不习惯，感觉脸上很干。

姜好问曲颂悦借了卸妆水，坐在镜子前把脸上的淡妆卸掉。

卸妆时，她一直在想着陈嘉卓，回忆他方才似有若无的沉闷情绪。

他这个人不习惯主动将心事说出口，而她又猜不准。

姜好丢掉卸妆棉，拿起手机给妈妈发消息，和她说自己今晚先不回家。

好在她妈妈给她足够的私人空间，没有追问原因，只叮嘱她不管有什么事都尽量早点休息。

卸完妆，表演团的人也到齐，姜好和他们站到一起拍了张很正式的大合照。

一起排练这么些天也生出感情，大家商量着后面找个时间好好地聚在一起吃顿饭，今晚太迟了，只能先暂时作别。

姜好记着陈嘉卓的话，把演出服脱下换回自己的衣服，拉开外套的拉链时，忽然瞥见颈侧靠近锁骨处的淡淡红痕，陡然想起刚才在车上，他掌心放在她的脖颈处，指腹不断揉着的就是这块皮肤。

她换好衣服便拿上手机往外走，曲颂悦在身后扬声提醒："花忘记拿了！"

姜好没忘记，回头看一眼："我不要了。"

她解释一句："我恋爱了，不方便收。"

曲颂悦诧异："什么时候的事？"

姜好弯一下唇："没有很久，不过我希望会长久。"

"我猜猜，是不是那位和你认识很久的陈总？"

姜好眨眨眼，不言而喻。

"我就说！"曲颂悦一脸"嗑到真的了"的表情。

姜好挥挥手："我先出去了，他还在等我。"

前前后后，在里面待了快半个小时，再次到室外，外面又冷了一个度。裹着冰碴的冷风吹在脸上时，姜好才恍惚间发现下雪了。

抬头看，夜色浓稠，像被冻住般凝滞的墨蓝，密密匝匝的雪点缓慢飘落。

她往前走，就快到陈嘉卓停车的地方时，却看到了祝樾。

他面前站着的是陈嘉卓。

心几乎是骤时变沉，姜好离得远，不知道他们在说什么，但祝樾微昂着下颌，陈嘉卓神色冷然，两人看上去绝对不算和谐。

姜好攥紧手机，走过去："你们……"

祝樾闻声回过头，眼中情绪复杂，抬手指着陈嘉卓，视线在姜好身上："小好，你和这人在一起了？"

他上次就看出她和陈嘉卓之间绝对有什么，但总不愿意承认，直到刚刚出来，无意中发现这个人竟然也在外面。

几次三番被使绊子，这回单独撞见，祝樾不是好性子的人，上前与陈嘉卓对峙，却被对方从容告知已经和姜好在一起，不想与他起冲突。

这个消息连同陈嘉卓那句道貌岸然的话，都令祝樾生出一种有火发不出的烦闷。

祝樾不尊重人，姜好也不和他客气，少见地板着脸，蹙眉发问："祝樾，你指什么？"

"我指什么？"

她站到陈嘉卓身前的位置，以一种维护的姿态将他挡在身后。祝樾再也忍不下去，愠怒道："你怎么不问问他做过什么，我去年的那条绯闻就是他找媒体弄出来的。"

祝樾一笑，拳头却攥紧："陈嘉卓，你敢说你没做过这些？"

陈嘉卓没回答，姜好了解他，这样就算是默认了。

她脑中乱哄哄的，埋不清头绪，不知道那件事怎么会和他有关。

祝樾抓到她眼中一闪而过的茫然，硬声继续说："居心叵测，你以为他是什么好东西。"

"你觉得自己是好人？"陈嘉卓反问他。

这氛围太剑拔弩张。

"小好，我们谈谈。"祝樾沉默几息，转而好像想开，打破僵持不下的局面。

姜好有些犹豫，可问题总要解决。

想了一会儿，她对陈嘉卓说："你先回车上吧。"

陈嘉卓见她转过身，以为她不会答应祝樾，却听到她让自己先回去。欲抬起的手握了个空，他忽然后怕，低低问一句："你还回来吗？"

他没有理由阻拦，只是有点固执地垂眼看着她。

他眼底的若有所失让姜好意识到，陈嘉卓一直对这段关系没有安全感。

下落的雪有变大的趋势。

姜好想起陈嘉卓说过，港城从不下雪。

他为她来到一个冬天会下大雪的城市，今晚也不知道是抛下了什么要事，长途跋涉地赶来陪她跨年，看一场无关紧要的演出。

她怎么舍得将他一个人留在这天寒地冻中。

姜好的犹豫已经说明答案。

祝樾偏过头。他一向骄傲，此时也不甘落于下风："算了，我还有事，明天再说吧。"

他转身离开了。

坐上车，陈嘉卓送姜好回家。一路上，他话很少。

进小区后，姜好在下车前问他："你要不要跟我一起回家？"

陈嘉卓脸上有丝错愕："你不生我的气吗？"

"我为什么要生你的气？"姜好不解。

"因为祝樾的事。"他不想再提起祝樾，可总绕不开。

姜好等陈嘉卓将车在车位上停好，她和他一起下车。

外面的雪下大，冷空气呛鼻。

陈嘉卓在西城过完了几个夏天，这还是他在这儿的第一个冬天。

姜好伸手，又牵起他的手，带他回了自己那儿。

她继续之前断开的话题。

"祝樾和那个女艺人的事情，我一开始就清楚真相是什么，也知道他澄清的都不是实话。"

至于陈嘉卓为什么会参与那个绯闻事件，姜好在路上大概能想明白，他那时以为她和祝樾在恋爱，应该是怕她被蒙骗。

"我从前和你说过，我不要为爱情化成泡沫，那一直都是我的观念，即使我从始至终不认识你，我也不会和祝樾在一起。"

她说："你介怀这些，我能理解。"

姜好不担心他介意，而是担心自己处理不好会让他伤心。

陈嘉卓摇头，有些自嘲地袒露自己的想法："我承认，我很嫉妒他能比我先认识你那么多年，更嫉妒他曾经得到过你的照拂。

"但是小好，我知道这是你人生的一部分，我不能磨灭。"

他喜欢的是完完整整的她，而她完整的人生不是从遇见他开始的。

为一己私欲去否定她的过往，那仅仅是占有欲作祟，而不是真正的爱。

陈嘉卓说完，她动容得想哭，闷闷地抱了他一会儿。

他是最好的爱人。

他们起初在沙发上并排坐着，但扭着腰的姿势不舒服，姜好动一动，最后被他抱到腿上侧坐。

"这样会不会好点？"

姜好点头。

零点早就过去，现在已经是半夜。今天一整天又是排练又是正式演出，她累了，早就困得不行，但总觉得才和他见到面没多久，根本不想这么早就分开。

她依赖地搂住陈嘉卓的脖子，为了让自己清醒，一直找话聊。

"你今天回来，会不会耽误那边的工作？"

"不会，公司不止我一个人，而且何原能力很强。"

"那边是不是不冷？"

"嗯，白天还在穿衬衫。"

…………

聊着聊着，姜好声音逐渐变小，直到眼皮变沉，呼吸逐渐均匀，搂住他脖子的手也泄力，松松搭在他肩上。

她对他还真是百分之百放心。

就着这个姿势，陈嘉卓一只手放在她的膝弯，将她打横抱起，轻手轻脚地送回卧室。

姜好睡得沉，这么一连串的动作下来竟然都没惊动她。

陈嘉卓给她盖上被子，坐在床边看了一会儿，替她调好暖气的温度，才轻轻合上卧室的门离开。

翌日早晨，姜好是被热醒的。

她睡相很好，不怎么乱动，昨晚没脱毛衣就睡了，暖气开着，被子又盖得太严实。

额前密密的一层汗，姜好一把掀开被子，在床上躺了一会儿，昨晚的记忆慢慢开始回放。

她怎么记得自己明明上一秒还坐在陈嘉卓腿上来着。

一个晚安吻都没有酝酿出来，反倒一觉睡到天亮。

是谁抱她到卧室的床上，还将被子盖得这么周整，根本不用多想。

姜好坐起身，摸到手机，刚解锁便看到陈嘉卓的留言，让她睡醒了和他说。

她给他回消息，说已经醒了。

他买了早餐，问现在方不方便过来。

当然方便。

姜好让他自己开门进来就好。她回完最后一条，匆匆下床，跑进浴室洗漱。

还好昨晚提前卸了妆，没有带妆睡觉。

洗完热水澡，从浴室出来，姜好没有出房间便听到客厅的响动。

估计是在外面坐了一会儿，见不到她的人影，陈嘉卓走到卧室门口，轻叩她的房门。

"小好？"

房门应声打开，姜好探出脑袋，裹着白色浴袍，周身有沐浴乳的香气，脸颊泛着氤氲的粉："等我一下。"

见到这样的她，陈嘉卓从门框边往后退一些。他不知道她刚洗完澡，还以为是给他发完消息后又睡着了。

他移开视线："我去客厅等你。"

以前住在她家的那些日子里，偶尔也会在她刚洗完澡时碰到。

夏天穿得又薄，有时是一条精致的花边睡裙，有时是宽松的背心搭短裤，在他眼前晃来晃去，后来熟悉点更甚，晚上她到他房间送水果，被他看的书或者玩的游戏吸引住，便多待一会儿。

十七八岁的年纪，谈得上一句血气方刚，某些入睡前的夜晚，他又常常会想起她。

所以第二回去西城，外公听说后叫他再住回家里，他找借口婉拒了。

姜好换好衣服后从房间出去。

陈嘉卓在餐厅坐着，已经帮她把餐盒都打开。

他带的是早茶餐点，一眼看过去，有好几种花样。

姜好与他坐在同一边，指向其中一盒："这个是什么？"

"红米肠，里面包了虾仁。"

"你吃过了吗？"

陈嘉卓给她递了一双筷子："还没有。想等你一起，也正好还有一点工作需要处理。"

"今天放假哎，还有工作？"

"是港城那边的。"刚好提到，他一起说完，"我今晚还要回去一趟，家里有些事情。"

"好啊，正好趁着假期，你陪陪他们再过来吧。"

陈嘉卓缄默片刻，听她语气天真，不想同她解释太多其中的纷纷扰扰，点了点头说"好"。

姜好："我今天也要去看外公外婆。"

姜好以为他一个人留在这边，原先想让他和自己一起过去，但他要回港，她就没有再说出原计划。

"外面雪停了，路滑，我送你过去。"

姜好问他："你是几点的飞机呢？"

"下午五点多。"

"那我等你去机场后再去。"姜好眼睛一眨不眨地看着他，"我要多和你待一会儿。"

她夹一只虾饺吃，可惜道："昨晚好不容易才见面，我还睡着了，你应该叫醒我的。"

陈嘉卓莞尔："叫醒你做什么，睡觉最重要。"

"嗯……"姜好作势思考一会儿，"叫醒我，我要给你一个晚安吻。"

他还真没想到会有这个，但回得很快："可以换成早安吻。"

姜好行动力很强，在他话落后便倾身，但吻却稍纵即逝。

陈嘉卓没来得及回应，就看她退后坐好，他抬眉，"会不会太敷衍了？"

姜好脸热，不好意思地道："为了防止早安吻变成虾饺味。"

一下午的时间过得很快，没怎么感觉到便要分开。

陈嘉卓去机场前先送她去外公外婆那儿。

分别前，姜好和他拥抱。

车就停在家门口，陈嘉卓摸摸她的脸："不怕被外公外婆看见？"

"看见就看见咯。"姜好很理直气壮，"你又不是什么小混混。"

和陈嘉卓在一起的每一天，她都更喜欢他一点。现在的心情就像是小时候收到喜欢的玩偶，要迫不及待地将他介绍给所有人。

陈嘉卓心尖微微一陷，说："就这样撞见太草率了，我好好准备一下。"

"外公外婆很喜欢你。"像是看出他心底藏而不露的顾虑，姜好轻拍他的背，让他放心。

"我先进去了，你路上也要注意安全。"

"好，到家之后我给你发消息。"

这段时间很忙，姜好有些日子没见到外公外婆了，很想他们。

"外公外婆，我过来啦。"

她还没进门，一边站在客厅外的走道上换鞋，一边扬声打招呼。

玻璃门打开，里面暖气很足，热烘烘的，与室外俨然是两个世界。

外婆听到她的声音便往外走："才来哦，你外公念叨一上午了，说你肯定在家睡懒觉呢。"

"阿樾比你来得早多了。"

姜好从没和外公外婆说过自己和祝樾之间的那些矛盾，现在听到他也在，面上没有表现出什么异样，自然地和外婆撒娇："我昨晚演出结束好晚才到家的。"

外婆一听，心疼坏了，连连点头说："那是辛苦。这两天回来住，好好补补身体怎么样？"

"好啊。"反正陈嘉卓不在西城，她住在哪儿都可以。

姜好挽着外婆的胳膊往客厅里走，看到了坐在沙发上的祝樾。

两人打了声招呼便没什么后话了。

外婆还在感慨："你和阿樾是不是也好久没见了，都长大了，工作忙得没空和朋友见面。"

祝樾说还好："我倒是没有那么忙。"

外公笑了笑："你啊，就是会享受点，工作不忙也好，多点时间陪陪对象。"

祝樾一僵："外公，我单着呢。"

"哦哦。"外公并不吃惊，慢悠悠地说一句，"这倒也是，身边人太多，看花了眼，确实难定下来。"

他边说着，边给姜好倒了一杯热茶。

姜好没有回房间，但靠在一旁事不关己地玩手机，半点都不关心他们在聊什么，和陈嘉卓上次来家里时的表现完全不同。

晚上，祝樾留下来和他们一起吃了饭。

在这边待了大半天，也没有理由再留，祝樾起身告别，说先回去了。

外公拿了两盒酒，叫他带回去给他爸喝："都是之前的学生送过来的。我现在哪能喝酒，小好知道了又要生我的气。"

祝樾接过酒："那我就代我爸谢谢外公了。"

出门前，他看向站在一旁的姜好，眼中有话。

姜好收起手机，走到门边换鞋："外公，我去送送他，一会儿回来。"

别墅区的道路上没有积雪，但是地面湿湿的，姜好穿一双麂皮面的雪地靴，低着头小心避开小水洼。

"你和他在一起多久了？"

祝樾难得平和，两人又像是少年时期的闲聊时光。

姜好自始至终不愿和他针锋相对，也温和地回答他的问题。

"一个多月，但你应该记得，我高一暑假就认识他了。"

祝樾当然记得，她还带陈嘉卓来过自己的生日聚会。

但他那时没有放在心上，只当陈嘉卓是个普通的客人，很快就会离开。

谁能料到几年后，陈嘉卓会横亘在自己和姜好中间。

想到这儿，祝樾忍不住问："你觉得自己了解他吗？关于他的家庭背景，你又了解多少？"

姜好微怔："我知道他是港城人，家里的产业做得很大。"

祝橄轻呵一声，一副不出所料的表情。

"那你知道他家有多复杂吗？他伯父，身边跟了几个女人，这么多年都是一起生活的。他堂弟娶了个歌手，结果结婚三年，生了两个儿子都没有办婚礼，到现在还不被认可。

"或者拿最近的说，他三叔，君懋前老板，有个情人十几年都没能进得去陈家的门。"

祝橄看着她："小好，要过那种生活，你不害怕？"

他说的这些，都是姜好从来没有听说过的事情。

陈嘉卓不和她说这些，她也没有兴趣打听这种家事。

"你说的这些都和陈嘉卓本人没有关系，我就算知道，也不可能把这些事怪到他身上。

"我害怕什么？"姜好停下步子，"他对我是什么样的，我再清楚不过了。"

祝橄觉得她执迷不悟："你认为陈嘉卓很单纯？他既不是陈家唯一的继承人，也不是陈懋最喜欢的孙子，你以为他是怎么坐上那个位置的？这种人狠心起来，那些手段放在你身上，你根本不是对手。"

"那是我的事情！"姜好不想听任何人诋毁陈嘉卓。

她不会向别人解释陈嘉卓有多好，因为偏见一旦形成就会固化，她也没有必要向祝橄证明什么。

"祝橄，你现在说这些，有意思吗？"她那双总是柔和带笑的眼睛，此时只剩冷意。

"因为我不甘心，我不觉得他比我适合你，我也不想让你受伤。"

姜好胸膛起伏："他没有让我伤心过，一次都没有。"

"我之前就和你说过，没有他也不可能是你。"

又沉默一会儿，姜好决定把话说清楚。

"祝橄，在你去年澄清绯闻的那个晚上，我收到几张照片，是你当时的绯闻对象发来的，你和她睡在一张床上。"

话落，祝橄浑身蓦地一震，像是连呼吸都忘记般定住。

姜好记得很清楚，是圣诞前后，她那几天休假，跟着学院里的乐团在当地小镇办音乐会。

那晚就住在小镇附近，临睡前看到一个好友申请，自称是同学。

她没有多想，点了通过。

没来得及问对面的人是谁，那边先发来好几张照片。小镇周边信号覆盖差，她只能耐心等照片加载，时不时点开照片，试试能不能显示。

完整的照片是猝不及防放大在眼前的，姜好莫名感到难堪，但更多的是荒唐感。

她不知道这个人怎么会找到自己，也不知道她在祝橄和这个人的事情中充当了一个什么角色。

姜好没有回复任何话，也没有再看剩下的照片，直接点了删除好友。

第二天又收到对方的申请。像是猜到她不会通过，申请理由那个框里态度诚恳地写满道歉的话，解释说是一时冲动，求她不要把这件事告诉祝樾。

姜好庆幸自己已经不再喜欢他，却难免忍不住失望。

那一次，她开始有了远离他的决心。

当时没有问出口的话，她现在一口气说完："你真的喜欢我吗？有几分真心呢？

"你的感情掺杂太多东西了。爱一个人就把目光放在她一个人身上，这要求很难吗？"

他的爱太不纯粹了。

"小好，我那次……"祝樾没把话说完，此时的任何借口都是在狡辩，他知道自己出局了。

姜好提醒他："我很喜欢陈嘉卓。我不愿意看到他难过，你不要去打扰他，今晚的话也不要让他听到。

"祝樾，我不想我们最后连好好说一句话都做不到。"

良久，祝樾才像是找回呼吸，脊背僵得发酸，哑声道："好。"

夜里，姜好睡不着，抱着被子翻来覆去。

晚上祝樾说的那些话里，姜好对其中一点耿耿于怀。

陈嘉卓为什么不是他祖父最喜欢的孙子呢？

明明他身上有很多好品质。

可想一想，她好像也能明白。有时候偏爱一个孩子，是不需要他多优秀或多完美的，甚至会因为溺爱而忽略他的不足。

陈嘉卓在国外生活那么多年，她没见过也没听他提及有家人过去看他。

虽然这样说显得有些不成熟，但她在十几岁时，就曾被他身上的空寂感吸引过，那感觉就像是偶然发现一处风景很好却人迹罕至的山谷。

那时还谈不上喜欢，只是好奇他，所以想靠近一点。

黑暗中，姜好摸到床边的手机，看了眼时间，快到半夜一点了。

白光刺得眼睛难受，她调暗亮度，给陈嘉卓发了条消息，问他睡了没有。

消息发出去，她没有抱着很大的期望被回复，毕竟陈嘉卓不工作的时间里，作息都挺规律的。

姜好打开台灯，坐起来靠在床头，用手机找了一部电影，准备看困了就睡。

电影刚播完一个片头,屏幕上方跳出来一条消息。

是陈嘉卓的:没有睡。你呢,怎么也没有睡?

姜好惊讶,撑开眼皮,暂停电影去回复他:我睡不着,现在可以给你打电话吗?

这话问得真可怜,陈嘉卓没有再回,而是直接拨来电话。

姜好接通,咕哝着说:"我还以为你已经睡了。"

"晚上有事耽误了一会儿。"听筒里,陈嘉卓的声音格外低沉疏朗,"怎么失眠了?心情不好吗?"

其实也没有特别不开心,但听到他这样轻声的关心,她的喉间忽然有点发堵。

她声气湿湿的,说:"不是,可能是因为晚上睡觉前喝了茶,要熬夜了。"

那边轻轻笑一声,放下心:"没事,我陪你一起熬。"

他和她聊起天,问西城晚上有没有下雪。

姜好说:"没有,但是很冷。你过几天回来,要记得穿厚一点。"

"好。"陈嘉卓应下,又开口,"我这儿在下雨,温度也不是很高。"

他那边很安静,不知道为什么,姜好和他说着话,心就渐渐静下来。

她换了个姿势重新躺好,把胳膊收回被子里,和他说自己的计划:"过几天就是你生日了。这是我们在一起之后给你过的第一个生日,我想认真准备一下。"

"你在我身边就很好了,不用麻烦自己,也不要给我买太贵重的东西。"陈嘉卓担心她花超出能力之外的钱,提前和她说好。

她才工作没多久,他不想她把钱用在礼物上,他什么都不缺。

"知道啦。"嘴上应着,实际上她已经想好要送什么给他。

没聊很久,姜好贴心地提出要挂电话。

"困了?"

"还是不太困,但是这么晚还缠着你聊天,好折腾人。"她谴责自己。

"折腾人?我吗?"陈嘉卓又笑了,"那你多折腾吧,我甘之如饴。"

"我才舍不得呢。"她关掉台灯,"我要睡觉了。"

闭上眼睛前,姜好问:"粤语的晚安是怎么说的?"

陈嘉卓教她:"一般会说'早唞',早点休息。"

姜好"哦"了一声,现学现卖:"早唞,陈嘉卓。"

他声音放轻:"早唞,BB。"

第二天,姜好起床,成功地错过早饭。

家里暂时没有人在,不知道外公外婆去了哪里,她进厨房找了些糕点,再出来刚好看到她妈妈从外面进到客厅。

姜漾之不怕冷似的，穿一件极有气质的束腰大衣，看到姜好在厨房门口，拎着包径直朝她走来。

"你昨晚在这边睡的？"

姜好嘴里塞了半个花卷，不方便说话，点点头。

"前天晚上呢？没去我那儿，是不是去你男朋友家了？"姜漾之语调不严肃，眼里甚至有些打趣的意味。

姜好被震在原地，艰难地咽下没嚼几下的花卷团："妈妈，你什么时候知道的？"

"昨晚。"姜漾之回忆一下自己看到的照片，"个子还蛮高的，就是没看到正脸。"

"嗯？你见过他？可昨晚他不在这边。"姜好一头雾水。

"跨年晚会那天，你跑出去和他见面，被狗仔拍到了知道吗？"

那晚明星多，周边蹲着好几个狗仔，看姜好跑出来，又那么漂亮，还以为是哪位女演员，不管三七二十一就是一顿拍，拍完回去一琢磨，认不出来是谁。

本来以为白拍了，结果其中有个狗仔硬是靠着记忆力想起那上面的人是姜好，于是找了演出表，一个一个看名字去求证，发现猜得没错。

但最后还是没发出来，被姜漾之一个熟人拦下来，又当作人情告诉了她。

姜好听完全程，有些不可思议这一环扣一环的巧合，但她不忘乖乖解释："我那晚没去他家，我回的自己那儿。"

姜漾之笑："什么时候带给我见见？"

姜好扭捏："再等等吧。"

带陈嘉卓见外公外婆可以，但见父母有点太早了，她也担心他会有压力。

"爸爸知道吗？"

姜漾之摇头："没告诉他。"

再怎么说也是女儿第一次恋爱，她忍不住多打听几句："是你上回和我提过的那位？"

"是他。"

"本地的？"

"不是，他是港城人。"刚说完，怕她妈妈觉得远了，姜好立马接上后话，"但他现在在这边定居。"

"港城？多大年纪？"

"大我一岁。"

姜漾之不怎么关心家里的事，但好像记得之前她爸有个学生的小孩来家里住过一段时间，就是港城人，和姜好差不多的年纪。

每个信息都对上了,于是她试探着问了一句:"是不是你外公认识的?"

姜好挺意外她妈妈有印象,没有否认:"你先别和外公他们说,我想自己来说。"

"行。"姜漾之心里有了点底,大概了解了,没有一次性问太多。

姜好却主动提起陈嘉卓,关于他的事情,她愿意多说一些。

昨晚祝樾的话,还是让她受了一点影响,她担心她妈妈知道以后也会有偏见。

"我在国外读书时,也是他陪我比较多。我上次和你说,我和他认识很多年,不是骗你的,不过那个时候我们没有在一起。

"妈妈,如果以后你们见面,你对他有什么不满意的地方,一定不要当面说好吗?"

姜漾之不知道姜好为什么会忽然说这些,但还是笑一笑,点头答应她。

陈嘉卓生日这天,是在姜好那儿过的。

晚餐从餐厅提前预订好送来,没有让姜好费心,唯一麻烦些的是蛋糕。

她想着总要亲手做点东西,所以从蛋糕店买来了蛋糕胚,好在只有六英寸,没有费很多时间。

陈嘉卓从公司出来得比往常早,进门时姜好正在开红酒。

上次从外公那儿回来时,她要了两瓶酒,今晚正好用上。

开瓶器姜好用得不熟练,一瓶酒摆弄很久都没有打开,陈嘉卓上前帮忙。

"你能喝酒吗?"他不太放心。

姜好很自信:"喝一点当然没问题,今天比较特殊嘛。"

"好。"陈嘉卓开完酒,又帮她倒好。他很公平,两个高脚杯都只有浅浅一口。

"这个度数又不高。"姜好不满,让他多加一点,她坐在餐桌边托腮,手指在玻璃杯上划一道线,"到这儿吧。"

陈嘉卓不信她,盖回木塞,他记得她以前喝果酒都能喝得晕乎乎。

"喝完再添。"

"好吧好吧,寿星最大了。"

吃过晚餐,她从冰箱里拿出自己做好的蛋糕。

淡黄色的奶油,抹面做得粗糙,但能看出来已经尽力修补。整块蛋糕带着一种朴实感,最精致的地方是上面放着的翻糖动物。

两只棕色小熊,是蛋糕店买来的成品。

姜好点燃一根蜡烛，跑去关了灯，整个餐厅一时间只剩下摇曳烛光。
"快许愿吧。"
陈嘉卓听她的话，笑着双手合十。
他单穿黑色衬衫，沉稳持重。这动作对他来说有些幼稚，可他好像真的相信，心虔志诚地说："希望以后的每个生日，小好都能在我身边。"
"你这个愿望太简单了，愿望当然要贪心一点。"
陈嘉卓想说，已经很贪心了。
他十七岁遇见她，在二十六岁生日这天，终于能将这句话说出口。
他没有其他想要的了。

不知道是不是喝了酒的缘故，他的侧脸在烛光下，影影绰绰。
姜好凑近一点看他，还想说话，却被陈嘉卓偏头吻住。
湿湿热热的吻，持续很久。
分开时，她没有忘记祝福的话："生日快乐，陈嘉卓。"
姜好想起自己的礼物还没送，起身去客厅拿过来。
她双手递给陈嘉卓："这是我给你准备的生日礼物。"
他接过来："现在能拆开吗？"
"可以啊。"姜好比他更期待，"你正好打开看看喜不喜欢。"
陈嘉卓打开礼盒，看到一块崭新的手表。
她在一旁碎碎念地解释："那块戴太久啦，有点不匹配你大老板的身份，正好我攒了点小钱，就给你换一块，还挺好看的吧。"
灰绿色表盘，银色表带，配色相得益彰。
确实好看，价格也好看。
六位数的表，对他来说算不上什么，却是她当前能力范围内能给的最好礼物。
陈嘉卓没有问她买完这块表存款还剩多少，低头取下腕上的旧表，戴上新表。
"我说话算数吧，等我有钱就送你一块好的。"
他嘴角勾出好看弧度："算数。"
姜好看着他的眼睛，继续说："你的生日愿望也会实现的，我保证。"
她会陪他很久。
吹完蜡烛，陈嘉卓给姜好切了一小块蛋糕。
晚饭刚刚吃过，她胃里不是很空，蛋糕只吃了几口就松掉叉子。
后来多喝的半杯红酒，后劲渐渐起来，她没有醉，只是喜欢这种微醺的感觉。
姜好趴在餐桌上，枕着胳膊。
六英寸的蛋糕，他们两人各切一块，剩下还有一大半。

"蛋糕要吃不完了。"

陈嘉卓不舍得浪费她的劳动成果："剩下的我带回去。"

"奶油隔夜可能会变质。没关系啦，尝过就好了，下次我买个小一点的。"

她拿起一旁的手机，给自己做的蛋糕拍了几张照片作纪念。

奈何蛋糕实在其貌不扬，换了几个角度拍都丑得很稳定，丝毫没有甜品店里售卖的那种精致出片。

姜好放弃了，在退出拍照模式前却倏然瞥到一旁的陈嘉卓。

于是她将手机对准他，连拍数张。

最后一张照片，陈嘉卓才注意到她在拍他，抬眼看向镜头。

"在拍我？"

"对呀，你是今晚的男主角。"她答。

姜好欣赏成片，这是一组光线、角度都欠佳的照片。

但他长得好，硬是扛住了近得能看见毛孔的镜头，几张照片看着自然，很有生活感。

姜好一张张翻完，发现没有需要删掉的，想了想，又切换镜头，给自己和他拍了一张情侣合照。

突发奇想的自拍，没有提前告诉陈嘉卓，照片里只有姜好笑嘻嘻地看着镜头，而他看不清正脸，只露出挺直的鼻梁和乌长的睫毛，在低头吃蛋糕。

陈嘉卓喜欢这张："发给我一份。"

将纸碟子里剩下的蛋糕几口吃完，陈嘉卓起身简单收拾餐桌，没让姜好动手，让她去客厅休息。

姜好在沙发上整理相册的照片，把没用的照片清掉腾空间，翻着翻着，忽然看到之前偷偷拍下的他在厨房做牛排的背影。

她看看手机，再转过去看看在餐厅收拾厨余垃圾的陈嘉卓，脑海中浮现一个前不久看到的词——人夫感。

可能因为他做什么都仔细，顶着一张表情淡淡的脸，穿黑色衬衫，宽肩窄腰。

腰腹看着很有力量。

姜好正想得出神，那边的陈嘉卓已经收拾好，洗干净手朝客厅走过来。

手上的水擦干净，但手还是冷的，他碰一下姜好的脸，冰得她下意识朝后躲。

"想什么呢？"

"没……"姜好握住他的手，"怎么没用热水洗啊？"

"顺手开了，只是冲一下。"陈嘉卓怕冻着她，要抽回手，却被她紧紧攥住。
"不冰吗？"
她摇头，拉着他的手让他在自己身边坐下。
姜好喜欢和他贴得很近，两人说着话，又续上方才在餐桌上意犹未尽的吻。
淡淡的奶油味，让吻变甜。
她被抱到他怀里坐着，只是没过一会儿，陈嘉卓停下。
"怎么了？"她问得无辜。
他笑，拿走她在他小腹乱摸的手："摸哪儿呢？"
姜好不满："只是放一下而已！"
"我今晚喝了酒。"
"哦。"她不怕，反而问，"会让你失控吗？"
陈嘉卓说不会："会多一个看似正当的借口。"
酒后乱性，从来不是酒的错。
他说着，把她从腿上抱下去。
姜好跪坐在沙发上，悔改得很痛快："好啦，我不摸了。"
陈嘉卓有点无奈："让我缓缓。"
她怔了几秒才反应过来这话什么意思，下意识想去看，但接下来的动作被他预判到，眼前被覆上掌心，变成一片黑暗。
耳边是他的声音："你盯着看，我静不下来。"

生日后没多久，便临近春节。
陈嘉卓要在除夕前一天回港城。家中惯例，要在这一天祭祖。
工作都解决完,他在临走的前一晚去看了姜好今年的最后一场演出。
春节前夕，来听音乐的人比以往更少，听众席空空荡荡，只有寥寥几人。
陈嘉卓坐在前排，听完全程。
她今天的长发盘成花苞，穿黑色长裙，侧身朝向他的席位，肩颈线流畅柔和，仪态很好，像只优雅的小天鹅。
第三个乐章结束时，乐手稍作休息，姜好偏过头，朝听众席望去。
陈嘉卓眉眼认真，视线没有从她身上离开过一秒。
他是属于她的，最忠实的听众。
············
演出结束，姜好和乐手们跟着指挥手一起鞠躬后退场。但她没有顺着乐手专用的通道回休息室，让曲颂悦帮她把大提琴带回去，她自己绕到前面，因为提前和陈嘉卓约好在音乐厅的出口见。
快走到出口处的时候，姜好已经看到等在那边的陈嘉卓。

她抿唇笑，走得很快，垂下的裙摆因为加快的脚步往后扬，离陈嘉卓只有几步之遥时，忽然被人从身后叫住。

姜好回头看，一个有点眼熟的年轻男人朝她走来。

可能是看出她眼中的疑惑，那个人面露失望："姜好，你不会不记得我了吧？"

姜好是真的没有想起来："你是？"

"我们年初还见过来着。"他提醒，"李叔叔和我爸一起吃饭那回。"

姜好这才有点印象："哦，你是耿叔叔的儿子？"

他爽朗地笑起来："哎，对了，是我。那再自我介绍一遍吧，我叫耿陆。"

姜好不记得他，但知道他父亲，和她爸爸是生意伙伴，两人关系还不错。

也因此，她不好将人晾在一边，边朝陈嘉卓那儿走了两步，边礼貌回话。

"好巧，刚刚那场你也在？"

耿陆不好意思地点头，多解释一句："也不巧，听说你在，专门来的。"

这话说完，气氛就不对了。

偏偏离陈嘉卓这样近，他在一旁，一句话不落地听完。

他没有再等在原地，而是走上前，不带情绪地看一眼耿陆，目光自然收回，给足尊重，不做任何宣示主权的动作，只是站到姜好身边，问她："小好，你朋友吗？"

姜好反应过来，回说是朋友。

两人站到一起，肢体语言骗不了人，看着很登对，不用多想也能猜出是什么关系。

耿陆明显愣住了，他来之前明明打听过姜好还是单身的。

而现在在她身边的男人无论是样貌还是气质都不俗，他不自觉地暗暗对比，然后很有自知之明地知道自己输的不止一点。

姜好跳过他刚刚那句意味不明的话，客气地道："下次再来的话可以提前和我说，我帮你挑个好位置。"

"哦哦，好。"耿陆摸摸头，总算自在点，装作无意地看看陈嘉卓，"这位是？"

"我男朋友。"姜好介绍。

陈嘉卓朝他颔首："你好。"

耿陆也回了句问好，之后便找个借口离开。

看着那道背影匆匆忙忙走远后，姜好挽住陈嘉卓的胳膊，长舒一口气："还好你在，不然这次要尴尬了。"

175

这种场面，向来难应付。

"我不在呢？"陈嘉卓问。

"那就只能直接点拒绝了。"姜好和他分享经验，"没和你在一起的时候就找借口说自己有喜欢的人，现在方便啦，告诉别人我有男朋友就行了。"

一般的正常人，听到这两个理由都不会再纠缠下去。

说完，姜好意有所指地问："学会了吗？"

她的意思是，如果有人对他示好，他也要这样拒绝。

下午时曲颂悦和姜好吐槽，说她家里人最近在给她安排相亲，正好临近春节，大家都快放假了，在家待着，很适合见面。

当时姜好莫名地想到了陈嘉卓。

他那种家庭，如果被安排相亲，估计都是能联姻的势均力敌的家庭。

她问的话，陈嘉卓能听懂。

他点头说学会了。

虽然不知道姜好想到什么才会有这样的顾虑，但他可以给出一个绝对承诺。

"你之前问过我能不能接受没有爱情的婚姻。"

姜好记得，这是刚重逢没多久时她随便聊到的一个问题。

陈嘉卓说："我对婚姻的标准只有一个，就是对象只能是你。"

她问："可如果我和别人结婚了呢？"

这假设让他心口忽地一滞，因为更早一些的时候，他想过这个结局。

陈嘉卓告诉她："那我会一直一个人生活。"

第七章 黄粱美梦

除夕夜,照旧是在外公外婆家。

年夜饭很丰盛,湘姨张罗一整天,加上她爸爸也过来帮忙,晚上七点时,餐桌上被各式各样的菜摆满。

姜好溜达过去,举高手机拍下年夜饭,分享给陈嘉卓。

快到开饭时间,家里人都聚在餐桌附近,不方便通电话,发完照片姜好就收了手机,专心陪外公外婆。

吃过午夜饭,一家人留在客厅聊天。

除夕这天有守岁的传统,不过外公外婆毕竟年纪上来,所以晚上十一点多还是陆续上楼睡觉。

明天一早表舅一家还要过来这边拜年,姜漾之多坐了一会儿,和李闻来说了几句话,便先回房间休息了。

快到零点时,客厅只剩下姜好和她爸爸。

李闻来待会儿要回自己那儿,他与姜漾之和好但还没有复婚,不方便在这边留宿。

这会儿时间不早,姜好把电视的声音调小了点,问:"爸爸,你现在走吗?"

李闻来笑了笑:"不急,爸爸陪你再坐一会儿。"

"好啊。"姜好一边剥橘子,一边看电视。

姜好准备守岁到零点才回房间,她还不困,而且和陈嘉卓约好,等她有空了就给他打视频。

趁着没人,李闻来看看身旁的女儿,也想和她谈谈心。

他温声开口:"小好,爸爸听说你恋爱了,怎么没听你和家里人提过?"

"妈妈和你说的吗?"突然谈到这个话题,姜好有些没准备。

"你妈妈比我先知道?"李闻来惊讶地扬眉。

他佯装失意:"我这消息还怪落后的。"

姜好怕他觉得自己差别对待,连忙解释:"妈妈确实比你早知道一点,但那是意外。"她声音变小,"我对谁都没说来着。"

她心里嘀咕,果然纸包不住火,这才几天啊,她爸妈竟然都知道了。

但姜好也没有想瞒死的打算,干脆承认,又问爸爸:"你是从哪儿听来的?"

刚问完便想起两天前见到的耿陆,她先猜:"耿叔叔那儿吗?"

李闻来点头。

"爸爸没其他意思,你这个年纪呢,谈恋爱太正常不过了,而且听耿叔叔的那意思,好像你男朋友还挺优秀?"

姜好翘翘嘴角,与有荣焉地默认了。

橘子剥好,她一分为二,递给爸爸一半。

其实李闻来了解到的不止这些,包括陈嘉卓的身份他也清楚了。

那晚耿陆回家,越想越觉得好像在哪里见过姜好男朋友,最后也叫他记起,那是君懋新调任的总裁,他曾在峰会上见到过。

他和他爸爸说起,第二天他爸爸就转告给了李闻来,话里话外都是你家女儿真了不得,谈了个货真价实的金龟婿。

李闻来对此不表态,也没有因为陈嘉卓的身份而感到任何欣喜。他不在意对方是谁,更不可能借着女儿的人脉拿资源。

他唯一的要求就是这个人的人品必须好,对姜好用心才是实在的,其他的都是次要。

姜好吃完半个橘子,注意到爸爸坐在一旁似乎还有话要说。

"爸爸,你是不是有什么想和我说的,直接说就好啦。"

李闻来想了想,有些话,现在说还太早。

他和姜潆之一样,没有在这个话题上多停留。

父女俩又谈了些别的,时间不知不觉地过去,再抬头再看墙上挂钟时,已经很晚了。

李闻来拿起车钥匙准备回去。

外面冷,李闻来不舍得姜好挨冻,于是她将他送到正厅的大门处就回来坐下。

零点早已过去,她拿起手机准备给陈嘉卓打视频,但在点开聊天窗之前,她先注意到一条到账信息提示。

姜好惊讶地盯住手机屏幕,不过很快就搞明白这笔巨款是谁发来的。

视频打过去,陈嘉卓接通,先和她说"新年快乐"。

姜好也脆生生地祝他新年快乐。

"我刚刚在和我爸爸聊天,没空看手机。你怎么给我转了那么多钱啊?我这下真的一夜暴富了。"

他轻笑一声:"晚上吃饭时,家里有小孩子找我讨红包,就想到也要给你一个。"

"太夸张了。"她说完,在沙发上坐直,语气严肃了一点,"我觉得太多了。"

这些钱都能在西城的好地段买一套大平层了。

"家里杂事多,我这几天抽不出时间给你挑个用心的新年礼物,送个红包偷偷懒,你有什么喜欢的,也可以自己去买。"

上次她给他买手表,陈嘉卓一直记在心里,他担心她手头会紧,早就在想找机会给她一些添补。

这回算在新年红包里,刚好有个合适的理由。

"那我先攒起来。"这是他的心意,姜好没有再推辞。

说完这个,姜好才分出注意力去打量他身后的背景。他应该是在房间里,房间的装潢看起来很不错,只是空空荡荡的。

"你在家里吗?"

陈嘉卓看到她往自己身后看,往旁边侧了一些,拿起手机,让她的视野更开阔。

"在我爷爷这儿,我在自己的房间。"

陈嘉卓给她展示完房间,重新坐回软椅上,将手机放在桌子上调了角度靠着。

姜好看到了房间的全景,好奇心得到满足,视线又回到陈嘉卓身上。

那边温度适宜,他在室内只穿一件暗红色的圆领衫,有些复古调的色系,和他的气质适配,翩翩公子,矜贵清隽。

正要说话时,姜好听到他房间外面好像传出一声不小的动静。

陈嘉卓也听到,朝那边看了一眼。

"怎么了?"姜好凑近手机,不过视角有限,什么也没看到。

"等我一下。"陈嘉卓起身,走去打开房间的门。

开着门一眼什么也没看见,他低头才发现腿边站着的小男孩,四五岁的年纪,拿着开核桃的锤子四处敲。

显而易见,刚刚那道声响就是他造出来的。

没等陈嘉卓说话,楼梯口那边跑上来一个中年女人,是带孩子的月嫂,连忙不停道歉,说小少爷白天睡太久,晚上睡不着才出来玩了一会儿,结果一会儿没看住,就差点闯祸。

她把孩子抱起来,要往外走,怀里的孩子却突然对着陈嘉卓大喊大叫:

"我讨厌你!

"大坏蛋抢走我爸爸的钱!"

月嫂大惊失色,捂住小孩的嘴,甚至来不及道歉便匆匆离开。

小孩说的是粤语,又咋咋呼呼,姜好一句都听不懂,只知道很吵。

很快,陈嘉卓回到视频范围内。

姜好问他是怎么回事。

他面色如常,没什么可计较的,和她解释:"小孩子砸门。没事,已经被抱走了。"

"熊孩子真是到处都有,他家长都不管吗?"

他家长?陈嘉卓想到那位野心很大但能力有限的堂兄。

"估计顾不上管吧。"

毕竟,刚得到爷爷的授意进公司,肯定要铆足劲大展拳脚。

一个还没上学的小孩能懂什么,刚刚那孩子能说出那种话,足以说明他那位堂兄私底下的做派。

姜好听他这样说,立刻想到任由孩子作威作福、不负责任的家长。

她气鼓鼓地替陈嘉卓打抱不平:"没礼貌的小孩真烦人,你今晚没给他红包吧?"

他被逗笑:"不太记得了,今晚来的小孩还挺多的。"

陈家家大业大,旁系多,他爷爷年纪大了之后也愿意家里热闹点,所以今天家里来的人不少。

红包是何助理准备的,他拿给小孩子们时也没有太留意。

陈嘉卓对小孩一直都挺有耐心,姜好是知道的。

她感慨:"我觉得,你以后肯定能把你的小孩教得很好。"

他一顿,抬眉:"我的小孩?"

姜好面热,知道他是什么意思,故意不接他的话。

第二天一早,姜好起床时,表舅一家已经过来了。

她昨晚睡迟了,今天也起得迟。

洗漱完下楼,湘姨给她热了一碗酒酿圆子。

姜好一个人坐在餐厅吃,偶尔听听客厅那边的几位长辈聊天。

逢年过节,长辈们凑到一起的话题就那么几个,聊聊孩子成绩,再关心关心适龄晚辈的婚姻大事。

在场符合条件的就只有姜好一个人,说来说去,话题中心全变成她一个人。

舅妈说到自己一个同事的儿子,本科在国内Top3高校,国外名校读了硕,在做工程师,也是去年刚回国,比姜好大三岁。

"家里条件很不错的,和小好差不多,父母做生意,独生子,主要是人我也见过,长得很清秀。"

舅妈不是爱做媒的人,能让她主动提起的,肯定不会差到哪儿去。

姜好往那边望一眼,这一看,正好和舅妈对上视线。

舅妈以为姜好也有那份心思,热情翻倍:"小好啊,你要是想见见,舅妈明天就给你安排见面。"

姜好差点呛到,咽下圆子摆摆手说不用了。

好在舅妈不是自作主张的人,看姜好拒绝得干脆,确实是没有那意思,便没有追着要继续介绍了。

姜好吃完酒酿圆子,拿手机刷了刷朋友圈。从昨晚到现在,好友动态更新很多条,有的晒年夜饭,有的晒红包,还有的晒打牌战绩。

她翻了一会儿,想了想,点进自己的相册,找了几张照片凑齐九宫格,也发了一条朋友圈。

九张照片中的一张,是给陈嘉卓过生日那天拍下的合照。

这照片恰到好处的地方是陈嘉卓没有露正脸,即使被人传出去也不会影响到他。

陈嘉卓不常用微信,更别说看朋友圈。

看到姜好那条动态时,他刚从他爷爷的书房出来,被堂兄陈胜恺拦下,假模假样地替昨夜捣乱的儿子赔不是。

陈嘉卓还没仔细看清楚照片,只来得及看完姜好配的文案。

——我喜欢的一切。希望在新的一年越来越好!

陈胜恺话里有话:"嘉卓,这么晚还来找爷爷?怪我,下午因为新港口的事,和爷爷商量太久。"

"有事吗?"陈嘉卓掀掀眼皮,没兴趣同他演兄友弟恭。

"我听家里阿姨说昨晚轩轩打扰到你了。唉,这孩子给家里人宠坏了,不太懂事,要是说了不好听的话,你别太往心里去。"

陈嘉卓不至于迁怒小孩,更没有借题发挥的打算。

他说了句"没事",便低下头看照片。

耳边陈胜恺还在说着夹枪带棒的话,他不接茬,一张张看姜好分享的日常照。

演出的舞台,喜欢的曲谱,好看的夜景……

还有他。

陈嘉卓翻动照片的手指定住,眼中染上笑意。

陈胜恺正说到让他以后在公司相互关照,见状,猛地止住话头,防备得严阵以待,以为陈嘉卓要说出什么话来反讽。

结果陈嘉卓只说了句"可以",便抬脚离开,脸上甚至还有笑。

陈胜恺没料到这个喜怒不形于色的堂弟,竟然也学会了做场面功夫。够高明的。

那么阴阳怪气,他竟然还笑得出来?

陈嘉卓只在老宅待了三天,年初三一早便准备离开。

从他去西城之后,每次从这边离开,他爷爷都要动一次怒。

一两次还好,老爷子年纪大了,陈嘉卓也能耐下性子顺顺脾气。但次数多了,他也有些倦怠,失了耐心。

所以这回陈嘉卓挑了个他爷爷去后湖边练拳的时间点,不然正面碰见了,爷爷又要气得冒火。

下到一楼,有用人上前,问他现在需不需要早餐。

陈嘉卓摆手,多停一步留话,叫用人转达他提前离开的消息给他爷爷。

话还未说完,门厅处传来一声冷嗤。

抬眼看去,穿一身白色太极衣的陈懋从那边走过来。

陈嘉卓面色不改,被堵个正着也不心虚。

陈懋背着手,缓步走到他面前:"又要往那边跑,在这儿多待会儿像是能要了你的命。"

这话几乎是一个字一个字地往外蹦,能听出明显压着火气。

"回我爸妈那边。"陈嘉卓解释。

听他这样讲,陈懋脸色稍霁,只是还没开口,陈嘉卓又说:"我后天回西城。"

"死性不改!"陈懋怒目叱骂,吓得站在附近的几个用人悄悄走开,不约而同地避开这场面。

陈胜恺不知道是在哪处躲着看戏,此时闲庭漫步地出场:"怎么了这是?爷爷,消消气。"

目光看向陈嘉卓,他忍住看笑话的语气,像个知心大哥般教训他的不是。

陈嘉卓没分给他一个眼神,看向别处。

穿背带裤的胖小孩从楼上"噔噔噔"跑下来,远远便叫着爸爸,跑到陈胜恺跟前,嚷嚷着要吃巧克力。

陈胜恺这会儿知道教孩子懂礼貌了:"轩轩,和太爷爷打招呼没?"

轩轩被他爸爸盯着,老老实实地叫了一声"太爷爷好"。

在孩子面前,陈懋面色缓和些,拍拍曾孙的头,叫用人带着去找巧克力。

看看曾孙，再看看站在一旁事不关己似的陈嘉卓，他沉思片刻，像是想到什么。

"你跟我来书房。"说完，他头也不回地往楼上走。

陈胜恺没说上几句话，暗自不爽，但面上不显，装得淡然大方，朝陈嘉卓露出一个笑，瞧着阴恻恻的。

莫名其妙得让陈嘉卓瞥他一眼，但没有搭理。陈嘉卓往旁边走了几步，不紧不慢地回了条消息，才迈步往楼上走。

进了书房，陈嘉卓关上门，规规矩矩地站着。

陈懋在窗前，听到他进来，转过身走到书桌旁。

"你大哥的孩子都这么大了，你呢，准备几时成家？"

这个话题，他爷爷还是第一次在他面前提起。

陈嘉卓说："我决定不了。"

"你决定不了？"陈懋冷哼一声，嘲讽道，"还有你陈嘉卓决定不了的事？我还以为你什么都替自己安排好了呢。"

这话还是在生他一意孤行去西城的气。

陈嘉卓不接话，但他说他决定不了的意思是，什么时候结婚是由姜好说了算。

"郭家那边，有个小女儿和你差不多大。我想起来他们家前段时间在我面前问过你，估计是有那方面的意思，你找时间去见见，要是合适就早些定下来。"

省得他天天不知道在想什么，在这边成家后，有了孩子也能安分点。

陈嘉卓听完便拒绝："没必要见。"

"没必要？"陈懋一拍桌子，"那什么有必要？"

"陈嘉卓，我现在对你很失望，不要逼我把事做绝。你若是死性不改，我会安排几个人跟着你回西城。"

陈懋一开始真以为他是为了处理君懋的事情才去的西城，当他是有野心，乐见其成，后来才慢慢回过味来，他明显醉翁之意不在酒。

陈懋抬手指着陈嘉卓："你来说说，你到底是怎么打算的？"

陈嘉卓记得自己不止一次说过对未来的安排。

在西城定居，港城这边的公司管理他也会兼顾，如果出什么问题，他会负责。

只不过他爷爷不接受，那这些话再重复几遍也无意义。

"爷爷，您问多少遍，我说过的都不会变。"

"好，好。"陈懋慢慢点了点头。他比谁都清楚陈嘉卓的性格，看着温和，但有说一不二的狠劲，是个天生的决策者。

这份果决，曾经正是他欣赏的点，却没想到会有一日，轮到他自己受制于其中。
话锋一转，陈懋沉着脸："你是真觉得我现在拿你没办法了？"
陈嘉卓没被威胁到分毫，用着任凭处置的态度回话："我没想过专权擅势，以后也不会。况且，您不是已经安排了大哥进公司？
"大哥在分公司待了这么些年，应该历练得差不多了，而且还有姑姐带着他。"话说到这个份上，他不再顾忌什么，"要是担心大哥能力不够，可以让陈煜朗也进来帮衬着，正好您也最满意他。"
陈煜朗是他小叔的孩子，也是众所周知的，他爷爷最偏爱的后辈，可惜没按照期望发展，有点小聪明，追求新鲜，和几个朋友在外面创业开了家小公司开发游戏，入不敷出也倒贴着继续做下去。家里的钱够他挥霍，父母溺爱，自然无拘无束，什么都不需要考虑。
虽然不务正业，但客观来说绝对比外强中干的陈胜恺脑子灵活。
陈懋一口气提上来，缓缓站直："嘉卓，你是在怪我偏心？"
"没有。"他很直接地否认。
陈嘉卓没这样想过，他只是点破事实。
很小的时候，他就没有多少对爱的期待，并不是感情淡漠，而是一种习以为常。
完成该完成的功课，达到他爷爷指定的标准，按部就班地长大。
踽踽独行二十多年，他一直在坚定地走自己的路，如今也没变过，包括他离开父母、违逆爷爷，那不是故意为之的冷漠，是既定的选择。
他也只是走向自己爱的人。
陈嘉卓思路清晰，将话题拉回到一开始。
"如果有人再问起，您可以直接和他们说，我不是单身。"
"你这是什么意思？"陈懋眼神一凝。
"我有女朋友，在西城。"陈嘉卓说得简洁明了。

朱毓不喜陈家的氛围，不在那边过夜，除夕当天便和丈夫离开。
过了晌午，陈嘉卓才回到父母家。
朱毓午休起来，见到他独自在餐厅吃午饭。她坐过去，不解地问："怎么这个点才吃？"
"在老宅耽误了点时间。"
朱毓猜到原因："你爷爷找你谈话了？"
陈嘉卓点头，没有往下说。
朱毓也没有多问，看看桌上略微单调的菜式："我让厨房再给你做两道吧。"
"不用麻烦，够吃了。"陈嘉卓没吃多少便松筷。和他爷爷说话太耗神，他有些怠懒地起身，准备回楼上休息一会儿。

朱毓没动,目光追过去,注意到他抬手松衬衣袖口时露出的腕表。
"哎?换表了?"
不怪她大惊小怪,实在是因为对他之前那块表印象太深。
陈嘉卓因为她的话,低头看了看自己的腕表。
"嗯,换了有一段时间了,是生日礼物。"
听他这样说,朱毓才恍然想起他的生日已经过了。
"我记错日子了,还以为是下个月呢。"
朱毓起身,抱歉地说:"嘉卓,我给你补个生日礼物。"
"不用,过去就过去了。"他随意地道,确实觉得不重要。
见母亲面露歉疚,陈嘉卓多安慰一句:"下次生日再说吧。"
直到陈嘉卓上楼,进了房间,朱毓才后知后觉自己忘了问重点。
比如,那个生日礼物是谁送的?
能叫他舍得换掉戴了那么多年的表,绝不会是寻常朋友。

陈嘉卓回来得比姜好预估得早。
他给她发消息说坐上返程的飞机时,姜好还在外面陪喻桃吃晚饭。
喻桃和家人关系极差,今年她父亲的生意出问题,家底亏空,见她回国发展得不错,又惦记起她那点存款。
"我一毛钱都不可能给他。"喻桃和姜好提起时,便咬牙切齿地立誓。
贫贱夫妻百事哀,喻桃她家这个年没过好,她爸和后妈吵得翻天覆地,她只回去待了半天不到就走了。
要不是为了看看热闹,她连半天都不想多待。
"真好笑,我刚回来跟他说我解约需要钱的时候,你知道他和他那个老婆是什么嘴脸吗?就差报警把我送进去了,怕我惹上官司,拖累他们一家人。"
但人被逼急,免不了要做坏事。
姜好担心他们会对喻桃死缠烂打,而且喻桃工作性质特殊,是公众人物,万一他们找上媒体,编造一些她和家人有矛盾的假料,肯定会对她的事业造成影响。
姜好想了一个办法:"要不然你直接搬过来和我住吧?那边有我在,你爸可能会收敛点,我也放心。"
喻桃摆摆手说:"不用。之前就算了,你现在谈个恋爱,我天天跑过去也不像话。"
自从知道姜好恋爱后,她都没有再用过门卡,就怕撞见小情侣亲热。
她笑得狡黠:"你放心吧,我骗他说我解约赔了很多钱,现在还欠着好多债,在给邵裴当牛做马打白工还钱呢。"
姜好还是觉得悬:"你爸能信吗?"

185

"本来半信半疑来着，结果有次来找我要钱，正好被邵裴撞见，我立马开演。邵裴那只老狐狸还挺懂，比我演得更真，还问他要不要看合同。我爸现在信了，短时间内是不敢来找我的。"

喻桃苦中作乐："以后的事以后再说咯，也许我赚得差不多，够养老了就退圈，再和邵裴把婚离了，然后跑远点，满世界玩，谁也找不到我。"

这样想一想，竟然也挺好的。

吃完晚饭，姜好才看到陈嘉卓的消息，知道他已经在回来的路上，笑容不自觉就挂在嘴角，还没和喻桃主动提，就被她看出来。

喻桃"喊"一声，睨她："陈嘉卓啊？"

姜好点头，一时陷入两难境地，有点纠结地看着手机。

"行啦，你去陪他吧。"喻桃大方地让出朋友，"我俩也玩了两天了，他在收假前回来，应该是想早点见你。"

姜好笑得不好意思："那我就去找他了？"

喻桃甩甩手，做了个退下的手势。

姜好这才回陈嘉卓消息：你回得好早！我去机场接你怎么样？

和喻桃分开后，姜好直奔机场，接到陈嘉卓。

虽然他说过可以自己回，但走到出口看见站在那儿和他挥手的姜好时，脸上的笑骗不了人。

他大步朝她走来，穿一身黑衣黑裤，看着很酷。相比之下，姜好和他像处在两个季节。

等他走近，姜好和他牵手："外面很冷，你的衣服看着好薄。"

但陈嘉卓的手心是热的，反握住她的手："没事，不冷。"

冲锋衣很防风，他把拉链拉高，熠熠生辉的样子还像个学生。

姜好和他往机场的停车场走，在航班播报声中，她想起一件很久远的事。

"我高三毕业那年夏天，你来西城了吗？"

陈嘉卓偏头看她："怎么想到问这个？"

"就是忽然想到了。"

"嗯。"他点头，没有隐瞒，"来了，但是给你打电话，听到你说已经不在国内了之后，我买了第二天的票直接回港城了。"

他当时是从国外直飞到西城的，十五个小时，落地后坐在机场里给她打了通电话。

等待接通的过程，甚至已经想好这个夏天要和她去哪儿玩。她那年刚好成年，情况允许的话还可以跟他一起回港城度假。

嘟声消失后，电话那头姜好的声音传到耳朵里，只一声，他所有的期待便打住，因为她说话时鼻音很重，明显刚哭完。

她说，陈嘉卓，我爸妈离婚了，我跟我妈妈出国读书了。

他们隔着距离,却又像是擦肩而过。

当时姜好还没到国外,她妈妈在首都处理剩下的工作,他给她打电话时,她刚好在首都机场等出发去国外的班机。

担心盖过失望,他只顾得上问她怎么样。

她说她有点难过,但躲在厕所里哭过了,所以感觉还好。

姜好想到这儿,笑自己很呆,那时候将他当作知心哥哥,什么都要讲。

"你怎么知道我来过?"陈嘉卓问。

"你说话时背景音有广播声,我好像听到'西城'了,但当时打着电话,没想到会那么巧,还以为是我自己这边的声音。"

后来某个节点,又恍然意识到什么不太对劲之处,但已经过去很久了。

姜好今晚很有缅怀过去的兴致,继续拉着陈嘉卓回忆。

"我说我害怕一个人出国读书,问你怎么办,你还记得你说的什么吗?"

陈嘉卓自然记得,可他没说,装作记不太清,让她来讲,因为她口中的一些关于他的记忆。

他们还没走出机场,大厅明晃晃的白光,将姜好每个表情呈现在他眼底。

她信以为真,以为陈嘉卓真的忘记,便自顾自追溯回几年前。

"你说没关系,在飞机上可以找部电影看,最好不要睡着倒时差,落地后好好睡一觉,你很快就会来找我。"

他身上有不符合年纪的镇定。

那股八风不动的魄力影响了她,让她心安,数着日子自己。

陈嘉卓那次也确实很快去找她,第二天回港,见了爷爷一面,借口学校有课题要留校完成,紧接着便订了机票往回赶。

"你什么都会,帮我好多忙。"姜好说完,歪头看他。

陈嘉卓没觉得自己有她说的那样万能。

他直言:"也有不会的。你那时眼泪很多,我其实一点也不知道该怎么安慰。"

姜好脸红,经他提醒也想起这段黑历史。

她妈妈有工作要忙,送她过去安顿好,办好入学手续后便回国,一开始说好每个月都会去看她,但计划赶不上变化,每月都过去不现实,费时也费精力。

而她已经过完十八岁生日,成为法律意义上的成年人。身边认识的一些同学从初中开始就一个人在外求学,陈嘉卓就是一个鲜明例子,所以她也不好意思缠着父母经常过去，假装自己已成为独当一面的大人。

成年之后的眼泪，几乎都是在陈嘉卓面前落的。

"我当时有点幼稚，是不是很烦人？"姜好晃一晃他的手，"快忘记！"

陈嘉卓浅浅一笑，怎么会觉得她烦。

他甚至阴暗地想过，如果她身边只有他就好了，只能依赖他，离不开他最好了。

也是那时想明白，让她快乐第一吧。

以后不论什么决定，都以她的好心情为前提，大道理全要往后靠。

陈嘉卓的车留在机场的停车场，姜好和他一起过去。

她打开副驾的车门，让他先坐："今天我来开车。"

陈嘉卓没犹豫，把一直拎在手上的行李袋放到后座，去副驾坐好。

姜好记得他回港城没有带行李，因为那边留了衣服。

她绕到主驾，关上车门后问："你带了什么东西回来吗？"

"买了几罐虾膏，你自己留一点，剩下的可以送给外公外婆或者父母。我吃过，味道挺好的。"

是那边一家老字号品牌，虾膏做得很香。

"好，我替他们谢谢你咯。"姜好调整了座椅，启动车子开出停车场。

她挺久没开车了，回来之后准备买一辆上班用，但没多久就搬家，通勤用不了很长时间，后面又比较忙，选车的事一直搁置下来。

"我想买辆车。"

陈嘉卓点头："想要什么样的？"

姜好对车的了解不多，要求也不高："去买的时候再看吧，开着顺手就行。"

"你别给我买啊。"她怕他又把这话记在心里，不声不响就给她提了一辆车。

"按你的要求算下来，全款也过不了百。"他确实已经有了这个心思。

"我打算用你给我的红包买车。怎么样，你有空的话，可以陪我去看看。"

陈嘉卓说"可以"。

开出机场附近的这片区域，路上的车变多，姜好谨慎了些，没有再和陈嘉卓聊天。

他在旁边，也不看手机，时不时会偏过脸去看一会儿姜好。

姜好余光能看到，忍笑问道："你怎么一直看我呀？"

"好久没见了，很想你。"

在一起到现在，她几乎没听过陈嘉卓说过特别甜蜜的精心设计的情话，她也不喜欢听那些话，花言巧语的，真情难辨。

可她经常会为他一句稀松平常的话而心跳"怦怦"。

姜好不知道为什么，也许这就是能打动人的真心吧。

回到小区，姜好停好车，陈嘉卓和她一起进了她家。

他把那几罐装在盒子里的虾膏从行李袋里拿出来，整理好后放到她家冰箱里。

姜好站在他身后，问他都有什么吃法。

"你吃饺子不是喜欢蘸料，可以加一点，拌到面里也行，家里阿姨炒空心菜的时候也会放一点。"

陈嘉卓看了看没什么食材的冰箱，知道她应该很少下厨房，炒菜更不用问了。

"会下面吗？"

"这我当然会。"她是觉得自己不需要练多厉害的厨艺，但基本的速食还是会做的。

冰箱里还剩半盒车厘子，姜好说得早点吃完，除夕前后她都不在家，今天才刚刚回来，水果放在那里好几天了。

陈嘉卓全部拿出来，洗干净放到玻璃碟上。

他洗车厘子的时候，姜好就在一旁等着，问他回来这么早，他爸妈会不会不高兴。

"不会,他们也有自己的工作。"言下之意,不会放太多心思在他身上。

说到父母，陈嘉卓提起她那条朋友圈。

他低着头，在认真洗车厘子，但心上没那么自然："你在朋友圈发我，父母会不会看到？"

姜好正拿起一颗车厘子洗干净往嘴里塞："嗯……我和你说实话，但是你不要紧张。"

他动作一停，手掌被水龙头淋下的热水一遍遍淌过。她的提醒一点作用也没起到，他不由自主地放缓了呼吸。

"其实他们都知道了。"她又递了一颗车厘子到他嘴边，仰头看他是什么样的神情。

"但谈恋爱是我们的事，你觉得时机到了再去见家长就好啦，现在见不见都没关系的。"姜好拍拍他的胳膊，"陈嘉卓，你不要担心。"

他关了水龙头，说"好"。

陈嘉卓没和她提过，刚在一起的时候他的心里很没底。见到她，心就像秋千一样晃，轻盈又忐忑。

他没谈过恋爱，但有自知之明，知道自己在表达爱的这方面欠缺太多，总担心把握不好，太亲密怕唐突，克制些又会疏远。

半夜睡不着还会想，会不会过段时间等她想开，又后悔和他在一起了，如果她提分手，他可不可以不答应。

这些顾虑，很难开口和她说，因为患得患失会让人生烦。

但姜好让这些迎刃而解。

在祝樾面前的偏袒，从不隐瞒他的存在，方方面面，她都给足了他对这段感情的信心。

姜好靠在料理台旁，顺手抽了张悬挂的厨房纸给他擦湿漉漉的手。

她擦得细致。陈嘉卓的指甲修得平整，骨节分明，有隐现的青色筋脉，怎么看都好看。

一只手擦干，姜好要去牵他垂在身侧的另一只手。

但没能如愿。

她抬睫便迎上一个吻，陈嘉卓的手搭在料理台上，俯身将她困在方寸之地，她身后没有位置了，退无可退。

因为离得太近，姜好不得不仰头，吻得费力，脖颈都发酸。

陈嘉卓好像察觉，短暂地退开，单手环腰将她抱到大理石台上坐好。

再贴合，他吻得比之前更凶，掌心贴着她的细腰，一点点收紧。

姜好攀着他的肩，还没试过这样激烈的吻，回应得勉强，后来不小心咬到他下唇。

惊呼从唇隙中溢出，吻也生生截断。

"没事吧？是不是破了？"姜好慌慌张张地凑近去看，亲眼看见他下唇上的血丝慢慢洇开。

她抱歉地和他说："好像流血了。"

陈嘉卓摇头，用指腹把那点血擦掉，抬手抱她下来。

"只是破了点皮，过会儿就止住了。"

玻璃碟放到餐桌上，陈嘉卓往洗手间走，忽然被姜好拉住。

"你今晚要不要留下来？"

今晚有些过了，陈嘉卓接吻的时候就知道。

如果不是被她牙齿磕到唇，可能更难收场。

但听到姜好说的话，他还是错愕地顿住，回身看她。

说着大胆的话，脸颊却先泛出淡淡的粉，在灯下尤为明显。

她进门时便脱掉长羽绒服，内搭是一小件针织衫，他方才抱她时，掌心都能碰到腰窝细腻的皮肤，亲到后来，手也落在那处。

陈嘉卓听清她这句话后就没有想要点头的意思。

不太合适，有些早了，而且准备得不充分，也怕她体验太差。

他走回到她身边，叫她不至于感到被冷落。

陈嘉卓站在姜好面前，垂眸看她轻咬内唇，仍强装镇定的样子，有点可爱，还有些傻。

他留下来，要发生什么，她知道吗？

他也这样问了她。

"我知道啊。"像是怕他不信,她这几个字说出来坚定得像誓词。

"好。"陈嘉卓听她这样说完,很快应了一声。

她主动挽留,他不舍得说出半句拒绝的话,哪怕是出于为她好的目的。

姜好看了眼他放在一旁的行李袋,他刚刚打开它的时候,她看到里面有装衣服。

"你还要回去拿睡衣吗?"

陈嘉卓说不用,包里有一套,是除夕前回去那天穿的。

姜好"哦"了一声,又想起好像缺了什么。

"但是……"她心理上是准备好了,但实际上需要的东西什么都没有。

陈嘉卓猜到她要说什么,开口说不用。

"只是留下来。"但什么都不会发生,发乎情止于礼而已。

陈嘉卓这样说,姜好不太意外,毕竟他能答应这么快,没有再三确定她的想法,就有些不符合他的性格。

也行吧,就当提前适应一下。

"你要不要先洗澡?"

"好。"

姜好很积极地给他找了干净的毛巾,和他一起进了浴室,从那一堆瓶瓶罐罐中给他介绍哪一个是沐浴乳、哪一个是洗发水。

陈嘉卓记住了,又出去拿了衣服带进去。

他进去前,姜好看着他的背影,努力克制脑海中的想入非非。

其实她都做好进一步的准备了。

她知道自己是有点冲动没错,作祟吧,或者是吻得大脑缺氧,让她犯蒙,但既然开口就不会后悔了。

反正,她一时找不到会让自己产生顾虑的理由。

无所忌惮的底牌是他,对象也是他。

从浴室出来之后,陈嘉卓没在客厅见到姜好,他在原地站了一会儿,很快看到她从卧室出来。

姜好趁着他洗澡的工夫,进房间整理了一下床铺。

听到外面浴室门打开的声音,她迫不及待地出去,只不过没有想象中的美男出浴图。陈嘉卓穿戴整齐,圆领衫和长裤,在拿毛巾擦湿漉漉的黑发。

姜好上前,拉着他进自己的房间。

她在客厅睡看,他抱她回卧室的那次,陈嘉卓没有顾得上细看,今晚才第一次打量她房间内部是什么样的布置。

和客厅是一个色系的设计,整体是浅浅的乳白色,干净整洁,房间处处可见一些风格各异的漂亮装饰物。

姜好让他在床边坐下,又跑进卧室自带的浴室里找了吹风机出来。

她自告奋勇:"要不要我帮你吹头发?"

陈嘉卓收回环顾四周的视线,看向她,弯一下唇,没有拒绝。

他头发不长,已经擦得半干,不再滴水。

他坐着,姜好站在他腿边,这个高度刚刚好。

可能因为经常自己吹头发,她很娴熟,手劲轻轻柔柔的,对陈嘉卓来说是一种从未体验过的享受。

关了吹风机,姜好低头收线时借着姿势,弯腰在他额上亲一下。

他很守规矩,说留下就只是留下,挨得这样近,却仍是一副清心寡欲的样子。

陈嘉卓鼻息溢出笑,环上她的腰,施了点力让她离自己更近。

姜好抬手,慢慢抚过他挺直的鼻梁。

"真的只是留下吗?"

她这话太有蛊惑力了,偏偏问得很真诚,乌瞳中是带着无辜的不解,向他请教一般。

陈嘉卓有点无奈,不知道她在他面前胆子怎么会这么大。

"少来。"他出声淡淡挑明,不接她的撩拨。

"我是怕你不好意思开口。"姜好鼓鼓腮。

说完,她退开,去衣柜里拿衣服,然后去了外面的浴室。

她离开后,房间又空寂下来。

身下的床垫比陈嘉卓自己睡的要软一些,淡青色的四件套,面料绵软,看上去很舒服。

他起身,去卧室的阳台透气。

阳台封了窗,陈嘉卓开一条缝,冷风钻进来,浑身的热气都降下来。

姜好洗完澡,重新回到卧室,穿一条白色的长袖睡裙,长过膝盖,印着小碎花。

陈嘉卓不在床边坐着,而是在房间角落的小沙发上,看一本她放在床头柜上的书。

那书买了好久,一本国外名著,但是翻译版本不好,读起来生硬拗口,变成货真价实的睡前读物。

一读就开始犯困,助眠效果好到出奇,因此到现在也才看了一半不到。

她这个澡洗了挺久,长发吹干需要时间,还要涂身体乳,做护肤。

一趟下来,本来还算宽裕的时间所剩无几,晚上十一点多,也是该睡觉的时候了。

姜好掀开被子,坐上去,朝陈嘉卓招招手。

陈嘉卓走过来,把书归还至床头。

"好看吗?"姜好问他的评价。

他说实话:"没怎么看进去。"

姜好"扑哧"一下笑出声,被他抬手捏了把脸。

这一整晚,陈嘉卓都没睡好。

他高估了自己的自控力,毕竟躺在身边的是喜欢的人,她的每根头发都对他有吸引力。

已经不太记得睡前的那个晚安吻是怎么一发不可收拾的。

但最后没有进行到底,他安抚一下姜好,沉默地起身去了外面的洗手间。

她估计是等久了,出来问他还好吗。

他说没事,让她先睡觉。

过了一会儿好受一点,陈嘉卓回了卧室。

姜好没睡,在等他,但乖很多,没有往他怀里钻,更显得之前是在虚张声势,让他很想笑。

沾了冷水的手很冰,陈嘉卓也没敢碰她。

两人隔着点距离躺回床上,相安无事地说了会儿话,之后姜好撑不住先睡着。

他没有睡,听到她均匀的呼吸声后,静静看她在黑暗中的轮廓。

一直到天蒙蒙亮,露出鱼肚白,陈嘉卓才真正睡着。

再次醒来,是被姜好忘记取消的闹钟吵醒。

他伸手拿到她放在床边的手机,按掉闹铃。

闹铃关得及时,没将姜好吵醒,她在睡梦中无意识地皱眉,翻个身又睡着了。

陈嘉卓严重缺觉,但一睁眼看到她躺在身边的好心情完全冲散了满身的困顿,他从身后轻轻拥住她,再次入梦。

陈嘉卓很久没有睡到中午才起床,今天是例外。

醒来时,床边已经空了,但还有余温,估计姜好也没比他早醒多久。

起身去外面的洗手间,果然看到正在刷牙的女孩子,长发被她随手扎成低低的丸子头,脸上贴了一张面膜,估计是怕吵醒他,特意来到外面洗漱。

陈嘉卓倚在门边,她才注意到,嘴里有泡沫,说不了话,朝他笑笑,又指一下盥洗台边拆开的新牙刷。

陈嘉卓过去,拿起昨晚洗澡时她给他拆的新牙刷,和她并排站一起洗漱。

姜好很快漱完口,和他说话:"我还以为你要再睡一会儿。"

他说:"睡得够久了。"

姜好只比他早醒不到十分钟,醒来时他在旁边睡得很安静。

她一直知道他长得好,但这么直接的视觉冲击还是第一次。

大清早对着人家胡思乱想,姜好自我反省很不对,心虚得立马爬起床。

陈嘉卓低头在挤牙膏,粉色膏体,昨晚刷牙的时候没注意,只是觉得味道挺甜,睡觉前亲她的时候才忽然想到,原来是西瓜味。

还挺好闻的。

姜好取掉面膜,用温水冲掉脸上的乳液,再抬头露出一张白白净净的脸。

陈嘉卓在镜子里与她对视。

这一刻,想搬来和她一起住的欲望达到顶峰。

但也只是想想。

姜好往脸上涂了点保湿水:"我去准备'早餐'。"

他问是否麻烦。

"不麻烦,特别简单。"

陈嘉卓想说不用折腾了,待会儿去外面吃就行,但姜好已经出去了。

等他洗漱完去餐厅,发现确实简单。

就是简易的酸奶碗,大杂烩一样,上面铺了一层麦片和五颜六色的像小孩吃的甜甜圈,还放了几颗昨晚没吃完的车厘子。

见到他出来,姜好把他的那份推过去:"先吃点垫垫肚子吧。"

离出门还有一会儿,但一上午没吃东西,她已经很饿了。

陈嘉卓不挑食,什么都能尝一点,坐下来拿了勺子和她一起吃。

"你今天一整天都没事吗?"

他点头:"想出去玩吗?"

"嗯。"

恋爱谈了几个月,两人还没一起出去约会过,正好今天都有空,姜好想出去看部电影。

春节前后,好几部贺岁档上映,影评都还不错。

她说自己的计划:"我们下午去看电影好吗?我还挺久没去电影院看过电影了。"

"好。晚上呢,有安排吗?"

姜好还没想好:"等我想到再说吧。"

吃过早午餐,她回房间换衣服,陈嘉卓自觉把两只碗拿去厨房洗干净。

收好碗,他没有进卧室,怕撞见她换衣服,留在客厅坐一会儿,又起身去了阳台。

阳台摆着几盆花花草草，其中有一盆文心兰。

文心兰如果照顾得当，一年能开两次花，十二月底开花时，姜好还惊喜地拍了照片发给他看。

她显然很用心，将它养得很好。冬季薄弱的日光洒在黄灿灿的花上，形似一只只翩翩蝴蝶。

两人出门，先去餐厅吃了一顿正式的午饭，之后姜好选了一部最想看的电影，买了两张电影票。

轻松不费脑的喜剧片，全场下来，电影院里笑声不断，姜好看得也开心。

电影院在姜好初中的学校附近，她对这一块很熟悉。

看过电影，没有立马开车离开，她和陈嘉卓牵手，轻车熟路地带他从一条小街道穿过，来到学校后门口。

路过时，她给陈嘉卓介绍：“这是我初中读的学校。”

姜好的升学压力不大，初中时喻桃还没有出国，两人放学后经常在这一块儿玩，对这一片熟得不能再熟。

"要进去看看？"他问。

"不了，进不去。"

寒假期间学校封校，不给人随意进出，不过姜好觉得里面没什么好看的。

她来这边，是想买杯中学时常喝的热奶茶。

学校后门旁边有一家开了十几年的手工奶茶店，不是连锁品牌，就是自己经营的小店。

店主是对外地夫妻，奶茶用茶包和牛奶一起煮出来，种类少味道淡，但很醇香。

姜好之前以为过去这么多年，奶茶店已经关门了，前不久和喻桃提到，才知道一直营业着。她想喝很久了，但总是不顺路，这次碰巧在附近。

快走到时，姜好忽然想到年假还没结束，她停下来，看了看陈嘉卓。

"怎么了？"他问。

"不知道今天有没有开门呢，学生们放假了，生意没有开学的时候好，有的店铺会打烊。"她担心道。

越说越觉得肯定没开，姜好想着要不回去算了。

"去看看，没开门再回。"他牵着她按原来的方向往前走。

离那家奶茶店还有几步的时候，姜好就闻到淡淡的奶香味。

她讶然："竟然真的在开。"

走到店门口便看到点餐台后面站着这家的老板，在店里和后厨进进出出地搬箱子。

姜好推开玻璃门进去，里面有暖气，比室外舒服很多。

老板见来了客人,放下手里的活,招呼他俩:"两位喝点什么?"

姜好问陈嘉卓,他说和她一样就行,她就按自己的口味,点了两杯原味奶茶,掏出手机付钱。

老板看她面熟,做奶茶时又多看了两眼,忽然笃定地问:"你之前是这个中学的学生吧?"

姜好正扫着付款码,闻言有点意外地抬眸:"叔叔您还记得我啊。"

这么多年过去,老板都变了样,戴上眼镜,还有些发福,别说姜好当时还没成年。

老板笑呵呵地说:"那当然。你当时可喜欢喝我家奶茶了,有时候连着几天没来,我老婆还要问我,是不是最近的奶茶做得不好喝了,那个好漂亮的小姑娘怎么都不来了。"

姜好有些不好意思:"阿姨呢?"

"哦,她在家呢。最近客人少,我一个人够用了,让她歇歇。你俩来得也巧,今天刚开业。"

说到这儿,老板看看进门时便少言寡语站在一旁的陈嘉卓,问姜好:"你男朋友啊?"

姜好笑着说:"是啊。"

老板比个大拇指:"靓仔。"

她笑得更开心了,回说"谢谢"。

奶茶还得煮一会儿,姜好和拉着陈嘉卓到旁边的高脚椅上坐下。

陈嘉卓说:"都不知道,原来你小时候这么爱喝奶茶?"

"其实也是为了照顾叔叔阿姨的生意啦。"

姜好声音放小了点和他解释:"他们家有个小女儿,出车祸瘫痪了,小小的一个坐在轮椅上很可怜的。我那时杞人忧天吧,总担心这家店倒闭了,会没钱给她治病,就想着多买点,一点点也好。"

她知道奶茶喝多了不健康,不会每天都喝,但经常大方地请玩得好的同学们喝。

姜好信誓旦旦:"你当时要是我同学,我肯定也请你喝奶茶。"

陈嘉卓半开玩笑:"那我有点亏。"

他也想过,要是和她是同学多好,能更早见到小时候的她。

他们坐的位置对着一面墙,上面贴满便利贴。

姜好看到,想起这边有一本厚厚的心愿书,她初中时还和喻桃在上面写过愿望。

往旁边看看,靠近墙边的地方堆着一沓杂志,姜好在这里面找到两本心愿书,一旧一新,旧的那本已经被写满,不够用了。

她兴致勃勃地翻:"我找找看,我也在这上面留过言。"

纸张泛黄,每一页都留有大大小小的字,草草翻过,能看到不少人名,后面跟着表白词,还有一些誓言,比如×××会喜欢×××一辈子之类的情话。

陈嘉卓也没有错过这些,他问:"你留的是什么?"

姜好低头找得仔细,听到他的问题后没有多想,回想一遍,竟然一点也记不起来。

"我没有印象了。"

翻到靠近中间的一页时,姜好停下。

因为看到了喻桃的名字,她用的是红笔,非常醒目,愿望是成为大明星,赚多多的钱,最后还写了日期,算一算时间,是她俩十四岁时的某一天。

她笑起来,感慨这么多年,喻桃的愿望竟然都大差不差,始终如一。

喻桃的字迹下面,就是她留下来的话了。

——这个寒假,我不要再练大提琴了!!!

一个无关情爱的小愿望,后面跟着的三个感叹号足以证明她那时候对大提琴有多厌烦,但真正让她脸红的不是这句发言。

姜好匆匆掀过那页,不可思议地嘀咕:"我当时的字为什么这么丑?怪不得外公那时候每天见到我就盯着我练字帖,我还不太服气,超自信地觉得自己的字很好看。"

陈嘉卓忍笑,不忍心让她丢脸,违心地夸:"挺好看的,只是有些大而已。"

大得东倒西歪,有点可爱。

他拿过心愿书,翻回到原先那页,从外套口袋里拿出手机想拍下来。

姜好慌忙捂住:"怎么还拍照呀?"

他牵唇,淡笑着说:"纪念一下,毕竟,没参与过你那时候的生活。"

"哦。"她一怔,抬起了手。

等他拍完照片,姜好心念一动,从旁边拿起黑色记号笔,找了处空白。

陈嘉卓看她伏在桌上,学着中学生的句式一笔一画地写下那句幼稚的话。

——JH和CJZ会永远在一起!

末尾还没有忘记画上几颗饱满的爱心。

她想告诉他,虽然十四岁时的姜好还不认识陈嘉卓,但是没关系,因为十余年后他不仅出现在她身边,她的愿望还变成了和他永远在一起。

那天看完电影,姜好还没想好晚上要去哪儿,先接到外婆的电话,叫她过去吃饭。

两个老人家退休前都是教授,桃李满天下,亦师亦友,年初一之后家里每天来来往往的客人不断。

从外公外婆手下出来,到今天做出一番成绩的学生也大都不年轻了,比姜好父母小不了几岁,对她来说都是长辈。

她有时睡到临近中午,一出房间,没下楼梯就能听到谈话声,下楼免不了尴尬,不下楼又只能留在房间里。

正好后面喻桃休假,姜好出去和她玩了几天。

电话里,外婆说快收假了,最后一拨客人也走尽,叫她放心回来吃住。

姜好一口应下,正好还可以把陈嘉卓带来的虾膏给他们送去。

和外婆讲定了回去吃晚饭后,电话没有挂断,外婆和她多聊几句其他事。

这一说,便提到陈嘉卓。

湘姨这两天自己做了点糯米烧卖,她记得陈嘉卓以前来家里住时喜欢吃这个,问姜好知不知道他什么时候回,要是回得早的话,顺便给他带一些。

姜好看看自己身边的陈嘉卓,笑眯眯地道:"他回来啦,今晚和我一起过去。"

外婆"哦哟"一声:"怎么又不讲,还好我提起来。"

要继续说话时,那头出现外公模糊的说话声,估计是听到她们的聊天内容。

安静一会儿,外婆再开口,替外公传话:"你和嘉卓要是没事,就早点来吧,要是明天不忙,能住一晚最好了,你外公说的,要找他去钓鱼。"

"大冬天哪钓得上来鱼啊,冻都冻死了。"姜好嚷嚷,抬高声音,她知道外公在旁边。

陈嘉卓一直在听着,和她说没事。

"咦?嘉卓在你身边呢?"外婆问出声。

姜好下意识慌一下,但很快承认了,不过没有给出任何解释。

这话就这样匆匆揭过。晚上的行程定下后,姜好不再去想其他安排,天还未暗下来就到了外公外婆那儿。

虽然已经是很亲近的长辈,但陈嘉卓还是记着礼数,给他们都带了新年礼。

周到得甚至没有漏掉湘姨。

姜好陪他回去拿礼品和虾膏时,才知道原来他早就准备好了。

陈嘉卓说:"本来也打算了年后过来拜访。"

外公外婆家年味浓,大门上贴着对联,庭院的松树枝头专门挂了红色小灯笼,沙发盖布特意换成红色,一进来,仿佛还留在除夕夜。

新年礼送出去,都放在一旁没有立即拆,而是先去了客厅聊天。

聊到陈嘉卓家里的事,外公问他父母今年是不是还在国外。

陈嘉卓摇头:"今年都在家里过的节。"

外公也赞同:"是该回来了。"

姜好听得云里雾里,才陡然发现自己对他的家庭了解得太少了。

她只知道他母亲是学建筑的,先入为主地以为他们都在港城忙事业。

但现在看来,好像并不是。

身边还有外公外婆,姜好没有多问。

陈嘉卓说起钓鱼的事:"外公想去哪儿钓鱼?"

讲到这个,外公便来了兴致:"不往远了跑,就在后湖。你今晚在这儿住一晚,明早出发。"

天冷了,钓鱼搭子都不出来,一个人没意思,外公有段时间没去钓鱼了。

"外公,我明天早点过来,今晚就不留下来了。"

这是和姜好确定关系后的第一次登门,不比从前,没讲明之前陈嘉卓不想多打扰。

吃了晚饭,因为明天要早起过来,陈嘉卓没有待多久就离开。

姜好虽然不舍,但还是留下来陪陪外公外婆。

陈嘉卓出门时,她提着湘姨给他装好的烧卖送他出去。

她没穿外套,毛衣不挡寒,陈嘉卓不让她在外面多留,把保鲜盒从她手上拿过来便让她回去。

姜好提醒他:"早上湖边温度很低的,不要只穿冲锋衣,那个不够保暖。"

"好,你明天去吗?"

"钓鱼吗?"姜好果断摇头,她觉得钓鱼可无聊了。

但陈嘉卓好像还挺喜欢的,留学的时候他不止一次带她去私人渔场。

一个人五美元的入场票,能在里面待一下午,钓到的鱼如果要留下就另外算价钱。

第一次去时,姜好在那儿学会了抛竿、挂鱼饵,成功钓到一条小鱼,陈嘉卓钓到三条,不过只留下了一条,还请了那边的厨师帮他们把鱼做了加工,当晚两人在户外吃上了自己钓的烤鱼。

但也只有第一次好玩,后面便失去了新鲜感,她去过几次就不愿意去了。

看到姜好兴致缺缺的表情,陈嘉卓笑了笑。

他低头很快亲她一口,拍拍她的胳膊:"进去吧。"

寒意慢慢从毛衣的孔隙往里渗,她也确实开始冷了,朝陈嘉卓挥挥手,说完"注意安全"便回去了。

走回客厅,姜好一进门便注意到陈嘉卓带来的礼物。

她有点想知道他送了什么,问外公外婆有没有看过。

方才都在一块儿说话,当然没人去看礼物。

既然说到这里,外公便满足她好奇心般过去将自己的那份礼盒提起,放在茶几上拆开。

里面是一副围棋,两个棋盒都是木质的。

姜好在外公打开后凑上前看了一眼,发现这副棋子有些特别。它和一般的围棋不同,不是黑白棋,而是分别替换成了碧玉和青玉,每颗都大小几乎无差,细腻剔透,在灯光下盈满玉石光泽。

外公一眼认出这是套拍卖品。他懂行,也听人提起过,加上紫檀木的棋盒,一整套下来价值不菲,算是半件古董了。

姜好只知道这棋很漂亮,不清楚价位,但没忘记给刚刚离开的那位捧场:"哇,陈嘉卓的眼光真不错。"

外公合上紫檀木盒,和外婆无声对视一眼,没有多言。

他背着手,看看一旁心情不错的姜好,想问的话就在嘴边,但最后还是没问出口。

不论怎样,都是一份心意。他作为长辈总不能拒收,不过该说的话,他还是会和陈嘉卓说清楚。

年后,大家陆陆续续收假,重新进入工作状态。

姜好三月中旬要开始跟着乐团去海外巡演,一趟下来,和陈嘉卓有大半个月见不到面。

在一起之后,还是第一次分开这么久,姜好有些恋恋不舍。

还有点不太巧的是,她的生日在四月初,到时巡演工作肯定没法结束,她回不来。

不过陈嘉卓说过,四月初的工作能推掉就尽量推掉去陪她。

来回快的话,三天足够了。

为了能在姜好出去巡演前多陪她,陈嘉卓最近离开公司的时间很准时,有时甚至会提前,一日三餐都基本陪着她一起吃。

这天下午,何原拿着文件推开办公室的门。

汇报完工作后,何原没有离开,和陈嘉卓提起陈胜恺在港城那边的事。

才进公司两个月,陈胜恺已经和那边几个部门的高管闹过矛盾。

好高骛远就算了,结果经手的方案总出现大大小小的纰漏,一追责便推卸责任给旁人,手底下不少员工都叫苦连天。

陈嘉卓听完,领首说知道了。

他很早就收到总部发来的邮件,也不止一次接到姑姐的电话,让他最好出面解决,给陈胜恺一点警醒。

陈嘉卓低头翻看何原刚刚递交过来的材料,气定神闲地说:"这才哪儿到哪儿,也该让爷爷好好看看他的实力。"

他知道爷爷前不久急匆匆将陈胜恺调进总部，是为了给自己施压。

之前在分公司，陈胜恺就时不时捅出些篓子，但那边决策层不止他一个人，时间一久，几乎将他架空，表面看上去便风平浪静。

陈懋三年前退任原因之一是身体出了问题，这几年休养身体，无暇顾及分公司的琐事，自然不了解陈胜恺在公司里是怎么样的一个角色。

估计以为掀不出什么风浪吧。

何原瞬间明白陈嘉卓的意思，没有多此一举地问需不需要让秘书订回去的机票。

陈嘉卓继续说："不过，从现在开始盯紧他。"

野心配不上能力，又急于做出成绩，免不了急功近利。

何原点头记下，犹豫着又说："陈董还叫我转告，叫您好好再想想他说的事情……"

陈嘉卓抬眼，示意他往下说。

他一口气说完："不要任性妄为，不要让自己后悔。"

陈嘉卓不以为意地说知道了。

瞥一眼手表，他带上材料起身。

何原还留在工作状态，跟着一起站起来："哎，陈总您去哪儿？"

陈嘉卓拿起手机往外走，被何原那严阵以待的语气问得一愣。

他回道："约会。"

何原一噎，又笑着调侃："那确实是大事。"

三月中旬，陈嘉卓送姜好去机场。

她要和乐团一起出发，在机场会合前，先找了个角落和陈嘉卓道别。

西城刚开春，温度回升一些，但还是有寒意。

虽然之前有不舍，但真到了这天，姜好对巡演的期待远远大过于分别的低落情绪。

对比陈嘉卓，她一张小脸上满是笑意，穿淡黄色的羊角扣大衣，阳光从机场的一整面落地窗照进来，显得她越发明媚。

像她养的文心兰初初绽放的花骨朵，也像只小蝴蝶，马上要飞离他身边。

陈嘉卓不想显得太不成熟，但还是忍不住提醒她："记得想我。"

姜好有求必应地飞快点头，重重搂住他抱了一会儿，一边承诺："天天想你！"

她太神采奕奕，他也要藏住失落，露出笑："大音乐家，提前祝你巡演顺利。"

姜好嘟起嘴巴："怎么不是小音乐家了？感觉听起来更可爱。"

陈嘉卓失笑，这回是真心实意地笑了。

他弯身轻轻留一个贴面吻在她脸上:"好,我的小音乐家。"

登机时间临近,姜好最后和陈嘉卓说了再见,然后转身往乐团会合的地点走。

他在原地多站了一会儿,姜好走到一半时,忽有所感般回头看了他一眼。

直到她的背影隐入来往的旅客中,陈嘉卓才后知后觉地发现,往后他都不用再怕被撞破心事般,避之不及地移开视线了。

巡演一共跨越欧洲六个国家,准备前往最后一个目的城市时,是三月底。

临近尾声,几万里的航程,一场又一场细节繁多的排练和演出,乐团里的乐手们或多或少都有些疲惫,姜好也同样,一开始的兴奋淡去,但为了完美收官,必须打起精神。

明天一早就要赶飞机,今天下午姜好留在酒店抓紧时间收拾行李。

曲颂悦和她住一个标间,正躺在一旁的床上玩手机,准备歇到晚上再开始整理。

姜好跪坐在行李箱旁边,将后面音乐会需要穿的两条礼裙妥善收好。

没忙多久,便听到曲颂悦疑惑的声音:"这个不是你男朋友家的公司吗?"

"什么?"姜好闻声看过去。

曲颂悦直接把自己的手机塞给她:"你自己看看。"

——集装箱船体倾覆,系港城泊远航运公司所属,损失惨重!

是一个关于财经新闻的公众号发来的推送,姜好扫完标题,心蓦地下沉,但因为一无所知,只能茫然地继续往下看内容。

从头看到尾,她大概明白了情况。

因为重量配载不均衡,集装箱船在经过一处海湾时侧翻,船体部分沉没,因倾斜导致上百个集装箱落水,目前还在尽力救援。

万幸的是,货船上的海员被海面上的其他船只及时营救,没有出现伤亡。

姜好看到这行字时松了一口气。

事发时是国内时间的上午,这个报道很新,以至于翻来覆去都是些车轱辘话,再找不出其他重要信息。

姜好将手机还给曲颂悦,在原地蹲了一会儿,直到被提醒有电话。

是陈嘉卓打来的。

她这边是下午,算算时差,国内大概是晚上十一点了。这些天他们差不多都是这个时间联系,即使今天他公司出事也没有任何例外。

姜好站起身,因为长久一个姿势而腿脚发麻,只好坐在床边,没什么准备地接通。

"吃饭了吗?"他还有闲聊的心思。

"还没有。"姜好低头,捋平腿边泛皱的床单,不知道该不该问。

"是不是还剩一个地方就彻底结束了?"

"对,明天的飞机,那边有两场音乐会作为收尾。"

陈嘉卓问:"酒店确定了吗?"

按照前不久的约定,姜好在最后一个城市入住后就告诉他具体位置,他会在她生日前过来,陪她过完生日,再顺带看她的最后一场收官演出。

但现在姜好却有些犹豫。

"还没有,等明天到了再说。"她转移话题,"你没忘记给我的花浇水吧?"

她出远门,家里的花花草草自然都交给他来打理。

也是这样才发现,原来陈嘉卓在养花草这方面没什么天赋,离植物杀手不远。他担心把她的花草养死了,刚接手时每天都要拍照给她看,有时连一根换季自然脱落的枯叶都要放大给个特写,问是不是发蔫了。

陈嘉卓顿了几秒:"没忘记。"

确实没忘。上午事故发生时他还在公司,何助理急匆匆进来,在接到消息时就第一时间订了机票。

他没从公司直接走,先回了趟姜好家把她那一阳台的花草搬到自己那儿,门卡留给何助理,叫对方找个会养花养草的秘书按时来浇水。

陈嘉卓的语气和往常一般无二,如果不是她提前知道些什么,肯定不会察觉任何。

可能真的不是什么大事呢?毕竟这么大的公司,出现一些突发状况也很正常。

陈嘉卓似乎感觉到她的三心二意:"有不开心的事?"

"没啊,有点累而已。"

姜好在这边听到他从椅子上起身的动静,边开门边和她继续说话:"今晚还有工作吗?"

"没有了。"

与此同时,姜好听到了另一道声音。

"你不在家里吗?"

陈嘉卓没有说谎,回复很快:"在港城,有点事需要处理。"

他站在房间门口,移开手机低声和门外的朱毓说了句"稍等"。

"晚上没工作的话,吃完饭早点休息,不要玩手机到太晚。"

姜好"嗯"了一声。

他在港城,那也不会有多清闲。

"是不是有人找你?要个先个说了,明天我下飞机再给你打电话。"

203

陈嘉卓看了眼站在门外不远处的朱毓，和她说："是我妈妈。"

朱毓本来等在不远处，听他温声细语和对面的人聊天，已经感觉十分意外，又听到自己被提及，忍不住望过来。

电话已经结束，陈嘉卓从房间出来，问什么事。

"厨房煲了汤，要不要下来喝点？"

陈嘉卓看一眼手表："这么晚？"

"猜你晚上可能没吃多少。"

他无奈地笑一下，确实是吃得很少。

在公司开完会，梳理完后续有关赔偿和检修的流程，就被叫到老宅，和他爷爷在同一张餐桌上。

这次的事故和上回春节他提前离开的火气叠加，陈懋是真的动了怒，将他从头到尾数落了个遍。

借题发挥，给他下了最后通牒，如果心思不在公司管理上，不如趁早让位。

陈嘉卓到楼下餐厅，厨房送来热汤，还有些其他配菜和米饭。

在那儿坐着的，还有他父亲陈绍晖。

显然，这边也在等着盘问他。

他没动筷子，有些累地靠在椅背上："有想问的，直接问就行。"

陈绍晖先缓声开口："公司的事解决完了？"

"没那么快，具体原因港务局还在调查，评估损失结果也没有出来。"

"严重吗？"朱毓忧心忡忡地问。

她今天一整天都在书房绘图，还是从陈绍晖那儿听来的消息。

"不确定。"陈嘉卓模棱两可地回答完，低头拿汤勺喝汤。

汤还蛮鲜的，他喝一口，想到了姜好，因为这汤里有菌菇，她不喜欢这个味道。她挑食的菜很少，菌菇算其中一大类。

"我听你爷爷说你在拍拖。"陈绍晖问，"还是西城人？"

陈嘉卓点头，没有接话，因为知道他父亲和他爷爷的理念相似。

"是同事？"

"不是。"陈嘉卓没有碰米饭，喝完汤便叫来用人撤桌，"如果是劝我分手去联姻，那没可能。"

离桌前，他说："不求你支持，但不要来左右我。"

陈绍晖被点破，面上悻悻，不理解地问："前面那么多年都过来了，为什么现在要一而再地做些惹你爷爷生气的事？"

陈嘉卓转身上楼的脚步停住："和你做研究是一个道理，因为自己想做。"

不论是之前在外求学还是进公司，坚持的理由是想去做好这件事，而不是为了争权夺势，所以他不会为了稳固地位去讨好谁。

当晚，陈嘉卓回了自己在港城的住处。

今晚如果不是他妈妈先打来电话关心，他没想到要来这边，也不至于不欢而散。

姜好没有让陈嘉卓过来陪她庆生。

说这件事时，陈嘉卓一开始没有答应。

但她坚持这个决定，防止他又像上次跨年晚会那样偷偷赶来，甚至没有告诉他自己住的酒店地址。也找了合适的理由，借口收官阶段很重要，她不想分心。

生日可以以后再补，何况从小到大她已经有过很多次精心准备的生日了。

她知道陈嘉卓不是闲在家里无所事事的人，他的工作很多，她不想为这点小事，让他抛下工作，坐十几个小时的飞机来这边。

姜好这些天一直在搜关于航运公司的新闻，但网上的消息太少了。

这种新闻的关注度很低，货船而已，如果不是有自己的货单在船上，几乎无人在意。

倒数第二场演出结束后，姜好在后台看到一条喻桃转发给她的新闻，是关于那次集装箱船侧翻的最新消息。

她前几天和喻桃提过，喻桃帮她留意了。

报道上说，经过几天的救援，大部分集装箱已经被运上岸，但船体全部沉没，其中有十几个箱子顺着海流漂远，重新找回的可能性不大。

具体的损失没有被报道出来，可能涉及机密。姜好翻看好几遍，有些地方看不太明白，只知道这艘沉没的货轮不是公共驳船，是泊远公司所持有的，除去赔偿款之外，轮船本身也是一笔巨大的损失。

底下，是寥寥无几的评论。

△真的没有人员伤亡吗？没投保的货主不是人吗？

△我捡到了能算我的吗？

△你把大箱子带回海关再说吧。

△这次泊远血亏啊！

△估计怪严重的，听说泊远总裁停职了。

△开什么玩笑，有没有常识，你家货丢了把老板开除啊？

△不信就算了。

△看他IP，不会是真的吧？

…………

姜好坐在角落，控制不住地为陈嘉卓担心。

她没有听他提过，从事发到现在，他在她面前的情绪一如既往的稳定，如果不是又看到这条新闻，她真的以为已经没事了。

他从来不说。

"你怎么在这儿蹲着呢?"曲颂悦推开门,脚步生风地进来,和她说出去合影。

姜好按灭手机,起身。

曲颂悦走过来,帮她拍拍裙摆上的灰。

姜好垂眸,跟着一起整理裙摆,知道担心无用,眼下只能把演出收尾好好完成,再看看能不能早点回去。

二十五天的巡演在四月初落幕,姜好配合完所有集体活动,提前一天买机票离开。

曲颂悦要在当地多留几天,正好用休假的机会度假。

姜好在傍晚回到西城,刚进到家中,行李还堆在门口,便像是心有灵犀般接到陈嘉卓的电话。

一接通,听他声音不太对劲,好像很难受。

她心尖酸酸的,问:"陈嘉卓,你怎么了?"

他鼻息很沉:"没事,喝了一点酒。"

说话时,陈嘉卓在车后座,刚从一个饭局出来。

酒精烧胃,有些不舒服,但还不至于去医院,他忍下不适,靠在后座时,忽然很想很想她。

没在一起前,很多不经意的瞬间都会想起她,但也只有这一次是打通了电话的。

所以其实他心情还挺不错:"你订了明天还是后天的飞机?"

姜好撒一个谎:"明天呢,今天先休息一下。"

"好,我也是明天回去。"

他偏头看车窗外不断飞逝而过的一排排鳞次栉比的大厦,还有缤纷的霓虹灯。

过一会儿,他又低声问:"想我吗?"

她温温柔柔带着笑的声音响在耳边:"想呀。"

"有多想?"无聊的话一说出口,陈嘉卓就知道自己是真的喝多了,昏昏沉沉说胡话。他自嘲地勾唇,抬手把车窗一降到底。

那边,姜好安静一会儿,半真半假地撒着娇和他说:"想得差点哭了。"

陈嘉卓一下子笑出声,又因为迎风,湿湿凉凉的风灌进肺,呛得他不住低咳。

姜好知道他肯定没信。

不过没事,因为她提前买到了今晚飞去港城的机票。

姜好的人生中,好像还没有为谁这么千里迢迢地奔赴过。

陈嘉卓是第一个。

从港城机场出来，是晚上十点出头。路上的车不多，她穿一件薄薄的风衣站在航站楼外愣了会儿，在想自己真是经验不足，连惊喜都准备得如此不熟练。

她根本不知道陈嘉卓住在哪儿。

难道不可能在不联系他的情况下出现在他面前吗？

一阵晚风拂过，姜好忽然想到某天陈嘉卓在她手机上存下的何助理的联系方式，对她说如果有急事找不到他可以找何原。

她解锁手机，在通讯录里找到何助理的号码，拨通前默念了一声对不起，下班时间还要打扰人家。

电话通了之后，何助理公事公办地说了一句："你好，请问是哪位？"

姜好站直，先礼貌地问好："你好，何助理，我是姜好。"

"姜小姐？"何原进入工作状态，"您是有什么需要我帮忙的？"

姜好飞快说明来意，末了有些不好意思地叮嘱："我想给他一个惊喜，麻烦你先别和陈嘉卓说。"

"那当然。"何原其实也才到家没多久，几小时前两人通话时他就在副驾酸溜溜地听着。

能不能加薪，就看今晚了。

何原迅速周到缜密地替姜好将计划完善："姜小姐，陈总住的住宅区一般情况下的士是进不去的，我现在去机场接您，直接送您过去。"

经他提醒，姜好也想到自己遗漏的一点。

现在稍微高档一点的小区都有门禁，他家怎么可能给人随意进出。

她感激地道谢："那麻烦你了。"

何助理效率很高，没出半小时便接到姜好。

坐上车，姜好系上安全带，带了点庆幸的语气感叹："好顺利，还以为要多打几个电话才能联系上你呢。"

毕竟是陌生号码，又是下班时间。

何原客气地说出真相："可能是因为，陈总留的是我的生活号吧。"

他老板还真是百密无一疏，不然他可能真的接不到。

姜好更不好意思，但又很够义气地保证："放心吧，我一定找机会让他给你加工资。"

何原爽朗一笑："那我就提前谢谢姜小姐了。"

姜好弯弯唇，却在下一刻忽地想起陈嘉卓停职的事，一些因担忧带来的低落又浮现。她试探着问何助理："前些天你们公司是不是出了点事情？"

何助理说："是，姜小姐您知道？"

"我看到新闻了。"

她又问:"很严重吗?陈嘉卓会不会受影响?"

何助理温和地安慰:"确实有点棘手,好在都能解决。"

"可我听说……"姜好没说完,眉间凝出淡淡忧虑,她对事实一无所知,甚至无法分辨流言的真假。

"听说陈总停职的事?"何助理替她将没问出来的话补全。

"对。"姜好看向他,"是真的吗?"

"这件事有些复杂,不过我想姜小姐您不用太担心。"何助理面露迟疑,但还是很客气从容。

姜好点点头,没有往下追问,起码现在是知道了些确切信息。

她不再继续这个话题,转过头去看外面的街景。

小时候姜好跟在她妈妈身边来过港城,但是记忆已经模糊,后来认识陈嘉卓后总想再来看看,却一直没找到机会。

港城的夜景很漂亮,是和西城不一样的风格,机场附近红色的士繁多,沿途自成一道风景,高楼林立,无数亮着灯的小窗朦朦胧胧。

"晚上下过雨吗?"姜好问。

"下了一阵。这几天都是阴天,断断续续地下。"

从机场到陈嘉卓的住处,车程半个多小时。越接近目的地,姜好越难平静。

原来给喜欢的人制造惊喜的过程,自己会比他先感到开心。

她想,她会永远记得这个夜晚。

驶上环山公路后,姜好降下一点车窗,闻到空气中雨后郁郁葱葱的植物香,春木萋萋,依山傍水,静谧中处处浸着低调的阔绰。

往上转了几个弯,在半山处占地极大的独栋别墅闯入视野。

车子停在别墅正门前,姜好没有太多心思去欣赏,迫不及待地下车。

何助理替她将行李箱送下来,又及时拦住她按门铃的动作。

他轻咳一声,微笑地道:"我有陈总这边住处的密码,姜小姐可以直接进去。"

姜好双眸微微睁大。这好像也可以?

进去之前,姜好不忘和何助理再一次道谢,然后挥手道别。

何助理目送她走进,作为一个旁观者竟也跟着有些激动,边往回走边在心里感慨。

恋爱真好啊!

姜好将行李留在客厅。偌大的别墅,只留了几盏灯。她按照何助理的说法上了二楼,看到其中一个房间的房门半掩着,有灯光从门缝泻出。

她屏息,适时停在门前,轻轻叩响房门。

等待的每一秒,都在设想陈嘉卓看见她那一刻的惊讶神情。

然而过去将近一分钟,里面仍旧静悄悄,没有任何动静。

不是这个房间吗?

姜好开始怀疑自己,甚至涌出淡淡的后悔,在想是不是有些冒失,也担心会弄巧成拙。

但已经走到这儿,好像也不能回头了。

一鼓作气,姜好推开房间的门,往里走了几步。

在看到静静睡在床上的陈嘉卓时,她松了一大口气,又笑起来。

傍晚的电话里,他说喝了一点酒,但肯定不止,因为他这样爱干净的一个人,甚至没有换衣服就躺下睡着,房间的灯也彻亮。

姜好蹲在床边,轻轻推一推他,叫他名字。

陈嘉卓睡得不沉,只是酒劲没过,头还晕着。睡梦中听见熟悉的声音,他徐徐睁开眼,眼底有些微的红,被顶灯的光刺得皱眉。

眼前由模糊变清晰时,他看见了姜好。

他面上无惊无喜,就这样静静看着她,凝望许久。

久到姜好等不及地出声,摸摸他仍微微蹙着的眉,问他是不是还在醉着。

然而没等到回复,下一秒,她被攥住手腕拉至他胸前,后颈受力,被温热掌心压低,带着浅淡酒气的吻虔诚地落下。

这个吻又回到第一次的吻法,亲密中带着些恪守不渝。

姜好主动拿舌尖抵开他的牙关,胳膊攀上他的肩将吻加深。

该享受着沉溺其中的陈嘉卓却倏地一愣。

这感觉太真实了,真实得不像一个梦,近在咫尺的呼吸和唇齿之间的灼热触感让他渐渐清醒。

得不到回应的姜好睁开眼,怔怔地问怎么了。

陈嘉卓启唇,嗓音低哑:"我不在梦里吗?"

"当然不是梦。"姜好退开些让他看清自己,笑着问,"开心吗?我给你的惊喜。"

她映在顶灯落下的光里,比天使更像天使。

他眼眶泛热,舍不得移开眼:"开心。"

这些天最开心的时刻是从她出现在他眼前开始计算的。

原来黄粱美梦醒来,不是一场空。

陈嘉卓撑起身,将姜好拉起来坐在床边。

"怎么找到我这儿来的?"

"麻烦了何助理。"姜好没忘记帮何原美言儿句,"还好有他帮忙,不然我的计划就中道崩殂了。"

她的回答在陈嘉卓意料之中,但他还是夸她:"很聪明。"

"但下次不要这么晚赶过来了,不安全。"

姜好立刻毫不犹豫地点头,听话得像个好学生。

拥抱了一会儿,他闻到自己身上的酒味,再低头看一身发皱的衬衫:"我先去洗个澡,你在这儿等我一会儿?"

"好。"

去浴室之前,陈嘉卓先下楼将她留在客厅的行李箱拎上来。

他去洗澡时,姜好才开始仔细打量这个房子。

站在卧室的阳台,视野旷远,能将山脚下的城市风景纳入眼中,再近一些是开春后逐渐浓郁的山间景色。

一楼的花园大到离谱,方才进来时要不是有何助理带路,她甚至找不到正厅的大门在哪个方向。

只是太空了,他好像没有一点心思去布置这个大到会有回音的家。

姜好想到那个晚上,他回答她的话。

他说他会一直一个人,如果她和别人结婚了的话。

她当时根本没有心思去判定那句话的真假,只是无端心痛,仿佛真的顺着那句话想到了他独自过完一生的人生。

现在再想起,姜好觉得他可能真的会做到。

因为他好像已经习惯一个人了。

陈嘉卓洗过澡,换了干净睡衣回来时,姜好已经等得有些犯困。

她今天其实很累,坐了十几个小时的飞机回到西城,几乎没有做任何休息又立马启程。

"今晚就在我这个房间睡可以吗?"

陈嘉卓去床边把被子铺开,然后走到坐在软椅上的姜好身前,耐心等她回话。

姜好没说话,抬手抱住他。

分开太久,对他的想念和关心堆叠在一起,她闷声闷气地道:"陈嘉卓,我真的好想你。"

陈嘉卓听出她语调里的难过,心上像被一根细线系紧,拿指腹抚她薄薄的眼皮,问她怎么了,是不是被谁欺负了。

姜好摇摇头:"你呢,有没有受委屈?"

他笑了下:"不顺利的事或多或少会有,但不会受委屈。"

她不放心地叮嘱:"你要对自己好一点。"

陈嘉卓神色一怔,像是在听什么处世箴言,认真地答应她:"好,我记住了。"

时间很晚,姜好一边说着话,眼皮渐渐变重,强忍着瞌睡去洗了澡,出来之后就在陈嘉卓的床上睡着了。

这一觉睡得久。

次日清晨,陈嘉卓比她早起很多,中途进房间叫她起床,她醒是醒了,但困得直流眼泪。

他问她要不要起来先吃点东西,她的脸埋在枕头里,隔了很久才缓缓点了两下头,估计根本不知道他在说什么。

舍不得再吵她,陈嘉卓帮她理了被子,由她继续睡。

他去书房处理完剩余的工作,再抬腕看一眼时间,已经过了吃午饭的点。

再进去时,姜好还是保持原来的姿势。

她睡觉很老实,昨晚在他怀中睡着的,将近一个小时里一动未动。

但即使是这样,他还是起反应了,所以后半夜他去了隔壁房间睡。

他不知道姜好有没有发现。

"小好,醒一醒。"陈嘉卓坐在床边,用手指轻轻将挡在她脸上的碎发往后梳。

姜好补足觉,眼睛睁开得很快,丝毫不拖泥带水地坐起身。

但起身后又好像还处在待机状态,睡蒙了,顶着乱蓬蓬的长发抱着被子发呆。

陈嘉卓忍笑,不知道她怎么会这么可爱。

"要不要去外面的餐厅吃?"

姜好闭着眼摇头,她刚醒,还不是很想出门。

"那我先去叫餐,你洗漱完到餐厅找我。"

眼看她又要躺下,陈嘉卓伸手扶住她的肩膀:"再不起来吃饭胃要饿坏了。"

他拿床头的遥控器把窗帘打开,自然光打进来,照亮整间卧室。

"今天天晴了,吃完饭和我出去逛逛好不好?"他半哄着,像照顾小朋友。

她说"好",果然很快醒神,掀开被子下床去洗漱。

洗漱完精神很多,她下楼去餐厅找陈嘉卓,结果走反了方向,多绕了一大圈才看到他。

他坐在椅子上,姿态懒散闲适地看着手机。瞧着他丝毫不受风波影响的样子,姜好心中的小石头移开一些。

见到她过来,陈嘉卓把桌子上倒好的温水递给她,又叫她看看自己选的餐是否合口味。

她刚起床,他没点口味重的,选了几道清淡的菜。

姜好点了点头,陈嘉卓才确定下单。

他身上穿的还是昨晚睡觉时的灰色短袖,显然一上午都没有出门。

姜好问:"你今天没工作吗?"

"没有。下午要出去和一个朋友见一面,往后一段时间我都比较空闲。"

陈嘉卓停职有好几天了，泊远的工作已经完全放手，上午何助理一个人回了西城，君懋那边有他把控着足够了。

姜好举起手掌，五指张开，兴冲冲地说："我也有五天休假。"

她心情很好，语调上扬地憧憬道："我们可以好好约会啦。"

陈嘉卓和她想的一样，他从今天早上就开始为后面几天的行程做准备。

午餐送到后，陈嘉卓先给她盛了一碗汤，她空腹吃东西太急会反胃，先喝汤暖暖胃会好一些。

姜好吃得细嚼慢咽，他先吃完，放下筷子，看一眼手表，快到和朋友约定的时间。

他问姜好要不要和他一起去。

"你们是谈正事还是单纯见面叙旧啊？"

"和公司的事有关，但不会很久。"

"那我还是不去了。你和他慢慢聊，我在家里等你，你结束了再来接我。"

姜好对他工作上的事不感兴趣，等在一旁既无聊，他还没法专心谈正事。

她不想去，陈嘉卓就不强求，自己上楼换了衣服。

他不急着走，换完衣服又回去陪她把饭吃完。

姜好从他出现在自己视线范围内便开始看他，一路盯着他坐回餐桌对面。

陈嘉卓在给自己倒水，借着间隙去看她，等她发问。

她故作深沉地开口："你那个朋友，男的女的啊？"

"男的，怎么了？"

姜好说："没事，就是看你穿得过于惹眼了。"

他轻笑，没有否认："这不是待会儿要和你约会？"

但真要说多隆重也谈不上，就是一件普普通通的深色牛仔外套，内搭是黑T，高高瘦瘦的那种挺拔感，像个高中生。

姜好嘻嘻笑两声，目光又移向他的脸，继续打量："你是不是剪头发了？"

"嗯，稍微修了下，上周的事了。"

是准备去陪她过生日之前，想着总归要好好收拾一下，结果她不让他过去，生日当天只在视频里说了句祝福。

"专心吃饭。"

"哦。"姜好重新拾起筷子，"怪你太帅啦，让我……"

她停住，沉思该用哪个成语形容最贴切。

"废寝忘食？"果然，书到用时方恨少。

陈嘉卓被逗笑，笑完又正色提醒她："饭要凉透了。"

下午陈嘉卓出去时，姜好窝在客厅那张大沙发上和喻桃打电话聊天。
喻桃是唯一知道她来港城的人。
姜好和喻桃感叹完陈嘉卓家里的豪华，继而怏怏地说："我之前以为他高中来我家住是度假，现在感觉那应该算是体验生活。"
简直是纡尊降贵。
陈嘉卓在生活习惯上一点也不骄奢，让她时常对他的身价没有多直观的感触，直到住进这个寸土寸金的地段。昨晚听何助理说，他在港城的房产不止这一处，只是这里靠近市中心，方便出行而已。
喻桃在那头笑得没正形："什么语气啊，当阔太太还不开心？"她不准姜好乱想，"你家书香门第哎，又不差，可别因为这点小事心烦啊。"
姜好说她知道，她也不是畏缩，只是两人在一起，她肯定要将他的家庭考虑在内。

陈嘉卓没有在外面耽误多长时间便回来。他到家后，姜好回楼上换了衣服和他出门。
今天天气返晴，温度比前两天都高一些，陈嘉卓本来把牛仔外套脱下，但出门前见姜好穿了一条长裙，又不动声色地拿起放在一旁的外套带上。
陈嘉卓开车。车子开出别墅没多远，在环山公路上和一辆黑色库里南相向而遇，离得还有一段距离时，那辆车忽然鸣笛。
姜好在副驾看手机，被吓了一跳，抬头朝前看，没明白对面的车在干什么。
擦肩而过时，那辆车放慢车速降下车窗，主驾一个年轻男人探出脑袋像是在看她，但陈嘉卓已经比他提前一步把两边的车窗都升上去。
防窥膜效果很好，那人主意落空，没意思地坐正。
姜好后知后觉，他们应该是认识的。
不等她问，陈嘉卓先解释："是我堂弟，也住这附近。你要是碰见他，不用搭理。"
姜好不由自主地脑补出一些豪门恩怨，紧张地问："他很坏吗？"
陈嘉卓一笑："不是，是很烦，说话也无聊。"
"噢，我知道了。"姜好看看手机上刚刚搜出来的打卡点，和他说，"我想坐这边观光的双层巴士。"
陈嘉卓有求必应，点点头："这个点，估计只能赶上夜景班车了。"
坐之前，先去附近吃了饭。
午饭吃得晚，姜好还不是很饿，只要了一份滑蛋饭和一杯鸳鸯奶茶。
到最后饭没有吃完，奶茶反而喝得见底，陈嘉卓帮她丢垃圾时，掂量一下杯底余量："喝太多当心晚上睡不着。"

姜好心态很不错："那就睡晚点。"

她抬头望望天空："我们今天估计看不到落日了。"

她在手机上查攻略时,"双层巴士"和"落日飞车"这两个词组合出现的频率很高,配上风景图让人期待不已。

陈嘉卓很快给出解决办法："要是喜欢,明天我们出门早一点再坐一趟,或者过两天带你出海看落日。"

"出海?"姜好一下子来了精神,"是坐船吗?"

"嗯,游轮,但我不知道和坐巴士上看的效果是不是一样的,要不然还是……"

"不用!"姜好很快做出选择,"就出海看吧,我更喜欢看海上落日。"

两人从起始站坐上巴士。这班车游客少,他们顺利选到了第二层的靠后位置。

夜风猎猎作响,刚开出去一站路,姜好就打了个喷嚏。

陈嘉卓将一直搭在手上的牛仔外套递给她。

姜好套上,问他冷不冷。

陈嘉卓说不冷。他低着头,在帮她挽长出一截的袖子,两边各折两道后,他握住她的手:"我的手是热的。"

手就这样握着,没松开过。

虽然没看到落日,但港城的夜景也同样好看。

巴士行驶到街市,车速降了下来。路过一家正放着粤语歌的店铺时,姜好听到几句熟悉的调。

开出那段街市后,姜好边回忆,边生疏地唱了一小句。她乐感好,没有跑调,但每个字的发音都不准,还没唱完,便看到陈嘉卓眸中的淡淡笑意。

姜好难为情地止住:"我好像听过这首歌。"

"《不许你注定一人》。"陈嘉卓说。

"什么?"她没反应过来。

"歌名。"

姜好"哦"了一声,她猜到他应该会知道,因为这首歌还是从他车上听来的。

"刚刚那两句歌词是什么意思?"

陈嘉卓给她翻译:"不许你注定一人,永远共你去抱紧。"

"你会唱吗?"她凑近。

他翘起唇角,知道她下一句要说什么:"我唱得不好。"

姜好捏捏他的手,撒娇道:"唱一点点嘛。"

陈嘉卓在她面前好像缺失说"不"的能力,被她用乞求的目光看一会儿,胜过旁人的千言万语。

于是,姜好便听到他用低低沉沉的嗓音,唱完副歌部分。

短短几句,她心动一次又一次。

最后一句唱完,陈嘉卓有些不好意思,抵上她额头,低头去亲她,为自己讨要奖励。

好似映衬了其中一句歌词:简单的一吻,手心的抖震,示意我再不必孤单寄生。

坐完观光巴士,两人又在附近逛了许久才回家。

陈嘉卓下午的话一语成谶,入夜后,姜好真的失眠了。

但不仅是因为那杯鸳鸯奶茶,还因为她睡了一整个上午,和没调回来的时差。

陈嘉卓早上起得早,现在已经是他平时睡觉的点。准时的生物钟让他睡意明显,已经合眼准备休息。

姜好尽量减少自己的存在感,悄无声息地调整姿势。

翻第二个身时,她猛然想到昨晚半夜醒来时身侧好像是空无一人的。

她在一旁翻来覆去,陈嘉卓不可能感受不到。

他伸手把她捞过来,教她:"闭上眼睛,什么都别想,一会儿就睡着了。"

姜好按照他说的实践,尝试入睡,但失败了。

她睡不着,总想找人说说话:"陈嘉卓。"

"嗯?"他淡声回应,困倦感很重。

"你身上香香的。"

他还是闭着眼,但笑了一下,胸腔微震。

姜好像只小狗一样耸耸鼻子:"好像是沐浴露的味道。"

"明天给你买……"他快要睡着,说话不经思考,几乎是凭本能在回答她,敷衍中带着笨拙。

"我要沐浴露干吗啊?"

安静一会儿,姜好以为他彻底睡着,试探着再次开口:"嘉卓哥哥?"

这次,没有再得到回应。

"真睡了?"姜好嘀咕一句,准备转过身睡觉时,身后忽然响起一道极淡的叹息声。

然后陈嘉卓翻身,将台灯打开了。

姜好忽然心虚地闭上眼,但为时已晚,他身上沐浴露的香味逼近,丝毫没有打算放过她这个扰人清梦的罪魁祸首。

陈嘉卓话里带笑:"现在想睡觉了?"

姜好只戾了一秒,立刻睁眼:"没有,我还是不困。"

他撑在她上方:"再叫一声。"

"叫什么?"她装傻，嘴巴闭得死死的。

陈嘉卓捏她两腮："叫我。"

她叫他大名："陈嘉卓。"

他好整以暇地看她，干脆不周旋了，直接俯下身去吻她。

姜好惊呼一声，尾音被封在唇间。

仿佛下一秒就要到世界末日的吻法，氧气濒临殆尽，床单被两只十指相扣的手压出褶皱。

姜好回应得越来越慢，又忽地被来不及咽下的口津呛到，偏过脸咳个不停。

陈嘉卓坐起身靠在床背上，也把她抱起来，力道轻轻地给她拍了拍背。

温柔得和刚刚的他好似是两个人。

台灯光线昏昧柔和，姜好面上绯红，唇上水光潋滟，心有余悸地靠在他身上。

还没缓过劲，陈嘉卓没头没尾地问她一句："你给我负责吗？"

姜好的手被他牵住，她愣一下，看着他深邃的眼眸，忽然懂了。

他任由她自己发挥，颈间那颗小痣也交由她支配，姜好惦记了许久，覆唇上去，用了一点力地啄吻。

这之后，陈嘉卓带她从卧室出去。

"去哪里？"姜好问。

"不是不困？找部电影看看。"

别墅的负一楼是休闲区，陈嘉卓买下这栋房子的时候就有，他很少用但保留下来了。

拐了几个弯，进到放映厅。里面有三排座椅，能坐十几个人。

陈嘉卓选了个偏文艺风的爱情片。

姜好问："这个会不会有点无聊？"

他认可地点头："选个无聊的，看一会儿就睡着了。"

姜好笑出声："有道理。"

影片开始放映，高清的大屏幕和音质极好的音响，让无聊的文艺片都提升了几个档次。

看到一半时，姜好已经能猜到后面的大概剧情。

内容不出意外的俗套，是一个有情人各散天涯的故事。

大家族不食人间烟火的少爷不想继承家业，偷偷跑到穷山僻壤当了一名美术老师。女主角是当地小镇上的电子厂女工，是个会在菜市场为几毛钱的葱斤斤计较、不折不扣的市井小民。两人格格不入，他鄙夷她的小家子气，她瞧不上他的假清高。

直到某天男主角被混混围堵打劫，女主角路过，不计前嫌地救下他，这是故事的转折点。

和寻常的爱情电影走向一样，天差地别的他们从两看相厌到抵死缠绵，并约好一起去一个更远的北方小镇定居。但在男主角家人找来时，女主角毫不犹豫地收下巨额支票，毁掉私奔的约定，并讽刺地点破他的异想天开和不知疾苦，两人彻底决裂。

到这儿，故事进行了一大半。

姜好偏头看身旁的陈嘉卓，他支着头，脸上没什么带有主观情绪的表情，像在看纪录片。

她分析剧情："按照惯例来说，女主角拿支票肯定另有隐情，可能是为了让男主角死心，回到正常生活。"

陈嘉卓点头，虽然这类片子他看得少，但剧情不难猜。

继续往下看，后续发展果然和姜好的猜测如出一辙。

更狗血的是，男主角在多年后发现了女主角离开的苦衷，去找她时才知道她一个人去了他们曾经约定的北方，却在某个下班的夜晚碰上酒鬼，不幸遇害了。

虽然俗套，但女演员演技实在不错，去世前走马灯一般的回忆杀和漫天大雪，悲景衬悲情，还是让姜好眼眶一红，落下几滴泪。

陈嘉卓转头时看见她满脸泪痕，就知道多愁善感的小音乐家又难过了。

他给她擦眼泪，有些无奈地安慰："不哭了，电影都是假的。"

"可我是真的伤心了。"姜好吸吸鼻子，悲观地想起自己，"要是也有人拿支票叫我离开你怎么办？"

"那你收下，买点东西吃。"

姜好一下子笑了，眼睛一弯，又挤出几颗金豆豆："我是认真的。"

"我也是认真的。"陈嘉卓换了张纸给她擦睫毛上挂着的泪珠，"但实际上，我不会让那些人出现在你面前。"

如果和他在一起会受伤，那他会比她更痛苦。

姜好睁大眼睛看他，半信半疑，想了想还是直接将这几天的疑虑说出来："你可以和我说说你停职的事情吗？"

陈嘉卓抬眉，对她知道这件事有点意外："何原说的？"

"不是。"她说，"我从手机上无意间看到的。"

"停职是我主动提的。"他能猜到，姜好是在担心他还没有强大到能和整个家族抗衡。

她担心他有一天会像电影中的那个男主角一样，被迫在事业和爱情中做抉择。

他思考一会儿该怎么解释："你可以理解成提前避险，是好事，不用担心我。"

姜好似懂非懂。

"相信我吗？"

她不假思索地点头。

"我们不会被任何人干涉。"陈嘉卓起身，将她打横抱起来，"去睡觉？"

她说"好"。

折腾半宿，再回到卧室的床上躺下确实比之前困很多。

"你明早早点叫我起床好吗？不然我时差调不回来。"

"嗯。"

"晚安。"姜好说。

陈嘉卓问她还难不难过。

她摇摇头："好多了。"

他给她盖上薄被："晚安，做个好梦。"

次日，姜好八点出头便起床了。

两人在餐厅吃早饭时，门铃突然响起。

"你今天约了客人来吗？"

姜好知道钟点工阿姨每天都是下午来，而且有别墅的密码，不需要按门铃。

陈嘉卓说没有，把涂好果酱的热吐司递给她，起身去门口接通可视门铃。

过了一会儿，那边有开门的声音，接着，一道狗叫声突兀地从客厅传来。

"Buck，坐下。"男人的声音，但不是陈嘉卓，说的还是粤语。

姜好回头，不知道要不要起身去看看。

但很快，进来的人就跟着陈嘉卓走到餐厅了。

姜好认出是昨天在环山公路上遇到的那个开库里南的年轻男人。

他比陈嘉卓矮一点。虽然是有血缘关系的堂弟，但长相丝毫不相似，穿一身休闲运动装，美式背头，笑容幅度很大，露出一口白牙，朝她招招手："Hello，阿嫂。"

这称呼听起来很怪，但细想又没什么问题，她只能硬着头皮应下，礼貌地微笑："你好。"

陈煜朗默默打量姜好，她有一双大大的钝圆眼，明亮有神，白皮肤，长得很无害。

他自报家门，指一下陈嘉卓："我是他弟弟，陈煜朗，你也可以叫我 Caleb。"

姜好正要开口说自己的名字，却被站在一旁的陈嘉卓出声打断。他拖出餐桌旁的一把椅子:"坐这儿吧。"

陈煜朗耸了耸肩,在他指定的位置上坐下。

坐好后,他向姜好说明来意:"我在遛狗,外面突然下大雨,就近来这儿躲躲雨,多有打扰了。"

姜好忙说没事。

桌上的早餐足够三个人吃,陈嘉卓叫他自便。陈煜朗点头,不拘谨地动手挑了爱吃的。

陈嘉卓坐回姜好身边,问她最后一片吐司是涂果酱还是花生酱。

姜好选了花生酱。

陈煜朗打量一会儿两人的互动,心里称奇。

他安静不了几分钟,开始和陈嘉卓抱怨起公司的事。可能考虑到姜好在场,他没用粤语。

也因此姜好能听懂他的话。

陈煜朗直呼陈胜恺大名,话里话外都是嫌弃,评价他脑袋里灌的都是糨糊还总自以为是。

陈嘉卓听着,偶尔搭一两句,不说任何带有指向性的话。

姜好默默观察,能看出两人关系不生疏,虽然没有朋友之间的坦诚,但可以处得来。

陈煜朗抱怨完,开始苦口婆心地劝陈嘉卓回公司:"二哥,吓唬吓唬爷爷得了,他也叫我去联姻过,老古板年纪大了,别同他较劲咯。"

闻言,在吃吐司的姜好微微抬眼。

"好了,别说这些。"陈嘉卓让他打住。

吃过早饭,姜好先离桌回了楼上房间。她和陈煜朗不熟,面对面也没有话聊。

她离开后,陈煜朗又继续刚才的话题。

"先前爷爷也不同意我娶 Abby 啊,现在不也结婚了。"

"那怎么不办婚礼?"陈嘉卓淡声,问得直接。

一句话便让陈煜朗哑口无言。

各退一步罢了,陈煜朗和他妻子结婚却不见得多爱她,否则也不会连结婚证都是在他们的第一个孩子出生前才草草领的。

他只是不想受摆布,所以才会找个差强人意的人做妻子,挡掉不自由的联姻,也方便他继续在外花天酒地。

但他不敢大张旗鼓地办婚礼,过午甚至大部分时候都只带孩子来老宅,不见他妻子踪影。

他也没想过为他妻子争取一份认可。

没多久,外面雨停,陈嘉卓让陈煜朗带着他的狗回去。

"公司的事如果棘手,可以去找姑姐,我停职后就不会插手任何决策。"

"OK啊。"陈煜朗摸摸鼻子，回得心不甘情不愿，但没办法，对面已经开始赶客。

陈嘉卓上楼找姜好时，她正躺在阳台的躺椅上和外婆打电话。

之前还在巡演时，外婆就担心她在外面吃不好，让她回西城后来家里住一段时间补补身体。

姜好都不在西城，自然没法住回去，今天和他们报个平安，解释了还有几天才能到西城。

下过雨的阳台，空气很清爽。

挂了电话，姜好继续在躺椅上闭目养神。

陈嘉卓不会说她大清早就躺着无所事事是坏习惯，甚至找了条毯子给她搭肚子上，提醒她别着凉。

他在另一边的躺椅上坐下。

"刚刚陈煜朗说的话，你别往心里去，我不可能联姻的。"

"我知道。"姜好睁眼，笑得讨巧，"你说过非我不娶的，我很放心啦。所以为了你的幸福着想，我要留在你的身边。"

这种话，换了谁和她说，她都会觉得别人油嘴滑舌。

但陈嘉卓可以叫她相信。

陈嘉卓眸中露笑，认领了这句话。

"非她不娶"对他来说不是誓言，而是一种祝福。

"对了，你父母是做什么的呀？"姜好给自己解释，"我就是想多了解你。"

她家的情况他已经很清楚，但她对他的了解好像还不够多。

陈嘉卓很愿意说给她听。

"他们不从商。我父亲做的是生态学研究，我母亲你应该有些印象，她是建筑师，博士期间的导师就是你外公。之前他们主要在国外工作，这两年陆续回来定居了，他们两人都还挺温和，以后有机会见面你会知道。"

当然，这个温和只限于表面。尤其是他父亲，做了大半辈子的学术，骨子里还是精致利己者。

陈嘉卓本来还想再提几句关于他爷爷的话，但想想还是算了。

陈煜朗有一句话没说错，他是个老古板。

估计以后姜好和他的接触也不多，提不提影响都不大。

"家里其他亲戚比较多，但来往少，一般一年里也就见个一两面。"

姜好听得仔细，最后了然地点点头。

"还有什么想知道的吗？"

她想一想："暂时没有了。"

她又笑起来，玩笑道："感觉我俩像在相亲似的。"

陈嘉卓接她的话往下问："那你对我还满意吗？"

"超级满意好嘛。你这个条件要是真放到相亲市场上，大家会觉得你有什么隐疾。"

他好像对她提起的相亲很有兴趣："相亲之后要做什么？"

"嗯……"姜好回想一下之前听同事说起的流程，"相亲的人一般是奔着结婚去的，互相都满意的话，就自然而然当男女朋友处着吧。约约会培养感情，如何合适，就等差不多的时候去见家长，接着应该就是商量礼金挑个好日子订婚了。"

说到这里，她倏地坐起来，像是灵光一现，但语气很坚定："陈嘉卓，这次回西城后，我正式把你介绍给外公外婆好吗？"

以男朋友的身份。

陈嘉卓怕她从躺椅上摔下来，伸手扶住她，点头说"好"。

他又道："但我觉得，外公外婆可能已经知道了。"

因为下雨，姜好在别墅里待了一整天，也将这栋房子完整地逛了一遍。

房子的风格完全不是按照陈嘉卓的偏好设计的。

他在国外住了很多年的公寓，姜好去过一两次，是黑白灰的极简风，里面有一些后来慢慢添置的木质家具，虽然也很随意，但比这边更像家。

这里很符合姜好对一些中年富商的刻板印象，满屋都是不穿拖鞋踩上去凉透脚心的大理石地面，还有晚上开了灯闪得晃眼的水晶大吊灯，金碧辉煌得像个宫殿。

她委婉地问陈嘉卓："你住进来之前是不是没和设计师沟通过？"

他懂她话里的意思，忍不住笑。

"我搬来前这边已经装修好了。这套是从一个做投资的叔叔手里买来的，房子装修完，他没来得及住就破产，急着用钱，所以转卖给我。"

陈嘉卓原先没打算要，但因为和那位叔叔有些交情，见他四下无门才答应接手。

虽然不是特别满意，但这个地段还不错，几千平方米的房子重新装修起来也麻烦，就将就住着了。

对姜好来说，这房子唯一的优点是休闲设施应有尽有，看得出上一任房主是个会享受生活的人。

姜好在负一楼玩了一下午的保龄球，原本还想去室内泳池的，但因为陈嘉卓太久没回这边住，泳池的水抽干了，而且她也没带泳衣。

西城现在的温度还需要穿在外套里加一件毛衣，她来得急，离家时只匆忙从衣柜里翻出几件适合在这边穿的衣服。

下午时她随口和陈嘉卓提了一句，晚上刚吃完饭，便陆续有人送来好几排的当季新品，都是她常穿的那几个牌子。

姜好坐在客厅，看那些穿着黑西装的送货小哥离开，评价他："你这样真的很像个霸总。"

陈嘉卓看着电脑，闻言弯一下唇。

因为下午陪她玩保龄球，陈嘉卓堆积了一点君懋那边的工作没完成，但为了和她聊天，没去书房，就坐在她旁边用电脑。

"明天出海，下午不是说没有带漂亮裙子，你难得有时间去一次，不要留遗憾。"

她的事，即使无足轻重，他也会放在心上，处处细致。

姜好翻身，趴在沙发背上从客厅旁的大窗户朝外看，天幕还没有黑透，但看不出天气如何。

"明天就能去海上了吗？这两天一直断断续续下雨。"

"我看了天气预报，往后一周都是晴天。如果还有雨，就在船上多住一天怎么样？"

"好啊。"姜好更加期待。她去沿海城市玩时坐游艇出过海，但还没有在海上过夜的经历。

"我们明天几点出发？我去收拾要带的衣服。"

"不着急，明天再准备也可以。"

姜好没被他劝住，趿着拖鞋要上楼："游轮应该有统一的启程时间吧，我担心太迟了会赶不上。"

陈嘉卓说："明天只有我们两个人。"

"嗯？"姜好回头。

"游轮是我私人的，什么时候出发都可以。"

姜好默了一瞬，问他："我猜猜，你是不是还有私人飞机？"

陈嘉卓确实考虑过，但最后没有买。他说："不太实用。"

游轮其实也很少用到，买来之后仅有的几次使用都是为了谈生意，偶尔会租借给认识的人办活动。昨天上午他一早便联系了秘书，交代他安排人把游轮清理干净，再找技术部人员做了保养检修。

买来这么多年，到现在才真正发挥价值。

他想将姜好的生日补上。

出海时间选在吃过饭后的下午。

姜好带了一个行李箱，上午收拾衣服时陈嘉卓要来帮忙，被她拒绝了。

洗漱用品那边全部有，姜好准备了一些在海上需要用的防晒护肤品和换洗衣服，除此之外，她还带了一条长裙。

是从昨晚送来的那一排排新衣服里挑中的。

但她现在还不好意思让陈嘉卓看见。

两人抵达港口时,姜好才发现自己将他口中的游轮想得太普通了。

这艘游轮一共五层,比船更像座长长的白色房子,两侧都有很多个方方正正的小窗户,甲板的面积可以停靠好几辆汽车。

港口专门维护这艘游轮的人员上前,一边替他们接过行李,一边和陈嘉卓汇报准备工作。

比如,舱内的餐厅二十四小时都有人,除去两名船员外,游轮上还留了八名侍应生。

陈嘉卓颔首,道了声"辛苦",便牵着姜好登上游轮。

游轮驶离港口后,四面皆是一望无际的海平面。这片海域远离城市,视野辽阔,看不到高楼,远处只有连绵不绝的山峦。

姜好站在甲板上远眺海景,波光粼粼似撒满金箔的海面,放晴后的蓝天好似会在尽头与海平面相连,葱郁的青山堆叠,相互辉映。

她明明没有来过,却莫名地熟悉。

陈嘉卓从她身后侧走来,抬手给她戴上鸭舌帽。

她回身,怔怔盯了他几秒,忽然道:"我想起来了!"

"想起什么?"

"你高中用的头像是在这儿拍的吧?"

"你还记得?"陈嘉卓不免惊讶。

"是呀,印象很深刻的。"

可能是因为当时陈嘉卓的真人头像放在她的好友列表里面显得格外清新脱俗,她看到的第一眼就觉得拍得很好。

两段记忆恰逢其时的重叠,姜好的心头生出一种玄妙的宿命感。

认识陈嘉卓的第二天,她坐在去往学校路上的车里研究他的头像图片时,应该怎么都没想到会有这样的时刻——他们一起来看他曾经看过的景色。

海上风大,看了一会儿海景后,陈嘉卓带她进船舱。

姜好跟在他身后,直接搭乘电梯上了四楼,过道地面铺着软毯,踩上去虚虚下陷。

陈嘉卓抬手用指纹解锁其中一扇房门:"这里只有我住过一两次,没有其他人来过。"

货真价实的海景房,进去后转过头便能看到窗外一片湛蓝。

延伸出去的露台放着软沙发,坐这儿观海,比在甲板上体验更好。

姜好拉开玻璃门,探身左右望一望:"这个方向能看见落日吗?"

海上没有任何标志,她分不清东南西北。

"可以。"陈嘉卓抬腕看表,"半小时后,船员会调整方向。"

接近傍晚时,有侍应生过来送甜品,托盘一个接一个放在露台的圆桌上。

但姜好无暇顾及。

游轮按照原定计划改变航线方向,劈开海浪缓缓行进,好似离太阳越来越近。

余晖将海面染成橘红色,落日在两处山峦之间渐渐下坠,像是即将要沉入海底。

一切的一切都很壮观宏丽,撼人心魄。

姜好趴在栏杆上,海风将她的长发朝后吹,她目不转睛,直至最后一缕阳光隐没。

陈嘉卓从后拥住她,将从她那儿听来的词稍作改编:"这是不是叫落日飞船?"

姜好大笑起来,大声回答:"是!"

夜幕降临,两人准备出房间吃晚餐。

出门前,姜好问:"还是在二楼的餐厅吗?"

陈嘉卓一顿,说:"不是,晚上换个地方,在顶层。"

"那你先去吧。"

"怎么了?"陈嘉卓没动,"没关系,可以晚点再去。"

"我要换裙子。"姜好面热,推推他,不让他等自己,"你这样可就没有眼前一亮的感觉了。"

陈嘉卓笑了一下:"好,待会儿直接去楼上找我?"

姜好朝他比了个"OK"的手势。

担心出行不方便,她今天还是选了以舒适为主的长裤和长袖衫,但裙子也得用上。

换好长裙后,姜好坐在床边给手腕上喷香水。带的是便携装,小小的圆底玻璃瓶,担心放在床头柜会被不小心挥落,她顺手拉开下面的抽屉,将香水放进去。

收回手时,她的目光忽然凝在抽屉里的一个扁扁的小方盒上。

脑海中已经在第一时间给出最大可能性的答案,但她还是拿出来近距离地看了一眼,又烫手似的丢回去。

虽然没用过,但不难认出那是什么。

姜好若无其事地关上抽屉。

水到渠成时,也不是不能用。

提着裙子去顶层,姜好走的楼梯,刚踏至最后一阶便看出这一层的不同之处。

四面都是落地玻璃窗，海景配上灯光，如梦似幻。

还有丝带、烛光、玫瑰、香槟酒……

她望着从餐桌边朝自己走来的陈嘉卓，问道："你这是要求婚吗？"

不怪她误会，如果不是陈嘉卓提前知道内情，也会以为误入了什么求婚现场。

他和她解释这边是秘书布置的，准备得匆忙，缺了点新意。

"求婚还有点早。"陈嘉卓笑着看她，"裙子很漂亮。"

姜好昂首，被夸得很开心，本来还有的一点害羞被冲散，像只傲娇小猫，在他面前轻盈地转了一个圈。

陈嘉卓得以看清这条裙子的全貌。

淡淡的粉缎面料，在灯光下有珠光宝气的美感，裙摆不浮夸，垂落在瘦窄的脚面上，两根细带挂在肩头，除了交叉的缎带外，后背几乎没有任何遮挡，露出大片的瓷白皮肤。

他眸色暗了一瞬。

这时，穿马甲衬衫的侍应生推着双层蛋糕从电梯口出来，姜好看到后便懂陈嘉卓的用意了。

原来是为了补她的生日。

这一晚的最后，姜好看到了特意为她准备的烟花。

她走到室外仰头望着一道道焰火从甲板升起，又在天空绽放，像是属于夜晚的彩虹。

长时间仰望夜空，让姜好有种近乎眩晕的失重感，她张开双臂朝后一靠，稳稳地被身后温热的怀抱接住。

具象化的幸福将她包围。

有时，姜好会觉得自己很幸运，遇到了一位造梦者，多出无数本该与她无缘的快意。

焰火在黑夜中熄灭后，浮华褪尽。

游轮静静停泊在海面上，海浪声入耳。

她转身扑进陈嘉卓怀中，踮脚在他脸上亲出一个响亮的吻。

他很受用，笑得眼弯。

穿漂亮裙子，总要留下几张照片。

陈嘉卓掌镜，看她在镜头中笑容灿烂、明眸皓齿，明明隔了几步，却觉得很近。

他很高兴看到她在自己面前这样生动快乐。

那天陪外公钓鱼时，外公直言问他是不是和姜好在一起了。

他没说谎，但点头时内心忐忑，知道自己家里情况复杂，而外公更希望姜好找个家世相当的丈夫，平平稳稳地生活，即使婚姻出现问题，也不用担心被掣肘。

外公也没有同他绕弯子，如他所想的那样说出自己的顾虑和考量。

他当时和外公保证，此生不会辜负姜好，也不会让她因为他的家庭受伤。

她该一直这样无忧无虑，生活在她的海洋，不搁浅，也不为爱情化作泡沫。

海上湿气重，入夜后温度降很多。

陈嘉卓一向不强制姜好做什么事，但也担心再待下去会受凉，给她披上外套，又问过好几次要不要先进去。

她玩兴正浓，低头翻相机中自己拍下的星空和烟花，应得心不在焉，直到连打几个喷嚏，才发觉冷风吹久，有些头痛。

外套被抖落，从肩上滑下来。

陈嘉卓抬手接住，也摸到她冰凉的肩头："是不是冷了？"

她吸吸鼻子，点了点头，这下不等他催，自己老实地往回走。

姜好一边走一边有点担心，她上次感冒的前兆和现在的状态一模一样。

她一感冒整个人都昏昏沉沉，剩下两天的假估计得在家里睡过去。

肩上一沉，那件掉落的外套又被陈嘉卓从身后披在她身上。

她偏头，习惯性向他求助，但开口之前不忘先发表免责声明。

"我和你说一件事，你不许说我。"

陈嘉卓在她身侧，闻言垂眼看她："不舒服了？"

"你怎么知道？"姜好讶然，语气沮丧，"我想着待一会儿应该没事的。"

"回去泡个热水澡，看看发发汗会不会好一点。"他伸手替她将外套拢紧一点，也借着姿势将她揽到身边。

回到房间，陈嘉卓去浴室放热水。

再出来时，正好看见姜好蹲在行李箱旁边找东西，光洁的后背浮起细细的一条脊骨，向下延伸，隐在后腰的裙边里。

行李箱他下午收拾过，她的衣服全挂在衣柜里。

"找睡衣吗？挂在衣柜里了。"

"不是，是在找我的卸妆膏。"姜好翻找的动作停下，发着呆回想自己出门前有没有带。

可能是瓶子太小被挡住了，于是她把收纳袋里的小物件一股脑倒在床上。

"哎，找到了。"

姜好在散落的东西中一眼看到卸妆膏，挑出来之后，陈嘉卓让她去卸妆，地上的他来收拾。

"好哦，辛苦了。"

他勾唇:"快去吧,水估计也快放好了。"

她点头,带上睡裙进浴室。

床边都是她的东西,小发圈、抓夹、长得像鸡蛋一样的海绵球……陈嘉卓一一收回收纳袋里。想到她后面应该还会用到,他拉开床头抽屉,把袋子放进去。

下一秒,他动作顿住,也毫无预备地看到里面的安全套。

以及旁边的香水。

显然,姜好比他提前发现了。

拎着收纳袋的手就那么在半空中悬了一会儿。

正想着要不要解释,浴室那边忽然传来很大的声响,像是摔倒。

陈嘉卓心里一紧,迈步走到浴室门前,抬手敲门:"小好?"

姜好扬声解释:"我没事,不小心踢到门了。"

"你能进来一下吗?"

陈嘉卓没说话,在她问出来的那刻便开门进去:"伤到哪里没?"

"没有。"

姜好眼里进了泡沫,但忘记提前把毛巾拿到手边,半闭着眼去找的时候没看清路,踢到了用来做隔断的淋浴区的磨砂门。

只是动静大,但她没受伤。

陈嘉卓听完解释,去把置物架上的干毛巾拿给她。

姜好接过来,继续在盥洗台前冲脸上的泡沫,虽然没睁眼,但能感觉到他没有离开,在一旁站着。

"没事啦,刚刚是眼睛没睁开才撞到的。"她以为是他不放心。

但陈嘉卓仍没动,似乎是有话想说。

姜好拿毛巾擦干脸,转回身故意贴近他问:"我要泡澡了,你也要留下吗?"

他笑,抬手帮她把下颌上没擦干的水滴抹掉。

"你看到床头柜里的东西了?"

姜好愣一下,她都快忘记了,被他这么一说又想起。

她面上维持镇定地说"是啊",但已经开始想东想西。

陈嘉卓说:"那个每间客房都会准备。"

这间套房是他专用的,以往都没有,这次估计是某个细致的侍应生放的。

姜好"哦"了一声。

其实她知道那不是陈嘉卓带来的,他要是有想法,不会这样偷偷计划。

上次那个晚上,他情动到最极致时也只是低头去吻她。

姜好没说话了,纤长的手臂搂上他的后颈,抬眼望他,刚刚卸妆时搓揉过的眼皮微微泛红,问得认真:"那你今晚想用吗?"
　　陈嘉卓一愣,伸手搭在她腰上。
　　他说:"这个决定在于你。"
　　姜好知道他足够尊重她的感受,如果她不朝前进一步,他就不会越过那最后一条线。
　　所以她说她愿意。

　　一场快要烧尽的春夜,收尾时,姜好浑身汗涔涔,忽然想起,这是不是也算发汗。
　　头好像真的不痛了。
　　她的后背贴到陈嘉卓怀中,热得想推开他,但没有力气。
　　姜好休息了一会儿,呼吸放匀后仍没有起身的打算。陈嘉卓亲亲她的脸,让她别睡,先去洗个澡。
　　"不想洗。"她闭着眼没耐心地拒绝,而后听到他的轻笑。
　　"抱你去洗?"
　　她真的很累,继续拒绝:"不要。"
　　陈嘉卓隔着薄被慢慢给她顺背,跟给小猫梳毛似的,语气有点担心:"是不是哪里难受?"
　　"没有,就是好困。"
　　他没再烦她,自己起身拿起床边的长裤穿上,去浴室洗了热毛巾出来,慢慢帮她把脖颈和后背都擦了一遍。
　　热乎乎的毛巾,擦完后,身上黏黏腻腻的感觉没了,整个人都舒服很多。
　　她的精神足了一些,趴在床上说:"我有点饿了。"
　　他问:"想吃什么?"
　　姜好想一想:"有馄饨吗?"
　　"我去问问。"陈嘉卓走去客厅拨客房服务电话,问有没有馄饨。
　　那边说有,但不是现包的了。
　　陈嘉卓说没事,让送一碗上来。
　　吩咐完,他顺带给姜好带了一杯温水回来。
　　姜好确实渴了,想坐起来喝水,却想起自己还没穿衣服。
　　她找陈嘉卓帮忙:"我的睡裙在浴室,你帮我拿一下。"
　　"好。"陈嘉卓将水杯放在床头柜上,转身去找,又很快出来,但手上却没有睡裙。
　　"睡裙掉地上弄湿了,穿我的T恤可以吗?"
　　姜好点头,坐起身套上他的衣服。
　　喝完一整杯水,好像没有那么饿了,说着话,困意也淡了一些。

趁着精神了些，姜好简单洗了热水澡，又套上他的T恤出来。

馄饨已经送过来，冒着热气，香味入鼻。

她到餐桌边坐下，拿着白瓷勺慢吞吞地吃。

陈嘉卓就在一旁看着，仿佛看她吃饭也是一种享受。

姜好没有很饿，一碗馄饨，她只吃了几个便饱了，喝了几口汤，剩下的陈嘉卓解决掉了。

再次躺到床上时，已是凌晨。

临睡前，陈嘉卓问她明天还要不要起来看日出。

姜好恹恹的，委顿地蜷缩在他怀中："你叫我吧，但我不一定起得来。"

"没关系。"她咕哝着，在睡着前喃喃道，"已经很开心了。"

第八章
特别鸣谢

从海上回来之后,姜好又在港城留了一天,之后便和陈嘉卓一起回了西城。

本来是准备一落地就直接去看外公外婆的,但上午给他们打电话,才知道两人出门旅游了。

去了个南方城市游山玩水,顺带看看以前一起共事的朋友。南方的四月天春意正浓,是出游的好时候。

于是计划临时改变,又回了姜好的住处。

回来的当晚,陈嘉卓在她这儿过夜。

他那边的大房子简直将她家比成了蜗居,但一进家门,更多的还是熟悉亲切。

西城现在的温度仍不高,只穿一件薄长衫远远不够。

姜好回房间给自己找了件针织毛衣套上,出来时看到陈嘉卓正在开窗通风。

两个城市切换,他显然适应得很好。

从阳台回到客厅,陈嘉卓说:"你的那些盆栽,都放到我那边了,明天我去把它们搬回来。"

她点点头,突发奇想似的问:"你住得惯你现在的房子吗?要不要换个地方?"

他立在原地,闻言一愣。

也是姜好平时总爱拐着弯说些让他惊喜的话,陈嘉卓会错意:"换到你这儿吗?"

眼里那点淡笑没藏着,他看看四周说可以。

姜好呆住,眼睁睁地看着他安排好新居。

她有点害羞,抬声紧急替自己澄清:"我的意思是,你要不要换个环境更好的小区。"

说到这儿,她又想起他搬到这儿的缘由。

"你之前让我帮你找房子,是不是就等着住到我旁边啊?"

陈嘉卓坦然承认:"知道你心软,不会拒绝。"

姜好抿起唇笑,又说起正题."那现在反正在 起了,也不用非得住这儿啊。

"不过呢,你要是真的觉得还可以,来我家住我也是欢迎的。"

他说:"可以,我喜欢你这儿。"

十七岁时来西城住在她外公家,兜兜转转到这边定居,又住进她的家。

遇到她之前陈嘉卓总有一种漂泊不定的感觉,不知道哪里是他的终点,现在到了她身边,才有安心的感觉。

陈嘉卓知道,她是他的归宿。

他们从港城出发前吃了顿饭当作晚餐,那顿比平时吃晚饭的时间都早。

陈嘉卓问:"待会儿要不要再吃点?"

不吃的话,半夜肯定会饿。

姜好也想到了:"我记得厨房有没拆过的细面,不然晚上就吃点面吧,其他的我也吃不下了。"

那面还是很久之前买的,但 直没动手煮过。

稍晚一点,陈嘉卓进厨房煮面。

姜好没事做,拿了衣服先去洗澡。

手机没带进房间,就留在客厅沙发上,祝樾的电话打过来时她人已经在浴室。

陈嘉卓恰好看到。

他没有自作主张替她接通,站在一旁看着手机屏幕上的来电界面不断闪动,直至无人接听自动挂断。

但那边锲而不舍,几乎没有间隔一分钟就打来。

紧紧追着的感觉让人生烦。

陈嘉卓最后还是拿起了姜好的手机,在第三个电话打来时伸手点了拒接。

像是踩下刹车,"嗡嗡"的响动声骤停。

陈家那些人私下对陈嘉卓的评价很多,褒贬不一,其中一条达成一致。

说他是不折不扣的野心家。

这话传到陈嘉卓那里,他没在意过,接下这个标签,但有时也觉得名不副实。

说有野心,可其实他没什么想要的东西,唯一羡慕过的只有祝樾。

如果可以,他希望自己是那个和姜好一起长大的人。

他会陪她去夜市里找热播偶像剧里出现的蚵仔煎,给她买她喜欢的东西,在她练琴练到麻木的时候带她出去兜风。

姜好从浴室出来时面已经煮好,装在她买来的精致瓷碗里。

陈嘉卓在餐桌边坐着低头看手机,也在等她。

她刚坐下,便听他淡声说:"刚刚祝樾给你打了电话。"

"哦……"姜好没起身去拿手机,"我待会儿有空再回吧。"

她拿筷子拌一拌面,悄悄偏过头看他,观察他有没有不高兴。

没办法,陈嘉卓情绪不外露,习惯了不动声色。

观察了一会儿,姜好完全看不出来。

他坐在旁边吃面,问她咸淡的语气和平时无异。

她放弃了,凑近点绕到他面前直接问:"你没不开心吧?"

"没有。"陈嘉卓说,"你不要担心这些。"

他很清楚姜好不会和祝樾有可能了。

而他的未来里会一直有她。

吃过面,姜好自告奋勇要洗碗,推陈嘉卓去忙工作。

他在飞机上就看了很久电脑,这些天不在君懋,肯定堆积了不少工作。

煮面的锅陈嘉卓等她洗澡的时候顺手洗了,现在只剩下两个面碗,他没坚持,去了客厅处理邮件。

姜好洗好碗,才拿起手机去阳台给祝樾回电话。

阳台正对客厅,等待电话被接通时,她在看陈嘉卓。

这边没书房,客卧喻桃之前偶尔会来,基本变成她的房间,多出来的一间改成隔音琴房,姜好平时会在里面练琴,所以陈嘉卓一般会在客厅办公。

他坐沙发上,手肘搭在膝上,微微倾身看电脑,侧脸尤其好看。

正欣赏着,陈嘉卓忽然直直朝她这边看过来。

姜好靠着阳台的栏杆，应付自如地给他一个飞吻。

"小好？"祝樾的声音在耳边响起。

姜好收了笑，认真开始解决自己这边的事。

那个不欢而散的夜晚过后，他们的关系没有变得很僵，除夕那天和往年一样互道了祝福。

他们都互相退了一步。

姜好没有继续追究他的不知分寸，他也不再提起陈嘉卓，不再做任何越界的事。

"我看你打了三个电话，有事找我吗？"

他语调不高地应一声："你巡演结束了吧？"

姜好说："结束了。"

"最近有空的话，我们见一面吧，我有些话想当面说。"祝樾问得有些小心翼翼。

姜好没拒绝，因为她不觉得他们现在是需要避嫌的关系。

"我明天上午就有时间。"

"好。"祝樾很快应声，"那就明天上午。"

见面的地方定在剧院附近的那家咖啡厅，陈嘉卓去公司，去之前先送姜好到了咖啡厅。

姜好下车后他也没有开车离开，和她说好了，他在车上等她出来。

进去时，祝樾已经提前到了。

姜好坐下来，他将饮品单推给她。

她看了几眼，点了一杯焦糖拿铁。

"我记得你不爱喝咖啡。"祝樾有点惊讶，他还以为她会点其他种类。

"是啊，现在还是不怎么爱喝太苦的，但偶尔会试试。"

认识很多年的朋友大概就是这样，彼此熟知对方的喜好。

"我前两天听喻桃说，你在港城？"

姜好点点头："巡演结束就过去了，昨天刚回来。"

祝樾没有说话了，他今天有些不合常理的缄默。

"你以后要在港城生活吗？"说完，祝樾又换上没什么正形的笑，"我能问这个吗？"

他这个人不会收敛情绪，只会往脸上堆笑，藏住真正的心情。

"我还是留在这边啊。这次是正好有假期，陈嘉卓在港城有事情，我去找他，顺便在那边玩几天。"

她简单说着，仿佛就是普通朋友之间的闲聊。

祝樾没太明白："你留在这边，那他呢？"

"他也留在这儿。"姜好语气自然。

祝樾微哂，没想到陈嘉卓轻易就能做出这个决定。

咖啡送到面前,姜好端起来喝了一小口,不在这个话题上停太久,问起祝樾今天约见面有什么事想说。

"其实也没什么。"祝樾扯扯嘴角,"就是我打算出国了。"

姜好有些惊讶:"出去多久?你公司不要了?"

他笑:"当然不是不回来,但不出意外的话,后面几年大部分时间是在国外。"

沉默了一瞬,祝樾又开口:"我去陪陪我妈,她病情又反复了。"

姜好担忧地问:"怎么会反复?之前不是已经完全康复了吗?"

祝樾摇摇头:"我也不清楚。所以这次不管怎么说,我都得亲自过去看看,她不乐意我也得去。"

姜好沉吟片刻:"我没和你提过,今年过年我给林阿姨打电话时,她问过我,你过得怎么样。"

那通电话聊了很长时间,有一段话,祝樾妈妈犹豫了好一会儿,知道有些不合适,但还是问出来。

原话是这样的:"小好,听说你和阿樾闹矛盾了,阿姨厚着脸皮问一下你,真的不愿意原谅他了吗?"

姜好不知道林荟是从哪里得知的这些事情,她听出那话里的意思,告诉林阿姨自己已经有男朋友了。

而且她和祝樾之间,也谈不上什么原谅不原谅。

林阿姨语气遗憾,低声叹可惜了,说祝樾和她没缘分,也说是自己没教好他。

那话里有亏欠。

姜好清楚那是给谁的亏欠。

她不觉得林阿姨有什么错,但太直白的话不好说出口,只能安慰几句,事在人为罢了。

不过这些话,姜好没有和祝樾说。

她只说合时宜的话:"阿姨肯定是关心你的。之前她说不想见你,也许有原因。你去陪陪她也好,她一定会很开心。"

祝樾点头,因为她说的事舒心一些,起码他知道了他妈妈并不是真的排斥他。

"我下个月就准备走。"

"这么快?有找朋友饯行吗?那天可以叫上我一起。"

"不饯了。"

祝樾搭在腿上的手微蜷,说:"我怕我舍不得走,我们俩道个别差不多了。"

他笑得轻松,端起手边的咖啡杯,在姜好反应过来之前,轻碰一下她面前的那杯。

就敬一下过往吧,敬一起同行过的日子。
覆水难收,经年之后,可能也要变成你幸福的旁听者了。

外公外婆出去旅游不在家,湘姨借着这段时间去她女儿家小住,家里只剩一只卡卡。
但总不能真叫它留下来看家,于是二老离家前,把狗送到了姜漾之那儿。
姜漾之没养过猫狗,不是讨厌,是没那个耐心照顾。卡卡丢到她那边好几天,都是家里阿姨帮着养。
听到姜好回来后,姜女士第二天便亲自过来送狗。
来的时候,陈嘉卓正好在姜好这儿。
陈嘉卓从回西城后就没闲下来过,前段时间的很多工作都在线上处理完了,但仍旧堆积不少需要他亲自出面。
忙归忙,他没把搬到姜好这儿的事搁置。
两边离得近,有什么需要的再回去拿就行,来回用不到五分钟。
于是效率很高,不出一天就搬好。
两人的计划是等外公外婆回来就去正式见见家长,但没想到第一个见上面的是她妈妈。
这里本来就是姜漾之的一处房产,她登记过信息,进出自如。
过来时是傍晚,姜漾之知道姜好今晚没演出,提前带着狗登门。
门一开,屋里屋外两人都愣在原地。
门外站着的女人打扮得精致知性,陈嘉卓知道她的身份,不仅仅是因为她常出现在网上。
这不是他第一次见姜好的母亲。
姜好在国外读书时,有一回姜漾之去看她,他当时正好从她住的公寓出来,擦肩而过时,他认出那是谁。
在两人还都没有动作时,卡卡从狗包里一跃而出,冲向陈嘉卓。
憨憨傻傻的一只白毛狗,让这个毫无准备的见家长场面变得没那么严肃。
陈嘉卓很快反应过来,没管腿边的卡卡,向姜漾之问好。
"阿姨好,我是陈嘉卓。"
出乎意料是有的,不过姜漾之倒不至于震惊,没一会儿就将陈嘉卓打量完一遍。
抛开其他不说,她女儿的审美是真的挺不错。
面前的人,个高腿长,英挺清俊,穿低饱和度的灰衬衫、西装裤,像是刚从工作场合回来,也很知礼,打招呼时能让人感觉到谦逊。
姜漾之回了句"你好",拎着包进去。

家里很干净,她开门的时候注意到陈嘉卓在收拾客厅茶几上的文件。

陈嘉卓去餐厅那边接了一杯温水递给姜漾之。

"阿姨您先等等,小好应该还有一会儿才回来。"

姜漾之接过水:"没事儿,我不着急。"

她让陈嘉卓也坐。

他便在斜对面的单人沙发上坐下,知道待会儿应该会被问一些话。

姜漾之没那么心急,也不喜欢一上来就查户口似的盘问。

她能看出来陈嘉卓有些紧张,他举手投足间都沉稳,这点紧张不显得局促,反倒侧面衬出他的诚恳。

没减印象分。太游刃有余也不好。

姜漾之想到前段时间她爸妈过去送狗时,问她知不知道小好在港城。

她知道,也猜出来应该是为了见男朋友。

她爸和她聊了些陈嘉卓的家庭情况,问她觉得行不行。

姜文山对姜好的姻缘很慎重,毕竟真要追根溯源,还是他将人领回了家,要真不是个良缘,罪过是他的。

姜漾之对这些事倒是看得很轻,而且虽然姜好是她的小孩,但她自己的婚姻也不见得多顺利,不想插手太多。再者,合不合适也不归她说了算。

姜文山说他提点过陈嘉卓,姜漾之一听,叮嘱他最好别在姜好面前提这事。

她了解自己女儿,挺护短的,要是知道自己男朋友被"约谈"过,肯定不会开心。

思索间,卡卡没有半分眼力见,一蹿一跳地找陈嘉卓玩,咬他裤管。这狗胆子小得很,陌生人它不敢往前凑。

"你和它还挺熟悉。"姜漾之主动闲聊,"小好也喜欢狗,看来在这一点上你俩很像。"

没什么其他话可讲,话题便围绕着姜好开始说。

"她小时候就喜欢猫猫狗狗,有次放学回来看到邻居家的小金毛,哭着也要一只,我没同意,问她要了小狗能不能自己一个人照顾好。她有个很好的习惯就是不爱说大话,自己想明白养不活,就没要了。

"后面她初三毕业那年,我和她外公提到过这事,她外公特别不高兴,说我和小孩掰扯什么道理,没过两天就去买了一只养在家里,就为了哄他外孙女开心。"

说完这些,慢慢绕到正题。

"我听说前段时间,她外公还找你聊天了?"

陈嘉卓点头:"只是钓鱼的时候随便聊了聊。"

姜漾之亲切笑一笑:"要是说了什么为难的话,你不用太在意。"

他说:"不会,外公没有为难我,他说的那些考虑,我都能理解。"

"那就好。"多余的话,姜漾之没有再聊,没坐多久便起身。

陈嘉卓问要不要再等等姜好。

她摆手:"不用。我来这儿没什么要紧事,就是送卡卡过来。"

出门前,姜漾之说:"以后有合适的机会,我们再正式见见面,到时候叫上小好她爸爸,一起吃顿饭。"

陈嘉卓颔首,说:"好。"

姜漾之没走多久,姜好就回来了。

琴盒还没放下,便看见趴在沙发边的灰毛小狗,她惊喜道:"哎,卡卡?"

卡卡听到熟悉的声音,飞快地朝她跑来。

姜好把它抱到怀里,问陈嘉卓:"卡卡怎么会在?"

他回:"你妈妈送来的。"

花几分钟,讲完首尾,陈嘉卓自己也跟着回想方才那一会儿有没有什么让长辈不满意的回答。

姜好长长地"哦"一声。

"虽然有点突然了,但你看这样也好,提前好几天就知道要见家长,还老在心里惦记着。"

陈嘉卓伸手握住她的手腕,把她拉到自己身边坐下。

他轻声:"我怕我不够好。"

"怎么会呢!"姜好手一松,不抱狗了,去搂他的胳膊。

"谁不满意你,先过我这关!"她气势很足地说完这句,立马又软下语气演示起另一个说辞,"是我要喜欢陈嘉卓的,要怪就怪我吧。"

陈嘉卓低头一笑,那点因为见家长没缓过来的紧张被她这诘弄得烟消云散。

姜好住的房子不小,但家里多出来一个人和自己独居的感觉很不一样。

好处有很多。

比如洗完澡需要稍微收拾一下的浴室不用她管了。早晨急着出门,翻得乱七八糟的衣服也有人先她一步整理好。同居了小半个月,以前她犯懒随便应付的早餐,将近两周没重样过。

忙完君懋堆积的事务,泊远那边又暂时不需要他管理,陈嘉卓的时间安排得不再像以前那么满。

遛狗、听听演奏会,顺便接她下班,做什么都比在公司有意思。

陈嘉卓很满意现在的生活,或者说他喜欢这种彼此的一部分逐渐交叉重叠、越来越密不可分的感觉。

但姜好觉得他们两个人在生活习惯方面也有需要磨合的。

又是个早晨，某种运动归于平静后，姜好躺得很平。

好在乐团排练和演出的时间都很零散，不怎么固定，要是每天早晨都要按时按点赶去上班，她一定早就勒令禁止。

陈嘉卓洗漱完，穿戴整齐。

他有很多件衬衫，黑、白、灰居多，也有一两件其他素色的，款式大差不差，但每件穿上都好看。

他一边单手调整领带，一边往床边走，样子冷峻又自持。

陈嘉卓叫姜好起来洗漱吃早饭。

她应了一声"好"，敷衍地回："待会儿就起。"

但他不太相信，拿她手机定了个上午九点半的闹钟。

他设置好，将手机又放到床头柜上："再困也不要忘记起来把早饭吃了，吃完再睡。"

卧室门开，卡卡从外面跑进来，不乱跑乱跳，就在床边趴着。

卡卡是一只大龄狗了，家里照顾得精细，没生过大病，但精力大不如从前，也就每天晚上陈嘉卓会带它到楼下转转，早上带出去也不怎么爱动。

他低头看到脚边的狗，把它抱起来放到姜好旁边，还有闲情教它："卡卡，叫姐姐起床。"

卡卡特别听他的话，"哈嗤哈嗤"地在姜好耳边吵。

姜好猛地睁开眼，皱眉嘟囔："陈嘉卓你真烦。"怎么越来越幼稚。

前几天她去他公司等他下班，何原被授意下去接她。刚到他办公室那层，正好见到他从会议室出来，不苟言笑，瞧着很不好讲话。

姜好问何原，是不是陈嘉卓今天心情不好。

何原站一旁小声和她解释，说没有，陈总平时就这个状态，当领导的不严肃点没法服众。

谁能想到他私下这样。

姜好翻身坐起来，好认真地问："司机都在楼下等多久了，你不要上班了吗？"

她讲道理："虽然你现在住我这儿，但我可养不起你啊。"

陈嘉卓回想了一下："你昨晚不是说要养我？"

昨晚？哦，姜好想起来了。

昨晚陈嘉卓比她先回来，钟点工阿姨这两天家中有事请假了，他帮她把阳台的一大堆衣服收下来整整齐齐地叠好。

她一开心，就随口说了句要把他养在家里。

姜好给他上一课："你太单纯了，什么养你的话啊都是骗人的，自己努力最踏实了。"

陈嘉卓沉吟片刻："那你刚刚在床上说爱我也是骗我的？"

他望着她，目光纯粹又专注，像是随时能被她的一句话骗光身家。

姜好顺着他的话联想到了方才说这话的场景，耳根一热。

"嗯？"他捏她后颈不给躲，继续追问。

姜好闭眼认栽："这句是真的！"

同居的日子过得蛮快，一转眼便过去一个多月。

四月底，外公外婆从外地旅游回来，但姜好没舍得把卡卡送回去，一直放自己这边养着。

她这段时间心情很不错，常说自己是人生赢家，因为小时候有个愿望——想要一只自己的小狗和一个帮她养狗的人。

现在真的实现了。

无忧无虑的生活没维持多久，忽然出了件不大不小的事。

五月中，港城海关公布一条讯息，侦破一起大型走私案件。缴获上千万支从海外偷偷运往内地的一批私烟，涉事金额约五千万元。

关键的是这些私货是从泊远船运的货柜中查获的。

新闻一出，网上议论纷纷。

不仅是因为树大招风，还有个原因是陈家有几个后辈和娱乐圈里的一些小明星有牵扯，常被狗仔拍到，这两年屡次上娱乐版面。

因着这层关系，陈家的一举一动都更受瞩目。

陈嘉卓在官方发布正式新闻的前一晚先得到内部消息。

春节之后他就知道泊远高层有问题，但还没来得及查出什么，便被集装箱倾覆的事分走了精力。

在处理这件事时，陈嘉卓想过要借着管理层整改的机会，把那块藏在高层暗处的腐肉清理干净。

但事赶事，彼时恰好又受他爷爷威胁，扬言要收回他手上的实权。

这事发生在姜好来港城之前，是个办家宴的晚上。

陈家不少人在场，起先兴致勃勃地围观，末了一个个噤若寒蝉。

陈嘉卓还在读书时，陈懋常给他规定期限。

譬如，在开始假期后的几号返港，进公司实习需要在多少天内做出拿得出手的方案。

那晚同样，让他在一个月内解决完西城的所有事，回港城，安分待在泊远管理事务，再在今年年底前联姻，把婚事定下。

这要求难吗？其实完全算不上苛刻。

偌人的长餐桌，从首到尾，不知多少人对这道命令求之不得。

但陈嘉卓不应。

他说做不到，也不可能做。

陈懋兴许没有动真格的意思，但陈嘉卓的态度在他看来太恶劣。

进退失据,话放出去了就没有轻飘飘揭过的道理。

只是陈嘉卓能力出众,在泊远的那把高椅上坐了将近四年,地位哪有那么轻易便被撼动,哪怕那个人是陈懋也不行。

他倒是贴心,递个台阶给他爷爷留了份颜面,主动提出停职。

整日斡旋其中,陈嘉卓也累了,不想毫无意义地在一件事上来回争执,是非对错都该做个了结。

干脆顺水推舟。

虽然停职,但他不可能彻底失势。

何原有问过要不要继续盯着高层的举动,陈嘉卓说不用了。

有时候知道太多反而对自己没好处。

何况停职期间,不论高层里兴起什么风浪,他都无权干涉,他也懒得干涉。

随他们自由发挥,生出事端没法收场了,不用他提,他爷爷自然会勒令他回公司复任。

只不过陈嘉卓没想到会是走私。

再好的性子也有些压不住,那群人还真有能耐。

得到消息的晚上,电话还没结束,陈嘉卓眉心微拢,问现在带走几个人了。

那边给了答复,暂时拘捕了两位,船长和付货人。

晚上八点刚刚泊岸就被查验出来,还没开始往上层查。

姜好洗完澡,蹲在阳台修剪花枝,无意间隔着玻璃看到他接电话时的脸色越来越沉。

陈嘉卓挂断电话,去阳台找她。

姜好心有所感一般先问:"是出什么事了吗?"

他没瞒,也知道瞒不住:"海关那边在泊远的货轮上查出来一批走私烟。"

"那不是犯法吗?"她呆呆的,第一反应是害怕他会有事,"你会被牵连吗?"

陈嘉卓让她别担心:"我停职很久了。"

姜好想起来了,他之前和她说停职是为了紧急避险。

原来是这个意思吗?

她一知半解:"你一开始就知道这件事?"

他淡淡地笑:"犯法的事,我要是提前知道,肯定会拦下。"走私是重罪。

虽然先前做好了不介入的准备,但如果陈嘉卓知道是这种事,不可能袖手旁观。

说话时,陈嘉卓手机里又进了几个电话,能看得出事态紧急。

他没有接，和姜好把大致情况详细说完，因为只有说清楚，她才不会自己多想。

"你要过去吗？"

陈嘉卓点头："何原在来这边的路上。"

姜好"啊"了一声："这么急吗？可是现在很晚了。"

"明天会有警方去公司，需要出面配合。"他俯身抱她，拍拍她的背让她安心。

姜好抬手回抱。

第二天早晨，姜好睁开眼时，迷迷蒙蒙清醒一阵才想起陈嘉卓昨晚就离开了。

喻桃最近活动不多，听姜好说陈嘉卓要回港城待一段时间，收拾收拾东西立马来找她。

进门，喻桃放下带来的小行李箱和大包小包的水果零食。

"怎么回事啊？"

姜好简单给喻桃解释了。她知道的信息也不多，差不多就是转述陈嘉卓和她说的那些话。

她知道陈嘉卓那边肯定有一大堆事，所以过去大半天也没有给他打电话。

不过她知道那边的警察是上午去的公司。因为她特意关注了港媒新闻，已经看到最新的采访视频了。

和喻桃聊这些的时候，姜好提到那个视频，喻桃很感兴趣地说要看看。

姜好拿起手机，翻出来放给她看。

采访是在泊远公司门口。

起先不断有穿戴得体的人步伐极快地穿过镜头走进公司大楼，但这都不是主角。

直到两辆黑色豪车先后驶入镜头范围内，还未在公司门前停下，守在附近的一群媒体记者便蜂拥而上。

车停稳后，后面那辆黑车的副驾先下来一个人，高高壮壮的，瞧着像保镖，腰侧配了枪。

陈嘉卓就是从这辆车上下来，一身黑西装，长腿、皮鞋比脸先出镜。

他下车，长枪短炮就撑上来，其中一个相机开了闪光灯，一按快门，白光闪到眼。

陈嘉卓皱眉，微微偏过脸避开。

有记者问他对此事有什么想法。

他很简短地回复一句："泊远会全力协助警方调查，我也希望能尽快还原真相。"

剩下的记者被拦住，他只回这一个问题，回答完便迈步往公司大楼里走。他身后跟着一群人，西装革履，看着也像公司领导。

视频就到这儿结束。

喻桃评价："这……好牛的感觉。"

姜好像是找到同盟："是吧，我刚看到也觉得挺酷的。"

"不是，你怎么不担心啊？"喻桃要被逗乐了。

"我担心也没用啊。而且陈嘉卓和我说过，我大概能明白这事和他没关系，就好比……"姜好找到个恰当的说法，"好比他有不在场证明。"

"他回去是帮忙的。"

姜好上午的时候看到评论区说是回去收拾烂摊子，她觉得这个说法还挺合适。

网友对这事的关注度比上回高多了，评论区也热闹，还在不断更新。

正好看完视频，姜好随手又点开下面的回复。

一会儿没看，又有几条热评被顶上来。

而且好像还是知情人。

首楼是有人问陈嘉卓不是停职了吗，还说他真古怪，跑去外地待着不回，这下好了，为他人做嫁衣了。

下面一个人回他，顶着系统自定义的网名和头像，语气却很笃定：是停职了没错，但这不是出事了嘛。现在陈家里面他最顶事，关键时刻还得是他回去收拾残局。而且他停职这事也跟玩似的，根本不是引咎停职，是为了他女友啊。啧，陈家这么多花花公子，竟然还出了个真的痴情种。

"这事你知道吗？"喻桃也看到这条回复，问她。

姜好眸中带着迷茫，眨了下眼，又将这话看了一遍。

"我不知道。"

和之前异地时的相处无差，每晚两人都会通视频电话。

有时什么都不聊，只把手机立在一旁，各做各的事；有时姜好会问问他公司的案子怎么样了。

警方介入后进展很快，又带走了泊远高层里的两名负责人。

到这儿还没有彻底结束，调查不局限于表面，往深了挖，又捣破一处藏有偷渡私货的仓库。

让姜好最惊讶的是，被拘留的两名高管里，其中一个是陈嘉卓的大哥。

陈嘉卓和她说起时，她正给卡卡梳嘴毛，听到这话有点不可置信地抬头看向视频里的人，费解道："他很缺钱吗？怎么会想不开做这种事？"

看新闻上涉及的金额虽然有几千万，但几个人分赃完后也算不上泼天的富贵,他出身不差,应该是不至于被这种风险大回报少的事蒙蔽的。

陈嘉卓说:"他太冒进了。"

听了几句奉承便信以为真,禁不住诱惑,唆使他做什么就做什么,以为踩上踏板能一步登天,其实早就被人变作垫脚石。

姜好觉得陈嘉卓骨子里就是良善的,他大哥做出这种不为家族考虑的事,他也只是给了个"冒进"的评价。

对比那位堂弟不留情面的嫌弃,他的用词很温和。

其余的陈嘉卓没有多解释,他不想拿这些琐事烦她。

姜好也没有多问。她没有将其中的来龙去脉弄个清楚的想法,知道陈嘉卓不受影响便放心。

至于那条评论说的事,还是等他回来再说吧。

陈家最近的日子不是很太平,最不好过的便是陈胜恺一家。

陈胜恺人还关在警局里接受调查,他老婆罗娅婷直接带着孩子回老宅住下,想让老爷子看在曾孙的面子上帮忙打点关系,叫上头通融通融,先把人放出来。

但老爷子直接闭门不见。

走私的事被转告给陈懋时,他差点急火攻心。

说到底,陈胜恺是他亲手放进公司的,这事他有一半的责任。

于是,他只能亲自打电话让陈嘉卓回来复职,一大把年纪,在他这个后辈面前腰板都要挺不直了。

通融,还要怎么通融?

那是犯法,众目睽睽之下,这么多双眼睛盯着,他还没有那么大的本事只手遮天。

陈胜恺父亲是陈懋的二儿子,人没那么机敏,但称得上踏实本分,这么些年来管理着陈家一些零零散散的产业,也做得不错,不知道怎么把儿子教育成这样。

罗娅婷不愿意走,整日耗在老宅哭哭啼啼,最后陈懋出面表态,讲清自己现在彻底退了,不会插手这件事。

见这条路行不通,罗娅婷便将全部希望寄托在陈嘉卓身上。

她常听丈夫说起陈嘉卓。

陈家家风严厉,不允许后辈过于骄奢。在同辈中差不多年纪的孩子还需要向家里申请额外的零花钱时,陈嘉卓已经有了自给自足的赚钱能力,成年后进公司做事也处处比别人细致严谨。

陈胜恺比他年长却差他一大截,每每提到他,话里话外既羡慕又嫉妒。

罗娅婷清楚现在陈家除了陈懋外,最有话语权的就是他。

陈嘉卓在港城留了将近两周，直到走私案基本收尾。

这些天，罗娅婷堵过他不止一两次，求的都是一件事，让他保下他大哥。陈嘉卓不愿同她有纠纷，后面便很少出现在老宅了。

没等来陈胜恺保释的消息，罗娅婷先听到案件已经结束，转交由法院判决。

因为走私货物的偷逃税额过大，陈胜恺大概率要面临三年以上十年以下有期徒刑。

五月底的一个晚上，陈嘉卓回老宅给他爷爷汇报详细结果。一进别墅前厅，便撞上守在那儿的罗娅婷，怨怼地看着他。

陈嘉卓面上平淡，不做反应，准备绕过她直接去楼上的书房。

罗娅婷坐在客厅，拔高声音尖锐地喊他："你站住！"

半个月里，她为丈夫奔走过无数次，也碰壁无数次，今天又得知不好的结果，几近崩溃。

这会儿见到陈嘉卓，她也没什么顾忌了，礼节体面全部抛诸脑后。

陈嘉卓停下："大嫂有事？"

罗娅婷古怪一笑，眼神幽怨。

"你现在安心了吧？亲手把你大哥送进监狱，没人再对你有威胁了，真歹毒！"

陈嘉卓微微拧眉，不知道她从哪里听来的荒唐臆测。他要是忌惮陈胜恺，根本用不着这样大费周章地对付。

"大嫂，请你说话注意点。"他冷声道。

"我注意点？"罗娅婷气焰更盛，猛地起身指着陈嘉卓，"我丈夫都要坐牢了，我孩子没爸爸了，在这个家我根本没有地位可言，我活得还不够战战兢兢啊？"

"你们一个两个的都欺负我！"

说着，她面上变得凄苦，呆立一会儿，抬手挥落茶几上的手包，里面的东西滚落一地。

陈嘉卓冷静地招手，叫立在不远处吓得不敢动的用人来打理。

用人方一上前，罗娅婷情绪更激动，大喊着滚开。

稍不留神，她手上已经握着一瓶香水，方方正正的厚玻璃底，边角尖锐。

陈懋在书房听到楼下吵闹的动静，出来质问："都在闹什么？"

这句话的尾音和玻璃掉落在地上的破碎声混杂在一起。

用人惊呼，吓得捂嘴。

陈嘉卓被那瓶混乱中扔出的香水砸中，鲜血霎时从额上一处涌出。

整个客厅陷入死一般的寂静。

陈嘉卓稍低头，抬手揩掉要流到眼睛里的血。

家庭医生拎着药箱匆匆进了书房。

陈嘉卓坐在椅子上，拿掉捂在伤口处的毛巾。

刚刚有些止住的血又慢慢从眉骨上方渗出，看着可怖。

家庭医生给他消毒，清创后伤口暴露得更清晰。

陈懋在一边背手站着，问什么情况。

"创面不大，只是有点深。"医生低头换棉球，又补一句，"惊险啊，差点就伤到眼睛了。"

陈懋面色极难看，半天没有说话。

看着长大的亲孙，不可能没有一点心疼。

陈嘉卓还记着原先准备和他说的关于案件的事，刚开口谈及，便被陈懋制止。

"先处理伤口。"

书房阒然无声。过一会儿，用人敲响房门，进来给陈嘉卓递手机，提醒说它放在外面的桌上响了很久。

陈嘉卓拿过手机，看到是姜好的视频邀请。

他回拨了一个电话，响了两声便被接通，应该是在等他。

姜好关心地问他："你是不是在忙啊？"

医生继续处理伤口，陈嘉卓把手机换到方便的方向，和她说不忙。

"刚刚手机在外面，没接到。"

"哦，这样啊。"姜好说，"还以为你出什么事了呢，吓我一跳。"

毕竟平时陈嘉卓开会或者有其他事时都会提前和她说，还没有连着几个电话都不接的时候。

陈嘉卓声音温柔："没有事，不要自己吓自己。"

姜好又问："你怎么打的是电话呀，视频不可以吗？卡卡想看看你。"

这话不是毫无根据的，前两天他们打视频，卡卡就喜欢往屏幕前钻。

但他轻笑，持怀疑态度："是卡卡想看我？"

那边理直气壮地说对啊。

医生拿镊子的动作一顿，暗暗称奇，药水填进伤口不可能没感觉，不喊疼就算了，竟然还笑得出来。

他离得近，听出对面是一道女声。

陈懋听不见，但不妨碍他猜出正在和陈嘉卓通话的人的身份。

这么多天，也就现在才看到他脸上露出点笑。

"我现在不太方便，晚点我再给你回个视频可以吗？"

"可以啊。"姜好猜测他应该不在自己的房间，"那现在先不说了，我们晚点再聊。"

陈嘉卓说："好，我过几天就回去了。"

"这么早吗?"姜好语气欣喜,她以为还要一段时间。

"嗯,已经差不多结束了。"

电话挂断,伤口也处理好。那处贴了一块医用敷贴,血止住了,但仍有明显痛感。

医生一边收拾自己的器皿,一边同陈嘉卓讲些注意事项和忌口。

给完医嘱,他便拎上药箱准备离开。

陈嘉卓叫住医生:"麻烦您去见一下罗娅婷,她可能需要接受心理辅导。"

他没忘交代:"不要说是我的意思。"

医生应下,被用人带着出去了。

书房的门开了又合上,陈嘉卓没急着离开,仍坐在原位,用湿毛巾擦手指上凝固的血渍。

陈懋看在眼里。

"大哥那边用不了多久就要开庭,一审判决书下来后可以上诉,现在可以开始安排律师了。"

陈嘉卓见陈懋脸色极差,又道:"从被查封的那个仓库来看,这次走私香烟大概只是块敲门砖,如果成功了,下一回他们要做的事可能远比这次严重,所以现在被查出问题不完全是坏事。"

"不管他!"陈懋提起陈胜恺又来了火气。

沉默一会儿,他缓声叹气:"乌烟瘴气,难怪你不愿意在这儿待着。"

陈嘉卓没有应和。

老爷子到窗边站了许久,像是在与自己僵持,最后一摆手:"算了,随便你吧。"

这是他委婉的妥协。

五天后,陈嘉卓在夜里回了西城,回到家里时姜好已经睡着。

他洗过澡,躺到床上时不小心惊醒了她。

姜好只愣了一秒,便撑坐起来拍亮壁灯。

"你回来了?"

"嗯。"既然醒了,陈嘉卓便没再压抑,翻起身吻她……

次日早晨,姜好半梦半醒中,才觉得身后抱着她睡觉的人不太对劲。

他身上太热了。

姜好翻个身,拿手背贴在他额头上试温。

她不确定地推醒他:"陈嘉卓,你好像发烧了。"

陈嘉卓醒来,头有点痛。他有经验,能感觉到自己确实是在发烧。

他说"没事",拿下姜好搭在他额头的手握住,又闭上眼,声音沉哑又懒倦:"再睡一会儿。"

但姜好觉得这温度不太像没事的样子。她起床去找体温计。

这体温计还是去年她感冒,陈嘉卓给她送药时一起买的,今天第一次拆开用。

拆完包装,她屈腿坐到床边看说明书。

电子体温计,姜好按下开机键后递给陈嘉卓,让他量一下体温。

虽然刚刚说要睡觉,但姜好让做什么他都配合,睁开眼接过体温计放到腋下。

见他随手一放,姜好问他确定位置对吗。

她手上还拿着说明书在研究,翻页时窸窸窣窣。

"位置不对的话温度不准的。"

说着,她越发认为得自己确定一下,于是趴到他身上,伸手想调整体温计。陈嘉卓却忽地笑了,抬手把她按在身上。

姜好挣扎两下没起得来:"干吗呀?"

"别动,抱一会儿。"说抱一会儿,真的就一会儿。

三分钟不到提示音便响起,提醒温度测好了。

陈嘉卓没让她费心,自觉拿出体温计,垂眼看显示屏上的数字。姜好凑过去也看了一眼。

——39.4℃。

这温度算是高烧了,她被吓到,再仔细看他眼底都红了,不知道烧了多久。

姜好没什么照顾人的经验,担心照顾不好会迟迟不退烧。

她握着体温计,愁得眉头皱起:"我陪你去医院吧?"

"不用,吃药就够了。"陈嘉卓怕她以为他很难受,没再躺,也起床了。

他脑袋昏昏沉沉的,站起来时有点晕,但不算太严重。他去洗手间洗漱,姜好亦步亦趋地跟着。

"真的不去吗?可我怕你不退烧。"

陈嘉卓站在盥洗台旁,先顺手给她的牙刷挤上牙膏,他低头在笑:"不退烧我们再去医院好吗?"

姜好也想不到什么别的更好的办法:"那好吧。"

刷着牙,她没忘用手机买退烧药。

之前发烧吃过的药叫什么名字她还是清楚的,找了家最近的药房,点进感冒发烧的分类区,往购物车里加了一盒退烧贴和一盒缓释胶囊。

漱完口准备付款时,姜好不放心,担心自己还漏掉什么,于是把手机递给陈嘉卓。

"你看看还有什么缺的吗?"

陈嘉卓站在她身后侧,接过手机大致扫一眼,加了两盒昨晚用完的套。

手机再还到姜好手边,她拿到手便发现购物车里多出来什么。

她脸热:"让你加的是需要的药。"
陈嘉卓认真:"这个也需要。"
姜好又想起他昨晚那状态,一点也不像生病。
她边付款,边嘀咕:"昨晚你都不难受吗?"
要是早点发现,今天估计也不会升到这么高。
陈嘉卓说:"还好。"
真的还好。
其实准确来说,陈嘉卓在返程的飞机上已经感觉到不适了,耳后有一阵一阵的钝痛。
他知道原因,过度用脑加上缺觉,身体超负荷了就会这样,几年前生过那场病之后,只要过劳了便出现这种症状。
但回家见到她,那点不舒服被好情绪取代,好似无药而愈。
又或者,她就是他不苦口的良药。
陈嘉卓洗漱完就被姜好催着回房间躺下,他无奈,说自己真的没什么大事。
她踮脚摸摸他的额头:"还是好烫,我真怕你晕了。"
于是,陈嘉卓又躺回去。
早餐吃的养生粥,粥馆的餐盒和买的退烧药一前一后送到。
听到外面门开关的响动,陈嘉卓去客厅找她。
他离开的时候是五月中,现在六月初,气温逐渐开始有了初夏的影子。
陈嘉卓走到餐厅便看到她穿着一条薄薄的背心裙在开外卖袋。
姜好回头看到他,招招手叫他过来。
陈嘉卓过去她身边坐下,看她拆开装着退烧贴的包装。
"空腹吃药好像不太好,你先贴张退烧贴吧。"
姜好偏头看他,忽然发现他眉毛上方的位置像是受过伤。
昨晚只开了壁灯,昏昏暗暗的没看清,早上起来忙着量体温,也没注意他的脸,这会儿靠近了才发现有一处皮肤明显比周围更红一些,刚结过痂一样。
"你这儿怎么了?"她用指腹摸了一下那里。
陈嘉卓说是不小心碰到了。
她更奇怪:"怎么会碰到这里?抬头的时候撞到了吗?"
他没编谎话,顺着她的话接:"对。"
"对什么对啊。"她嗔怪了一句。
姜好没那么好糊弄,但也不再问下去了,她知道他不说的事情就是不想说。
只是她会猜他是不是在港城的时候遇到了什么事。

姜好知道他不习惯和别人聊关于自己家庭的琐事，可偶尔她也会想知道。

那不是好奇，只是关心。

就像他刚离开第二天她看到的评论，虽然不至于让她心事重重，但这段时间闲下来便会去想。

她抽出一张退烧贴，垂着眼准备撕掉背膜。

姜好的睫毛长长直直的，只在眼尾有些翘，垂眸时遮住眼睛，但陈嘉卓看着，还是感觉出她不开心了。

他伸手握住她的手："在那边发生了一件小事，不严重。你看，伤口都快好了。"

姜好抬头望他，不说话。

陈嘉卓只能继续解释，一五一十地将事情说清楚。

还没说完，姜好就难受了，义愤填膺地开口为他打抱不平："是她丈夫犯的错吧，为什么要怪你！"

陈嘉卓有什么义务去替一个犯了法的人摆平做错的事。

难怪前两天打视频，他那边总是只开一盏台灯。

刚刚那点因为他瞒着自己产生的小情绪全变成心疼。

可是，她能为他面对的那些糟心事做些什么呢。

她也无能为力。

想到这点，姜好刚刚那股子替他谋不平的劲头没了，一下子又变得垂头丧气。

陈嘉卓好似看到一棵直挺挺的小草在他面前变蔫，他低低地笑："不用心疼我，我很幸福。"

她快快不乐："哪里幸福了。"

他故作思索，问她："和喜欢很久的女孩子在一起了算不算？"

姜好要忍不住笑了："算吧。"

她把退烧贴给陈嘉卓贴上。

贴完后，还用掌心覆在上面压一压，让它更牢固。

药房里只卖这一种，好像是儿童用的，上面有蓝色小熊花纹，贴在他额头上，被碎发半遮半掩，有些违和的可爱。

喝了半碗粥，陈嘉卓自己去倒水把药吃了。

姜好上午十点半有排练，一会儿就要出门了。但她有些犹豫，在考虑要不要请假。

陈嘉卓猜到她在想什么，让她放心去。

"不是说过重要出席不方便请假吗！别耽误进度。我吃过药应该没什么事了，待会儿准备睡一觉。"

他享受被她放在心上的感觉，但也不想影响她的正常工作。

姜好思考一会儿："那你手机不要设静音，我隔一个小时给你打一个电话可以吗？"

陈嘉卓说"可以"。

这样说定后，姜好又依依不舍在床边守了一会儿，直到再不出门就要来不及才起身。

她想到客厅里放着他昨晚带回来的电脑，在出房间前叮嘱："好好休息哦，不要工作了。"

陈嘉卓靠在床上，被她说中，他确实是想过先处理几封紧要的邮件。

但被她知道，她又会不开心。

还是不做了。

下午，姜好在排练的空当抓紧时间看手机。

曲颂悦在一旁喝水，瞄她一眼，见她一下午看了好几次手机，现在屏幕上又是聊天框，故意揶揄："你网恋啊？"

姜好看着手机，被她逗笑："是啊，热恋期呢。"

正好这时，陈嘉卓发了条消息过来，一张照片，拍的体温计，上面显示体温已经降回正常范围了。

她回复他，让他记得多喝热水。

排练结束，姜好没有耽误地回了家。

进房间，陈嘉卓还在睡觉。他下午断断续续地醒，没有睡很久，估计退烧后才睡熟。

半个月来，他是真的累到了，又因为带病，这一觉睡到傍晚。

醒来，身体没上午那么沉了，吃过药加上自愈能力强，已经恢复大半。

初夏的晚霞比春冬看起来都要浓烈，有种灼灼欲燃之感。

房间开了加湿器，不闷不燥。

一切都刚刚好。

"你醒了？"姜好从外面走进来，看到他睁开眼。

她过去，自然地用手背试温度，又贴一下自己的额头。

"应该没复烧，你现在感觉怎么样？"

陈嘉卓没说话，抬手抱住她，与她交颈相贴。

静静拥抱了一会儿，他低声开口。

"小好，一直爱我。"

不是祈使句，这是陈嘉卓为数不多的固执，是得到后就不想失去的执念。

她说，好啊。

退烧第二天，陈嘉卓留在家里办公。

依旧是清早起床，在家里转了一圈，才想起卡卡没在这儿了。

问起姜好，她说是他回来的前一天送回去的。

"它身上的毛总是打结，要送它去美容店把毛修剪一下。平时都是湘姨带它去的，我就先送回去了。"

说这话时，陈嘉卓已经开始工作。

她刚起床，磨磨蹭蹭的，边和喻桃连着语音聊天边把早餐吃完。看他在忙，她便没去打扰，进琴房把总谱过了一遍。

姜好今天不用出门，但在家也得练琴，演出前一到两周才会去剧院那边的排练厅排练。

乐手的工作就是这样，说枯燥也有些枯燥。

看完总谱，她从琴房出来一趟。陈嘉卓依旧在原位，今天穿的是白色 Polo 衫，他高中就常穿，经典的那种商务休闲风，不老成，但看着很正派。

她晃悠一圈，陈嘉卓不可能注意不到，抬眼看过去，以为是她无聊，手抬起准备合上电脑去找她。

姜好连忙朝他摆手，自己绕到餐厅接了一杯水带回琴房。

练了一会儿琴，收到湘姨发来的消息。

点开就是视频，卡卡已经修剪过毛发，身上套了件嫩黄色背心，坐在小窝里郁郁寡欢。

背景音是湘姨在解说："你看它又闹情绪咯，在你们那边不是活泼得很嘛，我们这边没人陪它玩，是不是不适应了？"

湘姨又发来一条语音，问姜好还要不要把卡卡抱回去养两天。

姜好想了想，觉得算了。

狗狗抱过来也是陈嘉卓照顾得多，他刚发过烧，还要忙工作。

于是她和湘姨说先不用了，原因也如实说清楚。

湘姨听到陈嘉卓在她那儿的事，没怎么觉得意外，倒是多关心了几句他的身体情况。

姜好说已经恢复了。

上个月外公外婆旅游回来后，她就和陈嘉卓去过一趟。

果然和陈嘉卓说的一样，她外公外婆不知道什么时候看出来他俩在一起了。总之姜好亲口说出来的时候，两人都不惊讶。

她问起来，外婆笑着摇摇头，说是太熟悉自家小孩了，看她和陈嘉卓的相处不像从前那样就猜出个大概。

但没有道清是外公私下问过陈嘉卓之后才确定的。

外公那边有些深沉，完全和姜好预料的反应不同。

她一直认为外公很满意陈嘉卓。

只是她不知道那满意仅限于对后辈的欣赏，身份不同，标准自然也会不同。

对于外公起初平平淡淡的态度,姜好是有些无措的。

她在那天的晚饭前偷偷找外婆抱怨过,外婆安慰她,说外公只是不太适应自己看着长大的小孩已经开始谈婚论嫁。

这样说完,外婆让她理解理解外公的不舍。

回完湘姨消息,姜好继续投入到练琴中。

时间一晃,过去将近一个小时。

房门被轻轻叩响,陈嘉卓推门进来,问她需不需要休息一会儿。

姜好应了一声,拿起手机出去。

往外走时,她顺便看了手机,才发现十几分钟前,湘姨又给她留了言。

——正好熬了汤,你外婆说给你俩送一点,我们正在来的路上。

从琴房出来,姜好说:"湘姨过会儿要来我这边。"

再看一眼消息,她又补充:"可能还有外婆?"

陈嘉卓脚步一停:"我需要先出去吗?"

姜好笑起来:"不用啦,而且她们还有可能是专门过来看你的。"

她前两天才回去见了外婆,而且平时要是想她了,他们都会直接给她打电话叫她回去。

外婆不喜欢高层,坐电梯到太高的地方会间歇性耳鸣,所以他们极少来这边。

"看我?"陈嘉卓问,眼中有疑惑。

"嗯,估计是我刚刚和湘姨提到你发烧的事,湘姨又和外婆说了。"

他在原地站了会儿,走到客厅把沙发、茶几都简单收拾一下。

刚整理好,姜好的手机便进了电话。

他们已经到了。两人下楼去接。

浩浩荡荡的一行人,加上司机叔叔一共四人。

陈嘉卓没想到外公也在,先一步同长辈们问好,伸手接过湘姨手里拎着的保温包。

姜好真没猜错,他们来这边是为了看陈嘉卓的。

外婆年轻时自学过中医,会把脉,进到家里便开始问陈嘉卓最近有没有少眠气虚。

平时慈眉善目的老太太,用起学问来一丝不苟,姜好在一旁认真地听着。

陈嘉卓说都没有,认真地道:"外婆,我身体很好。"

外婆把完脉,点点头:"没什么大问题,但还是得多休养。"

她和姜文山都知道陈嘉卓前段时间一直在港城处理那桩走私案,本来就觉得这孩子身上担子太重,又听说一回来就病倒,都有些牵挂。

反正也离得不远,就来看看。

他们留在客厅聊天，姜好陪湘姨去厨房把保温汤盒里的汤倒进汤碗里。

黄芪乌鸡汤，湘姨说闷久了看着颜色没那么新鲜了，最好先送进冰箱保鲜。

腾好位置，湘姨教她想吃的时候记得自己放点葱花提味。姜好一边记着，不忘探头出去看看客厅，外公正和陈嘉卓说话。

她听不见在说什么，但外公那神态比上回亲和得多。

客厅里，外公问了些关于泊远的事情，陈嘉卓简单说明了情况："是典型的走私案，里应外合，涉事的人都查出来了，现在就是等最后的判决下来。"

正聊着这些，外公偏过头，发现不时从厨房探出头看这边的姜好，无奈地笑一笑："还不放心呢。"

外公和他说起一件事："上回小好来找我，说外公，陈嘉卓在这边都没有亲人，我希望他也能有外公外婆关心疼爱。"

"她啊，喜欢谁就要把真心捧得高高的。

"总之，你们俩好好的，其他的外公不管。"

外公外婆没在这儿待多久就回家了。

送走他们，姜好立即缠着陈嘉卓，问外公和他说了什么。

陈嘉卓浅笑，没说话却低头吻她。

他才知道，原来姜好找外公谈谈心。

他很难形容听到那句话时的心情，只是越发确定，他永远都离不开她了。

在沙发上亲了一会儿，分开时，姜好看到他放在茶几上的电脑不知道什么时候被碰亮。她瞥了一眼，看到"船舶岸电项目"几个字眼。

"所以你现在是复职了吗？"

陈嘉卓点头，见她若有所思的样子，问她在想什么。

"我听说一件事。"姜好没直接说出来，先绕了个弯子。

"听说什么？"

"听说你停职其实是因为……"尾音渐缓，后面的话她不知道怎么说更合适。

"因为你？"陈嘉卓替她把话说完。

姜好接着问："所以是真的吗？"

"我爷爷让我在年底回港联姻，我没答应，所以起了些矛盾。"

话里话外他都不觉得这有什么，一笔带过，只字不提自己为了不妥协做出什么努力。

见姜好仍旧没说话，陈嘉卓怕她心里会有压力，继续说："停职的原因有很多，这个只是其中一点。即使没能和你在一起，我也不愿意联姻。"

"那如果你从来没遇见过我呢？"

假如他的生命里没有出现过姜好这个人，他们各自生活在这个世界的某个角落，毫无交集呢？

陈嘉卓顿了顿。

那样的话，结果会与现在大不相同，他应该会活在既定轨道中，会像完成任务那般在合适的时间联姻，可能都不用称之为妥协。

也许有天他们会偶然见上一面，再擦肩而过，谁也不知道错过了什么。

姜好脸上倏然有了笑："陈嘉卓，我觉得你有时候真的过于正直了。"

放在别人那儿，就算不大肆宣扬也会告诉女友以表真心，可他不仅不说，还要解释这和你关系不大，别多想别有负担。

他只是很淡地一笑。

他不想将很多事冠上深情的名义，过分标榜自己的付出。因为是他喜欢姜好，做的这些也是为了让这段关系更稳固更顺利。

陈嘉卓说："你知道我是坚定走向你的就可以了。"

但这段路上的阻力，她没有责任去替他分担。

姜好想到那晚他们看的电影，也想起庭姨。

她语气放轻松地问："那你复职之后就没事了吗？会不会像上次我们看的电影一样，和我在一起就要失去一切了？"

"不会。"

"为什么？你爷爷不是要你联姻吗？"

他想一想，不评价电影是虚构的，只是合理分析："可能因为，我比那个电影里的男主角更厉害？而且，公司的管理人不是随便就能换掉的，需要考虑的有很多。"

姜好笑起来："好像是哦，而且那个男主角只知道画画。"

她又信誓旦旦："不过你一无所有我也可以养你啊。"

陈嘉卓抬眉："上回不是说，养我是骗我的？"

"这次是真的了。"她抱住他，"我保证！"

他不在这边的半个多月，某天晚上姜好在睡觉前曾做过最坏的打算，设想如果陈嘉卓真的一无所有怎么办。

然后她发现，她努努力也不是养不起。

姜好说："只要你不后悔就行。"

他没有犹豫地回答："我不后悔。"

人这一生能记住的大概只有那么几个瞬间，回头再看，值得庆幸的事能有几件呢？

无非是那一点"明知不可为"里的"为之"。

六月中，夏至日。

姜好今天有一场独奏音乐会，演出地址不在剧院，在艺术中心的音乐馆。

她为此准备许久，早上出门去公司前，陈嘉卓问她紧不紧张，她说还好。

姜好有独奏演出的经验，只是这次比之前的规模更大，因此她打起十二分精神对待。

最后一首曲子，她选的是《天鹅》。

演出是在下午。在一楼的音乐厅，她穿一袭白色礼裙，身侧是一整面巨大的落地窗，沐在西城初夏温和的光里。

曲终，姜好想起今年过生日，陈嘉卓在电话里问她许的是什么愿望。

她的愿望和他无关，是希望自己能在三十岁时成为交响乐团的大提琴副首席。

她问他："我的愿望和你无关，你会介意吗？"

陈嘉卓说不会。他和她说："你放心地一步步朝着愿望努力，这一路上都有我陪你。"

这句话与她的灵魂共振，姜好便明白，他懂她想要什么。

她有至亲的家人，也有要好的朋友，从不缺陪伴，但在音乐这条路上，她是有些孤独的。

虽然已经在大提琴上投入了很多精力和时间，但离这个行业的翘楚还有不短的距离。

她还要走很长的一段路。

因为想到陈嘉卓，姜好离场后，一进休息室便拿起手机找他，正低头问他什么时候下班。

那边回复她还有一会儿，不过他的司机已经将车停在音乐馆外面等她出来。

姜好鼓鼓腮，想发发牢骚，早不忙晚不忙，平时都能来接她下班的，偏偏今天抽不出时间。

但她敲了半天字，还是回个"行吧"。

没办法，人家也是在工作。

拎着琴盒从艺术中心出来，陈嘉卓平时坐的车就停在路边的梧桐树下。

司机下来替她接过琴盒，姜好道了谢，自己打开车门。

门一开，说是在公司忙着的人却在后座。

陈嘉卓偏过脸朝她看来，两人对上视线。

余晖穿过树叶落在他脸上。

有一瞬的恍惚，仿佛坐上时光机，回到他们初次见面的那刻。

陈嘉卓微微地笑："怎么不上车？"

姜好回神："什么啊？又骗我。"

他没说话，在车里朝她伸出手。邀她入座的意思。

姜好坐进车里，公主一般优雅地抚平自己裙上的褶皱。

陈嘉卓问她："你还记得今天是什么日子吗？"

姜好慌神一秒，像极电视剧里忘记结婚纪念日的丈夫，不过很快便想起他们确定恋爱不是这天。

她冥思苦想，想不到一个答案。

看她想得那样辛苦，陈嘉卓主动公布答案："我们第一次见面，是在夏至。"

姜好"啊"了一声，懊恼他给的提示这么明显，她却错过近在眼前的正确答案。

她立刻找补："你知道的嘛，我记性不好。

"虽然我没记住那天是什么日期，但当时的画面我记得很清楚的。"

陈嘉卓唇角微勾，点一下头，示意她继续说。

"我一开车门，里面坐着你，我一边觉得尴尬一边在想这人真好看，酷酷的。"

没说完，她自己先不好意思地笑了。

蛮神奇的，那时候也没想过他会变成她男朋友。

"酷吗？"陈嘉卓还是第一次听到有人用这个词形容他。

"对啊。"她点点头，"你刚来那两天我都不知道该怎么和你说话，害怕你不想搭理我。"

"我不会的。"陈嘉卓为自己正名。

"你呢？"姜好又问起他对自己的第一印象，"你觉得我漂亮吗？"

"漂亮。"他看看她一身白裙，一语双关，"很漂亮，像小天鹅。"

姜好昂首挺胸，接下赞美。

"演出顺利吗？"

"很顺利！"

姜好和他说起自己的新感触："不知道是不是因为心境变了，我今天拉最后的一支曲子时，觉得它有种静谧的幸福，但我还记得小时候第一次学的时候感觉它特别凄凉悲伤，每次在老师面前练习都好想哭。"

车沿街驶过，街景不再陌生，陈嘉卓想到他第一次离开西城，去往机场时也会经过这段路。

"应该是心境变了。"

再经过这条路，他的心底不会再涌起酸涩。

西城的夏天很短，晃眼间便过去，又快到这一年的中秋。

这个夏天，两人在一块儿的时间相比之前少了很多，因为姜好下半年开始多了很多去外省的合作演出，也因为喻桃搬来，陈嘉卓暂时住回了自己那儿。

喻桃出了点事，躲债似的到外地住了大半个月。

她的事不复杂，起因是邵裴和她表白，她内心纠结反复，不知道怎么处理，只能先不见他，可他又紧追不舍。

感情问题没那么容易掰扯清楚，她从头到尾都是抱着逃避心理，更难有个了断。

姜好不是谈恋爱就把朋友放到第二位的人，看不下去，和陈嘉卓商量过后，叫喻桃来自己这儿住。反正在哪儿都是躲，在她这边起码不是孤零零一个人。

感情上的事，姜好不替朋友做决定，她能给的只有陪伴。

这一住就是将近一个月。

快到九月的时候，喻桃自己想通，也觉得这样下去不是回事，收拾收拾准备走。

搬走前一晚，喻桃叫姜好陪她喝酒。

这种姐妹局，陈嘉卓自然不会跟着一起去，他也没什么其他夜生活，留在家里休息，等姜好给他电话。

那晚快到十点时，姜好的电话打来，说快结束了，让他现在可以从家出发。

她说话慢吞吞的，陈嘉卓问她是不是喝得有点多。她隔了好久，像是在反应他这话什么意思，然后说没有喝多。

两人在一家清吧，装修得很有氛围感，光线设计得好，照在酒杯上流光溢彩，整个环境却昏昏暗暗。

姜好和喻桃其实没怎么聊，住在一起的这么些个夜晚早就把该说的说完，出来就是为了喝酒解闷。

她们俩坐在靠近角落的卡座，全程都在被动地听隔壁桌几人畅谈八卦，情节跌宕，反转不停。

等喻桃发现时，桌上的小食盘空了，面前好几杯五颜六色的酒也都少了大半，完全忘记点单时说好的只尝尝味。

姜好都不仅仅是微醺了，给陈嘉卓打完电话就像完成使命般趴倒在桌上。

陈嘉卓进来时，喻桃正努力叫醒姜好。

发现他过来，还是因为隔壁桌集体噤声，互相暗示对方看前面。

喻桃也往前看。

陈嘉卓从家里过来的，没穿衬衫，穿的黑T恤搭长裤，随意却压不住贵气,一张脸能扛住时不时打下来的死亡顶光。快走到这边的时候,服务员问他需不需要卡座,他抬手示意不用。

喻桃趁着这个空当戴上口罩和帽子,想着要是今晚被认出来都得怪姜好这位仙品男友。

果不其然,陈嘉卓走到她们这边时,隔壁桌几人的视线也若有若无地落到这边。

把人家女朋友拐来喝酒,还喝得醉醺醺,喻桃知道自己有罪,心虚得很。

陈嘉卓没走近就看到趴在桌上的姜好,再看桌上好几个见底的酒杯,语气讶异,但没有任何不悦:"喝这么多?"

第二句问的是:"她今晚不开心吗?"

喻桃忙解释:"没有没有,就是没留神。"

姜好在这时悠悠转醒,睁眼便看见陈嘉卓,没意识到自己睡了很久,惊叹一句:"你来得好快。"

她愣愣的样子,叫陈嘉卓轻笑:"回家吧。"

姜好点点头,摇摇晃晃地扶着他的胳膊起身,要和喻桃一起走。

陈嘉卓断后,顺带帮她俩结了账。

到车上,姜好在后座又昏昏欲睡,喻桃过意不去地说:"不好意思啊,霸占你女朋友这么久,今晚还让她喝醉了。"

陈嘉卓把副驾驶座上放的两瓶酸奶递过去,回了句"没关系",语调很轻。

"总和我待在一块儿也无聊,你能来陪她,她很开心的。"

车厢内,姜好靠在喻桃身上闭着眼睛,眼睫轻微颤了颤。

喻桃发自内心地笑一笑,知道他不是在说客套话。

她在姜好这儿住这么久,陈嘉卓没表现过任何不满。喻桃是很会察言观色的人,如果对方真的不高兴她是能感受到的。

因为足够尊重姜好,所以也尊重她的朋友,不越界更不约束她交友。

陈嘉卓就是这样的人。

送她们回到家楼下,陈嘉卓看看后座睡着的姜好,不太放心,和喻桃说过后,带姜好回了自己那儿。

睡了一路,姜好也睡够了。

她躺在床上,感觉到陈嘉卓在给她卸妆。

这儿没有卸妆水,也不方便用,他就用温毛巾慢慢擦,小心翼翼的。

姜好睁开眼,看到他单膝跪在床边的地板上。

陈嘉卓问:"是不是我手重了?"

她用的眼影里有闪粉,总擦不干净,只能用毛巾多擦几次。

姜好摇头。

"胃难受吗？"

"还好。"

她没有喝特别多，只是有两杯鸡尾酒的后劲比较大，所以晕晕的。

"陈嘉卓。"

他低头给毛巾翻面，也回应她："嗯？"

她认真看他，眼眸水润，一字一句："我和你待在一块儿，一点也不无聊。"

陈嘉卓笑了笑，知道刚刚在车上那句话，她听到了。

"好。"

喝了酒，情绪被放大，姜好搂住他，温热的脸贴到他脸侧蹭一蹭，在他耳边又继续补充："我特别特别喜欢你。"

两个"特别"，说得很用力。

像是要把他那么多年不被回应的喜欢，全部填上答复。

说完这些，姜好抱了一会儿又慢慢睡着，抱着他的胳膊卸力，落到浅灰色的床面上，睡得恬静。

她没能看见他微红的眼眶，和满涨的爱意。

今年，姜好和陈嘉卓一起在外公外婆家过了中秋节。

两人恋爱快一年，也趁着这个机会，陈嘉卓和姜好的父母正式见了面。

因为中秋放假，他俩被外公外婆提前一天叫去，在那儿住了一晚。

晚上分开睡，姜好在自己的房间，三楼那个陈嘉卓高中来时住的房间被收拾出来，还是给他住。

外公外婆这儿经常有客人拜访，但二老都喜静，很少留客人在家过夜。

那间房的陈设没怎么变，这些年也没有别人住进去过，书架上甚至还放着陈嘉卓买来的书。他走的时候带的东西很多，外婆塞了好些西城特产，多买一个行李箱还是不太够用，那几本书都看完了，索性留在这儿。

房间定期打扫，书上没落灰，保存得很好。

晚上洗完澡，陈嘉卓回房间，挑了一本书带去阳台，没有先翻开看，而是坐在椅子上用手机和姜好聊天。

一上一下的离得很近，聊了几句，姜好要他下楼来她的房间。

但时间很晚，又是在外公外婆这儿，陈嘉卓觉得还是守些规矩比较好。

他回：明早去找你可以吗？

姜好：现在不行吗？

陈嘉卓：不太行。

姜好：［流泪.jpg］

他笑一下，再给她发消息，对面已读不回。

等了一会儿，他从阳台回到房间，迈步往门口走。

打开房门，姜好不知道什么时候就守在外面了，看到他准备出门，笑得很是得意。

陈嘉卓被她拿捏得很彻底，他不恼，伸手将她拉进自己的房间。

房门一关，姜好戏瘾大发，睁着一双水灵灵的眼睛望他，双手背在身后，站在门旁礼貌地问："嘉卓哥哥，我方便进来吗？会不会打扰你？"

陈嘉卓唇角微扬，配合她："不会。"

他说不会，姜好便不客气地往里走了。

阳台门还开着，外面的小圆台上放了一本书，被风吹得掀起扉页。

她走过去拿到手上翻看。

这是本随笔集，和他平时看的书不是一个类型。

但翻至尾页，接近页码处，有一行用黑笔写下的某年某月某日。

这是陈嘉卓的习惯，他每看完一本书，都会留下当天的日期。

她惊奇："这本书你看完了？"

陈嘉卓点头。

这本是在西城的一家街角书店买的。

他那次买了不少书，付款时前台说再加二十元刚好够上活动价，可以送书签。

那是一枚银质书签，外形是一枝玫瑰，花茎扁长用来做书签的主体，合上书后玫瑰花会露在外面。

陈嘉卓犹豫一瞬，在想姜好会不会喜欢。

前台看出他的动摇，从旁边的书架上拎出一本，说是新到的畅销书，问他要不要看看。

陈嘉卓点头，把那本加进去了。

书签拿到手，回家就送给了姜好。

那本在计划单以外的书没有被遗忘在角落，他也看完了。

至今，陈嘉卓都记得书中的一段话。

——在心底，明白是你让我觉得，这个世界上，还有值得珍惜的景致。我或许会厌倦这地平线与其上的一切，但我会永远眷恋你眼中的小小宇宙。

读到这里，他从这段文字中得到共鸣。

不知道什么时候起，他开始频繁寻找姜好的身影，经常站在这个阳台，看她在楼下的花园里陪卜卜玩，拿着水管散漫地浇着草坪，偶尔有了兴致，会在房间的露台上练琴——苦中作乐，她称之为个人露台音乐会。

起初陈嘉卓认为，姜好眼里的世界比他看到的更有趣真诚，因为她也是这样。

他不自觉地被她吸引。

后来发现,她同样有许多的苦恼,会受天大的委屈,她的世界也有背光的一面。

可陈嘉卓不希望这样,他希望她一直是平安无虞的。

他想做一个守护者,她需要的话正好,她不需要的话,那更好。

姜好合上书,靠在身后的栏杆上望着陈嘉卓。

她眸光盈盈:"你猜我在想什么?"

"想什么?"

她勾勾手指,意思是叫他过来点。

陈嘉卓倾身上前,在凑近的那一刻听到她夹着笑音的话:

"我想亲你。

"可以吗,嘉卓哥哥?"

这话说完,他就知道她显然还在演。

但陈嘉卓已经身临其境了,仿佛真的回到十几岁时情窦初开的某个夜晚。

他用行动回答,偏过脸去寻她的唇,因为太近,温热的唇先擦过她脸颊,再落到唇瓣。

姜好一边接吻一边笑,直到被轻咬一口,听到陈嘉卓低沉又无奈的声音,让她专心点。

第二天中秋节,姜好的父母到傍晚才一前一后地过来。

姜潆之见过陈嘉卓,但李闻来是第一次见陈嘉卓,饭后和他聊了很久。

先是问他关于未来的规划,又问他现在两头兼顾,以后结了婚会不会没时间顾家。

这确实是个问题,不过陈嘉卓自己已经考虑好。

何原是他带到这边的特助,也是心腹,几年内会升到副总的职位,到时他基本可以放手君懋的事务。

李闻来考虑得多,也不是天天能见到陈嘉卓,自然是将想问的都问清楚才能放心。

不过,陈嘉卓态度不遮遮掩掩,有问必答。

一整晚过去,李闻来还算是满意的。

回去的路上,姜好问陈嘉卓:"我爸爸问了你那么多事,你会不会烦啊?"

那些问题,一个接一个的,还不带半点迂回,她听多了都要失了耐心。

他说:"怎么会烦,问得多比什么都不问好。"

"也是哦。"姜好想了下,以她爸爸的性格,要是什么都不问,那才是出了大问题。

今晚见家长、谈未来,让她觉得自己好像马上就要结婚的感觉。

她无意识地怅然,"你现在也见完家长了,是不是快轮到我了?"

陈嘉卓偏头看她:"这些不着急,等你想见了再见,顺其自然。"

姜好知道,他不会让她做不情愿的事情。

但她也不是不愿意,只是还没准备好。

怕她不自觉地就给自己施压,陈嘉卓又说:"你不用花时间去打点什么亲戚关系,也不会因为结婚了就多出什么必须承担的责任。"

车在红灯前缓缓停下,他看向姜好:"你还是你,好吗?"

姜好点点头,说"好"。

中秋后,陈嘉卓回港城,给他妈妈带了两份礼物。

其中一份是姜好准备的。

她想得周到,觉得其他人可以先不管,但他妈妈是外公的学生,可以算是她和陈嘉卓的牵线人了,这么不声不响的不太合适。

去年朱毓生日,陈嘉卓买礼物的时候找姜好参考过,今年她不帮他挑了,把最合适的留给自己。

这份礼物没纠结多久就定下来,因为想到他妈妈不会缺什么奢侈品,姜好便把心思用在了创意上。

礼物拿到手上,朱毓先是奇怪为什么会有两份。

陈嘉卓解释了另一份礼物的来历。

朱毓一听,没有犹豫地先打开了姜好这份。

礼盒扁扁平平的,还用了粉丝带装饰。打开后,里面是一套以建筑物为主题的楼房模型,每个大概只有一个巴掌大,精致小巧。

朱毓看着礼物,怔愣一会儿。

陈嘉卓和她一样,是第一次见到盒子里装的是什么,但没有第一时间认出这些模型有什么意义。

"这些都是我参与设计过的房子。"

礼盒放在腿上,朱毓拿起来慢慢地看:"是怎么想到的,太用心了。"

陈嘉卓有种一荣俱荣的感觉,淡笑:"她是这样,经常给别人惊喜。"

礼盒里还放了一张卡片,上面写着一些祝福语,落款是"姜好"。

朱毓看了两眼:"姜好?这名字……"有点熟悉。

下一秒,一个她自己都难以置信的想法冒出来,抬头看陈嘉卓,还未开口问,他便先说了。

"她是姜老师的外孙女。"

朱毓感觉自己的血压有点升上来。

"这么大的事,要不是姜好送的礼物,你准备瞒我多久?等我在你婚礼上和姜老师撞见了再说?"

陈嘉卓说:"没想瞒你,今天你没收到礼物,我也准备和你说的。"

他是一贯平平的语调,说完看着他妈妈,觉得她那口气还没缓上来,于是又补一句:"总要等感情先稳定下来。"

朱毓这才想起,对啊,之前一直是她家小孩单方面暗恋人家,照他这种淡淡的性子,能在一起估计也不容易,确实要好好经营感情。

"那现在稳定下来了?"

陈嘉卓点头:"我已经见过她父母了。"

不知道为什么,他说这句话时那种不易察觉的极小的满足感,让朱毓眼窝有点热。

那天之后,姜好和他妈妈加上好友,她偶尔会问好,也短短地聊过几句,知道他妈妈性格还不错。

年底时,姜好正好在港城有一场合作演出。

出发的前几天,她同陈嘉卓说起:"要不然,我趁着这次机会和阿姨见个面?"

姜好想起自己上次和他妈妈聊天,他妈妈说陈嘉卓让她不要总提见面的事情,这样姜好会紧张。

"所以阿姨就克制着,没有邀请你过来玩,但阿姨还是很期待和你见面的,不知道你还记不记得,你小时候我们还见过呢。"

这是她的原话。

这话实实在在地让姜好感到轻松。

陈嘉卓问她:"确定吗?不用再等等了?"

"不用啦,我感觉自己已经过渡了。"

这个计划定下来之后,姜好就开始收拾去港城的行李。

收拾到衣服时,她纠结起来,在想见面那天穿什么比较合适。

陈嘉卓那天有个饭局,回来得有些晚。

进了家,刚回到房间便看到床上堆了很多衣服。

姜好回过身看到他,遇到救星似的朝他招手:"你来帮我看看哪件合适。"

他绕过横着摆在地上的行李箱到她身边。

姜好吸吸鼻子,闻到淡淡的酒味:"你喝酒了吗?"

"嗯,半杯。"

他去洗手间漱口,出来时,姜好已经换上一条针织裙,照着落地镜看合不合适。

这条没问他,姜好觉得有点紧,直接 Pass 了。

挑衣服也是一种乐趣,她不嫌麻烦,后面又进主卧自带的小衣帽间换了两三套。

陈嘉卓等在外面,感觉自己像在看什么换装娃娃的游戏。

姜好翻箱倒柜,又找到一条很久之前定做的旗袍。

淡淡的珍珠紫,织锦缎面上绣着玉簪花,蝴蝶扣,漂亮是漂亮,但是穿着出行不方便,也有些太过正式。

姜好没打算带这件去,但好久没穿过,心痒痒,所以还是去衣帽间换上了。

出来后,照例问陈嘉卓怎么样。

这旗袍很合身,将曲线勾勒得姣美,也极衬肤色。

"好看。"

姜好照着镜子,斜睨他一眼:"你每一套都这么说!"

她转身走到他面前,蹙着眉抱怨:"你敷衍我呢。"

她这样子很像个娇滴滴又蛮横的大家小姐,但怎么样都可爱。

陈嘉卓笑:"没,真的都好看。"

他伸手,拉她侧坐到自己腿上,低头埋在她肩窝抱了一会儿。软玉温香,让他迟迟不舍得松手。

姜好闻到他鼻息间淡淡漱口水的味道,像薄荷水。

"试了这么多不累吗?歇一歇再试。"

他说着让她歇一歇,却低头吻她。

吻着吻着,碍事的蝴蝶扣被解开。

…………

凌晨,两人都没睡。

姜好抱着被子坐在床上,陈嘉卓在收拾混乱中推到地上的一大堆衣服。

那条珍珠紫旗袍起了皱,她拿在手上仔细看:"我记得好像听到那种绷线的声音了。"

但翻来翻去找不到是哪处。

姜好没了耐心,把衣服丢给陈嘉卓:"你的错,我都说了先脱下来。"

"嗯,怪我。"他认错很快,拿着她丢来的那条旗袍,坐到床边对着台灯检查。

最后找到是在旗袍开衩处。

他拿给姜好看:"在这儿。"

不看还好,看了更生气,姜好握拳捶到他肩头上:"陈嘉卓!"

轻飘飘,不痛不痒的。

陈嘉卓低笑,拿着她的手亲一下:"我拿去补,明天就去。"

姜好这次去港城,住的不是上回的半山别墅。

那里在重新装修。

她说过他那栋房子像个冷冰冰的宫殿之后,陈嘉卓就让秘书找了设计公司,按照她喜欢的法式风格重装了,现在进度刚刚过半。

姜好完全不知道,还是到了他在港城的另一个住处后才听他说起。

他说:"以后回港城应该大部分时间都会住在那边,你不喜欢的话住着也不舒服。"

她确实不喜欢,主要是因为那里冷冰冰的,一点也不温馨。

在港城的合作演出结束后,姜好见到了陈嘉卓的父母。

两人看起来都很像做学术的,气质温文尔雅,不说话时有些严肃。

他们坐在一起吃了顿晚餐,姜好发现陈嘉卓爸爸的话少一点。

不过餐桌上自始至终没冷场过,朱毓不时挑着话题聊,关心了姜好外公外婆的近况,也好奇她演出的事。

她可惜地说:"要是知道你前两天在这边有音乐会,我一定会去听一听。"

姜好原先是想说的,但又有些紧张,担心自己总是想着陈嘉卓妈妈就坐在台下,影响发挥,所以就没有提。

她乖巧地笑:"阿姨,以后还有机会的。"

偶尔静下来,陈绍晖便出声,让她多吃菜。

分工明确得像是商量过。

但其实是陈嘉卓在她来之前和他父母说过,希望能让姜好自在点。

成年后,这是他头一回向父母提出请求,他们没有不答应的道理。

上回陈嘉卓和他爸爸因为谈话不顺而不欢而散后,他们没有再单独聊过。

陈绍晖现在是什么态度,他不太在意,表面上过得去就可以。

用过晚餐,用人来撤盘。姜好等了一会儿,以为后面才开始正式地聊家庭,结果就这样结束了。

陈嘉卓带她到别墅的后院散步,朱毓没有跟着一起,让她不要拘束,把这儿当成自己家就好。

后院像个小公园,姜好牵着陈嘉卓的手转了半圈,还是有点恍惚。

"原来真的就吃个饭啊,我还打过腹稿你知道吗?"

"什么腹稿?"

"就……"她顿了顿,"有自我介绍,还有如果你家长不同意,我真情流露地讲一段,比如我们是真爱之类的。"

陈嘉卓闷笑一声,很想问明白她脑袋里天天都装着什么。

但也为她的那份重视感动。

姜好今天穿了一条长袖连衣裙,素淡的颜色,她说这样看起来比较端庄。

十二月底的港城依旧冷不到哪儿去,但入夜后还是有些凉意。

姜好打了个喷嚏。

"冷了?"

姜好摇摇头:"我们今晚要在这儿过夜吗?"

"不过夜,待会儿就回去。"

她看看四周,说:"这里是你小时候的家吧,你是不是在这边住得比较多?"

"一半一半吧。我父母不在港城工作,所以有时候我会在我爷爷那儿住,初中后大部分时间都在国外。"

他笑,语气如常,说的话却让人感觉空荡荡的:"反正,哪里都能住几天,也不知道哪里算家。"

姜好听着,有些心疼,忽然也明白他之前为什么对房子的装修无所谓了。

因为不论什么样的房子,都给不了他归属感。

一时词穷,姜好想不出来更合适的话,她握紧陈嘉卓的手:"我们以后会一直在一起的。"

"好。"

多余的话不用再说,他能懂。

从西城出发的时候,这里在下大雪,航班还因此延误。

在港城待了几天再回来,雪仍旧没停,不过变小很多,从大片的雪花变成小雪点。

姜好回家后,断断续续咳嗽了一个星期。

可能是因为天气差别太大,她没适应过来。

怕传染给陈嘉卓,她一开始都不给他亲自己,睡觉也分得很开。但每回睡醒,还是在他怀里。

连着几天过去,陈嘉卓都没有出现什么症状后,姜好也就不管了。

止咳药换了两种,见效都不明显。

姜好想着随它去吧,反正生病都需要一个过程。

但外婆听说后,打了几个电话叫她回去住两天养养病,再让湘姨煮点梨水给她喝。

姜好没有回去。

陈嘉卓体质好才没被传染上,但年纪大些的老人就不保证了。

不过梨水她还是喝上了,陈嘉卓给煮的。

煮这个没什么难度,加上有湘姨远程指导,他一次就成功。

冰糖适中,梨水不甜不淡,梨肉也没有煮得太软烂,姜好喝光了热乎乎的一整碗。

过一会儿,陈嘉卓问她怎么样。

姜好回味一下:"挺好喝的。"

"不是。"他笑起来,"是咳嗽有没有感觉好点?"

她感觉不出来,但是嘴上说着好一点了。

梨水和止咳药放一起连着喝了几天,姜好的咳嗽彻底好了。

刚恢复,外婆就叫她去庙里拜一拜,说是去去病气。

姜好感觉没那么严重,但也听话,找了陈嘉卓陪她一起去了。

这次去的还是她高中去过的那座小寺庙。

上回去是菩萨成道日,所以香客很多,但寻常日子庙里便冷冷清清的,只有寥寥几人。

姜好买红烛和高香时,陈嘉卓和她一样,也买了一份。

到了殿内,他学着她的样了,在蒲团上祈愿叩首。

这本就是信则有,不信则无的。

陈嘉卓开始相信,因为命运慷慨又仁慈,让她不只是成为他生命中的惊鸿一瞥,还停留在他的生命里。

殿内庄重肃穆,姜好出来后才和他牵手说话。

"我高中那会儿来许愿,大大小小许了好几个,现在简单多了,给我在乎的人都求了平安。"

倒不是想要的少了,而是明白了什么最重要。

"你呢?求的什么?"她问。

陈嘉卓说:"和你一样,但我多求了一个。"

姜好望着他,等他往下说。

"我们百年好合。"

姜好和陈嘉卓要百年好合。

她心尖一颤。

"那我也再求一个!"

姜好转身,双手合十对着不远处大殿里的菩萨拜一拜。

拜完,她挽住陈嘉卓的胳膊,神神秘秘地道:"我刚刚给你的愿望上了一层保险。"

他笑起来:"谢谢你。"

阳光落在路旁的积雪上,金灿灿一片,冬雪消融,他们并肩往前走。

光与影交叠,有些像虚化过的镜头。

这一刹便是永恒。

如果人生像一场电影,落幕时,你是我写在第一行的特别鸣谢。

番外一 订婚快乐

又到除夕。

去年两人还隔着屏幕视频，今年陈嘉卓就留在姜好身边，和她一起过完春节了。

好像在一起越久，越不能适应没有她的生活。

春节之后，陈嘉卓父母来西城，为了两人订婚的事。

虽说是他们俩订婚，但姜好觉得自己从头到尾的参与感都不是很强，两家聚到一起，都是双方父母在聊。

已是吃过午饭的时间，几位家长坐在包厢一侧的会客区，已经从订婚谈到后面的婚期。但也只是顺带聊一聊，真要做决定，还是交给姜好和陈嘉卓。

姜好就乖乖坐在一旁，捧着淡茶小口抿，偶尔侧头，面上一本正经地和陈嘉卓悄悄讲小话，他带着笑听完，像两个交头接耳的学生。

旁人听不清她说的是什么，只有陈嘉卓能听到，她叫他未婚夫。

姜好还挺喜欢这个称呼，因为觉得它昭示着一种隐秘的幸福，还带点淡淡的约束感和心甘情愿的忠诚。

第二天，朱毓去看望姜好的外公外婆。姜好陪着她一起过去的，陈嘉卓在公司，要晚一点才能到。

朱毓不是第一次来西城，上回是很多年前，当时她还在读书。

踏进别墅院门，朱毓问身边的姜好："嘉卓第一次来就住在这儿吧？"

"是呀，他住在我楼上。"

朱毓轻叹："那时候问他要不要来这边过几天，还真问对了。"

姜好弯眼一笑："是啊阿姨，多亏您，不然我现在估计都不认识他。"

"也是你外公主动提出来。"

朱毓回忆道："那时不想他整日被学业和他爷爷交代的任务压着，想让他去西城散散心，但我又抽不出时间陪。碰巧和姜老师提到嘉卓暑假可能会去西城待一段时间，姜老师听完之后就邀请他去小住，说家里有个小姑娘和他年纪差不多大，肯定不会叫他无聊。"

说到这儿，她莞尔。"你们有缘，还是姻缘的缘。"

姜好点头："对，是姻缘的缘。"

这世上有缘无分的事还少吗？相识又相忘的情谊太多了。

这一路，是陈嘉卓不断在回头，将那根连接两人的细线系紧，再打上结。

订婚宴的时间定在初夏。

算算时间，还剩将近半年，但陈嘉卓已经安排了人开始为订婚的事宜做准备。

姜好之前以为的订婚宴大概是两家人加上一些至交好友一起吃顿饭见证一下，但现在看来好像不是。

又想到他那样的家庭，办得隆重些也合理。不过横竖不需要她费心，烦琐点也没什么事。

在订婚宴之前，姜好跟着陈嘉卓去了一趟陈家的家宴。

家宴很正式，在专门的宴会厅里。他们到的时候，里面已经坐了不少人。

但陈嘉卓和她说，这还没有全部到齐。

"我的天。"姜好低低惊叹一句，真心疑惑地发问，"这么多人，你能记得全吗？"

他被逗笑："差不多吧。"

有些不常联系的确实会面生，但有事求到他，会主动上门攀关系，那点淡薄的血缘关系挂在嘴边来回强调，不清楚的还以为真是什么同胞兄弟，想记不住都难。

陈家大部分人是第一次见到姜好，不过私底下大多对她早有耳闻。

毕竟在传闻里，这是位将陈嘉卓迷成"昏君"的女人。

但这会儿见到真人，众人装不经意地遥遥打量，却发现好像不是那么回事。

不是说不漂亮,而是没有他们先入为主想象的那种妩媚勾人的气质。那姑娘站在陈嘉卓身边,穿一条月白色的无袖旗袍,长发乌黑柔亮,没有做任何造型,松散地垂在背后。

她偏头和陈嘉卓说了一句话,没笑,但人很松弛自在,一双不染世俗的明眸,干干净净,看着灵动。

两人往里走,陈嘉卓给大家介绍他的未婚妻。

他穿着白衬衫,全程牵着姜好的手站在她身侧。

要知道往常的家宴,陈嘉卓要么来得晚,要么一进来就靠边坐下,话少之又少,这样带着淡笑、一副万事好商量的样子还是第一次。

陈家水深,看多了夫妻貌合神离、互相算计的戏码,总想着真爱敌不过心计。一遍看下来,众人又觉得他身边那姑娘有点手段。

认人环节,姜好一个一个打招呼,各种称呼辈分,跟着陈嘉卓叫一遍,但转个身的工夫再见到人,仍旧对不上号。

但她也不管了,又不是公司入职,还得一个个记人脸,招呼打过就行,陈嘉卓也说没那么多规矩。

陈懋还没入座。

去年底陈胜恺入狱是陈家的一件大事,陈家和港城一些其他名门望族比起来算是比较低调的,即使家中无人从政也不喜张扬,上次出现在新闻里还是陈嘉卓三叔去世。

两件事相隔也没有很久,陈懋劳心伤神,这半年都在休养,极少露面。

他不入座,其他人也不敢坐到餐桌前,都散在四处聊天。

姜好到边上的小沙发上坐着,有用人端了盘子上前问她要不要喝点东西。

她在橙汁和椰汁之间犹豫了一下,陈嘉卓便伸手把两个玻璃杯都拿过来。

"换着喝。"

姜好接过其中一杯,回以甜甜一笑道谢。

她坐在沙发上,也不放松分毫,仪态很好——这儿毕竟不是自己家,还有很多目光时不时地飘过来。

姜好不知道自己身上有个"红颜祸水"的标签,也不知道这标签一时半会儿是摘不下来了,但她能观察到一些人的目光里带点惊奇的探究。

都是些年纪不大、眼里藏不住事的小辈,偷偷交换眼神,满脸"竟然能搞定这位"的神情。

她开口:"我感觉他们应该觉得我挺厉害。"

忽然的一句话,但陈嘉卓大概能懂她什么意思,牵唇说:"不厉害也很喜欢。"

270

姜好刚喝下一大口橙汁，脸颊还鼓着，就听到他这么一句轻飘飘又自然的情话。

她咽下去嘴里的饮料，转过脸看他："那我厉害吗？"

他失笑："厉害。"

过几分钟，一位穿套裙的女人踩着高跟鞋直奔他们这个方向。

陈嘉卓在她走到这边之前和姜好说："是我姑姐。"

陈懋最小的女儿陈姣英，如今也将近四十岁了，但看不太出来实际年龄，能力强，在公司的地位很高。

陈姣英很亲切，离得很远时脸上已经扬起笑，见面第一句便夸姜好今天这身旗袍好看。

"过几天我也想去定做一条，你这是什么花纹啊？"

姜好低头瞧一眼，她也不太清楚，这布料是店里的师傅选的。

两人研究一会儿，没弄明白，最后陈姣英拿手机拍了张小图。

拍完照片，她看一眼主桌那边，问姜好去见过爷爷没。

姜好点头："见过了。我们前天到的，那天晚上就去见了。"

陈姣英挑挑眉，看向陈嘉卓："说什么了吗？"

他回："问了订婚宴什么时候办。"

陈懋对陈嘉卓春节都没回来这事颇有微词，前段时间陈嘉卓打电话关心他身体状况，挨了一顿阴阳怪气的训，问他怎么不直接改个姓入赘。

但真见了面，态度倒还算缓和。

那通电话打过来时陈姣英也正好在旁边，听得直笑。她倒不怕陈嘉卓会生气，就是担心姜好听到会多心。

"老爷子年纪大了嘛，听他嚷嚷几句算了。"迂回一句，陈姣英挽上姜好的胳膊，问她怕不怕陈嘉卓爷爷。

"我还好啦。"可能是她从小就在外公外婆身边待得多，她不太怵这个辈分的长辈。

而且陈懋只对陈嘉卓凶一点，有不满也不会把脾气往外人身上发，和她说话时表情挺亲和的。

"好，那就行，过段时间订完婚就安定下来了。"

陈姣英拍拍陈嘉卓的肩："待会儿吃过饭先别走啊，妮妮老是说想见哥哥。你呢，刚好也给她介绍一下小嫂嫂。"

说完，她又揶揄地看了一眼姜好。

等陈姣英走后，姜好问："妮妮是谁？"

"是姑姐二胎生的小女儿。"

今年满三岁，正是会说话的时候，叽叽喳喳的，很闹人。

姜好发现陈嘉卓对大人们的态度挺平淡，但几个小孩子都不怕他。后面到了饭桌上，还有个小男孩问他，小叔叔今晚发不发红包。

271

当然，一嗓子喊完便受到身边父母的制裁。

他妈妈凶道："不逢年不过节的要什么红包？"

那小孩老实了点，但嘴上仍有话讲："因为小叔叔要结婚了，是喜事。"

姜好看得想笑，瞥一眼陈嘉卓，他还真摸了下口袋。

饭局散了后，姜好和陈嘉卓在后花园的遮阳伞下坐着。她问："你过节都给小孩子们发红包吗？"

他说："是。都是秘书准备的，家里小孩子不多。"

陈家小辈们结婚都晚，生孩子的就更少了，一家有两个小孩已经算多的。

"感觉你还挺受小孩欢迎的。"

对于这一点，陈嘉卓也想不太明白："可能红包包得厚？"

姜好笑起来："也有可能。"

平时不怎么见到，一见面就送大红包的小叔叔或堂哥，谁不喜欢呢？

他们坐的椅子原本面对面放着，陈嘉卓坐下之前挪了位置，和姜好并排。

今晚喝了点酒，他这会儿轻合双目，靠到她肩上。

他酒量不算好，这也是姜好刚发现不久的事，每回喝多一点就昏昏沉沉变得微醺。

她靠近点："你醉了吗？"

"没。"他抬手，顺势压着姜好后颈让她离自己再近一点，借着花园的夜灯看她，也没忍住地亲了一口。

姜好"呀"了一声："还有人呢。"

虽然陈嘉卓爷爷在饭局结束后便离座了，但那宴会厅里还有很多人没走。

"他们不会过来。"这点眼力见儿还是有的。

抵额吻了一会儿，两人都听到小碎步越来越近的声响。

姜好推一下陈嘉卓，他在脚步声停之前退开，拿指腹给她揩一下唇角，继而若无其事地靠回布椅上。

跑来的是一个小女孩，胖乎乎的模样。姜好凭着猜测，喊了一声："妮妮？"

小女孩惊讶："姐姐，你认识我吗？"

陈嘉卓纠正："叫嫂嫂。"

小女孩也乖，用粤语招呼了一声。

叫完人之后，陈嘉卓拍拍她的脑袋，要将人打发走："去找你妈妈。"

妮妮不愿意，挺着圆滚滚的小肚子："是妈妈叫我来找你的，二哥你有事忙吗？"

陈嘉卓"嗯"一声，眼里有深意地看向姜好。

姜好脸有点热，故意不理他，拉着妮妮到自己腿边："你几岁了？"

姜好说的是普通话，妮妮能听懂但不会说。她在双语环境下长大，年纪小，语言系统还混乱着，憋了半天，用肉肉的手比画了一个"三"。

姜好被她可爱到，捏捏她的脸夸她。

妮妮扭捏地一笑："嫂嫂，你的裙子好漂亮哦。"

她用的是英语，因为想到来之前她妈妈叮嘱过要和二哥的女朋友说普通话，但她不太会，很机灵地找到另一个办法。

姜好感叹，不愧是母女，上来第一句都是夸裙子。

她今天这件旗袍上绣着细闪的银线，在灯下很打眼。妮妮趴在她的膝头好奇地摸了一会儿旗袍上的刺绣。

站得久了有些累，妮妮得寸进尺地往姜好身上爬，想叫她抱。

陈嘉卓一直在旁边看着，这时出声有点严厉地说："唔（不）可以。"

妮妮还是很听他话的，立马就不动了，但是不开心，瘪了下嘴巴。

姜好看不得小女孩哭，况且妮妮一直很有礼貌。她忙安慰说没事的，不用听你二哥的话。

陈嘉卓弯腰，对着妮妮张开手："二哥抱可以吗？"

妮妮点点头，他便把她拎起来抱到自己腿上。

小孩子的情绪来去如风，又欢欢喜喜地搂住陈嘉卓，但注意力还在姜好身上，睁着大眼睛问她："嫂嫂肚子里有小宝宝吗？"

"有什么？"姜好震惊，呆呆地捂住自己的肚子。

陈嘉卓也愣一瞬，旋即又忍不住笑，和妮妮说不是的。他手指点一下她脚上的小皮鞋："会把嫂嫂的裙子弄脏。"

妮妮歪着脑袋，嘴巴里念叨："没有宝宝吗？"

姜好摇头，坚定地告诉她："没有的哦。"

"那什么时候会有呀？"

姜好无言地看向陈嘉卓，意思是"你来管管吧"。

陈嘉卓适时制止了这场童言无忌的采访，抱着妮妮起身，送到了内厅用人的手里。

再回来，姜好也已经站起来，正低头打量自己的腰身。

她还是有点晃神，余光见到陈嘉卓走近，她问："小孩子怎么会想到问这个啊？"

他想了想，猜测说："可能是看到过家里有人怀孕不能抱小孩。"

姜好觉得这个说法挺合理："教小孩可真难，乱七八糟的一不留神就让他们记住了。"

"以后我俩要是养小朋友的话，我呢，可以教教大提琴，你可以教围棋、英语、数学题，还能陪着一起做运动。"

她掰着手指头细数给陈嘉卓听，他笑一声："我怎么要教这么多？"
　　她仰头，振振有词："能者多劳！"
　　见他迟迟没出声，姜好抿唇，假装质问："你不愿意啊？"
　　陈嘉卓摇头："我只是觉得，有点太美好了。"
　　他心里泛潮，还没有设想过他和姜好的小孩。
　　往前数几年，他们没有联系的那段日子，他很多次想念她时，希望的也只是能再和她见面，做回朋友，哪怕不远不近也好。
　　在关于姜好的所有事上，陈嘉卓都很容易满足，她对他笑一笑，他就会心情很好。现在在一起恋爱到即将订婚，他已经觉得足够了、满足了，很享受也很喜欢他和姜好两个人的生活。
　　因为几乎没想过如何养小朋友，现在聊起来，他脑海中也只是模模糊糊的一个概念，但能确定的是如果以后有了孩子，他会拿出更多更多的爱去照顾他们。
　　不过如何做好一名家长，这对陈嘉卓来说是一门很具有挑战性的学问，毕竟他一想到将来自己面前会有一个和姜好相像的小朋友，就心软得一塌糊涂，没办法严厉半分。

　　大大小小的休假告一段落，姜好的重心回到自己的事业上。今年大部分的工作地点都不在剧院，她经常跟着乐团去外地合作演出，有提升，也认识了不少合拍的同行乐手。
　　她忙，陈嘉卓的工作排得也很满，但每个月依旧抽出几天用来约会。
　　有时是西城周边的野郊，风景好而且人流量很小，大部分是姜好这个本地人都没有涉足的地方。有时陈嘉卓出差，姜好有空的话顺便也会一起过去，等他处理好工作，陪她一起在当地闲逛。
　　每回两人一起在外游玩的时候，陈嘉卓都过得很松弛，穿着上也是，套一件宽松的运动开衫，就能陪她在外面逛一天。
　　有次姜好和他吃过晚饭步行回酒店，看他回了个朋友的消息。
　　陈嘉卓在西城也有一两个认识的朋友，有一个是自己创业的富二代，不想留在父母身边，硬是从港城过来，说是投奔他，之前约吃饭时姜好见过，单身，性子蛮跳脱的，创业也是玩票，挺典型的一个纨绔子弟；另一个是西城人，是他的大学同学，这两年在工作上又偶然碰见，结婚很早，已有家室。
　　刚刚他朋友发来的消息，姜好扫了一眼，大概是问他去不去什么地方，可能有喝酒、玩牌之类的消遣。
　　姜好问："你要不要去？"
　　"不去。"陈嘉卓摇头，回完消息，将手机放进开衫口袋，又牵起她的手。

"那你会不会有点脱节啊？"

他看过来："什么脱节？"

姜好说："就是你每次都不去，时间久了呢他们就不带你玩了。"

她这说法好像个小学生，但又很生动形象。

他偏开头笑："不想和他们玩。"

陈嘉卓又有点幼稚地搂住她，将她向自己这边揽，凑过去低低道："我有你就够了，你别觉得腻。"

姜好攥住他垂在自己肩侧的手指，嘀嘀咕咕："腻什么啊，都要订婚了。"

他们要订婚的事，很多人都知道，包括陈嘉卓公司的员工们。

起初传出的小道消息有误，大家都以为是婚礼。有一回散会，几个部门的管理人聚一块儿聊到，大家都心怀好奇，问女方是什么背景，但能说得上来的人几乎没有，有人说是艺术家，有人说是做音乐的。

正说着，忽然有人噤声，努努嘴示意身后来了人。

转头一看，正是当事人陈总。

陈嘉卓身后跟着助理，交代了一两句会上没重点强调的点，几个管理人点点头，认真记下。

稍微活络点的，笑着问："陈总是不是要办婚礼了？"

陈嘉卓顿一下："是订婚。"他是很乐意分享喜讯的态度，"到时，给大家发红包。"

红包谁不喜欢，况且大老板发红包就不会是小数目。众人笑得喜气洋洋，说着祝福的话。

好听的话大多相似，陈嘉卓却很受用，面上浮起淡笑，也收下大家的祝福。

没一会儿，公司上上下下都知道了——陈总好事将近。

以至于姜好去他公司等他下班的时候，经过秘书办，被恭喜了一路。

到后来，见到有人在她面前弯唇笑，她都能猜出对方下一句要说什么。

姜好有点害羞地握紧了挎包的链条，偏过脸飞快地小声问一旁出来接她的一位秘书："怎么大家都知道啊？陈嘉卓做什么了？"

秘书捂嘴偷笑一下："和陈总没关系，是大家太八卦了，都等着陈总的订婚红包呢。您和陈总真的很般配。"

姜好笑得甜甜的："谢谢。"

进了办公室，秘书又紧接着送来茶点，然后退出去细心地替他们将门关好。

姜好今天上来是有正事的。她本来在车上等陈嘉卓，临时接到乐团的通知，要填一个电子表，需要用到电脑调整格式。但她和陈嘉卓稍后要去外面吃饭，不会直接回家，所以她打算直接借用一下他的电脑，先把表格的事解决了。

因为一早便在手机上说好，她一进来，陈嘉卓便起身，把自己留在办公室的一台笔记本电脑递给她。

姜好接过来，朝他摆摆手："你忙自己的工作吧，我一会儿就好。"

她打开电脑，等开机的同时低头打字回复同事的消息。

再抬眼，电脑已经开机，姜好随意扫过一眼，目光却顿在屏幕上。

被用作屏保的照片，熟悉又陌生。

熟悉是因为上面的人就是她，陌生是因为太久远，以至于她自己都没有立刻想起这是什么时候的留影。

记忆被拉回到那个夏天的傍晚，她抱着悠悠站在路边，面庞青涩。

这么多年，手机换了一个又一个，相册里的照片很多都遗失了，有的被清除，有的尘封在旧手机里，变成一段沉默的代码。除非是很珍贵的资料，她才会留一个备份以便长期保存，十几岁时的照片不知道丢掉多少，包括这张。

陈嘉卓坐在办公桌后，察觉到姜好望着电脑的目光慢慢凝住，连带着他也倏然想起什么，搭在桌面的手一滞。

果然下一秒，姜好抬头，和他对视上。她伸手指指电脑屏幕示意他，表情像是发现了他的什么秘密一样。

陈嘉卓浅浅一笑，起身拉开椅子朝她走去。

姜好问："这张照片你用多久了？"

具体时间他也记不清了，但有很多年。

他刚开始用的时候，即使没人知道也会时常觉得不好意思，会望着屏幕发呆，有时明明要切软件，但就莫名其妙看着照片出神，换掉过几次，又换回来，最后就这样用着了。

"你怎么不换一张呀？这张光线不好，笑得也傻傻的。"

"这张挺好的。"陈嘉卓站着，摸摸她的头，"而且当时我手边，你的照片也不多。"

有一张是他们在疏榆巷花了二十元拍的游客照，还有一些她发在朋友圈的照片。

挑来挑去，还是最喜欢这张，因为是他拍的，她望着镜头也望着他。

想起以前的小心思，陈嘉卓不自觉勾了勾唇角。

是不是喜欢一个人的时候就会这样，在心里为她建一座宝殿，把和她有关的一切都小心翼翼地藏进去，再将许多不起眼的物件赋予只有自己能懂的意义。

姜好眨眨眼，忽然发现他对她的喜欢可能比她猜测的更久。

她拉着陈嘉卓在自己身边坐下，一边在键盘上输电子表需要的信息，一边有感而发地和他说:"有时候觉得你的爱呢,好像一块不起眼的灰色石头。"

这是什么比喻?陈嘉卓不明白地问:"为什么这样说?"

"嗯……就是永远默默无闻,但是交到手心里捧着却沉甸甸的很有分量。"

这样说着,姜好手心朝上,微微收拢,捧着一团空气做无实物表演,然后说:"我会好好收下的。"

做完这个动作,她又专注地盯回屏幕开始忙自己的事情。

陈嘉卓慢慢回味她的话,听完她的解释也觉得方才的比喻很贴切。他始终觉得爱一个人是主动的,建立在这个基础上的一切付出都不需要回报,她能看见最好,随手丢掉也无可厚非。

一边的姜好偷瞄他一眼,轻轻皱起眉:"你帮我看看这个格式为什么调整不过来。"

"要什么格式?"陈嘉卓手指搭上触控板,倾身上前。

他是诚心来帮忙的,但姜好不是真的虚心请教,稍稍偏过脸便在他侧脸上亲了一口。

而他的睫毛颤一下,几乎没有停顿地转过身回吻,从脸颊到唇角。

吻了一会儿,姜好拉着他的领带轻轻一拽,勉强出声:"不要亲了。"

他真是一点都招惹不得。

两人的唇分开,人还没分开。表格剩下一点收尾,陈嘉卓从背后抱着姜好看她完成。

两页的表格填完,姜好直接发给收材料的同事,然后关机合上电脑。

她起身,陈嘉卓跟着一起,弯腰帮她把桌上的耳机盒和刚刚补妆用的口红收进包里。

姜好站在一旁,指指他胸前:"你的领带好像有点歪。"

好像是刚刚被她扯的。陈嘉卓低头看一眼,自己没动手,略微俯身要她帮忙整理。

"你弄的。"

"我知道!"姜好抬手给他调正,"走啦。"

开春后,西城的温度稳定上升,眼看着春天马上就到尾声,姜好和陈嘉卓在初夏的订婚宴也快到来。

离下半年新音乐季开始没剩多长时间,姜好这段时间的排练时间比之前多出将近一倍,因为在为乐团新一轮的世界巡演做准备,连订婚礼裙都是一大时间就确定下来的。

她忙得没有任何多余的心思,更没有想到还会有求婚这回事。

虽然姜好经常张罗着过各种小节日,喜欢浪漫,也喜欢仪式感,但她其实不太看重求婚。因为她能确定自己想结婚的前提是愿意，而不是在特定环境下因为感动做出的不成熟决定。

但陈嘉卓认为这个流程很有必要，很早前就在做准备，比如挑选钻石，让秘书专门飞去国外在拍卖行拍下一颗价值不菲的粉钻，找设计师设计戒指，梳理名下资产……

是某个寻常的周末，乐团休息，姜好攒了几天短假，和陈嘉卓自驾去山上玩，留在那儿的山居小院过夜。

在下榻的地方吃过晚饭，两人按照计划出门，沿着开辟出来的石板路上山。

春夏交接的西城，太阳落山后的山间有凉意，不时有山风吹动。姜好只穿一件长袖单衣，很快感觉到有些冷，低着头躲到陈嘉卓背后，叫他给自己挡挡风。

陈嘉卓不觉得这样能挡住多少风，转过身脱了外套给她穿上。

因为心里藏着事，他出门时也忘记提醒她添衣服了。

姜好乖乖张开胳膊让陈嘉卓帮她套上衣服，然后笑嘻嘻地抱住他，撒着娇和他说谢谢。

陈嘉卓低头，用脸颊在她被风吹得凉冰冰的额头上贴一下，而后和她牵手继续慢慢往上走。

山路两边被开发过，昏黄的路灯透着莹莹的光。这个点不算很晚，一路上遇到几个返程的路人，也有三两同行的人。

走到一处有木椅的平地，姜好抬手指一指："我们就去那儿坐坐吧，再往上走，下山的时候就累了。"

"好。"

城市边缘的山顶，能望见远处高楼迭起的霓虹斑斓，头顶是大片大片未经修饰的星空，夜景很漂亮。

姜好没有立刻坐下来，拿手机拍了几张照片，余光里，陈嘉卓从长裤口袋里拿出了一个东西。

她分出点视线看他，却很快怔住。

陈嘉卓低头打开手里的小方盒，里面立着一枚钻戒。

姜好在今晚之前没有察觉到丝毫，此刻呆呆地站着，慢半拍地反应过来自己正在被求婚。

耳边是他的声音："小好，今年是我们认识的第十年。

"不知道你还记不记得，我曾经说过希望出现在你的未来里，因为我知道即使没有我，你也会过很好的人生，所以是我来申请留在你身边，你不需要因为我的出现做出任何改变，我想你一直是快乐的、独立的。"

没把心里那份长久的喜欢宣之于口的时候，陈嘉卓会怀疑自己是不是没有爱人的能力。可每回见到姜好，这疑虑就消弭一点，因为不管过去多久，他的心还是不自觉为她跳动。

这些年里，他关于爱所有的向往都是她，也只有她，她是爱的具象化。

陈嘉卓单膝下跪："我预演过很多次和你共度余生的生活，也做好了走进你未来的准备，成为你的后盾和底气。"

他抬眼看着姜好，那眼中有笑有爱意："所以小好，你愿意让我加入你的人生吗？"

姜好弯着唇用力点头："我愿意啊。"

她还想开口说话，却后知后觉地有点想哭，于是吸吸鼻子，只把手指绷得直直的，递过去，叫他给自己戴戒指。

戴好戒指，她拉着陈嘉卓站起来。两人一起在身后的木椅上坐下，姜好伸手帮他把膝盖上的灰拍了拍，眼角的温度慢慢被晚风吹得降下去了。她转而笑起来，戳戳他的胳膊："你保密工作做得真好。"

陈嘉卓说："本来就没什么新意，再被你提前知道，真没惊喜了。"

姜好又轻笑一声，说："你这枚戒指拿出来，还有什么能比它更惊喜的吗？"

戒指上镶嵌的是枚粉钻，淡淡的粉，不浮夸也不俗气，戴在右手的中指上，戒圈的尺寸刚刚好。

她屈指感受一下："你在我睡着的时候给我量过指围吗？"

"不是。"陈嘉卓摇摇头，"拿了你平时戴在中指的戒指去量的。"

姜好挺喜欢买小饰品的，各式各样，有的只戴一次就丢在首饰盒里，随便少了哪一枚她都发现不了。

她恍然抬起头："怪不得。"

他的外套袖子对她来说太长了，折了一道后依旧遮住半个手掌。她把手举高到眼前看，没什么光亮的环境也不妨碍这颗大粉钻淌着柔和的光。

姜好摸摸戒指，指腹能感受到钻石表面细腻精巧的棱角。她放下手，刚刚陈嘉卓说的那番话像温泉水，汩汩流在心间，让她差点流眼泪。

初夏订婚，就办在港城。

当天晚上来了不少人，除了姜好的家人、朋友和陈家人，还有一些与泊远航运有密切合作的企业管理人，以及和陈家交好的世交，几乎可以就地办一场婚礼。

订婚宴的前些天，姜好从陈嘉卓那儿看到一长串的企业名单，后面跟着礼品名字。礼品几乎都是成对的，被送到公司，现在全堆在港城的半山别墅里。

姜好还没来得及看看都有什么，但陈嘉卓给她的订婚礼，她已经收到了，这些也不是秘密，起码陈家不少人都知道。

毫不夸张地说，陈嘉卓几乎拿了自己的半个身家出来。陈家几位女眷聚在一起私下聊起时，甚至没法用"羡慕"这个词来概括，毕竟钱这种俗世意义上的礼物，自己努力也不是没有可能赚到，那份诚意和真心才最难得。

再看今晚的女主角，穿一条裸粉色的高定长裙，长发盘了个发髻，戴一套简雅的澳白珍珠首饰，正笑盈盈地和朋友们聚在一起说话。

至于陈嘉卓，一定是在她身旁的。

姜好刚刚见了一圈人，包括陈嘉卓在港城读书时的朋友发小，好几位都是一次也没和姜好见过面的，常年在国外，为了参加订婚宴特意回来。

虽说订婚宴来了不少宾客，但需要姜好去社交的不多。和几位长辈打过招呼后，她偷偷拉着陈嘉卓溜去露台吹风。

他们在一座海边庄园里，宴会厅设在古堡一般的洋房顶层，从外到内都布置得复古又浪漫。

"累了吗？我陪你去楼下休息？"

"不用，就是脚有点酸。"

她今天穿了一双鞋跟又高又细的鞋，美貌值加满的同时舒适度也大打折扣。姜好倚到陈嘉卓身上，借此缓解脚底的酸麻。

"待会儿结束了，我想到下面的沙滩上玩会儿。"

陈嘉卓转头朝后看一眼内厅，又很快收回视线："可以现在就去，露个面就好，我们离开没什么大影响。"

他扶着姜好的胳膊，给她借力，一边说他的安排："先去换双舒服的鞋，休息一会儿，然后到下面沙滩。"

不得不说，姜好有点心动了。

她已经有些小雀跃："这样可以吗？"

他笑："当然。你是今晚最重要的主角，想做什么都可以。"

"那我去和我爸妈说一声。"

"我去吧。你在这儿等我一会儿，我说完就回来。"

陈嘉卓离开后不久，喻桃端了两杯酒过来找到姜好。

她最近情场略微不顺，可能有点当局者迷的意思，总是把自己绕进死胡同。

所以喻桃有时会感慨，姜好这恋爱谈得真舒服。

姜好手肘搭在栏杆上，正吹着夜风，忽然听到喻桃轻叹一声。

"怎么了？"她笑问，"现在还有什么事能让你烦心的？"

但其实姜好能猜到一点可能是关于感情方面的问题，今年到现在，喻桃的资源和发展都很好，那只能是情场失意了。

喻桃没有先回答，而是问："小好，你觉得，什么才是爱情？"

"嗯？让我想想。"姜好还真没思考过这么深奥的问题。她低头抿一口手中酒杯里的香槟，背靠着露台的雕花石栏，沉思时看到内厅里离她有些远，只能遥遥看到顾长身影的陈嘉卓，他正站在她父母面前说话。

倏然，她想到他求婚那晚说过的话。

"我不知道什么是最好的爱情，但如果你想象自己要和他共享以后的人生时，会觉得期待和幸福，那就是对的选择。"

喻桃调侃她："看不出来嘛，你原来还是爱情专家啊。"

姜好笑得前倾，酒杯里的酒要洒出来，她努力稳住，回说："是亲身体会。"

这是当下她最真实的感受。

"所以你现在悟了吗？"

"我大概听懂了。"

喻桃迎面朝向露台外面，望着不远处的夜海，把脑海里自己的事挥走，然后猛然想起今晚没在来宾里看到祝樾。

"哎，祝樾没来吗？"

姜好摇头。她在看来宾名单的时候想过要不要邀请他，但后来祝樾主动发消息，说他最近在国外很忙，订婚他就不去了，下次她的婚礼他一定会到场。

喻桃听完姜好的解释，说这样挺好的。

她很久以前就不希望祝樾和姜好在一起，当时说不出为什么，也反思过是不是自己友情滤镜太厚，但就是觉得祝樾一点也不适合姜好。

"他这个人，大概做朋友才最够格吧。"

姜好觉得她的话挺对。

没聊多久，便看到陈嘉卓往这边来。

喻桃把酒杯里剩下的一点酒一饮而尽，站直准备先走，坚决不打扰二人世界，但忍不住"啧啧"两声："他真的是，离不开你一会儿。"

姜好揽住她："我们一会儿有事的。"

喻桃连说几个"好"字，而后很快闪走。

剩下姜好一个人，淡淡地笑着看陈嘉卓朝她走近。

她喜欢他大步走向她的样子，喜欢他英气又淡漠的眉眼，望向她那一瞬骤然浮现的温柔。

到姜好身边，陈嘉卓俯身很自然地在她脸上亲一下："在笑什么，这么开心？"

"订婚咯，这还不够开心的？"她仰头，笑眼弯弯地举杯。陈嘉卓会意，用手里的酒杯和她轻轻碰杯。

这人生起落浮沉，真爱难觅，祝你，也祝我。

番外二 若是青梅竹马

姜好过完四岁生日后，随着姜漾之一起去了港城。

一年前，为了引进投资和发展海外业务，李闻来和合伙人计划将公司迁移，在港城重新注册。

港城是国际金融中心之一，有不少政策优惠的扶持，只不过市场竞争也同样激烈。好在万事开头难，熬过前一年，公司业务来源疏通，开始蒸蒸日上。

这一年里，虽然李闻来在西城和港城之间往返数次，但和女儿的相处时间仍旧有限。

姜漾之同样因为工作性质的特殊，时常在外地。

一年过去，姜好和她爸爸妈妈的相处时间掰着手指都能数清，每回说再见都要哭一场。

公司刚稳定，李闻来便同姜漾之商量，一家人先去港城生活几年，起码在姜好童年阶段，不能缺少父母的陪伴。

于是，姜好便转到了港城读幼儿园，白天在幼儿园，晚上李闻来下班便去接她回家。

在港城，虽然每晚都能见到爸爸，但四岁的姜好仍然有烦恼。

这天，她眼泪汪汪地问姜漾之："妈妈，我们什么时候回西城啊？"

姜漾之给她擦擦眼泪："小好不喜欢这边吗？"

姜好被这个问题问得呆住，眼泪还在打转，想了一会儿，一边抽泣一边点头。

前不久刚入园，因为听不懂幼儿园里的小孩说话，沟通有障碍，还没有交到朋友，晚上回家，大人忙工作，也只有阿姨陪着玩会儿玩具。

"这里没有外公外婆，也没有樾樾哥哥，我还想找桃桃陪我玩。"

"因为他们在西城的幼儿园呀。放暑假，妈妈就带你回外公外婆家好吗？"

小孩子不是那么容易就哄好的，说了半天，眼泪仍旧在眼眶里打转。

李闻来很受伤，蹲在姜好面前："爸爸每天都陪着小好呢，小好回去爸爸该伤心了。"

姜漾之没好气地白了他一眼："她缺的是玩伴好嘛。"

她摸摸小孩的脑袋，语气放柔："没关系，我们小好这么可爱，很快就会交到好朋友的。"

"真的吗？"姜好止住眼泪，目露期待。

"真的。"

这话说完没几天，姜好外公手下一位毕业没两年的博士生去找他讨论建筑材料的问题，听说他女儿一家搬去港城，便主动要了姜漾之的联系方式。

学生叫朱毓，不是做表面功夫的人，当天回去就同姜漾之加上好友。

聊过几句，发现彼此年纪相仿，孩子也差不多大。

朱毓解决完工作上的事后，抽空回了趟港城，约了姜漾之在餐厅见面。

两人都带上了自家小孩。

陈嘉卓对这种场合显然已经不算陌生，打完招呼便默不作声地站在一边。

姜好乖乖地和朱毓问过好，却不明原因地在陈嘉卓面前犯难。

陈嘉卓手上拿着一个魔方，但此时没有玩，淡淡地看着对面穿粉色蓬蓬裙的小女孩，被家长牵在手里，听着她妈妈向她介绍他，还总是偷偷朝他瞄过来。

她的眼睛很黑很亮，圆溜溜的，让他想起小狗。

姜好并不知道他在想什么。姜漾之正同她说，如果你勇敢地打招呼，这个哥哥就会变成你的新朋友。

她紧紧捏住裙角，贴着妈妈的腿，抬头正面望向陈嘉卓。

她嘴唇嗫嚅一会儿，小声开口自我介绍："嘉卓哥哥，我是小好。"

"你好。"陈嘉卓应声。

等来她的这么一句话，可真不容易。

餐桌上，两位大人聊天。

姜好也想和陈嘉卓说话，但他低着头摆弄手里的彩色方块。她扒着桌边，眼巴巴望过去，不知道他什么时候才会理一下自己。

妈妈不是说，她勇敢打招呼就会交到新朋友吗？

陈嘉卓复原好手中的魔方，再抬头便看到对面闷闷不乐的女孩。

他看了一会儿，主动递出魔方："你要玩吗？"

姜好猛地抬起头："要！"

这是四岁的姜好和陈嘉卓的第一次会面。

那天分开时，陈嘉卓大方地将自己的魔方留给了姜好。

她全程专注地转着魔方，因为缺乏技巧，玩得很费劲，虽然他纠正过很多次，这是拧着玩的，但仍旧发现她小小的指头暗暗使劲想把位置不对的小方块拔下来。

能看出，想学的心是诚的。

离开餐厅时，姜漾之看到姜好手中握着的魔方，以为是小孩玩得入迷不舍得还了，让她还给陈嘉卓。

陈嘉卓说："阿姨，这是我送给妹妹的。"

可惜短短一顿饭的工夫，姜好没能学会，这块方方正正的塑料对她来说，连玩具都算不上。

"嘉卓哥哥，我放学可以去找你玩吗？"

熟悉之后，姜好发现眼前这个男孩并不像她想象的那般冷漠，她的胆子大了些。

她举一下手中的魔方，问："你教我玩魔方好不好？"

没等陈嘉卓开口，朱毓先替他答应下来。她微笑着应声："当然可以啊，欢迎小好来我家做客。"

方才在餐桌上，她有注意到陈嘉卓的表现。

不知道是不是小好有礼貌的缘故，他耐心给得很足，忍住不叹气的样子看着怪可爱的。

陈嘉卓是个性子很独的小孩，年纪不大但很挑朋友，如果玩伴不合心意，便不会再搭理人家。也因此，他常常一个人在家。

朱毓结婚和备孕几乎同时进行，孩子出生后便继续读博深造，陪伴陈嘉卓的时间很少，所以她还是希望他能有个年纪相仿的朋友。

约定好后，朱毓在姜好腕上戴着的儿童手表里留下自己家的地址和座机号码。

两家不住同一个小区，但在同一片住宅区，相隔不远。

姜漾之本身是不赞成去别人家叨扰的，但小孩子的世界里没有这些弯弯绕绕。

见面后的第三天，姜好从幼儿园回来，李闻来陪她玩了一会儿便进书房工作，她在保姆阿姨的帮助下，拨通了陈嘉卓家中的电话。

电话响了几声后，被接起。

但那头是个陌生女人的声音，说的话和幼儿园里的小朋友一样，她听不懂。

鸡同鸭讲了好一会儿，电话那边安静片刻，而后换了一个声音同她对话。

"是小好吗？"

这道声音她熟悉的。

姜好握着手机，原本已经蔫蔫地跪坐到地毯上，此时又恢复活力，一下子站起来："嘉卓哥哥！是我，我是小好。"

找他的过程未免太曲折，她的话密起来，絮絮叨叨地问个不停。

陈嘉卓慢慢听着她那一大堆毫无重点的口水话，家庭教师前来催过两次，都被他无视。

他的话虽然少，但句句有回应。

作为姜好在港城交到的第一个会说普通话的朋友，他无疑变成她最喜欢的聊天对象。

煲了一星期的电话粥后，姜好顺利迎来和陈嘉卓的第二次见面。

起因于姜漾之女士从外地回来，惊喜地发现自己女儿说话时竟然能不时蹦出一两句粤语，且发音非常标准。

问起缘由，才知道是陈嘉卓教的。

那之后，姜好成为陈嘉卓家中的常客。

他家里除了他，常年只有几个用人，住的房子大得出奇，以至于姜好曾在里面迷过路，让陈嘉卓动员别墅里所有人去寻她。

陈嘉卓不去幼儿园，但每天都有该完成的功课。姜好不明白为什么他只比自己大一岁，却好像有做不完的作业。

不过即使作业还没写完，他也会在她无聊的注视下松笔，腾出时间陪她玩。

姜好学会了玩魔方，简单的粤语也能听得懂。

因为陈嘉卓，她不再提起要回西城的事。

她慢慢在幼儿园交到新朋友，也喜欢上这儿的生活，因为可以早早吃到冰激凌，一年四季都可以穿漂亮的小裙子，不用担心会着凉生病。

五岁时，姜好正式成为一名琴童，而陈嘉卓也开始上小学。

练琴很枯燥，之前那样一边吃着甜点，一边无所事事等着陈嘉卓完成功课的时光一去不复返。

很快,姜好也开始上小学,和陈嘉卓同校不同班。

两人见面的机会又变多。这回是他放学后主动来找姜好,说要一起写作业。

姜漾之乐见其成。

陈嘉卓的早慧大家有目共睹,家长总是希望自己的孩子同优秀的伙伴待在一块儿,姜漾之也不能免俗。

在姜好的陪伴下,陈嘉卓度过小学的几年。

他不喜欢寒暑假,因为姜好要离开港城很长一段时间,直到快要开学才回来。

她常和他说西城的事,说那边比这儿冷得多的冬天,也会聊起她的朋友们。

他知道她在西城有许多朋友,在港城也有一大堆玩得好的同学,他在其中已经不是不可替代了。

有一回通话中,姜好提起她某位朋友的名字。

陈嘉卓没有故意忽略,脱口而出一句符合年纪的幼稚话:"你朋友可真多。"

那语气带酸味,姜好隔着电话都能感觉到。

她以为他是在生她的气,因为她回西城后没给他打电话。她和他道歉:"对不起,我下次不会再忘记了。"

"我在你的朋友里能排第几?"

姜好给不出名次,声如蚊呐:"你不是也有很多朋友……"

"这不一样,你在我这儿永远排第一。"他又问一遍刚刚的问题。

陈嘉卓头一回不依不饶。

他们因此闹了别扭。

青梅竹马,两小无猜。

此时的陈嘉卓还执着于做姜好最好的朋友。

这个暑期过去,陈嘉卓即将升初中,手续已经全部准备好,按照家里人的安排,他需要提前去国外。

怕她难过,他想迟一些和姜好说,没想到会闹别扭。

但姜好还是从她妈妈那儿知道了。

陈嘉卓出国那天,她赶回来送他。

去机场的路上,姜好坐在他身边一直默默流眼泪。

到底还是小女孩,年纪小,不会藏心事,也没有足够的经验去适应骤然的分别。她哽咽着说:"嘉卓哥哥,我不想你走。"

但姜好知道这没法变,他爷爷很严厉,父母平日里不怎么管他,但在学业上不会让步。

对即将面对的在异国他乡的求学生活，陈嘉卓没有忐忑不安，只有不舍的情绪时时笼罩着他。

他心里难受，但仍先安慰她："我不是不回来了，很快的，不用等到你放寒假，我就能回国。"

司机也分神去哄小姑娘："是啦，远是远一点，但平时可以打打电话嘛，不难过了啊。"

到机场，陈家安排的男助手已经等在航站楼外，上前帮忙卸行李，剩下的航程也由他全程陪同。

陈嘉卓父母依旧很忙，送机这种小事还不足以让他们兴师动众地来一趟。

他下车，没有让姜好跟着一起下来。她才刚刚止住眼泪。

两人闹别扭的第二天，陈嘉卓就和她说过对不起，为那个咄咄逼人、让她为难的问题。

但看着眼前还红着眼圈的姜好，他又道了一次歉。

再大的矛盾，此时都消解了，何况他们之间本来也没什么。

她哭得这样伤心，还要怎样去探究他在她那儿排第几呢。

他已经很重要了。

"没关系的。"姜好摇头，眼底又被泪浸得湿漉漉。

但她这回忍住了，扒着车窗和陈嘉卓挥手作别，像个大人一样叮嘱他："你在那儿要好好学习。"

家里长辈谈及陈嘉卓时，常说他前途无量、未来可期，姜好也希望他会越来越好。

陈嘉卓笑着应声："知道了。"

陈嘉卓出国读书后，姜好隔三岔五便能收到来自海外的包裹。

但国际物流的限制多，快的也要将近一周才能送到，慢的话可能要辗转半个多月才能送到姜好手上。

她初三那年的圣诞节前夕，陈嘉卓放假回国，带了满满一箱的礼物给她。

下午到港城，司机从机场接他回家。下车前，陈嘉卓说自己待会儿还要出门。

"好，那我就先不进车库了。"司机多问一句，"是要去你爷爷那儿吧？"

陈嘉卓说："不是，去接小好放学。"

"对对对，你俩好久没见了。"他热心地道，"不然我现在就直接去吧，省得你再跑一趟了。"

陈嘉卓没说话，笑着摇了摇头，意思是不用。

姜好是知道陈嘉卓今天回来的,她准备明天放学再去他家,因为想到他坐了很久的飞机,需要休息。

从教学楼出来到校门口,有一段很长的下坡路。

姜好背着书包,和班上同学楚嬿走在一起,听她抱怨一位隔壁中学的男生。

"他经常聊着聊着就忽然消失了,然后隔很久才回信息。"楚嬿朝她无语地摊手,"感觉很不上心,好像根本不在乎我会不会生气。"

但她心存侥幸,又下意识替那男生找补:"小好,你说是不是他们男生都这样啊,就是不太喜欢在网上聊天。"

姜好接触的异性不多,但只对比陈嘉卓也知道这猜测不成立。

陈嘉卓不爱玩社交软件,但不会莫名其妙不回消息,在教学楼里信号不好,消息接收得不及时也会提前和她说明。

她问楚嬿:"他后面再回复你,会告诉你忽然消失的原因吗?"

"不会。"

不用多说了,楚嬿露出一个"看淡了"的笑容。

在不在意的其实很明显,她要及时打住。

"是他没那个福气喽,能和本小姐做朋友欸!"

"对啊,怎么算都是他赚到好吧。"姜好很给朋友面子地附和道。

说完这句话,两人也正好走到学校的白色大门处。

校门外就是一条大马路。出了校门,学生分成三拨,姜好要往左转,因为这边不允许停车,她家的车一般都停在百米外的路边。

转过弯走到红砖人行道时,她在必经之路看到独自等在那儿的陈嘉卓。

十六岁的少年已经成长得足够挺拔,套一件宽松的运动衫,帅气得不带任何刻意。

楚嬿在她身边翻着书包里的零钱,准备待会儿买一支甜筒,却忽然听到身旁女孩一声短促的惊呼。

"搞咩啊?"她奇怪地抬头,便看到姜好裙摆扬起,扑进一个极品帅哥的怀里。

"……天啊。"

这个久违的拥抱很短暂,只为传达言语无法表现的惊喜。

他专门来接她,今晚肯定要一起吃饭。

姜好没忘记还在后面站着的楚嬿,回身给她介绍。

楚嬿知道陈嘉卓是姜好从小就认识的朋友,在姜好的生日会上见过一次,他也常出现在姜好分享在社交平台上的合照中。

楚嬿和他打了声招呼,便背过身压着声和姜好说:"我忽然就想明白你为什么不搭理那位乐观哥了。"

"乐观哥"是姜好前不久在弦乐公开赛上遇到的一个男生,据姜好的描述,这哥起码拉错了三个音,排名垫底,但赛后依旧笑容满面,还在后台堵住姜好要了联系方式。

心态奇好,因此得名。

很巧的是,他也是隔壁中学的,因为有点小帅,算是学校里的风云人物。楚嬿慕名找来照片看过,但放到陈嘉卓面前,根本不够看。

姜好懂楚嬿是什么意思,她快速否认:"又不是因为这个。"

"那是什么?"

"那人太轻浮了,我不喜欢。"她解释完,急急忙忙地说再见,"好了我要走了,拜拜,明天见。"

和家里人说过今晚要去陈嘉卓家之后,姜好跟着他一起在外面吃了晚餐。

吃过饭,姜好到他家,客厅只有他们俩。

陈嘉卓拿着平板在做还没完成的期末作业。他离开得早,还剩一点需要线上提交的总结。

她穿着来不及换的蓝色校服裙和白色针织衫,跪坐在地毯上慢慢拆行李箱里的礼物。

大大小小的盒子,包装得一丝不苟,不用多想就知道出自陈嘉卓之手。

印着植物暗花的绿色礼品纸搭配红丝带,光从外表完全看不出里面是什么。

拆盲盒一样。

圣诞限定的毛绒玩偶、珐琅和虎眼石材质的宝石手链、中古店淘来的绝版摆件、一对缀着绿钻石的金色铃铛耳夹……

每一件姜好都特别喜欢。

拆到一本18世纪的古董乐谱书时,她手上的动作忽然变轻,放在腿上小心翼翼地翻看了两页。

垂下的长发将她的侧脸遮住,虽然看不清神情,但见她的反应就知道这件最合她心意。

姜好合上乐谱,感动地按在胸口,看向坐在一旁的男生:"嘉卓哥,你简直是我的圣诞老人!"

陈嘉卓淡笑:"最近心情还好吗?"

姜好初中读的是一所女校,管理模式严格,仅有的课余时间全用来练琴。今年学校还要求每人除了英语外选学一门小语种,更让她苦不堪言。

前段时间,她被繁重的功课压得心烦意乱,给陈嘉卓打电话哭诉,也不知道是和谁过不去,赌气着说不想读书了。

她还忘记了有时差,他接电话时那边是在夜里。

姜好不好意思地吐舌:"好多啦。"

她先主动自我反省:"对不起,我觉得自己还是不够成熟。"

估计他也很无奈吧,半夜被电话铃声吵醒,听一个女孩幼稚地畅想辍学后的生活。

陈嘉卓的学业压力比她大多了,要是像她这样,他都不用学下去了。

他说:"不成熟?你不是想得很全面嘛,还知道可以靠街头表演赚钱。"

说到辍学可能会被父母赶出家门时,姜好认真地庆幸自己学的不是钢琴而是大提琴。

因为大提琴才方便随时随地地表演,但钢琴不好到处搬。

陈嘉卓当时听着,硬生生将剩下的一点睡意笑没了。

姜好听出他话里的调侃,更难为情:"你不要笑我了……"

他放下平板,宽慰她:"每个时间段都会有烦恼,这没什么。就算有一天,你觉得自己足够成熟了,也不代表你失去了幼稚的权利。"

"你也有吗,烦恼?"

"当然。"

姜好关心起他:"那你下次心情不好,也可以找我说说话。"

虽然她知道这基本不可能,他有自己的习惯,过于情绪化的语言在他那儿很少见。

但陈嘉卓还是笑着说好。

拆完所有礼盒,姜好捡起散落一地的包装纸,捋平叠放在一起。她忽然道:"不对啊,我不应该一口气拆掉的。"

"怎么了?"

"应该隔几天拆一个,或者心情不好的时候再拆一个,这样的话惊喜就能维持很久很久了。"

望着另一边堆成小山丘的礼物,她深知自己的性格,又道:"算了,我肯定忍不住的。"

这时,放在沙发上的手机进了电话。

陈嘉卓瞥了一眼,是姜好的手机。

屏幕上的来电备注,显然是个男生的名字。

这名字很陌生,陈嘉卓第一次见到。

他拿起手机递给姜好:"同学?"

姜好没有犹豫地挂断电话:"是比赛时认识的人。"

"不方便接吗?"陈嘉卓状似无意地问,玩笑地问,"有秘密了?"

姜好忙说不是的。她还没瞒过陈嘉卓什么事情,但开口细说还是有点害羞。

"我和他不是很熟。"

陈嘉卓往下猜："想和你交朋友，但你不喜欢？"

她用力点头，话被他说出来就顺多了。

"我也找不到机会明确拒绝。"姜好第一次应对这种事，她又很心软，怕太直白会让对方伤心。

那个男生之前还约过她出门玩，美其名曰交流比赛经验。

但姜好一次都没有答应。先不管他有没有其他心思，客观来说，她不觉得自己能从他那儿学到什么有用的技巧。

陈嘉卓伸手，拉她起身坐到自己身边，偏过脸看着她问："需要我帮忙吗？"

"不用了，我自己可以解决的。"

陈嘉卓总是充当哥哥的角色，也做得很好。

除了在她伤心时提供熨帖的安慰，他还在她贪玩时替她打掩护，帮她抄过上百遍的乐谱，也给她写过来不及完成的假期作业。

陈嘉卓升入高中后，姜好能感觉到他的闲暇时间越来越少。

他的步伐变快了。

不知道为什么，姜好意识到这点后，心里有点淡淡的难过。

手机屏幕再次亮起，还是那个男生。

姜好垂眸看一眼，长睫有气无力地扇动两下，叹气道："所以我不喜欢这样的人，太冒失了。"

手指重重点在屏幕上，她接通电话，语气还是保持礼貌平和："请问你有事吗？"

那头的男孩沉不住气，上来便问："我今天去你学校门口了。那个男生是谁？"

"什么？"她一怔，继而想到他可能是看到陈嘉卓了。

"我问了楚嫤，她不告诉我。"

听到他还去打扰了楚嫤，姜好拧起秀眉，难得硬声硬气："因为这个问题很越界。这和你有关系吗？我们都算不上朋友吧？"

这句话毫不留情，男孩很受伤，说了一大堆话。

姜好没怎么听进去，因为电话外，陈嘉卓似是无聊，拿起那条置放在一旁的手链，正低着头，帮她戴在另一只手腕上。

彩色宝石在灯光下流光溢彩，让她失神。

片刻后回神，陈嘉卓也在这时抬眼。

她和他对视上。

年后，有一件重要的事，是姜好家要搬回西城。

她父母都是西城人，那边有外公外婆，回去是迟早的事。早在姜好刚上初中时，李闻来就着手开拓西城那一片的市场。

如果不是姜好还在这边读书，他们会回去得更早。

春节过后，陈嘉卓去了西城找她。

这些年，他来过这边好多次，已经不陌生。

陈嘉卓和她外公外婆还有父母问过好之后，被姜好拉走。

白雪皑皑的城市里，两人都穿着羽绒服，不怕冷似的在外面散步。

"你知道我们家要回来了吗？"

陈嘉卓点头。

其实姜好回西城和继续留在港城读书没有太大区别，因为他总要出国上学的。

他们都已经长大，面对一些人生拐点时都更淡然。

陈嘉卓也早就想过，以后放假回来，机票的目的地直接买在西城就好。

他的反应太平静，让姜好有些没想到。

所以她将要说的话稍加修改，去掉"好消息"几个字。

"我要和你说一件事。"

"嗯，我在听。"

"我应该……"姜好停顿一瞬，声音里是藏不住的雀跃，"我应该可以和你一起去上学了。"

陈嘉卓怔愣住，侧过脸和她确认："和我一起？"

"是、的。"姜好看他，"你觉得这是好消息吗？"

他眼里含笑："是特别好的消息。"

姜好选的学校和陈嘉卓在同一个城市。

初三毕业后的暑期没结束，她和陈嘉卓一起出发去那边，为了提前适应新环境。

出发的当天，姜好坚持不让她爸爸妈妈送，因为知道自己一定会在进登机口把眼睛哭肿。

家人不在，但身边有陈嘉卓陪着，她就不会太难过。

到异国住下的前几天，几乎颠倒的作息让离家的感受越来越真实，连自己精心布置的公寓都没法让姜好开心起来。

她申请的是所艺术高中，住在附近的高层公寓，这间公寓是她爸爸买给她读书用的。

不出意外的话，她要在这里住到高中毕业，所以里面很多家具都是姜好自己选的。

陈嘉卓今年暑假晚了半个多月才回国，为了参加一个数学竞赛，他留在那边，也正好帮她签收大件快递。

家具都添置好之后，他拍了张照片给姜好看，她当时特别期待，但现在真的住进来，反而因为想家，对这里的一切都提不起兴趣。

不过，这种状态只短暂持续了一段时间。

因为陈嘉卓带她四处散心，姜好几乎没时间再去思念家人，心玩野了，开始享受起这种离开父母的自由。

某天晚上，她站在自己公寓的阳台上，张开手臂欢呼一句"freedom（自由）"。

这时陈嘉卓已经提前结束假期，白天的时间被大大小小的课程填充，晚上偶尔会过来看看她。

他住的地方离姜好这儿有段距离，平时往返自己的学校和公寓之间骑车或者步行都用不了多长时间，但到她边要打车，或者坐地铁。

没法时时刻刻盯着姜好，免不了担心她胡来，所以他不止一遍提醒她晚上不要外出。

"我知道的！"姜好听多了也会抗议，"我不是小孩子了好嘛。"

陈嘉卓没说话，去客厅帮忙修她刚买来就坏掉的落地灯。

她跟进去，没安静多久就说起自己的新想法："我准备来一场一个人的旅行。"

他头也没抬："需要我再提醒你一句，你还没成年吗？"说完又搬出她父母，"和我说也没用，你问问你爸爸妈妈同不同意。"

她出来读书，她爸爸都不放心她一个人独居，雇了位华人阿姨住家照顾她的起居，更不用说放任她一个人出远门到处跑。

"不告诉他们应该总可以了吧。"姜好试探着说。

陈嘉卓轻笑："那先说好，不要指望我帮你瞒着。"

她作势晕在沙发上。

闭目躺着的时候，听见陈嘉卓问："你去旅行，不带我还想我帮你撒谎，有点过分了吧。"

他不开心了。

虽然是玩笑话里带出来的，别人可能听不出来，但姜好和他一起长大，太了解此人不动声色的小情绪了。

而且他这么掰开来一细说，她好像确实有点过分。

但一个人的旅行，当然只有她啊。

姜好坐正，和他讲道理："我也没带别人呀，是我自己的旅行。"

她重读"My own"两个单词的发音。

"当然，如果要选一个人陪我的话，我肯定会找你的。"

陈嘉卓抬眼，眼里已经有点笑意，却还是矜持地问一句："真的？"

"百分之百真。"

陈嘉卓是校排球队的，姜好听他提过。

校队每周至少有一次友谊赛，平时的训练也不少，不过陈嘉卓没有主动邀请姜好来看过。

他没什么耍帅心理，排球在他看来只是项再普通不过的运动，况且现场毛毛糙糙的男孩太多，大汗淋漓的暴力输出不具有任何观赏价值。

姜好第一次看陈嘉卓打排球赛是她临时起意。

当时她读高二，有天下午的校外实践课因为突如其来的大雨临时暂停。

她背着琴盒犹豫是该先回家还是回学校，最后想起陈嘉卓今天下午有场排球赛，他和她提起的时候，还说应该会结束得很早。

姜好问为什么，他很平和地解释了句，抽到的对手球队实力比较差。

她忽然就起了点兴趣，想去看看这场实力悬殊的球赛。

打车到他的校门口，姜好给陈嘉卓发消息，但比赛快要开始，出来接她的是他在校内的朋友Ethan。

Ethan是当地人，和陈嘉卓性格蛮相似的，话不多，和姜好很熟悉，因为他常去陈嘉卓家里做小组作业，还帮她练习过口语。

两人碰面后，姜好跟着他进校。从球馆的后门进去就是看台最高层，她往下走，找了个居中的位置坐下。

比赛还没正式开始，热身阶段。球员们站得分散，陈嘉卓在喝水，他盯着观众席，从姜好出现在后门的时候就看到她。

她今天穿了件黑色卫衣，搭配牛仔短裙和帆布鞋，正弯唇和Ethan说话。

陈嘉卓有一件和她同款的卫衣，很巧的是，今天他也穿了。

把琴盒放好后，姜好的目光开始落到球场上。

陈嘉卓没动，等着她发现自己。

很快，他们对上视线。姜好兴高采烈地朝他挥手，又握拳做了个加油的手势。

看着很可爱，陈嘉卓勾勾唇角，举一下手里的矿泉水做回应。

他身边还站着一个队友，金棕的侧分背头，和他一样穿深蓝色球服，顺着他的视线发现了看台上的姜好，好奇又兴奋地问："那女孩是谁？"

哨声在这时响起，陈嘉卓拧紧瓶盖，弯腰给左腿戴上护膝："打完比赛给你介绍。"

戴好护膝护腕后，他站直，和球员们集合。

陈嘉卓已经超过185cm，黑发黑眸，臂展修长，肌肉线条流畅分明，站在一群活力四射的男高中生中丝毫没有被比下去。

"好酷啊！"姜好感叹。

Ethan听到，朝她挑挑眉："一会儿还有更酷的。"

他被陈嘉卓安排了任务，全程坐在姜好身边，不时给她做做讲解。

比如陈嘉卓之前是主攻，会各种战术球，扣杀也厉害，但后来他自己主动提出换成二传。

　　现在的主攻是那个金棕色头发的男生。他是中外混血，和陈嘉卓一起打配合，两人是完美搭档。

　　"他们球队就是换了二传后开始起步的。"

　　二传手是球队的大脑以及节奏把控者，需要分析对手，快速找到攻克方向，陈嘉卓无疑是最合适的人选。

　　这是 Ethan 做的总结。

　　五局三胜制，第一局结束得不算快，是符合友谊赛的温和打法。

　　姜好能看出来对面球队经过系统的训练，有配合度也有爆发力，但陈嘉卓他们球队的实力是碾压式的。

　　第二局开场后，这边副攻的一个暴力发球直接击倒对面的一位自由人，仿佛此时比赛才正式开始，之后的几局就像按下快进键，结束在主攻的一次次扣杀中。

　　Ethan 看着，笑着评价一句鲁莽。

　　"有点遗憾，今天这场他们几乎没用什么战术。"

　　姜好摇摇头："没事，我只是来随便看看的。"

　　陈嘉卓和那位主攻手非常默契，他不会为了抢分去打破队内的一贯风格，很少打过网的球，但一个手势就能调动球员做出天衣无缝的假动作配合，她已经能想象他们认真起来打比赛会有多恐怖。

　　整场比赛，她的目光几乎没从陈嘉卓身上移开过。

　　腰肩比很绝，跳起来传球时球服下摆露出的腰腹劲瘦平坦。

　　他在球场上淡然又志在必得，那股沉着冷静的魄力和反差感太吸引人了。

　　比赛结束，双方球员越过球网友好地握手。那位金棕发主攻手臭屁地朝边上的女孩们甩飞吻，陈嘉卓说了几句话便从人群中出来，拎上运动包往看台走。

　　Ethan 见状起身："我的职责就到这儿了。"

　　姜好仰头礼貌地对他说"谢谢"。

　　陈嘉卓到她身边坐下，两人之间隔了个座位，他把手里白色的运动包放上去。

　　"怎么今天想到来看比赛了？"

　　"我的课提前结束了，外面在下大雨，我不知道去哪儿，就来找你了。"姜好说着，看到他搭在护膝上的手，以及盘桓在手臂上因为充血微微鼓起的青筋。

　　她用手指一下他通红的掌心："你的手掌拍得不疼吗？"

　　陈嘉卓摇头，摊开手给她看："打多了是没感觉的。"

"我知道了。像我一开始学揉弦时手指很疼,练出茧子后就不疼了。"姜好伸手碰他掌心的薄茧。

他原本随意张开的手指忽地蜷了一下,似猛然收缩的心脏。

陈嘉卓面上自然:"看得无聊吗?"

"一点也不,太精彩了。"她告诉他。

"那下次有正式比赛,你来看?"

姜好飞快地答应:"好啊。"

说了几句话后,陈嘉卓起身去休息室洗澡。他身上都是汗,担心有汗味,甚至没有离她太近。

"我很快就回。"

姜好点点头:"你去吧,我就在这边等你。"

陈嘉卓摘掉护腕和护膝丢进运动包,那里面还有他的手机和手表,全部放姜好身边,她帮他看着。

洗完澡,在休息室换上干净卫衣后,陈嘉卓回去找她。

队里的主攻手不知道什么时候已经冲完澡出来,顶着一头湿漉漉的头发坐在姜好身边说话。

陈嘉卓走近,正巧听到他夸姜好漂亮得像个小天使。

姜好无所适从地回着话,被身旁这男孩夸张的赞美弄得头昏。

看到陈嘉卓,她长舒一口气地喊他:"嘉卓哥!"

主攻手抬头,语出惊人:"我听 Ethan 说她是你妹妹,她真可爱,我可以和她交朋友吗?"

陈嘉卓回以冷眼,果决地说不可以。

"不是妹妹,她和我没有血缘关系。"

陈嘉卓伸手牵住姜好的手,拉她站到自己身边,继续和那人说:"是像妹妹一样珍爱的女孩。"

一些英文句子很难翻译,因为找不到贴切的中文与之相匹配,姜好不知道自己在脑海中下意识转换成汉语的句子是否符合陈嘉卓的本意。

但尽管如此,她的心还是为之跳动了。

也是同一年的冬天,陈嘉卓搬家,住到和姜好同一栋楼的公寓里。

那个冬天连着几天下小雪,某天傍晚时路况还好,雪絮大但飘得很缓,所以姜好放心地背着琴盒出门了。

她和学校交响乐团的同学们约好一起排练,为过段时间的学生演出做准备。

排练的地点不在学校,而是一座小教堂里。

乐团的同学们陆陆续续到齐,不紧不慢地说笑,丝毫没注意外面渐渐变大的雪势。

直到几遍曲子过完，有人从教堂的花窗往外看了一眼，才发现路面已经全部被积雪覆盖。

汽车扎堆缓慢行驶，路上几乎看不到多少行人了。

大家都无心再排练，开始收各自的乐器。

"我们不会被困在这里吧？"

家离得近的人已经准备离开。

"或者再等一会儿？也许之后雪会变小。"

"不可能。"说话的人把手机上的暴雪预警拿给身边的同学看，"未来几小时内都是大雪。"

这话说完，本来还有些犹豫的学生都慢慢起身，有的给家人打电话，有的开始自己想办法回去。

大家挥挥手互道再见，约定好回家后报平安。

没过一会儿，乐团的人走了一大半。

照顾姜好的阿姨在半小时前给她打过一个电话，她没接到，看到阿姨留言问她什么时候到家。

姜好打字回说自己现在准备回去了。

她也不打算再等待下去，穿上羽绒服，动作很快地收拾琴盒。

早在知道外面下大雪时，姜好就打开打车软件约车，只是将近十分钟过去依旧没有打到一辆车，倒是有几个司机接单，但很快就取消，可能路况太差了。

这里离她的公寓也没有远到离谱的程度，步行需要二十多分钟。

姜好在心里估计着。

手机往下翻，她才发现还有一通来自陈嘉卓的未接来电。

没等她回拨，他的电话再次拨过来。

姜好一边接通，一边往无人的花窗边走。

她不打算和他说自己现在在外面，但陈嘉卓上来便问她还在不在教堂。

安静几秒，她在想自己要不要说个善意的谎言，因为不想让他担心自己。

陈嘉卓却继续说："阿姨告诉我你还没到家。"

好吧。

姜好只能如实回答："我现在准备从教堂出去，如果路上能打到车就坐车，不能就走回去。"

"先别动，在那儿等我一会儿。"

"你不要过来了。"姜好连忙拦住他，"我自己回去可以的。"

他没有立即回话，短暂缄默着。趁着这个间隙，她才注意到他那边猎猎作响的风声。

"你在……外面吗？"

"嗯，快到小教堂了，还有几分钟。"

挂了电话，姜好在教堂的红木长椅上坐下。旁边还没走的同学问："你也是等家人来接吗？"

她怔一瞬，点了点头，没有多解释。

没多久，厚重的大门被从外推开，姜好闻声回头看。

空旷挑高的哥特式教堂，陈嘉卓摘了鸭舌帽，穿御寒的黑色防风服站在尽头，肩上有飘落的雪，身后一片白茫茫。

姜好"唰"地站起身。

"噢，你家人来了是吗？"

"是的。"姜好拎起琴盒，愉快地和同学说再见，而后小跑着去陈嘉卓那边。

陈嘉卓接过她手里的琴盒，等她戴上毛茸茸的线帽。

"你怎么来得这么快，是很早就出门了吗？"姜好一边调整线帽，一边仰头问他。

"对。"

他知道姜好最近一段时间每天放学后都要去排练，晚上在书房看到窗外飘着大雪时就想到她是不是还在外面。

拨过去的电话没被接通，陈嘉卓没有继续等她的回复，出门赶来她这边。

"车开不进来，停在路口等着，我们要走一段路。"

姜好惊奇："你那边还能打到车吗？"

"不是网约车。"

他这样说，姜好就知道了，应该是平时住在郊区别墅，帮他照顾狗的那些人。

上学期，陈嘉卓有个同学转到另一个州读书，家里有只幼年伯恩山犬不方便带走，小狗还生着病，找了很多人，最后是陈嘉卓接手。

他带它回家，姜好给起了个名字，叫Coki。

他们俩都要上学，没时间一天遛三次狗，市区也不适合养这种大型犬，于是等Coki治好病之后，陈嘉卓把它送去了别墅那里，姜好和他每周都会过去看。

他一个人住在学校附近的公寓，那栋别墅里的人是他爷爷安排的员工，负责帮他处理紧急的事情，偶尔也会向他爷爷汇报他的近况。

但陈嘉卓不是那种不学无术的纨绔子弟，他大部分的时间都在学校和公寓里，除了让他们帮忙养狗，没有什么事棘手到要别人来帮他解决。

今天是突发情况。

教堂的门再次被打开，似裹着冰刀的凛风刮进来，姜好的眼睛被吹得又酸又涩。

两人一起出去，没走两步，姜好脚下打滑，差点摔倒。

幸好陈嘉卓及时扶住她："走慢点，不着急。"

姜好心有余悸地点点头。

陈嘉卓似是仍不放心，叫她拉着自己的胳膊。

她亲昵地搂上，人也贴过来，和他靠得很近。

陈嘉卓一愣："很冷吗？"

"还好。"她只是很开心。

之前不要他来接，不是姜好在故意逞强，因为她确定这一段路自己一个人完全可以走完。她已经不是几岁的小女孩了，再过一年她就是法定意义上的成年人。

但见到他来，又是另一种心情。

这样想着，姜好感恩地对他说："谢谢你来接我。"

陈嘉卓偏过头看她。她的鼻尖被冷风吹得泛红，雪落到毛线帽上再融化，帽子上两只毛茸茸的尖耳朵被打湿，软趴趴地垂下。

"和我说什么谢谢。"他又移开视线，"我要是不来，你就准备一个人回？"

她说："是啊。"

"这么大的雪，你要是路上出点事，我怎么和叔叔阿姨交代？"

陈嘉卓低声说着，不是质问或者责备的语气。她这样黏在自己身边，他半句重话都说不出。

"我会小心的。"姜好搂紧他的胳膊，"而且你最近不是很忙嘛，我听Ethan说你通宵做建模，所以不想什么小事都打扰你。"

"手边的事可以往后推，之后再找时间补上都行。"

"不要担心麻烦我，没有任何事会比你的安全更重要，这句话什么时候都不会变。"

他说完，看到姜好垂着脑袋快速地点了两下，知道她听进去了。

姜好想起自己刚才没有解释，顺着同学的话默认陈嘉卓是她的家人。

现在想来好像也并没有不合适，因为他给了她像家人一样的爱护。

漫天大雪里，他们俩并肩走在异国街头。姜好说："嘉卓哥，我们俩这样有点相依为命的感觉。"

陈嘉卓勾唇。

她笑起来："我喜欢这种感觉。"

"什么感觉？"他微怔，一时无法会意。或者说，不知道他理解的意思对不对，问了句下意识的话。

姜好抿唇，有点害羞地想了会儿该如何含蓄地给他解释，却听陈嘉卓忽然说："我也喜欢。"

喜欢这种彼此依靠，永远不会分开的感觉。

那年两人所在的城市迎来多年难遇的暴雪和飓风。

陈嘉卓那晚没回自己那儿，第二天城区积雪厚度达到三十厘米，他被困在姜好的公寓里住了三天。

后面雪刚停，他便重新找了房子，搬到姜好的这栋楼里。

对陈嘉卓搬家的事，他父母没有任何异议，因为根本不知晓。

但李闻来得知后，眉心立刻隆起，和姜漾之说："这不太合适吧。"

近来两人关系有点僵，因为孩子的事又坐到一起心平气和地谈心。

姜漾之知道他在担心什么，相比之下，她心宽很多。

"嘉卓又不是什么坏小孩。"她也了解陈嘉卓，知道他极有分寸，比很多成年人都更稳重。

"而且，还有阿姨在呢。住到一栋楼里，又不是住到一起。"

比起其他，姜漾之倒是更放心姜好身边多个人照应。

李闻来沉吟："万一我们小孩以后真和他谈恋爱了怎么办？"

"你觉得要是真成了，你能拦得住吗？我爸妈当时还不太满意你呢，我俩因为这事分手过吗？"

她年轻的时候和李闻来私底下也分分合合过几次，但都和父母无关。

两人说着说着，话题方向开始跑偏，最后又言归正传，得出个结论——既来之，则安之。

再者，抛开其他因素不看，陈嘉卓要是真成了他们女婿，也挺好的。

又过一年多，到了姜好的十八岁生日。

生日当天她还在上学，姜漾之和李闻来专程赶来为她庆生。

和父母过完生日后，姜好便坐在沙发上不时看着手机，像是在等什么消息。

姜漾之朝她那儿看了好几眼，她丝毫未察觉。

陈嘉卓去了另一个城市读大学，但她知道他会坐今晚的飞机回来。

将近十点时，陈嘉卓回到公寓楼，姜好起身带上自己留给他的一块奶油蛋糕去楼下找他。

她和他两个多月没见了。

房门合上，陈嘉卓轻轻和她拥抱。

他很想她。

姜好抬眼看他，开心地说："我十八岁了！"

他淡笑着说："恭喜，成年快乐。"

看着一个小女孩慢慢长大是什么感觉呢，陈嘉卓觉得庆幸，庆幸他陪在她身边的那些年，但有时也担心会和她渐行渐远。

一块奶油蛋糕换来一个装着生日礼物的礼盒。

姜好当即要拆开，却被陈嘉卓握住手腕拦下："这次等回去再看？"

她听话地停下，心中却更好奇了。

姜好没有在陈嘉卓的公寓里久坐，陪他吃完蛋糕便回了自己那儿。

回家后，姜漾之还在客厅坐着，见到她手中抱着的礼盒就猜到那是谁送的礼物。

她扬眉，似乎还有些惊讶："回来得这么快？"

"对啊。"姜好在玄关换鞋，"嘉卓哥明天上午还有课，要起来很早赶飞机回去，得早点休息。"

姜漾之笑了一声："真能折腾，寄过来不行吗？"

"那怎么能一样？"姜好鼓鼓腮。

"怎么不一样？"姜漾之故意问。

姜好拿着礼盒往房间里走："其实这个不是我说的，是嘉卓哥说的，生日有很多次，但十八岁生日只有一次。"

她说完，匆匆道了晚安，脚步不停地进了房间。

拆开抱了一路的礼盒，姜好看到自己的礼物。

一条坠着鹅黄色钻石的项链静静躺在法兰绒的首饰盒中，灯光下异彩纷呈，像颗璀璨的星星。

项链下面是一张薄薄的淡绿色贺卡。

打开后，那上面是陈嘉卓的字迹。

小好，生日快乐。

我时常会想，你像一颗悬在我生命里的小星星，明亮又温暖。看到这条项链时，觉得很适合你，希望你会喜欢。

也想和你说，成年不代表必须肩负更多责任，尽管勇敢享受十八岁之后的人生。再同你说声抱歉，这半年我实在太忙，我们见面的次数不多，但你需要我时，我依旧会回到你身边。

祝往后一切顺利。

陈嘉卓

他不擅长连笔，每个字都是一笔一画，很工整，言辞也不带任何修饰。

姜好一字一句地读完，无声地笑一下。

因为太早遇到这样好的人，所以这么多年，她好像从来没觉得哪个男生能超过陈嘉卓。

陈嘉卓读大学后开始接触公司的事务。

他一脚踏进成年人的世界，送到她手上的那些礼物越来越贵重，自由支配的时间越来越少。

欲戴王冠必承其重的道理,姜好明白,她只是担心他会累。

十八岁后的第一个夏天,她放假回到西城的家里,陈嘉卓和她打视频,背景是办公室。

他被他爷爷安排进公司,跟着曾经在陈懋手底下做事的人学管理。

姜好支着脑袋看陈嘉卓,觉得他眼尾那道内双的褶好像变深,看着有些疲惫。

他的睡眠像是比一般人少,这样的状态不多见。

再仔细观察一会儿他,姜好问:"你心情不好吗?"

陈嘉卓"嗯"了一声:"一般吧。"

除去要学习管理策略,还要接触无法避免的人情世故,他很难时刻维持正向情绪。

"最近有空吗?"陈嘉卓问。

她点头:"有空。"

"那来港城看看我?"

姜好靠在窗边的软榻上,闻言略带吃惊地睁大眼睛,他也看着她。

陈嘉卓不怎么和她提什么请求,姜好当然立刻答应。

几日后的傍晚,陈嘉卓下班,从办公室出来坐电梯到停车场,与他同行的还有几位叔叔辈的男人。

姜好坐在车里等他过来,却看他在快走到车前时被绊住脚,留在原地听那几个叔叔高谈阔论。

陈嘉卓面上带点薄笑,不时回几句话。尽管那几位叔叔保养得当,还未成为大腹便便的中年男,但他站在其中仍稍显突兀。

往常的夏天,他基本是黑色、白色T恤换着穿,但在公司从来只穿正装,今天单穿一件衬衫,极浅的蓝色,搭一条深色领带,干净清爽。

大概又过几分钟,陈嘉卓抬腕看时间。

周围的几个人都有眼力见,适时止住话头。

"嘉卓一会儿还有事吧?"

他颔首,说今天要先失陪了。

说完,他便迈步往车门边走。身后一群人又跟着送了两步,直到看见他打开车门,后座坐着个学生模样的姑娘。

被这么齐齐望住,姜好忽然有些尴尬,脸上的笑都收了几分,坐得规规矩矩。

有人恍然大悟地打趣:"哦,原来是有约会啊,那确实是大事。"

陈嘉卓没解释,笑了笑算作默认,径自坐进车里。

如果他没记错的话,说话的那位高管前不久还在介绍自己女儿给他认识。

车开出去,有人问起方才坐在后座的人是谁家的女儿。

公司里几位陈家的亲信都知道陈嘉卓身边有个姑娘,不是港城人,陈嘉卓与她自小一起长大,关系亲密。

司机将两人送到吃饭的餐厅。

姜好低头钻研菜单,说好饿。

陈嘉卓问:"中午吃的什么?"

"三明治,和一杯冻柠茶。"她选好自己想吃的,把菜单递到身边服务员的手上,"中午太热了,没什么胃口,就少吃了点。"

她上午到的港城,住在自己以前的家里。

他说:"辛苦了。"

姜好手肘搭到桌子上,托着腮看他,笑嘻嘻地道:"小陈老板比较辛苦。"

今天那位来接她的司机是生面孔,提起陈嘉卓都是用"小陈老板"代称,听多了很有意思。

"我听司机叔叔说你这几天都在公司待到晚上才出来?"

他没否认,只说:"今年住在爷爷那儿。"

姜好恍然,立刻就懂什么意思了:"躲清静是吧。"那边老宅平时进出的人太多,他肯定嫌嘈杂。

陈嘉卓浅笑。

吃饭时,他问起姜好能在这边待几天。

她想了一会儿:"大概一个星期?"

好久没回来,要陪陪外公外婆,要和朋友小聚,还不能落下自己专业的功课。

陈嘉卓点点头,表示知道了。

之后两人都安静了一会儿。

姜好戳着面前小碗中的沙冰,忽然冒出一个有点冲动的想法。

"我们要不要一起去旅行?用一个星期的时间。"

陈嘉卓霍然抬眼,错愕难掩,但行动却比理智更快一步答应。

"好。"

他甚至没问去哪里,没去考虑如何给他爷爷一个合理的交代。

这些都不重要。

晚上,陈嘉卓回去之前,姜好担心他被爷爷责备,她主动把责任揽过来,毕竟是她一时兴起。

"你就说是我非得让你去,不然,不然我就和你绝交了。"

陈嘉卓听完就笑:"没事的。"

他又想起姜好第一次见他爷爷的样子。

她小时候,有天想知道山顶的别墅里是什么样的。为了满足她的好奇心,他领着姜好进了老宅。

一进去,就迎面碰上他爷爷,他和她说:"这是我爷爷。"

姜好那时已不怕生,立刻喊了声"爷爷好"。

可能是她看着就是个挺乖巧的小孩,他爷爷原本板着的脸都松动了几分。

陈家的孩子,没一个不害怕陈懋,但姜好一点不怵他。

他们的目的地在某国的首都。这是一个因为经济被制裁,导致发展从上世纪中期几乎就停滞在原地的落后小国家。

没有直达的航班,中途需要转一次机。为了不耽误时间,签证一下来,姜好便买了当晚九点多的机票。

辗转二十多个小时,他们到达目的地,当地时间是上午。

落地时,还有点不真实的感觉。

因为现在这个月份不是当地的旅游旺季,整个机场没见到多少人,放眼一望,也就只有他们两个是华人面孔。

姜好在飞机上睡了一会儿,现在精力还很足,低头看手机,在找出发前预订的酒店的具体位置。

陈嘉卓在她身边推行李,侧过脸看她,忽地觉得他们俩像在私奔。

这想法让他感到一丝荒谬和不齿,又久违地期待着接下来的一切。

七月多,当地的日均温度不超过30℃,比港城的夏天宜人。

也因为游客不多,他们成功订到了两个连在一起的房间。

这边发展落后,最好的酒店和国内相比也只能称得上一般,谈不上几星级,但设施都还完好。

放好行李,两人到楼下吃早餐。

街区的建筑风格突出,色彩缤纷的外墙,让整条街看上去极其亮眼。

陈嘉卓在点早餐,她给妈妈发消息报备。这边网络很差,一条消息好半天都发不出去,流量费却"噌噌"往上涨。

所以吃完早餐,她便拉着陈嘉卓去买Wi-Fi卡。

陈嘉卓看出来她对这边并非全然陌生:"你提前做过攻略?"

"是啊。"他们站在办理业务的门外排队,姜好穿一条湖蓝色的吊带裙,扎一个简单的低马尾,皮肤在阳光下瓷白一片,抬眼时眼眸乌亮。

"你还记得我之前说要准备一场一个人的旅行吗?这儿就是我计划的旅行地之一。"

陈嘉卓明白了:"我原本不在计划内吧。"

姜好点头,又发挥来自小音乐家的浪漫细胞,娓娓道来:"但我觉得旅行就是这样的,充满未知,不确定的变数也可能是惊喜。"

言下之意,你是惊喜。

陈嘉卓垂眼看着她，唇角是抑制不住向上牵起的弧度。

他太喜欢她了。

他想，即使他们没有从小就认识，他也会在无数次偶然的相遇后沦陷。

她对他的吸引，就像一场矢无虚发的对弈，他永远不战而败。

这场旅行也确实应了姜好那句"充满未知"。

在首都玩了三天后，他们出发去附近的乡村。

这里有别样的风景，但也更落后，楼房比城市的还要古旧。

姜好和陈嘉卓到一家民宿里住下，主人是个热情淳朴的六十多岁婆婆，给他们安排了二楼的房间。

这儿不比酒店，房间很小，一张单人床和一张桌子就是全部了。

姜好不嫌弃。巴洛克风格的民宿她还是第一次住，相机里的每一张照片都独一无二，只是没多久她就发现一个很大的问题。

乡下的蚊虫太多了。

晚上洗完澡出来坐在单人床上，她把短裙换成长裤，不过效果甚微。

今天早晨起来便出发赶路，姜好已经有点睡意，但现在的情况根本没法睡觉。

有点失策。

这儿没什么信号，发消息都得走到几公里外的小广场，自然也玩不了手机。她坐起身，找到一本书靠在床头看，一边和蚊虫作斗争。

十分钟过去，书没翻两页，胳膊上又多了两个包。

房间的门被叩响，外面是陈嘉卓的声音。

姜好下去给他开门。

他站在门外，刚洗完澡，换了黑色T恤和宽松的长裤，头发还是湿的，手里拿着一个装了绿色液体的透明瓶子。

"驱虫液。"

"你怎么知道我需要这个？"姜好苦着脸，伸手给他看自己胳膊上的红包。

陈嘉卓皱眉："被叮了这么多？"

她退到床边坐下，无奈地说道："可能我比较招虫，感觉今晚要睡不了了。"

他走进来，把门关上。

"你要帮我拍虫子吗？"

"嗯。"陈嘉卓检查了一遍窗户后说，"不能不睡觉。"

他向来不是只说好听话却不行动的人。

觉得不睡觉不健康，他便主动解决问题源头，而不是只告诉她要睡觉。

姜好屈起一条腿，在给腿上喷驱虫水，喷到一半的时候，偏过脸枕在膝盖上看他。看了一会儿后，她偷偷弯一弯眼。

是不是只有她看过他拍虫子时微微皱眉的专注样子？

这晚姜好睡得安稳，蚊虫没被消灭干净，是陈嘉卓拖了张椅子坐在她床边守着，拿着加油站发的宣传单当小扇子帮她赶走扰人清梦的飞虫。

说好等她睡着就回去，可半梦半醒中，她仍不时感觉到阵阵凉风。

离开的前一天，两人坐在民宿的小阳台上看日出。

姜好睡眼惺忪，和陈嘉卓一人一杯黑咖啡提神。

半杯咖啡喝完，她还是困，于是直接放下杯子，拢一拢盖在腿上的薄毯，闭上眼往后靠。

"我想眯一会儿，等太阳出来了你再叫我。"

"好。"

露水还没散尽的清晨，空气中带着几分清凉。

陈嘉卓喝完杯底最后一口咖啡，倾身轻轻将杯子放到小桌上。

再坐直，肩上一沉，是睡着的姜好靠了上来。

他呼吸放轻，怕制造出任何动静。

很多个时刻，他都扮演这样的角色。

想把一切都给她，却没有切实的身份；想为她做几件轰轰烈烈的事，却太浮夸。她良好的家世，注定了她不缺大部分物质上的东西。

他尽量沉默地陪在一旁，这是最好的方式。

但现在好像到了该进一步的时候了。

天际浮出一丝光亮，陈嘉卓叫醒姜好，见她长睫颤一颤，慢慢睁开眼。

姜好没有动，就这样懒懒地靠在他的肩上看完整场日出。

"这几天过得好快啊。虽然很短暂，也有点小状况，但总的来说还是挺美好的，你觉得呢？"

陈嘉卓听着，开始有点意识到这趟看似突发奇想的远途出游是她为他准备的。

他低头想去看她的眼睛，却听姜好比他快一步开口。

"其实我去港城之前，能感觉出来你心情不太好。"她说，"我想说，不管以后怎么样，我都会始终站在你这边，为你鼓掌的。"

"就像……就像每次在演奏赛上，曲终时你坐在台下为我鼓掌那样。"

薄日在远方金光灿灿，这样好的景色里，陈嘉卓忍不住眼酸。

他问："那我能不能贪心点，再要一点你的喜欢？"

"当然。"姜好坐起身，这句话是看着他回答的。

"我是说……"

"我知道。"

连日光都变得缱绻,仿佛在充当偶像剧中的氛围灯。

姜好靠在椅子上,陈嘉卓俯身同她接吻,太轻的吻,唇与唇相碰即离。

对视时,她倏地笑一下:"嘉卓哥,你的嘴巴好软。"

"是吗?"他喉结微微滚动,"那再试试?"

…………

绵长的吻,淹没彼此未说尽的情话。

番外三

《致 Chen》

1. 新婚快乐

姜好和陈嘉卓订婚的那一年就定好了婚礼的时间。次年春末夏初的时节，两人的婚礼如期举行。

婚礼办在港城一处风景旖旎的小岛上。

地点是姜好亲自选的，因为她喜欢户外婚礼。

原本陈嘉卓选的地址是西城的一处园林，但姜好父母在一起商讨了一下，认为陈嘉卓目前已经算是和姜好在西城定居，婚礼还是回港城举行比较合适。

婚礼当天，气温宜人，天朗气清。

姜好在西城的家人密友、亲近的同学和同事，都坐专机提前一天抵港，被安排在岛上的酒店下榻。

将近一年的筹备，这场婚礼的规格堪称豪奢。

熟悉陈嘉卓的一部分宾客对此有些出乎意料，惊讶于他这种沉敛淡然的人，竟也会落俗，为一个婚礼大张旗鼓。

姜好也曾在私下打趣过他，陈嘉卓坦然承认自己的俗气："想给你一个举世无双的婚礼，最好难忘到许多年后还能记忆犹新。"

不过婚礼虽然隆重，却简化了很多烦琐流程，也没有哄闹的场面。

现场设置了互动小活动，大家可以自愿参与，气氛很好。

一切都是那样恰到好处的自然，宛若这个初夏晨间。

婚礼开场前，姜好和陈嘉卓在室内等待。

平时不会特意装点自己的陈嘉卓今天也做了造型。

他穿一套深灰的戗驳领西装，发型也简单做过，为婚礼蓄长一些的黑发朝后梳，眉宇深刻，英气逼人。

姜好早晨第一眼看到时就被帅到了，但当时他忙着招待宾客，到现在才抽出时间来找她。

陈嘉卓刚进来，姜好便拿起手机，给他拍了好几张照片，这会儿又忙着和他合拍。

拍完一张，姜好低头欣赏。

这一年来，她偶尔会学几句粤语，前不久刚好听过一个词，这会儿想到了，盯着手机屏幕，故作惊叹地夸道："哇，新郎看着官仔骨骨（高贵儒雅）喔。"

陈嘉卓笑问："知道什么意思吗？"

"知道呀。"

她轻飘飘地答，样子很可爱。陈嘉卓抬手，想摸摸她的头，又担心揉乱她盘好的精致发髻。

最后，他轻轻刮了下她的鼻梁。

姜好拿着手机，让他别动，她要再拍几张。

看得出来，她对他今天的造型很满意。

陈嘉卓不太喜欢照相，但很愿意出现在她的镜头下。

在室外活动的一些人看到了一条来自姜好的朋友圈分享。

那是一张自拍照。

照片里，她和陈嘉卓几乎贴面，婚纱与西装，珠联璧合，极其登对。

也许是相处久了，两人笑起来有几分相像，眉眼灼灼中还带着结婚的喜气。

很快，到了婚礼开场的时间。

今天前来的宾客里也有祝樾，他在席位上坐着，看到姜好从不远处的独立小洋楼里出来。

她穿一条拖尾婚纱，白色缎面上蒙一层轻盈细纱，合宜地点缀着碎钻与珠绣，在淡淡的阳光下泛着柔软的光。

她手里拿着一束百合捧花。

她挽上陈嘉卓的胳膊。

两人一起走到铺满白色花瓣的绿地上，一起穿过蝴蝶兰的拱门，经过一排排宾客。

两个粉雕玉琢的小花童跟在他们身后笨拙地撒着花。

祝樾和他母亲坐在一起，看着姜好经过他身旁。

她的唇角挂着浅笑，甜蜜又幸福。

林荟感慨万分，低声说："有时候觉得这么多年过去，物是人非，可看见小好，又感觉她还和小时候一样呢。"

确实，祝樾还能从姜好身上看到儿时那个可爱小女孩的影子，比起"新娘"这个身份，可能"公主"更适合形容今天的她。

致辞环节并没有太多煽情的桥段，现场的气氛从始至终都是轻松的。

姜好的父母以前想到自己的女儿结婚时还有些难过，但真到了这一天，才发现很难有伤感情绪。

因为他们都确定，女儿只是多出一位爱人，并不代表她会因此失去其他庇护。

陈嘉卓的誓词简短有力，句句发自真心。

他看向身旁的姜好，眼中始终有笑："我会永远忠于我的太太，将她视为此生挚爱，同她共享荣华与福泽，直到生命尽头。"

姜好也看向他，弯弯唇，那双大大的杏圆眼里亮晶晶的。

婚礼的 after-party（后续派对）一直开到深夜。

姜好换了一条黑色小礼裙，肩上搭着薄披肩，绾好的发髻拆了，长发散在晚风里，和陈嘉卓走到白天他们举办婚礼的场地，坐到最后一排的宾客椅上。

这里的布置还同白天一样，只是人潮散尽，仅余几盏路灯亮着雾蒙蒙的光。

不远处，结彩悬灯的室外晚宴仍在继续，名酒佳肴，热闹非凡，隐约还能听到小孩子的欢笑声。

陈嘉卓把姜好的手握在掌心里捏一捏，看着两人戴着戒指的无名指交叠。

而她扳过他的脸，仰头和他接吻。

绵长的深吻结束后，陈嘉卓揉揉她的头，拥她入怀，又偏头亲一亲她的面颊："小好，新婚快乐。"

2. 《致 Chen》

姜好的婚后生活和之前没有多大的区别，偶尔去外地巡演，有时间的话也会在陈嘉卓回港城处理事务时，陪他一起过去小住。

最大的变动大概就是她和陈嘉卓在西城换了个住处，搬进了他们的婚房。

独栋别墅带一个大花园，很适合养狗，于是搬家后不久，他们将卡卡接到了家里。

两人一狗的生活非常惬意，姜好享受其中，一晃眼便过去一年。

第一个结婚纪念日前，两人各揣心思，偷偷地给对方准备礼物。

纪念日当天，姜好休假在家，陈嘉卓早早下班，中午便从公司回来。

进家门时，客厅里在放纯音乐，应该是姜好设置的，大提琴的音色极有质感，是于他而言有些陌生的曲子。

陈嘉卓忽而有一种说不上来的感觉。

他手里拎着一个方方正正的粉白色的包，往里走时，姜好正从楼梯上下来。

瞥见他手中的包，她顿一瞬："这是什么？"

好奇之后，她的心底已经有了猜测，飞快下楼，朝他小跑过去。

"慢点。"陈嘉卓站在原地提醒她，笑着看她满怀惊喜和期待的样子。

他将猫包提高些，告诉她答案："是小猫。"

话音落，姜好扑进他怀中，搂住他的腰，踮脚胡乱亲他一口："陈嘉卓，我超级爱你！"

卡卡不明白他们在高兴什么，但也跑过去，贴在陈嘉卓的腿边。

小猫是只三个月大的起司，灰白相间，眼珠剔透，耳朵尖尖立起来。姜好小心翼翼地将它从猫包中抱出来。

她和陈嘉卓提过一次，如果以后养猫的话她要养一只起司，因为小学时很爱看的一部动画片里就有一只起司猫。

但上半年没有太多时间，担心无法照顾好家庭新成员，姜好一直将这个计划往后推，如今猫狗双全的愿望终于实现了。

抱着小猫坐在沙发上时，姜好对陈嘉卓说："我也给你准备了礼物。"

陈嘉卓等她去拿，姜好却没有起身的动作。她说："这个礼物不是实体的。"

客厅的音乐一直在循环着。

此刻播至尾声，短暂安静几秒后再次从头开始。

钢琴前奏响起时，姜好告诉他："我自己谱了一首曲了送给你。"

陈嘉卓便明白了，安静地和她一起继续听。

三分钟的独奏曲播放完，姜好和他分享自己的创作历程："我很早就有灵感了，作曲的时候我把我们相识以来的所有经历都回顾了一遍。"

他们之间的故事当然不全是圆满的，也包括一些各自的失意和低落。

所以整首曲子的旋律并不单调。

陈嘉卓在音乐方面没有造诣，却最直观地感受到了这首大提琴曲流露的感情。

悠扬静谧的主旋律中，有一部分是曲调从沉郁怅然到豁然开朗的渐变，细腻的转折饱含情绪，几乎每个音符都敲在他的心上，回忆历历在目。

陈嘉卓流眼泪的次数很少很少，今天算一次。

姜好发现他的眼泪时，有点不知所措地给他擦，看他泛红的眼眶，说："别哭啊陈嘉卓，我想让你高兴的。"

陈嘉卓抱住她，起司小猫在两人之间的缝隙里小声地"喵喵"叫。

这是他收到的最用心最有意义的礼物。

姜好今年年初的时候和她妈妈的音乐公司签约了。

她原本是不打算现在签公司的，因为想把更多的精力放在线下演出，签公司对她来说没有太大的意义，之所以改变主意就是为了给陈嘉卓制作这个特别的礼物。

曲子被姜好命名为《致Chen》，出于纪念意义，她选在夏至那天将曲子发行。

发行当天，陈嘉卓将其分享在自己常年长草的社交平台上。

——谢谢小好，我很喜欢。

年底，陈嘉卓作为杰出企业家，参与了一场访谈。

这种采访都会将问题罗列出来提前告知，大部分是围绕企业发展理念和管理者的价值取向来展开。

陈嘉卓的经验充足，虽然问题常规，但他回答的内容面面俱到，也会给出一些很独到的思考。

采访进行得很顺利。

到尾声时，记者抓住机会聊到了他的婚姻情况。

"听说陈总结婚早，和太太感情很好，那在这里，陈总有什么想对您太太说的话吗？或者说，您对婚姻有怎样的见解呢？"

陈嘉卓的妻子并不神秘，稍微有心了解的人都知道是姜好，一位大提琴乐手，西城人，母亲是姜漾之。

起因要追溯到很久之前。

两人的婚礼结束后，有位宾客一时兴起将自己拍摄的一段视频分享到了社交平台上，因其盛大到空前绝后的规模和入镜了几秒的新郎新娘，这条视频很快有了热度。

结合当时不久前的港媒财经新闻，新郎的身份很好揭秘——港城航运龙头企业的话事人陈嘉卓。

才貌双全的年轻总裁英年早婚，一经聚焦便被大家津津乐道。

然而这还不是重点，据知情人士透露，新娘是姜漾之的女儿，和新郎年少相识，感情很好，因此早早结婚。

因为引起的讨论度有些高，视频很快被删除。不过即使无人出面认领，大家也已经根据零零散散的信息猜得八九不离十。

这篇采访是陈嘉卓第一次在公开场合提及妻子，因此访谈视频发布后备受关注。

视频的最后,谈及妻子时,陈嘉卓肃然清隽的脸上多了几分笑意。他沉思片刻,坦言:"我对婚姻没有什么见解,对于我个人而言,步入婚姻只有一个原因,就是我太太。

"和她在一起之后,我的人生有了圆满这一说。她给了我许多力量,我很感谢她能陪在我的身旁。"

陈嘉卓还提到了结婚纪念日姜好送他的礼物。

因其入耳就很惊艳的旋律,《致 Chen》的播放量自发行后一直在稳步攀升,直到现在,喜欢这首曲子的众人才知晓,原来这个"Chen"是陈嘉卓的"陈"。

浪漫得让人艳羡。

姜好在某个清晨也看到了陈嘉卓的访谈,他一如既往,用最平实的语言表达爱意。

视频播完,她回头看正在客厅喂一猫一狗的陈嘉卓,眼里有光,笑意盈盈。

后记

2023年的夏天,我构思完成,开始写这个故事时,完全没有想到时隔一年后,它会幸运地拥有出版机会。

这篇文的连载期间应该是我学业最繁重的一个下半年,我时常在下了晚课后才打开电脑,然后一直写到深夜才能完成更新。今年修稿时,我又想起了那段日子,想到那些安静的夜晚,我写到小好和嘉卓一些相处时,不自觉地唇角上扬。就是这样有点疲惫却又很快乐的矛盾时光,让我再次确定了这就是我想写的故事——一个不那么深刻跌宕的温暖童话。

连载时,我还和网络读者分享过一首歌,里面有一句歌词是"灰暗的心竟然开始变鲜活,你的存在治愈我",我觉得它不仅适合这个故事,也适合写下这个故事的我。

很庆幸我在还喜欢这样纯净真挚的感情时写下了这本书,讲完了关于小好和嘉卓的故事,希望它也能温暖看到这本书的你。

谨以此文,献给仍会被爱打动的我们。

西荞